ZHONGGUO XIAOSHUO
100 QIANG

中国小说100强（1978—2022）

只有一个太阳

张 洁 著

北京联合出版公司
Beijing United Publishing Co.,Ltd.

图书在版编目（CIP）数据

只有一个太阳 / 张洁著. -- 北京：北京联合出版公司，2023.9
 （中国小说100强）
 ISBN 978-7-5596-7131-8

Ⅰ.①只… Ⅱ.①张… Ⅲ.①长篇小说－中国－当代 Ⅳ.①I247.5

中国国家版本馆CIP数据核字(2023)第126708号

只有一个太阳

作　　者：张　洁
出 品 人：赵红仕
出版监制：张晓冬　范晓潮
责任编辑：管　文
特约编辑：和庚方　郭　漫
封面设计：武　一

北京联合出版公司出版
（北京市西城区德外大街83号楼9层　100088）
北京兴星伟业印刷有限公司印刷　新华书店经销
字数265千字　650毫米×920毫米　1/16　28.5印张
2023年9月第1版　2023年9月第1次印刷
ISBN 978-7-5596-7131-8
定价：78.00元

版权所有，侵权必究
未经书面许可，不得以任何方式转载、复制、翻印本书部分或全部内容。
本书若有质量问题，请与本公司图书销售中心联系调换。
电话：010-65868687

中国小说100强（1978—2022）丛书

编委会

丛书总策划

  张　明　　著名出版人
  张　英　　资深媒体人

编委主任

  吴义勤　　中国作协副主席
  　　　　　中国小说学会会长

编　委

  吴义勤　　中国作协副主席、中国小说学会会长
  宗仁发　　《作家》杂志主编
  谢有顺　　中山大学教授、中国小说学会副会长
  顾建平　　《小说选刊》副主编
  张　英　　资深媒体人
  文　欢　　作家、出版人

总　序

"中国小说100强"（1978—2022）是资深出版人张明先生和腾讯读书知名记者张英先生共同策划发起的一套大型文学丛书。他们邀请我和宗仁发、谢有顺、顾建平、文欢一起组成编委会，并特邀徐晨亮参与，经过认真研讨和多轮投票最终评定了100人的入选小说家目录。由于编委们大多都是长期在中国文学现场与中国文学一路同行的一线编辑、出版家、评论家和文学记者，可以说都是最专业的文学读者，因此，本套书对专业性的追求是理所当然的，编委们的个人趣味、审美爱好虽有不同，但对作家和文学本身的尊重、对小说艺术的尊重、对文学史和阅读史的尊重，决定了丛书编选的原则、方向和基本逻辑。

从文学史的角度来说，1978年以后开启的新时期文学是中国当代文学的黄金时代，不仅涌现了一批至今享誉世界的优秀作家，而且创造了许多脍炙人口的文学经典，并某种程度上改写了20世纪中国文学史的版图。而在中国新时期文学的经典家族中，小说和小说家无疑是艺术成就最高、影响力最大的部分。"中国小说100强"（1978—2022）就是试图将这个时期的具有经典性的小说家和中国小说的经典之作完整、系统地筛选和呈现出来，并以此构成对新时期文学史的某种回顾与重读、观察与评判。呈现在读者面前的这套丛书是对1978—2022年间中国当代小说发展历程的一次全面、系统的整体性回顾与检阅，是中国当代文学经典化的重要成果，从特定的角度集中展示了中国新时期文学在小说创作方面的巨大成就。需要说明的是，与1978—2022年新时期文学繁荣兴盛的局面相比，100位作家和100本书还远远不能涵盖中国当代小说的全貌，很多堪称经典的小说也许因为各种原因并未能进入。莫言、苏童、余华等作家本来都在编委投票评定的名单里，但因为他们已与某些出版社签下了专有出版合同，不允许其他出版社另出小说集，因而只能因不可抗原因而割爱，遗珠之憾实难避免，而且文学的审美本身也是多元的，我们的判断、评价、选择也许与有些读者的认知和判断是冲突的，但我们绝无把自己的标准强加于别人的意思。我们呈现的只是我们观察中国这个时期当代小说的一个角度、一种标准，我们坚持文学性、学术性、专业性、民间性，注重作家个体的生活体验、叙事能力和艺术功力，我们突破代际局限，老、中、青小说家都平等对待，王蒙、冯骥才、梁晓声、铁凝、阿来等名家名作蔚为大观，徐则臣、阿乙、弋舟、鲁敏、林森等新人新作也是目不暇接，我们特别关注文学的新生力量，尤其是近10年作品多次获国家大奖、市场人气爆棚的新生代小说家，我们秉持包容、开放、多元的审美立场，无论是专注用现实题材传达个人迥异驳杂人生经验、用心用情书写和表现时代精神的现实主义作家，还是执着于艺术探索和个体风格的实验性作家，在丛书里都是一视同仁。我们坚信我们是忠实于自己的艺术理想、艺术原则和艺术良心的，但我们并不认为自己的角度和标准是唯一的，我们期待并尊重各种各样的观察角度和文学判断。

当然，编选和出版"中国小说100强"（1978—2022）这套大型丛书，除了上述对文学史、小说史成就的整体呈现这一追求之外,我们还有更深远、更宏大的学术目标,那就是全力推进中国当代文学"经典化"的历程和"全民阅读·书香中国"建设。

从1949年发端的中国当代文学已经有了70多年的发展历程,但对这70多年文学的评价一直存在巨大的分歧,"极端的否定"与"极端的肯定"常常让我们看不到当代文学的真相。有人认为中国当代文学达到了前所未有的高度和水平。王蒙先生在法兰克福书展上就说:中国当代文学现在是有史以来最繁荣的时期。余秋雨、刘再复甚至认为中国当代文学的成就远远超过了现代文学。也有人极端否定中国当代文学,认为中国当代文学都是垃圾。他们认为现代文学要远远超过当代文学,中国当代文学连与现代文学比较的资格都没有。比如说,相对于鲁(迅)、郭(沫若)、茅(盾)、巴(金)、老(舍)、曹(禺)这样大师级的人物,中国当代作家都是渺小的侏儒,根本不能相提并论,两者比较就是对大师的亵渎。应该说,与对中国当代文学的肯定之声相比,对当代文学的否定和轻视显然更成气候、更为普遍也更有市场。尽管否定者各自的角度和出发点不同,但中国当代作家、作品与中外文学大师、文学经典之间不可比拟的巨大距离却是唱衰中国当代文学者的主要论据。这种判断通常沿着两个逻辑展开:一是对中外文学大师精神价值、道德价值和人格价值的夸大与拔高,对文学大师的不证自明的宗教化、神性化的崇拜。二是对文学经典的神秘化、神圣化、绝对化、空洞化的理解与阐释。在此,我们看到了一个非常有趣的悖论:当谈论经典作家和文学大师时我们总是仰视而崇拜,他们的局限我们要么视而不见要么宽容原谅,但当我们谈论身边作家和身边作品时,我们总是专注于其弱点和局限,反而对其优点视而不见。问题还不在于这种姿态本身的厚此薄彼与伦理偏见,而是这种姿态背后所蕴含的"当代虚无主义"。这种"虚无主义"的最大后果就是对当代作家作品"经典化"的阻滞,对当代文学经典化历程的阻隔与拖延。一方面,我们视当下作家作品为"无物",拒绝对其进行"经典化"的工作,另一方面又以早就完全"经典化"了的大师和经典来作为贬低当下泥沙俱下的文学现实的依据。这种不在同一个层面上的比较,不仅毫无意义,而且只能使得文学评价上的不公正以及各种偏激的怪论愈演愈烈。

其实,说中国当代文学如何不堪或如何优秀都没有说服力。关键是要进行"经典化"的工作,只有"经典化"的工作完成了才有可能比较客观地对当代的作家作品形成文学史的判断。对当代的"经典化"不是对过往经典、大师的否定,也不是对当代文学唱赞歌,而是要建立一个既立足文学史又与时俱进并与当代文学发展同步的认识评价体系和筛选体系。当然,我们也要承认,"经典化"问题是一个非常复杂的问题,并不是凭热情和冲动一下子就能完成的,但我们至少应该完成认识论上的"转变"并真正启动这样一个"过程"。

现在媒体上流行一些对于中国当代文学经典化冷嘲热讽的稀奇古怪的言论,其核心一是否定中国当代文学有经典、有大师,其二是否定批评界、学术界有关"经典化"的主张,认为在一个无经典的时代,"经典"是怎么"化"也"化"不出来的,"经典化"是一个实实在在的"伪命题"。其实,对于文学,每个人有不同的判断、不同的理解这很正常,每一种观点也都值得尊重。但是,在"经典"和"经典化"这个问题上,我却不能不说,上述观点存在对"经典"和"经典化"的双重误解,因而具有严重的误导性和危害性。

首先,就"经典"而言,否定中国当代文学早就不是什么新鲜事,对当代文学的虚无主义态度在很多人那里早已根深蒂固。我不想争论这背后的是与非,也不想分析这种观点背后的社会基础与人性基础。我只想指出,这种观点单从学理层面上看就已陷入了三个巨大误区:

第一个误区,是对经典的神圣化和神秘化的误区。很多人把经典想象为一个绝对的、神圣的、遥远的文学存在,觉得文学经典就是一个绝对的、乌托邦化的、十全十美的、所有人都喜欢的东西。这其实是为了阻隔当代文学和"经典"这个词发生关系。因为经典既然是绝对的、神圣的、乌托邦的、十全十美的，那我们今天哪一部作品会有这样的特性呢？如果回顾一下人类文学史，有这样特性的作品好像也没有。事实上，没有一部作品可以十全十美，也没有一部作品能让所有人喜欢。在这个问题上，我们应该明确的是，"经典"不是十全十美、无可挑剔的代名词，在人类文学史上似乎并不存在毫无缺点并能被任何人所认同的"经典"。因此，对每一个时代来说，"经典"并不是指那些高不可攀的神圣的、神秘的存在，只不过是那些比较优秀、能被比较多的人喜爱的作品而已。从这个意义上说，当今中国文坛谈论"经典"时那种神圣化、莫测高深的乌托邦姿态，不过是遮蔽和否定当代文学的一种不自觉的方式，他们假定了一种遥远、神秘、绝对、完美的"经典形象"，并以对此一本正经的信仰、崇拜和无限拔高，建立了一整套关于中国当代文学的伦理话语体系与道德话语体系，从而充满正义感地宣判着中国当代文学的死刑。

　　第二个误区，是经典会自动呈现的误区。很多人会说，是金子总是会发光的。但对文学来说，文学经典的产生有着特殊性，即，它不是一个"标签"，它一定是在阅读的意义上才会产生意义和价值的，也只有在阅读的意义上才能够实现价值，没有被阅读的作品没有被发现的作品就没有价值，就不会发光。而且经典的价值本身也不是固定不变的。如果一个作品的价值一开始就是固定不变的，那这个作品的价值就一定是有限的。经典一定会在不同的时代面对不同的读者呈现出完全不同的价值。这也是所谓文学永恒性的来源。也就是说，文学的永恒性不是指它的某一个意义、某一个价值的永恒，而是指它具有意义、价值的永恒再生性，它可以不断地延伸价值，可以不断地被创造、不断地被发现，这才是经典价值的根本。所以说，经典不但不会自动呈现，而且一定要在读者的阅读或者阐释、评价中才会呈现其价值。

第三个误区,是经典命名权的误区。很多人把经典的命名视为一种特殊权力。这有两个层面的问题:一,是现代人还是后代人具有命名权;二,是权威还是普通人具有命名权。说一个时代的作品是经典,是当代人说了算还是后代人说了算?从理论上来说当然是后代人说了算。我们宁愿把一切交给时间。但是,时间本身是不可信的,它不是客观的,是意识形态化的。某种意义上,时间确会消除文学的很多污染包括意识形态的污染,时间会让我们更清楚地看清模糊的、被掩盖的真相,但是时间同时也会使文学的现场感和鲜活性受到磨损与侵蚀,甚至时间本身也难逃意识形态的污染。此外,如果把一切交给时间,还有一个前提,那就是对后代的读者要有足够的信任,要相信他们能够完成对我们这个时代文学的经典化使命。但我们对后代的读者,其实是没有信心的。我们今天已经陷入了严重的阅读危机,我们怎么能寄希望后代人有更大的阅读热情呢?幻想后代的人用考古的方式对我们这个时代的文学进行经典命名,这现实吗?我不相信后人对我们身处时代"考古"式的阐释会比我们亲历的"经验"更可靠,也不相信,后人对我们身处时代文学的理解会比我们亲历者更准确。我觉得,一部被后代命名为"经典"的作品,在它所处的时代也一定会是被认可为"经典"的作品,我不相信,在当代默默无闻的作品在后代会被"考古"挖掘为"经典"。也许有人会举张爱玲、钱钟书、沈从文的例子,但我要说的是,他们的文学价值早在他们生活的时代就已被认可了,只不过很长时间由于意识形态的原因我们的文学史不谈及他们罢了。此外,在经典命名的问题上,我们还要回答的是当代作家究竟为谁写作的问题。当代作家是为同代人写作还是为后代人写作?幻想同代人不阅读、不接受的作品后代人会接受,这本身就是非常乌托邦的。更何况,当代作家所表现的经验以及对世界的认识,是当代人更能理解还是后代人更能理解?当然是当代人更能理解当代作家所表达的生活和经验,更能够产生共鸣。因此,从这个角度来说,当代人对一个时代经典的命名显然比后代人更重要。第二个层面,就是普通人、普通读者和权威的关系。理论上,我们都相信文学权威对一个时代文学经典命名的重要性,权威当然更有价值。但我们又不能够迷信文学权威。如果把一个时代文学经典的命名权仅仅交给几个权威,那也是非常危险的。这个危险表现在什么地方呢?就是几个人的错误会放大为整个时代的错误,几个人的偏见会放大为整个时代的偏见。我们有很多这样的文学史教训。在这个问题上,我们既要相信权威又不能迷信权威,我们要追求文学经典评价的民主化、民主性。对一个时代文学的判断应该是全体阅读者共同参与的民主化过程,各种文学声音都应该能够有效地发出。这个时代的文学阅读,最理想的状态应该是一种互补性的阅读。为什么叫"互补性的阅读"?因为一个批评家再敬业,再劳动模范,一个人也读不过来所有的作品。举个例子:现在我们一年有5000部以上的长篇小说,一个批评家如果很敬业,每天在家读二十四小时,他能读多少部?一天读一部,一年也只能读三百部。但他一个人读不完,不等于我们整个时代的读者都读不完。这就需要互补性阅读。所有的读者互补性地读完所有作品。在所有作品都被阅读过的情况下,所有的声音都能发出来的情况下,各种声音的碰撞、妥协、对话,就会形成对这个时代文学比较客观、科学的判断。因此,文学的经典不是由某一个"权威"命名的,而是由一个时代所有的阅读者共同命名的,可以说,每一个阅读者都是一个命名者,他都有对经典进行命名的使命、责任和"权力"。而作为一个文学研究者或一个文学出版者,参与当代文学的进程,参与当代文学经典的筛选、淘洗和确立过程,更是一种义不容辞的责任和使命。说到底,"经典"是主观的,"经典"的确立是一个持续不断的"过程","经典"的价值是逐步呈现的,对于一部经典作品来说,它的当代认可、当代评价是不可或缺的。尽管这种认可和评价也许有偏颇,但是没有这种认可和评价,它就无法从浩如烟海的文本世界中突围而出,它就会永久地被埋没。从这个意义上说,在当代任何一部能够被阅读、谈论的文本都是幸运的,这是它变成"经典"的必要洗礼和必然路径。

总之,我们所提倡的"经典化"不是要简单地呈现一种结果,不是要简单地对一个时代的文学作品排座次,不是要武断地指出某部作品是"经典",某部作品不是"经典",不是要颁发一个"谁是经典"的荣誉证书,而是要进入一个发现文学价值、感受文学价值、呈现文学价值的过程。所谓"经典化"的"化"实际上就是文学价值影响人的精神生活的过程,就是通过文学阅读发现和呈现文学价值的过程。可以说,文学的经典化过程,既是一个历史化的过程,更是一个当代化的过程。文学的经典化时时刻刻都在进行着,它需要当代人的积极参与和实践。因此,哪怕你是一个对当代文学的虚无主义者,你可以不承认当代文学有经典,但只要你还承认有文学,你还需要和相信文学,还承认当代文学对人的精神生活具有影响力,你就不应该否定当代文学经典化的重要性。没有这个"经典化",当代文学就不会进入和影响当代人的生活,就失去了存在的意义。每一个人,哪怕你是权威,你也不能以自己的好恶剥夺他人阅读文学和享受文学的权利。

从这个意义上说,当代文学的经典化当然是一个真命题而不是一个伪命题。在一个资讯泛滥的时代,给读者以经典的指引是文学界、出版界共同的责任,而这也是我们编辑出版这套书的意义所在。

最后,感谢张明和张英先生为本套书付出的辛劳,感谢北京立丰天文化传播有限公司、北京金圣典文化有限公司的资金支持,感谢全体编委和北京联合出版公司各位编辑,感谢所有对本套丛书的出版给予大力支持的作家和他们的家人。

是为序。

吴义勤

2022年冬于北京

只有一个太阳____1

方　舟____226

上　火____335

她吸的是带薄荷味儿的烟____415

只有一个太阳

一

护照号码是275381，或者是273581。他又看了一遍。

他不能错。

这里的差事收入可观，工作环境舒适，如这懊糟的都市生活里一片清凉的薄荷。

每天他走进这块飞地，都像走进一个精致的、玩具般的日子。心里便生出可惜不是真的惋惜，和哪怕置身其中一会儿也是白捡的满足。

那几个数字如浸了水似的漫散开来。

也许是他的瞳仁变成了散黄鸡蛋。如果天天看这套文字，而且每天看上二百份的话，每个人的瞳仁都会变成散黄蛋。

眼睛和舌头一样，也需要换换口味。

他抬起头，望着玻璃窗外等候签证的队伍。

那是一支壮观的队伍。无论从哪方面来说。

尽管已经司空见惯，但每每还是让他触目。特别是在早晨，刚刚在被窝味儿还没散尽的房间里吃过早饭，度过一千一百零一个同样的早晨之后。

早上他又和父亲吵了一架。

"你为什么不先烧开水？"父亲端着一个大花脸盆，站在马靴子勒那儿问道。随着他的质问还送来一阵不甚明确的汗馊。

把家里的走廊，和走廊拐弯处的厨房比做一只马靴再恰当不过。而且是一只十分可脚的马靴，穿的时候非用鞋拔子不可。

家里最近没有婚娶，却不知怎么有个印着大红喜字的、足以说明一个家庭在各方面水准的脸盆。有过多次他都想把这个热闹得不得了的脸盆，从窗户里扔出去，又终于没有这样去做。到底是钱买的，到底也没有一个从各方面来说水准更高的人会看见这只脸盆。

父亲刚从床上爬起来。长及膝盖的大裤衩子使他显得十分凋萎。

这种内裤穿着舒服吗？也许人们会因为这条内裤说他思想纯正、品格高尚、道德完善。可是除了家里人，那些有可能给他做出如此结论的人，是没有机会看见他穿的内裤的。

有时你真不明白人们穿衣服是为了什么。

那样的结论如今一钱不值。

说是一辈子，不过是一眨眼的工夫。来去匆匆。这样和自己过不去，何必呢？

那条大裤衩子既让他怜悯，又让他看不起。

"暖瓶里的水足够您洗脸用了，等我热完牛奶就给您烧开水。"

"早上起来第一件事就是烧开水。"父亲说这话时的神气，就跟中央电视台的张宏民宣读政治局扩大会议的决议那么严正。

"先烧牛奶有什么关系，不耽误您沏茶、洗脸不就得了。"他一字一顿，力求把每个字说得格外清楚，以证明自己确有耐心。

这份被突出强调的耐心，显然居心不良。气氛没有得到丝毫的缓和。

"我现在沏茶。"

谁能说这个要求不近情理。特别是提出这个要求的人是你的父亲的话。

正是因为它的合情合理，反过来说，你如果不那么做就是不近情理。真是岂有此理！

"你现在喝吗？"他愁眉苦脸地把那个"喝"字说得很重，仿佛正在受着无尽的虐待和折磨。

"喝。"一个人既然被打扮成暴君、迫害狂，他能不火冒三丈么？

"您不是还没洗脸吗？"

"我不洗了，我先喝茶。"

"您这不是存心找别扭嘛。"

要是天天有人用这样鸡毛蒜皮的事折腾你，哪怕是你亲爹你也会忍无可忍。

"你就这样跟我说话？！我的肾炎老好不了，就是让你们哥俩儿给气的。"

他这么说的时候，你会觉得肾炎不是差点儿要他老命的病，而是他的荣耀、奖状、克敌制胜的法宝。他很爱它。

如果他想不讲理，想让人们照他那不讲理的办法办，想找别扭，他准来这一手。因为你不能做个不孝顺的儿子。

不能说公费医疗不治病。除非你净得急性肠炎、长脚鸡眼什么的。好病房、好医生、好药什么的全照顾老外、高干、高知什么的了。

中国，慷慨啊。

父亲不属于照顾之列。他是什么？不过是个邮局小职员。偏偏得了一个纠缠不清，难解难分的病。

全靠茅台、登喜路，以及愚公移山的精神。

茅台多少钱一瓶？

二百六十块。往三百元浮动。

父亲的病明明一天天地好起来，却偏说自己好不了。

天地良心。

"你甭倚病卖病。"

父亲把大花脸盆往地上"咣"地一砸。"我白养你这么大了，你这没良心的东西。"

他也讲良心，怪不怪？

他赶快把盛着牛奶的瓷碗往地上一砸。要是不赶快往地上砸，很可能就会砸到父亲脑袋上去。

他们用碗喝牛奶，而不是用杯。

那些青花粗瓷碗真叫结实。由于洗得匆忙或使用得不经心，个个在边缘上磕碰出缺口，一条条裂纹从缺口直探碗底，又因吸足了残羹醒目于碗壁，到了这个地步居然还不肯裂开。

而在使馆里，他和那些老外一样，安静地用盘子托着茶杯喝咖啡，或喝红茶。那安静并非来自无人之境，而是来自一份教养。

那才是一种文明的生活。

他们吵架不吵架？摔盘子摔碗吗？

这文明的生活教给他茶盘里的小勺，是用来搅和奶里、咖啡里，或红茶里的糖，而不是用来舀饮料喝的。因此他看不起电影、电视里那些扮演华侨巨商或巨商的千金公子的演员。居然拿着搅糖的小勺舀咖啡喝。仅从这一细节就露出了那些演员的穷酸相，还扮演什么华侨巨商！

他又觉得自己很像电影或电视里的地下工作者,在家里过着清寒的日子,搞情报时不是搂着姨太太(也许是女儿)跳舞,就是喝威士忌,或者和哪个对他的身份开始怀疑的对手唇枪舌剑地斗智、争风吃醋。

也许他不应该和父亲为那些琐事吵架,一个懂得文明生活的人应该宽容、豁达。父亲长期患病而又难以痊愈,心理上的压力应该可想而知。一个健康的人如今还有许多受不了的时候,何况一个病人。

要是家里有个女人,矛盾就会少一些。

母亲去世了。

没有女人照料的家庭简直像个工棚。但是女人比以前贵了。即使她们自己不想贵也没有办法。永安里一条街上,随便一件女人的衣裙就是上百块。女人怎么能不涨价呢?

这位申请移民。黑白色的条纹裤子和棕红色的格子上衣更使他眼晕。

他会说 Yes 和 No。在说 Yes 时摇头,在说 No 时点头,并且像本牛津版的《英汉大辞典》那么令人不容置疑。

仅仅为了他给他的这份眼晕,他难道不能用英语和他练练?

"你患有性病吗?"

"Yes."新移民摇着头说。

"你母亲是你父亲的正式妻子吗?"

"No."新移民点着头说。

"你的出生年月日?"

"Yes."

"你是否申请移民?"

"No."

他不知道该哭该笑还是该给他一个嘴巴子。

为什么他过的连这个 Yes、No 都不如？

他有什么理由要爱这些 Yes、No？哪怕他现在不用小勺舀咖啡喝了也不成。

这个男人来取护照。

他记得这个男人。上次来送申请表的时候，不多的几份表格和证件，在他手里倒腾得像有几百份。

"请问，如果家里没电话，填机关的电话行不行？"

"你自己看着办。"

"我……我不清楚……"

"你连这个都不清楚还到国外交流什么？"

"出生年月日填阴历还是填阳历？"

"你爱填什么历就填什么历。"

他似乎让人噎惯了，或者根本想不到有人会使坏。像对一个熟人似的说下去："我一直怀疑我应该不应该属龙，也许我应该属兔。我出生在卅晚上，接生婆能说准我出生的时辰吗？我们家穷得连个钟也没有。唉。"为不能断定自己是不是弄虚作假而心虚。

这哪儿像个交流学者？洋人可不是这样，越是有身份的人话越少，也越自信。好比这里的领事。

她绕过那些桌子，特地走出来问他："一切都顺利吗？"

"很好，谢谢。"

"真抱歉，我们给你增加了麻烦，今天才把您的手续办好，而您明天就要启程。"

"我想来得及。"

"一路平安。"

"谢谢。"

一旦说起英语，他似乎利索了很多。

要是看他的衣着穿戴，无论如何也想象不出他是一位学者，使他露出学者本相的是他的神态，好像眼下这个雇员，看上去就是个雇员。

他姓班？盆？潘？她始终读不清楚。中国字的发音实在令人难以捉摸，每个字都能发出四个音，不像她的母语，每个音节都很明确。

如果再把中国字用于外交场合，就更加令人难以捉摸。她在外交部亚洲司工作的时候，有一次宴请一位中国官员，司长问起他对首都的印象，那位官员只说了一个"嗯"字，而且嗯得很气派，好像拿破仑皇帝认可一道佳肴。可是那位官员的翻译，却译出："我很荣幸能到这样一个历史悠久的国家，这样美丽的一个城市来访问……"这样的一番话。汉语简直像压缩食品一样，既可浓缩，又可发散。

等候签证的队伍消散了。她看了看表，下班的时刻到了。

班？盆？潘先生从椅子上站起来，伸腰伸胳膊伸腿地将身子扭变成各种形态，他脸上的每一条纹路都伸长了，仿佛想多抓住一些什么，可见变形是必要的也是必然的。

之后，他用一种营造出来的随意，捅了捅三秘巨型的肚子，好像他们之间确实亲密。她看见几个最后离去的办理签证手续的人，流露出对他可以和洋官洋将平起平坐的艳羡。

之后，他又用这份随意往三秘的烟斗里瞧了又瞧，瞧完之后又呵呵地大笑，好像烟斗里有什么可笑的事情。不过他的笑声很老，不像他的脸那么嫩。那张脸看上去光滑细腻，纯洁透亮，绝不是一张会使坏的脸。

她抽出一支香烟。还没等她看清他是怎么绕过横在他们之间的那些桌子、椅子，班？盆？潘先生已经在她面前打燃了打火机。

"谢谢。"她向他微微一笑，他竟向她抛出了一个媚眼儿。

班？盆？潘先生好像有些异想天开。

不一定每个西方女人都想到中国找个中国丈夫。相比起来，西方男人对中国女人的兴趣，比西方女人对中国男人的兴趣大。

好比那位先生。

"女士们、先生们，现在我们讲授时间的表述。比方三点四十五分，有以下几种表述方式：Forty-five minutes past three；也可以说成 A quarter to four（差一刻钟四点）；或者是 Three forty-five。但是我们西方人通常的用法是 A quarter to four（差一刻钟四点）。"他在说到"我们西方人"的时候，就和纳粹说到希特勒差不多。如果不和纳粹说到希特勒差不多，至少也和赛金花说到瓦德西差不多。

电话铃报警似的响了起来。他故作洒脱地笑了一下，又将眼珠斜抛过去，铆住了听课的学生，好像接不接电话全靠他们来决定。其中几个学生俏皮地摇了摇头，其他几位则毫不客气地沉默着。当然，他们不但珍惜他们的钱，也珍惜他们的时间、学业。

他已经沦落到了以教授私人英语为业。

所谓沦落，是指他根本不是一个以英语为母语的公民，或者是种族，更没有任何一种、哪怕是玩票儿专业的硕士证明书。

现在许多中国青年对英语的学习如饥似渴，并且以为所有的老外必然都是英语教授，只有从他们那里，才可以学到原装的英语。他们宁肯相信一个三等水平的老外，而不愿意相信一个一等的中国英语教师。

所以这个钱挣得很容易，据他了解，北京有不少老外操此行业。它既不需要资本，也不冒什么风险。更不必像中外合资企业或外商独资企业那样，为突破中国官僚机构的层层关卡而历尽艰辛。他这几个学生，就是一个荷兰女人拨给他的。

每个学生每月学费四十元（人民币），每周一次，每次两小时，月收入可达五百多元，除了不能上建国饭店、长城饭店，嚓口还是不难。

好，不接电话。

他本来就不想接这个电话，他料定现在的电话，一律不会带来好消息。

在中国混饭吃已经不像前几年那么容易。那时候中国人以为每个老外不是福特财团就是爱因斯坦。中国的官员差不多都知道福特垄断集团，大概不是从列宁的著作里，就是从斯大林的著作里读到的。可是最近福特家族中的一个女孩，嫁了一个中国青年。中国的知识分子差不多都知道爱因斯坦——否则还叫什么知识分子——以及他的相对论在科学技术方面所具有的哲学意义的革命。

聘用他的中国单位，一俟合同期满，立即表示不再聘用，但是和他谈判的那位官员，似乎十分倾慕不学无术的他，愣将那份工作不知怎么干以及不知有什么可干地干了两年之久。同时再明白不过地表示了对他的熟知，以至那种熟知变得不像是对他的弹劾，而是对自己可以这样熟知的炫耀。

中国人喜欢档案，也善于搞档案，包括对他这种等而下之的角色也会兴味盎然。这个民族似乎人人具有情报人员的天才。

母亲的来信里，常常夹有黑色的男人短发和烟灰，而她从不吸烟，头发极长且灰。

与朋友通电话的过程中，会突然插进一股电波的强烈干扰，说明这里的监听技术还相当落后。听说长驻北京的外国人就有两万，不包括那些旅游、访问、使团人等在内。一定有一支浩浩荡荡的监听队伍。

你要是问美国的中央情报局，他们可能知道费孝通、钱伟长的档案，乃至他们当右派时的检讨，但是他们绝对不会知道哪个单位把大门的档案。可是中国人知道。

"女士们、先生们，现在我们再讲……"

电话铃继续响着，好像存心让他洒脱不得。这东西和其他的摆设不同，好比桌子、椅子。也许因为能够传递信息，便像个小妖精似的伏在你的房间里，赖皮赖脸地把你只在心里想的，躲在房间里干的，看个一清二白。什么时候一高兴，在你最不愿意让人打扰，或是最怕接到哪个电话的时候，没命地响了起来，弄得你最后非接不可。

"先生，我们是宾馆业务室。请您务必于本月底结清拖欠的租金，从下月一号开始，有新的客人租用这个房间。谢谢。"

不能说中国人不客气，甚至可以说客气得过分。要是在西方，任何旅馆都不会允许客人拖欠哪怕一天的房租，他们早就把你的行李扔到房间外边去了。

他不是不想搬走，找个便宜的旅馆，北京有几块钱一天的通铺，也有两块钱一天的公共浴池。但是不结账就走不了，而几块钱一天的通铺和两块钱一天的公共浴池则影响他的公众形象，他就更别指望找到工作。不论什么时候，排场都是一种身份证明，在中国就尤其如此。

回国？以他这样既无一技之长，又无一纸文凭的人，只能加入蓝领阶级卖苦力。不行，他受不了那个苦，也不甘心于那种毫无光彩的日子。只要有光，不管什么光都行。

当然也没有指望再打进什么学术单位、文化团体、商社、企业，诸如此类。

真是山穷水尽。

他握了握手里那本《中国当代女名人辞典》，如今只有靠它来指点迷津了。

这本书装潢得很像西方的畅销小说。又窄又厚。也很适合装在男人屁股后头的口袋里，以便他们随时翻阅。

中国真的开放了。有了这样的当代女名人录，不但对中国男人，恐怕对西方男人也大有裨益。他爱开放的中国。他更赏识编纂这本女名人录的人，单这书名就值一万元。

他吹了一声口哨。口哨带着花哨的颤音，用手指弹了弹封面，便坐下来阅读。

虽然他没有一纸文凭或一项专业，但是凭着偶然的兴致，他超前地学会了读，并且学会了说汉语。在中国开放之后，是早期进军中国的西方人之一。

他如探警般机敏，迅速地排除了不足以构成注意对象的人选，而在具有实际意义的名字上，用有力的笔触，做上雄心勃勃的记号。

为什么不试一试？他喜欢试一试，尤其在这种试一试不需要付出什么的时候。结果无非是两种可能：成功或者是不成功。

不成功有什么损失？什么损失都没有。顶多损失一本《中国当代女名人录》。像他和玛丽娜的婚姻。结就结，离就离。他没有财产，也没有收入（所以他选择这个时候离婚），律师也拿他没有办法。何况事情发生在中国。可怜的中国律师，他们本来就不能说什么，对两个老外的离婚更不能说什么。

他损失了什么？什么也没有损失。

而一旦成功却无本万利。

既然有那么多万国骗子在中国活得像个大亨、绅士，为什么他就不行？比起那些骗子，他的作为甚至可以称得上英勇牺牲。他卖出的，

11

将是一个男儿的自由之身。

这本小书很不经看,只能提供一些线索,更重要的信息,比如已婚未婚则需进一步的了解。好在全世界的名人都一样,他们永远被公众放在嘴里,使劲儿地咬着、嚼着。

一进门廊,一股霉凉、阴湿的泥土味儿便扑上面来。很淡。淡到不但与腐烂的败草枯叶、长白毛的破砖烂瓦毫无干系,而且还有一点安神的作用。如果没有大门外那个冒着千百种气味的都市味做比较,也许根本就无法察觉。

他果然就见到像这种院子所应有的花木扶疏的景致。栽植着海棠、扶桑、藤萝什么的,格局很是讲究。

即使同样的泥土、同样的林木,属于大众的公园绝不会冒出这种小院的这种霉阴气味。它的气味可能和不经常打开的大门,以及门里的日子有关。

好比到了如今,还能独居北京的四合院的中国人真是寥若晨星。差不多都是上得史料或文件的名字。她就这么神神仙仙地住在这个院子里。

刮过一阵轻风。

他像猎犬一样仰起了脑袋,扇动着鼻翼,似乎随时准备腾空一跃。

在中国女人里,她不仅显得怪诞,而且放肆。披着一件晨袍坐在书房里看报纸,并且就这样地接待他,不能不使他浮想联翩。晨袍的开衩下,露着她还算丰腴的腿。还好,不怎么皱巴。亚洲人经老。要是西方女人到了这个年纪,真是一点希望也没有了。

"你又来了。什么?向我求婚?"她仰着脖子,放出一个人只有到了把全世界都不放在眼里的份上才会放出的、肆无忌惮的大笑。此时,她尤其像匹河马。

显然她深知自己那像河马一样的大嘴，显然她也不在乎世人对这张嘴的印象。然而对他来说，这张嘴未免过于难堪。事到如今，也只好因陋就简，还有什么话可说。

"真是开玩笑。关于我你知道些什么？你知道的不过是我的地位，需要的也是我的地位（汉语）。年轻的先生，在你还没有出生的时候，我已遍游欧洲（德语，略带汉堡口音）。什么人我没见过？我一眼就看出，你不过是个洋混混（英语，纯粹的牛津音）。我劝你别在我的身上花力气，我这样的女人你消化不动。我没有时间和你啰唆，你要是再来打扰我，我就要叫警察了（法语，南部口音）。"

每每进入这样的住宅，他都觉得像是进入了地下室，或者是家乡附近依然歪斜在河岸上的那个碉堡。

二次大战已经烟消雾散。如果没有那个碉堡，他真不知二次大战为何物。

有时他觉得那碉堡就是二次大战。颓废、庞然、生硬、苍凉。村里的人在它的身旁漠然地走来走去，就跟从来没有它一样。所以他始终不能明白，每每提起二次大战，人们为何能这样那样地说出许多。只有夏日，万物不曾忘记。含羞的雏菊年年依旧地倚立在碉堡的脚下，在轻风中悄然抬起低垂的头。

那时他常帮助父亲将面包运送到河的对岸。送完面包回来，日娜总在碉堡里等他。

沧海桑田了。

从碉堡里俯视下方的河流、河流上的木桥、桥上的少年的已不复是一管枪眼，而是日娜如熟透了的李子的双目。

对他来说，堆砌的水泥常常和女人滑腻柔软的肌肤联系在一起。始终让他回忆起初次品尝女人肉体的强烈印象。他对堆砌的水泥可以说是有些偏好。

果然如他料定的那样，电梯不运行。

在这样的公寓里，电梯或者是在休息，或者坏了不能使用，或者什么理由也没有，不运行就是不运行。这部电梯的情况属于后者。

她长得很苦，一副必受愚弄的模样，却误会地以为自己凡事都知道怎么对付。自然就准备了一份很足的信心去敲电梯旁的一个房门。在门上叩出断断续续、畏畏葸葸、又决心到底的声响。

那屋子像一口沸腾的锅。葱、姜、蒜味因不堪锅内的拥挤，只好从门缝下不断地溢出。所以那个白嫩得如褪了毛的小母鸡的年轻女人，就像是被那股汹涌的气味顶出来的，并且被葱、姜、蒜调煨得极其可口。

"敲什么敲敲什么敲。"她鸡啄米似的问她。频率很快，节律整齐。脑袋歪来歪去地盯着她的脸，好像那不是一张脸，而是一摊米。

"我有心脏病，十五层楼实在爬不动。谢谢你了，开一开电梯吧。"

她好像不只有心脏病。

"电梯坏了电梯坏了。"对着她的脸，她又叨了几嘴。猛然看见电梯旁的他，极快地盘算了一下，便打开电梯门，对准一排按钮，也如鸡叨米似的一阵乱捣，指示灯红红绿绿地闪了一阵复又归于沉寂。

"坏了坏了就是坏了。"

"好吧。"她只好无奈地下定决心，去爬那无尽的楼梯。但是想拿这种鬼话对付他，可就没有那么容易。

他伸出手臂，往电梯门上一横，拦住了小母鸡的去路。"真的坏了？"他的眼睛放肆地在她的脸上摸来摸去。他知道如何对付这种热爱生活的女人。对于哪怕有一点灵活性的男人来说，碰到这种女人，一切难题变得再容易不过。"你再试试看，也许毛病不大。"

她果然笑得妖冶。虽然齿缝里夹着一些绿色的植物，那份妖冶却并不因此而逊色。货真价实得十分可以。

"你还会说中国话？"她的眼睛一瞬间便翻飞出许许多多的花色。

"只对漂亮的女士。"

于是电梯轻而易举地将他载上十五层楼。

门前有一块使西方人感到久违的、编织得极富立体感的擦脚草垫。对于那个小门来说可能是过于阔大的草垫，似乎是主人的一份说明。

敲门。

没有人应。

再敲。还是没有人应。他正在考虑是否转向下一个目标，却见那位长得很苦的女士拖着一双分量很重的细腿走了过来，恰恰在这门口站定。满脸都是从未见过这种事情的疑惑。

他颇为熟络地对她点点头。那份疑惑却仍旧迟迟钝钝地留在她的脸上。

"你好。"

"我？"

"我想找你谈谈。"

"我？"

他头一次碰到这样一个你简直不知道拿她怎么办的对手。他摊手，倒脚。"我们是不是可以进去谈？"

他本来以为她会又来一个"我？"。

蒙她开恩，这次来了一个"为什么？"

"站在这里讲话是不是不太方便？"他学着她的办法，将谈话一律改为问式，果然就有了可观的进展。他终于被引进室内。也许不必如此，进门时他还是弓了弓腰，他觉得要是不弓腰脑袋非撞到门框上不可。

这是一套袖珍式的住宅。比起一般人家不能不算宽敞，由此可见主人的特殊地位。住着这样一位袖珍式的女人，倒也相得益彰。

他一面打量着室内的格局，一面考虑他将来住在哪一间。

"……噢，你说什么？噢，中外合资的电视制作公司。中方是哪个单位？Ａ省Ｂ县。一般地说，现在是人都比知识分子有钱。你这个题目挺吸引人——《我的中国女朋友》，"她努着嘴唇想了想，好像在盘算他的销路，然后又肯定地点点头，"销路一定很好。女人嘛，不管是什么样的女人，也不管她是哪个种族，不但是人类另一半关注的对象，也是她们同类关注的对象。"与其说她在和他谈话，还不如说她在出声地思想。想着、想着，便突然摘下脸上的平和，"以至这一个常常想掐死另一个，没有深仇大恨，只不过是你的成功就是她的失败；你的存在就是她的障碍；这一个绝不能容忍另一个的哪怕是比她少了一条皱纹。好比社会主义的赖莎和资本主义的南希谁又碍着谁了，她丈夫当总书记碍不着她丈夫当总统，她丈夫当总统碍不着她丈夫当总书记，可是她们好不容易见了面，都巴不得用自己的舌头把对方宰了。"

他点头、微笑、耸肩、大睁眼睛、挑起一根眉毛，对她所说的内容不时发出赞同或难以想象的惊叹，啊！噢？唉什么的一样不落，同时掐准时间不失时机地在整整三十分钟之后，咔嚓一下整整齐齐截住她的话头，将谈话引入正题。

"啊，这可不行，先生。我算你的什么朋友？今天我们才第一次见面是不是？况且你提出的摄制方案实在离奇，像'我理想的丈夫'

这样的题目，如何可以在摄影机下一面同先生你在林间漫步一面讨论呢？已经有七位女士和你谈过这个题目了？不少，真的不少。不要说七位，就其中的哪一位都能使你这部电视光芒万丈。好了，就这样吧，我还要去参加一个讨论会。不过先生，你怎么也染上了中国人的习气，事先不与被采访者约定便闯上门来？好吧，无论如何祝你发财。"

他果真发了财，也果真和一个中国当代女名人结了婚。不过这不关大使馆的事，所谓的双方情愿。

在中国人还没有完全明白过来的时候，中国对西方人来说实在是块无价之宝，或者套一句俗话，叫作冒险家的乐园。

依然如此。

尽管他们当中已经有人明白了一些，甚至已经很明白，明白到已经开始用其人之道还治其人之身。但是中国有十二亿人口，要让十二亿人口都明白过来不那么简单，所以西方人在中国还有不少美好的时日。

"班？盆？潘先生，我查了查登记簿，你把刚才那位先生的文件，没有什么道理地扣压了二十三天，我们差一点影响了他的行程。"

对中国雇员，他们没有选择的权利。中国的劳动服务公司给他们提供什么样的雇员，他们就得接受什么样的雇员。

公寓里给他们开电梯的小子肯定是个克格勃，那张脸简直就是用棍棒、带铜头的皮带、手铐、擒拿术什么的铸出来的。有一次回公寓，电梯门开着，那小子不知在哪个犄角里藏着。她等不及了，便走进电梯。刚准备按关闭的电钮，他却不知从哪儿一下子就蹿了进来，一脸凶杀气，两只眼睛像两束激光一样射向她的脖子。当时她确实感到有两只大手扼住了她的脖子，越掐越紧，越掐越紧。她千真万确地感到被扼杀了。

她做了什么？！

无非因为等不及他，想自己开电梯而已。

听说申请移居海外的中国人，通常在申请移民报告里给班？盆？潘先生夹上一百美金。其中一个到了海外就向中国驻当地使馆反映了这个问题，有关方面不过让他赔偿一千元人民币。他对使馆里的人殷勤得让你窒息，弄得她见了他就想逃跑。对本国人却很苛刻，好像他们不是他的同胞。

她倒了一杯马提尼酒，对着镶在乌七八糟的窗框里的玻璃，看着落日在参差的建筑群后消隐。

其实它是往她的家乡去了。

这里的黄昏，就是那里的早晨。

谈什么升落。

住在北京，如同住在猴房，不管房子里怎么闹腾，你只能倚在墙角里吸烟。

或者午夜，从一个人人都像老女人那么唠叨的聚会上回来。街灯昏暗得如上个世纪的煤气灯，白天那个人声鼎沸、拥挤得快要爆炸的城市却不知去向，好像被一个巨大的手指抹掉了。那是一个怎样巨大的手指，它的力量神秘得有点让人恐惧。代之而起的似乎是一个突然从地层深处冒出来的古城的废墟。

有时候一个城市很像一个人。

浮躁而稳重，气盛而麻木，自卑而自尊，浅薄而深沉。有文化而无文明，淡泊超脱而又贪得无厌，风流倜傥而又庸俗不堪，妄自菲薄而又目空一切，好客而又充满敌意，容易上当受骗同时也毫不含糊地欺骗他人，盲动盲目而又深思远虑，激扬文字而又不失时机地拈取哪怕一分小利……这一半儿蜷缩、压缩、收敛、掩盖在另一半儿的下面。只要有一点火星就能爆发出意想不到的后果，比方说世界大战什么的。

比方说。

事实上你根本无法估量。

在这个世界上你能猜透什么?!

有趣的朋友本来就难找，到了这里更是难上加难，外交官们基本上都像一条傻头傻脑的狗。

下班以后，大使先生的秘书约她打一会儿网球。

换好衣服走到网球场上，忽然瞥见秘书先生的肚子，便说："中国人的宴会实在太多。"

他有下等人的精细。"反正他们是国家出钱。不像我们，一切交际费用都包括在大使先生的工资之中，自负盈亏，节约归己。"他又现出一个下等的笑，"明天有一个招待中国人的冷餐会，大使吩咐，量要大，味道不必过于精致。"他用他的精细把不论是大使先生还是中国人，不见声色地、全无例外地阴损了。

虽然他的穿戴无懈可击，不管什么时候看见他，他都像是刚从理发店里出来。但是她一开始就觉得他有什么地方不对劲儿。果然出身低微，凭着一脑子的精细考上名牌学府，并在上千人的角逐中进入外交部，因此他对一切抱有一种平民阶层的复仇意识。

她忽然觉得手里的网球拍子很黏，再也没了兴致。

在电梯上恰巧碰上住在对面公寓里的夫妇。他们刚从宴会上回来。那位太太一身好莱坞的打扮，夹着银色的黑色上衣与银光闪闪的高跟鞋交相辉映，如夜总会里闪闪烁烁的灯光。到了电梯上，她丈夫的脸上还挂着外交官那副体面的面具。一般来说，这副面具要在关上家门之后才会摘掉,对于这副面具,有些人并不仅仅出于职业的需要才戴着,他们真是打心眼儿里爱它。

太太提着一个仿佛给了她极大污辱的点心盒子。"这里连蛋糕都做不好,在国内我们总是到市政厅旁边的点心店买蛋糕,那里的蛋糕用的都是当天的奶油。"

她的丈夫不过是个科长吧?忘了。好像就是那么个东西。如果一直待在国内,他们一辈子也不可能住一次五星级宾馆,可是到了中国,他们个个都像王室成员。

"那就把它扔了。"她说。

好莱坞的太太似乎没有听见,依旧提着那盒使她的身份蒙受了极大的污辱的点心。

"我们的中国女佣真是糟糕透了,连酒杯都擦不干净,"她扭头看着丈夫,他好像终于对谈判内容表示同意地点着头,而所有的谈判又都是一定妥协的产物,"桌布熨得也不平整。厨子烧的菜味道太浓,有时还有一股煳味儿。我们实在受不了这样的用人,如果这种情况再不改变,我非辞掉他们不可。"

好像他们在国内有一打厨子和女佣。其实这些太太在国内无一不是天天跪在地上擦地板、烧饭、熨桌布、擦酒杯……如果去超级市场,一定还会为花两块五角钱买二百克起司合算,还是花四元五角钱买四百克起司合算费一会儿脑筋。

"我想你们顶好去参加×国大使馆×先生家的沙龙,那儿经常性的消遣就是批评北京的生活,以及怀念他们在西方的上等日子。"

哪儿都有装模作样的小市民。

文化参赞的太太——你不能把一个文化参赞的太太叫"娘们儿"——对待使馆里的西方人,和那位班?盆?潘先生一样,对中国人都像一个冒牌皇后。

他是在上海留学时被她搞上手的。

昨天使馆为国内一个出版家代表团访华举行招待会，请了不少中国出版家。她亲眼看见这位文化参赞的太太，伸着指头指着两个坐在长沙发上的中国人说："嗨，往里挤一挤，让我们的这位先生坐下。"

连个"请"字也不会说，还用手指头指人。那个手指头不但非常黄，而且像是没有洗干净。她在中国住了这么久，头一次感到中国人皮肤的黄。

用人托着托盘送食品来了，她大声地指点着中国人："你们知道这是什么吗？这是 Pizza（意大利式烘馅饼），是外国最好吃的一种点心。快吃，快吃，出去就吃不到了。"

要么文化参赞根本就没好好待过她；要么她真是这么喜欢 Pizza；要么她是成心捉弄中国人……她看见一个显然熟悉西方生活的中国人，怜悯而又轻蔑地打量着文化参赞的太太，就像看一个小妓女。

就算她学会说"请"，学会不用手指头指人，她这辈子也学不上"夫人"的派头了。

一套翡翠绿的衣裙下，蹬着一双橘黄色的皮鞋，活像一只鹦鹉。只有三等喜歌剧里的女主角才这样穿衣服。逢到别人穿了新裙子或新皮鞋，她总是像厨娘一样问人家多少钱一件，或多少钱一双。你就是抢白她一顿她也浑然不觉，下次依旧。连领会抢白的修养都没有。

那两个中国人在这只鹦鹉的命令下，居然往一块挤了挤，给国内来的那个出版家让出一个真不算小的座位。如果是她，一定会站起来就走，并且在向大使告辞的时候说："你们这里好像座位不够，文化参赞的太太不得不令我们挤一挤。我既不喜欢做听任主人指挥的客人，也不喜欢挤一挤，对不起，告辞了。"

据说当初他们两个人在上海谈情说爱的时候，当中还坐着一个朋友当翻译。天底下有如此尽心尽力的朋友，实属难得。其实连翻译也用不着，对于他们来说，直接上床可能更好。

有一个来中国谈生意的商人，一下飞机，还没走出机场就看上了一个中国女人。除了《汉语会话手册》上的第一句话，他什么汉语都不会说。他就那么走上前去，对那个中国女人用他仅会的一句汉语说："我是一个机械工程师。"他们后来不是也结婚了么？

西方男人见了中国女人好像进入发情期的牲口那么容易成交。

电梯还有到头的时候。

太阳终于连它最后的余晖也敛走了。把世界丢在浑浊的暮色里。街灯和每扇窗口的灯，渐次地亮了。

每每，一个点亮的灯光，总让她感到一种开始。好比现在，就让她感到每一个家庭的生活，似乎经过一段停顿之后，又行将开始。

她也不能如此地在窗前站着，应该开始她自己的工作。

她转身走进书房，在电脑前面坐下。她长长地吐了一口气，好像要把心头的压抑吐个一干二净。她按动键钮，屏幕上却现出"心灰意懒"几个字，令她大吃一惊。真是出了鬼。她将身子往椅背上一靠，惊奇地想，这哪里是电脑？！恨不得吻它一下才好。

当她出版第一本书的时候，随着人们过分夸张的称赞，她的信心反而越来越小，弄得她后来甚至开始怀疑她那本书的真实价值。

当她出版了《关于中国改革障碍之我见》这本书之后，人们的称赞与她出版第一本书的时候相比，不但谨慎而且吝啬，好像这本书根本就不存在。大使先生对她的工作明显地不满起来。好比在一词多解多义的情况下，他总是难得耐心地、用极为花哨的草体，把她的报告改得眼花缭乱，像个无人管理、野草丛生的园子。这等阴险得与他那光芒万丈的身份极不相称的事，他干得十分随心所欲。用以说明她连起码的行文语法都不懂，还有什么资格著书立论。其实她这样用词和他那样用词并无原则上的区别。

她被这种无所不在的挑剔包围着、折磨着，几次想向外交部提呈辞职申请书，可是她又舍不得离开中国，因为她正在写第三本书，那本书写的是西方在中国投资的可能、效益和前景。

她的一位朋友劝解她。这有什么不好懂？人们之所以称赞你的第一本书，正像称赞一个刚学会五个字母，和一加一等于二的儿童，或者一个从来不会打枪的人，突然鬼使神差地打死了一头鹿，因为这绝对不会危及他们的地位和成就，反而说明他们对后来者的宽宏大量。你的第二本书证明了你的成功绝非偶然，他们不得不郑重地考虑，你的成功会给他们带来什么损失，甚至威胁。首先人们会想，驻华使节那么多，为什么只有你写出了那本书？你就是离开外交部，到了别的地方也会遇到同样的问题。全世界都如此。

全世界都如此？

全世界都如此！

二

初次乘坐国际航班的兴奋终于过去。

对航空小姐手推车上的各种饮料表示了得体的兴趣，并加以周到地品尝；

在经济舱里遛了几个来回；

翻阅了机上的一切杂志，从第一页翻到最后一页，又从最后一页翻到第一页。巴黎香水、美国香烟、英国威士忌、日本手表……

"大韩航空公司翱翔宇宙，殷勤侍奉贵宾。"

"汉莎公司体贴入微，笑逐颜开。即使你要一杯清水也会得到尽善尽美的服务。"

"您终年辛苦地工作，休假时当然要选择令您毕生难忘的去处——就像意大利所给予您的一样。在这里，酒店、食物、旅馆的收费合理，租赁汽车和汽油费用更为低廉，还能享受拿波里的歌声、威尼斯的欢乐……请今日便与旅游公司安排您的行程。"

…………

不错，好极了。

司马南江滋味难辨地笑了笑，相信这一切都不是买假药。

他喜欢这次旅行，也喜欢旅途上的一切点缀。它让你感到又真实又虚妄。好像他今天真会和一家旅游公司安排一下他去意大利的行程，享受一下拿波里的歌声、威尼斯的欢乐什么的。然而这一切又真的和他毫无干系，即使有朝一日他真的去了意大利，这一切与他也毫无干系。收费合理、价格低廉什么的。

说到价格低廉，这个飞机上恐怕没有一个人和它的关系，像他那样密切了。

他们需要买一把二胡。虽然他们自己更需要买一个冰箱。

尤其是在冬天，只要一进胡同口，远远就能看见他们那栋楼每一个背阴的窗口，都毫无例外地用绳子吊着大小不等的塑料包。当然不光是他住的那栋楼，北京的很多居民楼都是如此，好像那些楼全都得了皮癌，那癌症又都到了晚期，扩散得满身都是。每每看到这些瘤子，司马南江浑身的皮肤就没良心地冷丁一阵发紧。其实塑料包里都是好东西，包着鸡鸭鱼肉什么的。而那些楼不但给人们提供了可以脱掉他们戴够了的面具、藏起他们不愿被人窥见的一切以及遮风挡雨的一隅，还额外地承担了一个义务冰箱的职责。真的，他不该那么没良心地一哆嗦。

他们需要买一把二胡，哪怕不是最好的，至少也是尽其财力的。

当他们把那一摞让无数人捻过、数过，因而沾满了葡萄球菌、大肠杆菌、肺结核菌、甲型乙型非甲非乙型肝炎病毒，各种动植物油、各种香精香料、各种排泄物等等，因而比人民银行新发放的钞票更有钱味儿的五百元制装费，也如多数人一样正过来、倒过去地数了几遍之后，他们便做出了这样的决定。

科学院院长依林先生去年随×国科学家代表团访华时，司马南江作为国内某一方面的同行专家，参加了会面、会谈，并陪同该团观看了一次民族乐团的演出。

依林先生对中华民族艺术的爱好和崇拜，简直到了令司马南江愕然，乃至惭愧的程度。

报考音乐学院提琴班的邻居二小，初试就被淘汰下来，回家后对他母亲说："……后来我才知道，我的主考老师是个拉二胡的。他那两根弦还来考我这四根弦，凭这，我能考上吗？"

二小他妈说："就是就是就是，两根弦考四根弦笑话不笑话。"

邻里们也都说："就是就是就是。"

到了眼下这个时代，连二大妈都知道如果是人还不知道四根弦简直是土包子、土老帽儿、土鳖、老撇、没文化水。如果还不知道四根弦比两根弦的档次高，简直是对自己的修养、教养、素质、气质、智力、智慧、智商、智能什么的污辱、怀疑、否定。

依林先生说，听二胡演奏，似见白鹤在湖边漫步。款款地收起长腿，再矜持地将腿伸出。似乎担心脚下的泥土不够洁净，总在寻找一块不会弄脏它的脚爪的地方落脚。

又似听见有一条极深、极阔的河，自天地未开之时便朝这里流来，至今方才流到这里，流得艰苦卓绝，不免仍带有天昏地暗的余韵。

"中华民族是一个大智大难的民族。"依林先生一面说，一面用长而略弯的手指沿着西服上衣的翻领上下滑动，"我觉得我已经变成二胡上的一根弦了。"他的眼镜片后面，似有亮晶晶的东西在闪烁。是泪吗？

司马南江十分局促，为依林先生容易的泪，和自己不容易的泪。

"你总得有一套像样的衣服，不然怎么应付那些大场面？"妻对司马南江说，怎么分配使用这笔钱显然让她煞费脑筋。"人家说中国的毛料又好又便宜。男人做一套衣服总得要用二点五米，你虽然瘦，恐怕也得用二点三米。"妻的眼睛只将他上下一扫，便量出了这个精确的用量，如果用皮尺验证一下，顶多差个贴边，不过那可以用碎料拼接，不影响衣服的外观。自从和司马南江结婚以后，她终于学会一切从实际出发，诸如量布裁衣、看米下锅等等以至炉火纯青。

"做一套澳毛花呢的得用多少钱？"她自问自答，"按一套二点三米计算……"她算出一笔可观的数字。

从楼梯上往下看，那些蠕动着的黑色的、白色的、剃光的、卷发的、秃顶的、茂盛的、长发的、短发的头顶，像蒸汽活塞似的，不停地捣着他的脑子，争先恐后地把它们楔进他的脑子，这样楔下去，科学家的脑子也不行。他觉得这些头顶渐渐地把他淹没，把他难死。

呢绒部的毛呢味昏昏沉沉，似乎有迷魂药的功效。人们从各个方向喷出的热气形成了一股热的漩涡。千千万万的脚步擦出排山倒海的轰鸣。

空气里尘土飞扬，这些尘土被吸进他的肺里、吸进所有人的肺里，人人被这尘土窒息得脸色青灰。这些尘埃打在每个人的脸上，打上就黏住不放，一个个蒙着尘土的面孔看上去十分狰狞。他扭头看看妻的脸，果然也狰狞了许多。要是人们在这个环境里连续待上几个昼夜，要不互相掐他们的脖子才叫怪事。幸亏百货商店还有关门的时候。

所以当他再来到大街上的时候，觉得平时拥挤得似乎就要裂开的大街，实际上并不那么拥挤。分明还有阳光，尽管被烟尘蒙蔽得含含糊糊。分明还有空气，尽管被各种排泄物调得黏黏稠稠。

他们往复奔波于各大商店的呢绒部，嗅够了呢绒部那和蒙汗药差不多的呢子味儿；对各种呢绒的质地、价格进行过反复的比较、讨论、算计；又经过无数犹豫不决的痛苦之后，司马南江还是穿了一套西城区第一生产合作社生产的弹力呢西服上了飞机。

你别无选择。

在纯羊毛西服和一把相对好一些的二胡来说。

一旦远离大地，他才知道云很温柔，天空永远晴朗。航空小姐的笑脸也使他受宠若惊。

司马南江深深地被感动了。这感动使他有几分迷离。他的思绪飘浮如烟，不成形体。于是心里涌起一股并非由于伤感的湿润。

就在此时，他嗅到一股不雅的气味。

司马南江怀疑自己的鼻子出了毛病，便又仔细地辨味，果然是臭脚丫子的味儿，而且浓得几乎要将鼻孔掀开。能够发出如此浓臭的脚，一定五天没有洗过。必是汗脚无疑。

他确信这股臭味儿绝不是从自己脚上发出的。差不多是临上飞机前他才现理的发，现洗的澡，现换的新裤衩、新背心、新衬衣、新袜子、新皮鞋，最后是那身重头的新西装，简直就像第二次做新郎。他被那套新姑爷的行头弄得僵手僵脚，到了机场一看，几乎满场都是新姑爷式的人物，手脚才渐渐地柔软下来。

但是……司马南江猛然一惊，洗澡堂子里也有一股臭脚丫味儿。他苦苦地分析再三，才确定澡堂子里是泡臭脚丫子的味儿。至于理发铺里的围布、毛巾则是脑油子味儿，这几种味儿是截然不同也混淆不了的。司马南江有化学家必不可少的嗅觉。他终于将自己排除在臭脚丫子之外。

他始终不能相信，在这种环境里，怎么会有这种气味，便忍不住左右睃巡。

左边邻座是位洋太太，手指上、脖颈上、耳朵上，以及手腕上套着风格粗犷的金饰。与一身栗色衣裙相协调的是橄榄绿的皮包和皮鞋。一头棕灰色浓发的脑袋依靠在座椅上，似睡非睡。有树和草的绿香幽幽袭来，像挨着一座森林。

右边邻座是一个左撇子老外，一上飞机就开始写，一直写到现在。身着T恤、牛仔裤，褪履赤足。每个脚趾，随着笔底的波澜或收拢、或展开，或快、或慢，或上、或下，或左、或右地摆动着，乐然、陶然、逍遥然。

原来臭脚丫子味儿是从那里升腾而来。

左撇子老外似乎感到了他的注视，向他粲然一笑，说了一句与臭脚丫儿毫无关联的话："多么美妙的落日。"

他向舷窗外望去，一天明丽的晚霞中，融着一个太阳，它悄然地沉向厚厚的云层为它铺就的无边无际的眠床。它要睡了。

司马南江的手无意之中碰了一下扶手上播放机的旋钮，一个摇滚歌手抢天呼地、痛不欲生地嘶叫，伴着震耳欲聋的号鼓一下子穿进了他的耳膜。仿佛人类的不幸全落到了那歌手的头上，那不幸生撕活掳着他的肉体和心灵，让人觉得生活是那样令人连眼泪都流不出地绝望。

转眼之间，明丽的晚霞也好，无边无际的柔软的眠床也好，将要安睡的落日也好，全那么不经折腾地被这嘶吼扒拉到一边去了。对此他心里不但没有丝毫的惋惜，倒好像这是他早就巴望证实的一个谎言。

同时它也撕去了人们精心造就了几千年的文明，将一个无遮无拦的原来摊给你看。

司马南江的五脏六腑，被它敲打得毫不羞愧地快速蠕动起来，他立刻要上厕所。

打开厕所门，灯光依稀，好像进了一个盖子没盖严的盒子。关上厕所门之后，灯光陡然亮了起来，照亮了嵌在厕所四壁的、大大小小的壁门，他好奇地、不知为什么有些蹑手蹑脚地依次拉开那些门扇，又像看了不该看的东西，迅速地把门扇关好。

门扇里不过是形状各异，薄厚、尺寸大小不等的纸、纸、纸。如同一个时髦女人的衣橱。

从山坡下往上看去，天底下没有一棵树。于是天就蓝得有包容一切的博大，敞开着它的胸怀，准备保护一切生灵似的。漫坡的玉米，背负着它们的果实，争先恐后地往坡顶上爬去。

司马南江站在玉米地里，仍像站在密匝匝的人群里，无论如何褪不下自己的裤子。

到这里已经三天了，三天没有大便。他苦于找不到一个使他确信是隐蔽的场所。他很知道这里根本没有厕所这一说，但他无论如何越不过没有厕所的障碍。

他的肚子胀得很大，很疼，每一个脚步的颤震，无不加剧着他的疼痛，且不说还要接受劳动的重荷。

晚上，他听见房东的爷爷奶奶叔叔婶子兄弟姐妹拉开后门，对着巍峨的大山就遍地地拉，遍地地撒。那些声响在漆黑而空旷的山野，与万籁一同奏出奇妙的、自天自地的谐音，令他羡慕不已，乃至感动得几乎落泪，便感慨于天地宇宙之大成，人世的千差万别和人生毫无例外的缺陷。

他又明白他必须越过这一障碍。

谁知道会在这里待多久？三年，或是三十年？右派分子和刑事犯不同。前者是改造到死，也许还会（大多数如此）带着花岗岩的脑袋去见上帝，而后者却能摊上一杆好秤，能够准确地约出他们的罪行可在三年、五年无缘无故或无期之中清洗干净。

于是他狠狠地拉下自己的裤子，在玉米地里蹲下。因为决心下得太大，下蹲时用力就很猛，本来并不刺人的田间杂草就刺痛了他的阴部。此时他一惊一乍，便又噌地站了起来，两只手提着裤子空空地站着，想着这件屁事把人消磨到了这种地步，好不惨然。免不了思前想后，将自己怜惜一阵、开导一阵之后，又凄凄惨惨地蹲下。刚一蹲下，便见一条蚰蜒朝他的胯下蜿蜒而来，他立刻想起小时候听到过的种种半真半假的传说，生怕这蚰蜒也会顺着他的脚爬上他的身体，再顺着什么眼儿爬进他的肚子，便又噌地站了起来。若在从前，他万万不会如此有欠堂皇地联想。他觉得他的智力正在无可救药地、又可喜可贺地衰退。他叉开两腿怔怔地站在那里，似乎被这衰退所惊吓，然而这不正是他所企望的么？

他提起一只脚，对准蚰蜒踩下去。蚰蜒并没有被碾碎，它陷进刚才被他刨松的泥土里，快速地划动着两排密密的腿，一会就从泥土里钻了出来。他将锄板垫在蚰蜒脚下，只轻轻一点，蚰蜒就被碾碎了。

无论如何他要学会诸如别把脸皮看得那么重要这样的事，他何必也在自己身下垫块锄板呢？

他终于拉出来了，而且拉得极为痛快。

他蹲在玉米地里，眯着眼睛瞧玉米叶子里的天，天蓝得让人心里浪荡，吃了个肚儿圆的甲虫摇摇摆摆地在玉米叶子上爬来爬去。庄稼让太阳烤得噼噼啪啪爆响儿。脚下的杂草撒胳膊撒腿儿还梗着脖子。

万物活得滋滋润润。

在学校里常常讨论的那个永远激动和困惑着幼稚的心的题目：什么是幸福，突然地回到他的心里。

如果现在再让他来回答，他一定会说，一个被屎憋得肚子生疼，却满世界找不着地方拉屎的人，后来终于找到了地方，把满肚子里的屎，哗啦啦地、尽情地、毫无保留地拉下来就是最大的幸福。

然后他像当地人一样，顺手撕下一片玉米叶子，在肛门那里刮了刮，便一身轻松地站了起来。

以后他还用过土坷垃、石块、瓦片、高粱秸什么的。他做得很熟练，绝对干净，一点儿也不会蹭到裤裆上去。

他什么都用过，就是没用过这些形状、大小、厚薄不一的纸。

便池看上去很干净，里面还浸着一池蓝盈盈的水。也许用于消毒，也许用于除臭。便池四周没有排泄物的点滴，通常公用的便池，免不了这样的痕迹，显出这等去处过客身份的杂乱，管理人员的疏懒。人们只是偶然将它一派用场，对它谁也没有爱惜的责任……

但这并不能使司马南江放心，艾滋病的可怕程度，已经可以和癌症相提并论。

他想了想方才看过的航线图，到加油站至少还得六个小时，而且谁敢担保加油站的厕所不是马桶而是蹲坑。

你别无选择。

在农村接受劳动改造的时候，为没有厕所拉不出屎来经历过脱胎换骨的痛苦，现而今又要为厕所的进化费尽心机。他是烧包烧的，还是贱命贱的，他自己也说不清楚了。

啊哈，他终于出来了。

若不是必须给这位邻座起身让路，她没有上厕所的需要。她还是在他进了厕所差不多十分钟以后才过来的，真不知道里头有什么值得留恋的，他竟在里面待了那么久，好像这不是厕所而是股票市场。

她喜欢长途旅行，运气好的时候还会碰上一个有意思的邻座，接着就会有一段意想不到的插曲。

这次的邻座偏偏是个中国人。她本来就不喜欢亚洲人，他们不但看上去很脏，身上还有一股怪味儿。酱油味儿？醋味儿？葱、姜、蒜味儿？也许是这些东西的混合味儿。好像他们一个个都是刚从中国餐馆里出来。中国菜虽然好吃，中国餐馆里的那股味儿可真让人受不了。如同中国的钱好赚而中国人让人受不了一样。中国，真像一罐刚熬好的果酱，又馋人，又烫嘴。所以为了她的公司，她必须一次又一次地到中国去。

快到目的地了。

航空小姐全体出动，她们有节奏地、有节制地摇摆着她们的胯部，迈着介于舞步和非舞步之间的步子，走出一路的俏皮、干练和朝气。即使是个体态丰腴的女人也会让人觉得身轻如燕。这真是女人才懂的本事。

她们为航空公司送来最后一次令乘客难忘的记忆。一个原料上乘，加工精湛的小酒杯，扣在一小瓶扎着红丝带的名牌葡萄酒上。

大部分乘客当场一饮而尽，司马南江却对那张俯向他的、完美的笑脸摇头、谢谢。他不会再有乘坐这家公司航班的可能，又何必浪费人家一份难忘的记忆。

这次出访是应对方的邀请，旅费、食宿一概由对方负责。去哪个城市、去哪个旅馆、何时到达、何时离开、各地接待单位以及接待人员的姓名住址电话、活动日程（包括莫名其妙地参观一个刀片厂）全有翔实的文字材料备案。上飞机有人送，下飞机有人接，好像你就是个接力棒，无论如何不会掉在地上。像这种腰里一个外汇没有也能做的环球旅行，怎么可能一而再地落在他的头上？

如今老外也很清楚，如若不是官方派出的考察团、慰问团、访问团什么的，而是由国外各团体邀请中国学者、艺术家、教授什么的出席各种国际会议、进行学术交流什么的，他们很难成行，首先是本单位的政治审查，然后是上级有关部门，以及各省、市外事部门的审批等等，在这一通审批之后，还给你来个活动经费自理。银行里顶多卖给你五十美金的外汇（就算随便让你买你买得起吗），凭这一壶醋钱的外汇，你想上哪儿去。别管多有身份、地位的中国人到了国外只能到处吃请，而连一杯咖啡也不能回请。为了他们的寒酸你甚至不敢看他们的眼睛。

所以对待中国的学者、艺术家、教授什么的，西方人通常采取对待第三世界的学者、艺术家、教授的办法，一切经费开支由邀请单位负责。为了世界科学技术、文化艺术事业的发展，这笔经费的贡献太渺小了，渺小得不足以证实他们对人类社会进步的热忱，因为他们不得不接受"搭配出售"的办法。为了邀请一个必须邀请的人，他们不得不再邀请若干个他们不想邀请的、不知道跑到西方来干什么的人。

按说中国属于第三世界，接受这份支援本是顺理成章，可是司马南江老有一种处身殖民地的感觉。

邻座那位如森林一片的女士,一见航空小姐就要端着托盘走开,忽然绽出一个来去极快的微笑:"可以吗?"

这是她在十几个小时的飞行中第一次展露笑颜。居然笑出几分味道。

还没等司马南江明白过来可以什么,或不可以什么,森林一般的女士很利索地拿了两份葡萄酒,又听见她的大皮包很堂皇地咔嚓一响,两瓶葡萄酒和两个小酒杯便迫不及待地落进了皮包的底部。"我丈夫喜欢这个。"她向航空小姐说。毋庸置疑。理由充分。如若有人不知道她丈夫的这个爱好,那真是天底下最奇怪的事了。

接着送来了入境申报单。

为了更有效地使用一加三个出访名额,团里决定不带翻译。他们说。对方主要是和你对话,既然你不需要翻译,大家就更不需要翻译了。

司马南江责无旁贷地拿起了笔。

虽然现在熟通麻衣相术,并以此为业的人又多了起来,司马南江却始终怀疑麻衣相术的理论如何在中国得以发扬光大。仅从这些护照的标准相上,你很难猜透他们的性格、爱好、经历……一个个都是正其衣冠、尊其瞻视的样子。

好比团长的脸上,唯一一处让人尚可寻味的部分是他的牙齿。这一处拥挤不堪,那一处却豁然开朗。然而从这豁处从不曾漏出过什么,更不要说漏出一句话。

他又开始研究副团长的照片,除了目光有些散淡,并无其他值得推敲的部分。即便如此,在判断什么的时候,未必没有天平的准确。

而代表团的秘书只有一种句式，提问、反问、疑问……当他不得不讲话，而又没有机会供他选择一个合适的问句的时候便自问。

这真是一行搭配得十分得当、代表着五湖四海的队伍。

司马南江为他们将表上的各栏一一填写清楚。只在"职业"这一栏发生了一点困难，因为找不到完全相应的单词。想来想去，只好填写了他们各自的官衔。

进关的时候，果然遇到了一些小麻烦。那位先生也许好奇，也许喜欢玩笑："您能给我解释一下这是什么意思吗？"

团长双手插在风衣口袋里，很有身份地点着头。他想，既然司马南江已将一切办妥，他只需一一点头便是。早已过了暮春天气，团长的额上明明渗着汗珠，却始终不肯脱去米色的风衣。

"您说英语吗？"

团长又照例点头，并哼出几个言简意赅的声响。

"那么请您告诉我'书记'是什么职业？"

团长不明白此人为什么又是耸肩，又是像喝酒猜拳那样不断把手指张开。让这样不稳重的人接待他这种身份的客人，真是荒唐。

在一行人殿后的司马南江见状不妙，赶紧上前一步："先生，有什么问题吗？"

"不，谢谢，我只是有点好奇而已。"他终于明白和这位非常明白地点着头的先生说了半天英语等于白说，从此便不再说，只好像和聋哑人交谈那样，做了个"请"的手势，果然就见成效。团长像首长检阅游行队伍那样挥了挥手，进关去了。

关于职业的讨论延误了一些时间。等到取了行李，全场几乎只剩下了本代表团全体。于是就相当地瞩目。

恰值"边检"闲得需要恪尽其职，便觉得这一行人的神态有些离奇。他们明明朝着出口走去,看上去却像根本不知道出口在哪儿。

特别是那个两条胳膊显得特别长的瘦子,简直让人猜不出是什么角色。看他满头大汗、满脸通红地搬运行李,其他人则站在一旁理应如此地袖手旁观——可能是个脚夫。看他招呼众人一会儿往左,一会儿往右的样子,又像是个导游。而他手里提的那个盒子显然重要无比,时刻处在他的关注之下。总而言之,满场似乎都飞舞着他那两条瘦长的胳膊。

他留住了司马南江,请他把手里的盒子打开。

全团人只好怏怏地站在那里,脸上很不是颜色,司马南江的这个破盒子,使全团遭受了不能先睹为快的损失。那个令他们心里想得十分痒痒,嘴里永远不会承认的地方已经近在咫尺。

盒子里简单得像个杂货铺。

为了防止震荡,司马南江在盒子的空隙里塞满了袜子、背心,内裤这一类材料细软的东西,当然还有几大包板蓝根冲剂。据出访归来的人们介绍,在国外就医价格十分昂贵。

面对这样一个少见的杂货铺子,"边检"一时不知从哪儿下手,思量再三还是小心翼翼地拿起二胡。因为他从来没见过这玩意儿,不知是雷管还是单筒枪。拿在手里分量很轻,也许是用一种新型金属材料制成。

中国人是奇异的。连他们的眼梢,也斜斜地往上吊着,总好像在打什么主意。

一个中国的"功夫"代表团曾来此地访问演出,几十厘米厚的石板,一巴掌下去就能劈成两半儿,石头下面还躺着一个如芦笋一般鲜嫩的女人。听说还有一种"功夫"可以呼风唤雨,真让人难以想象。虽然他们的面孔看上去都像一盘"绿沙拉"。好像他们一辈子只吃"绿沙拉"而不吃别的,所以他们才有这股邪劲儿。不过要是有一天全世界都被"功夫"了后果也怪可怕。也许你正在向神父忏悔,转眼之间他就非驴又非马;也许你正在发表竞选总统的演说,没准你就会当众脱下裤子露出一条奇怪的猪尾。

"这是我们的一种民族乐器。"司马南江说。很有一些历史悠久、文化古老的得意。

乐器?!

尽管"边检"见过无数高明的骗子,但对中国人他还是愿意另眼看待。"请跟我到里面来。"

在检查室里,这把不远万里而来、怕磕怕碰、即使睡着了也一直抱在怀里的二胡被探测仪照了又照。确实没有发现什么可疑之处。"边检"只好将二胡还给了司马南江,似乎这结果不是他所期望的。

司马南江接过二胡以后取下弓子拉了两下,以验证它在探测仪的反复照射下是否完好无损。不料弦上响出一个与他的宝贝极不相称的声响,"边检"脸上现出横遭一枪的神情。这令司马南江感到面上很不风光,不免发出很响的、嘲讽的一笑。

接着"边检"将塞在盒子里的每件背心、每条裤衩、每只袜子(千万不要染上脚气,司马南江想。他患有严重的脚癣),一丝不苟地翻转再三,瞧了又瞧,抖了又抖。特别是那几包板蓝根冲剂,他嗅了又嗅,捏了又捏。

也许中国人的行骗伎俩和西方人的行骗伎俩差不多;也许全世界的骗子都一样;也许全世界的人都一样。

三

在移民局那栋破楼前,她站住了。

肯定所有的移民局都是破楼。她想。那是为移民准备的,必破无疑。

汤米从她身后慢慢地赶了上来。他愿意落在后面一些,以便欣赏她的整体形象。

太阳在她的身后闪耀着金色的芒针,她看上去像环绕着光环的神女。东方的。

她眯起眼睛,仰视着台阶尽头那栋破楼的破门。那神气很像面对一大盘烤羊肉,考虑着从哪儿下刀最好。

她双手叉腰,一只脚蹬在高两级的台阶上。差不多整整一条腿,从印度式的大开衩的裙子里露出来。腿节修长,骨节精巧,踝部很细。亚洲人很少有这么漂亮的腿。汤米抑制不住地想到腿根的去处。平生从未有过的、只有在这个中国女人身上才能得到的快感重又紧紧地裹住了他。全部。从头到脚。

太阳很毒。她眯着的两只眼睛更加细长,使她脸上那种近乎残忍的美更加夺目。在和她做爱寻欢的时候,这种美更给他增添一份决一死战的酣畅。

她和汤米纠缠得太久了。一个月。这不符合她的工作原则。

"我们很快就会到这儿来,是不是,汤米?到时候你应该记住你太太爱穿粉红色的内裤,每月三号来月经,左乳上有一小块黑痣。而你爱吃烤玉米，早上要吃四个煎鸡蛋，对不对？"

这一套她比汤米还熟悉。移民局的那些笨蛋哪儿是中国人的对手？

"她绝对是个下流胚。"母亲望着汤米，像望着一个身患绝症的人。

"可是我爱她。"

"你知道那不是一回事儿，汤米。"

也许母亲说得对，他病了，病得很重。一种无时无刻不想和她做爱的病。她那个东西长得那么让人销魂，任何一个男人都会心甘情愿地死在那里。

这就是她的财富。到了西方以后她才知道。在中国的时候她不知道。中国男人即使死在她的怀里，也不会像西方男人赞美上帝那样赞美她的这个东西。有了西方男人的参照，她终于认识了自己的价值，这种东西方之美兼而有之的女人五百年才会出一个。而她那个东西更是钻石、是艺术、是举世无双的珍宝。

回想以往的成功，只能算是小试锋芒。

人人插队落户的时候，她却参军、入党；

在部队没干两天又被推荐上了大学，当了第一批工农兵学员；

刚刚落实政策的时候，她又嫁了一个有海外关系的、可教育好的子女，在钱还值钱的时候退赔的钱财近十万人民币；

刚刚往西方派遣公费留学生的时候，她又做了本校、乃至本市第000001号留学生，并及时地与可教育好的子女离了婚；

…………

那时，这些"刚刚"显得多么不凡，和她如今的抱负相比却多么黯淡。可是没有那些"刚刚"也许就没有今天。

她要面向世界、征服世界。既然她能把不论是无产阶级，或是资

39

产阶级的便宜占个够,也就能把帝国主义的便宜占个够。她有这个信心、雄心。

最重要的是安营扎寨,弄到一个西方国籍。留学、打工、做买卖熬居留年头去换取国籍的办法又苦又笨。那是留给男人或同男人没什么两样的女人去干的事情,上帝早就给他们安排了用在那个上头的筋骨和头脑。她不,她是为了挥霍男人的血汗而生的。她庆幸自己生为一个绝色的女人从而有享受男人不尽的一生。

但是西方男人很难下决心结婚。和汤米的关系拖拖拉拉,以至被有关方面遣送回国,并且从此不能在涉外部门工作。这也是她把留学的办法,看作事倍功半的原因之一。

但是先生们,你们也太小瞧我了,就算你们撒下天罗地网,我还会打回西方去。除非你们关起国门,不放一个洋人进来,只要放一个洋人进来,他就是我的。她呷了一口加了冰的威士忌,冷冷地想着,冷冷地看着。她喜欢威士忌,有地道的西方的强烈。她非进入和这种强烈相一致的生活里不可。

条条道路通罗马。欧洲人常说。

长城饭店的酒吧价格昂贵,可是在这里下榻的客人,或设立办事处的机构,档次要比其他饭店高出好多。中国人不但可以入内,而且进门时不需要出示工作证,或填写会客单。

所以她要在这儿下下她的套子。不在美术馆,也不在地坛公园崔健的演唱会上下套子。虽然那儿的老外也不少,但在那种地方,不大容易判断他们的经济实力。

她不能像那些没见过世面的小妞那样,像个没有经验的猎人,刚见到一只兔子就像见了一头狮子,立刻兴奋骚动起猎手的豪迈,乱窜乱跳放乱枪一番之后,连兔子也不一定打着。她们多半见到第一个老外就廉价地卖了。她们不知道老外其实和中国人一样，也有穷光蛋、无赖、窝囊废什么的。到了国外还和在国内的日子一样，仅仅能吃饱饭有什么意思？中国人所向往的自由倒是应有尽有。游行、示威、吸毒、卖淫、要求军机大臣下台或者指着鼻子骂总统。没有人会因此定你反革命，或者说你别有用心一小撮，号召你顾全大局安定团结好好学习天天向上不要受人煽动蒙蔽好像你还在托儿所里拉屎撒尿还得报告阿姨，收买学贼跟踪汇报一下子把你发配到沙漠里去。

可是自由有什么用？

要是你没好钱没好房子没好吃的没好穿的没有金银宝石钻石而是镀金镀银假宝石假钻石的首饰。自由，能给你吗？

一比八。倒卖外汇的小子心真黑。一比八就是一比八。愿意你就来，不愿意你就走。无论如何他们还比那些冠冕堂皇地坑蒙拐骗你或坑蒙拐骗国家的有工资有级别有党票有中山装有剪彩有开幕闭幕的讲话的人正大光明。

一比八。她愿意，她不换外汇怎么能坐在这儿喝威士忌？不坐在这儿喝威士忌又怎么下她的套子？就算是投资吧，她早晚会赚回来。

蜡染的布袍子长及脚踝。浅棕色，上面却印有黑色的非洲情调的花纹。袍子的线条简单流畅，从头上垂直罩下。领子很低，袖口宽大，腰间松松地束着一条颜色相同的丝带。自己设计、自己剪裁、自己缝制。她的身量很高，穿这样的款式更是潇洒。因为料子很软，走起路来莲步生风，袍子也就软软地依在腿上，两条腿的轮廓也就隐约可见。一路便走出希腊、雅典的味道，也走出有些钱财的味道。

这是一件不那么正式，却又能在晚间应付较大场面的衣服。而且引人遐想。比方想到豪华宽大的床、床上柔媚的女人，以及总是残留在女人身上的夜的慵倦。

她举着酒杯，慢慢地吮饮。宽大的袖子滑落下来，露出了她黝黑发亮、结实而有弹性的胳膊。这是每天上午十点到十一点之间，只穿一件游泳衣在阳台上晒太阳的结果。

她知道西方人的口味。

活在这个世界上仅仅聪明就够了吗？

有个男人过来了。

那男人看上去不是银行就是某大公司的高级职员。她一眼就看个八九不离十。她又抿了一口酒。

他在找座位。

天公作美，今天的座位很紧张，香港一家公司的老板大宴宾客。

被宴请的那伙人，显然都是七十年代的剩货。

这从他们的吃相上可以看出。有一股知道时不再来的狠劲儿、不吃白不吃的无赖劲儿和挥霍别人钱财的在所不惜的残忍。

从他们的穿着上也能看出。虽然通俗得像是在过"狂欢节"，却件件都是名家名牌。显而易见，送上衣的是一个人，送裙、裤、皮鞋、手袋的又是另一个人。这份礼物多半不是特意准备的，而是从橱柜里找出来充数的。自家穿剩的、或是买的时候挺喜欢，过后看着又不称心了，只消用来对付、打点这批剩货。

这从他们的神态上也可以看出。既残留着昔日的飞扬跋扈，又有俱往矣的悲凉和绝不能暴露这种体味的振作。

接着她认出了其中的一两个，然而她从未见过这伙人聚在一起时的情景。真像步入穷途末路的狼群，让人毛发悚然。

但就是这伙人，依然能在某种程度上左右中国的事情，因为他们的"叔叔"、"伯伯"闪转腾挪功夫好，过了一关又一关，而今可能还在岗位上。中国的事情，有时就建立在这些意想不到的支点上。

这就是那个港商、那些外商慷慨大方的原因。

看着这帮群魔乱舞，中国，真的无可救药了。

那男人像在荨麻地里穿行，力求缩紧自己宽阔高大的体积，小心翼翼地穿过那些餐桌和座椅，又如兔子那样频率极快地抽动着鼻翼，好似空气中有什么令人可疑的气味。

他是否已经娶妻？

这并不重要。一切都可以改变。只有无能之辈才会嗟叹相见恨晚。

她始终审慎地、毫无忌惮地、当然也就像不包藏任何目的地盯着他。

对这种男人，既不能轻狂也不能畏怯。

她现在应该是个无处可去的孤身女人，因为无聊才坐在这儿浏览众生。

只有她的桌子上还空着一个座位，这是她有意留下的。只准备让给那些经过粗略的筛选，认为值得进一步深入了解的人。

他们的目光相遇了。一个人这样盯视着另一个人的时候，他们的目光早晚会相遇。

她的目光果然与众不同。他在这种距离似乎很远的目光里，其实还读到了一些什么。所以才不揣冒昧地问："小姐，可以吗？"

她无可无不可地说："请。"

她垂下眼睛，把玩着手里的酒杯。估计时间差不多的时候，比方在他拉出椅子、坐好、双肘支在桌上这一串动作消停之后，便猛然抬起她的头。果然不出所料，他正盯着她瞧。

这女人味道真足。

最近一期《花花世界》杂志上有这样一段话，你愿意和一个处女睡觉，还是和有经验的女人睡觉？

有人回答:"我倒是愿意,可是现在在哪儿还能找到处女?"

还有人回答:"我可不愿意充当她在床上第一课的教师。"

他试探地对她微微一笑。她算不上是笑地牵动了一下嘴角。两只手冷静地放在豆青色的亚麻布的台布上。

"可以请您喝杯酒么?"

"谢谢。"

以后的事诚如她所设计的那么顺利。他们甚至谈到了嫁娶。可惜那家公司在和中国方面谈判时,没有尽顺中国人的心意,凑巧那一天他们在旅馆里做爱,凑巧又被有关部门查获,结果是他被驱逐出境,她被拘留。后来那家公司终于准备与中方进行合作的经验,但是他再不能回来了。她始终对那家公司怀有毫无缘由的仇恨。

条条道路通罗马。

感谢命运的安排,当初她怎么就鬼使神差地学了英语这门万国语?

现在她是迷醉于中国古典文化、艺术、哲学的嬉皮而又不是嬉皮的青年。

穿牛仔裤以及长至膝盖的、色彩对比强烈的肥大毛衣。在一只耳朵上戴一只用宋代碎瓷做的大耳环。戴耳环的这一侧头发短如棕刷,露出青皮,没戴耳环的那一侧头发瀑泻而下,遮住一半面孔使一只眼睛神秘地忽隐忽现。用手抓食物,然后把油手在裤子上来回地抹,直到菲尔看见,露出责备的、实则是怂恿的微笑为止。

"菲尔,好吗?"她举着一个似猴非猴的木雕在菲尔的鼻子前头晃动着。

"嗯,不错,很不错。"菲尔的眼皮轻轻往上一挑。逢到看见有味儿的东西,他的眼皮都会这么一挑,就像他第一次看见她的时候一样。

那一天,他在自由市场上看中了一个旧坛子。

这不是一般用来弥补北京人日常生活所需的自由市场,而是面向老外的几个有名的自由市场之一。

门道精明的贩子都知道在哪儿可以找到老外,奇货可居地把价钱吊起来。

她已然在那里转悠了很久。

在他看中那个旧坛子的时候,她也恰恰地对那堆破罐子烂坛子发生了兴趣,同时也就和他一起蹲在了那堆破烂的前头。穿一双绣满繁花的布鞋,一身黑色的中式裤褂背一个与绣满繁花的红鞋相应的布包。他忘记了不知怎么一来,他们就一块儿挑选,一块儿和卖主讨价还价,而且她似乎比他还不懂得怎么杀价……好像他们本就是一块儿来的,然后他们本就应该地一块儿回到他的寓所。

进了客厅,举起一杯消热开胃的啤酒时,她突然想起这事的荒唐:"啊,啊,我怎么跟你一块儿到这儿来了?"她举着啤酒,没说走也没说不走地站着。

他哈哈大笑。很喜欢她站在那里的样子。糊里糊涂,并被这糊里糊涂弄得茫然而又不甚心甘。

她和那些不遗余力地包围他的中国女人不同。她们太精于算计,想方设法地想要把他套进她们的套子里去。

菲尔讨厌婚姻,不论是和一个西方女人,还是和一个中国女人。

而他们一路上讨论得十分热烈的是为什么现在中国人都去追赶西方的时髦,而不注重本民族的文化艺术。比起中国,西方只能算是尚未开化的蛮族。菲尔虽然研究数学,对中国的民间艺术却有浓厚的兴趣。"像你这样喜爱、并且了解中国民间艺术的老外真是绝无仅有。"她及时地说。同时带着一副还在严格地衡量这么说是不是有些过头的样子,菲尔因此觉得她的评价尤其诚实。像她这种不以西方人的态度为马首是瞻的中国人更属凤毛麟角。

她又问他是否去过"德陵"。

"没有。"他说,"他们带我去的地方,尽是那些类似'洛可可'的地方。还有那些红色的、蓝色的、金色的龙,摆弄得丑恶极了。也许日本人喜欢这种东西,他们除了钱什么也不懂。"

她深为他不曾去过"德陵"惋惜。"那里不但游人少,而且有古罗马遗址的风情。当你置身于那一丘废墟之中,似乎可以听见岁月如苍凉的风,在你颈后嗖嗖地吹响……"这是她从一个老在写、老也发表不了的朋友的手抄诗集上看来的。

他们忘记了应该告别,或者找不到告别的间歇,当对方谈得兴味正浓,打断是没有礼貌的。便这样地一直来到了客厅。

"猜猜,多少钱买的?"

菲尔捉住她的手,就要说出一个一猜就着的数目,她却突然抓住自己的头发:"噢,我又把一张五十元钱的钞票当作十元钱的钞票给了小贩。"她懊恼地往后一挺,倒在菲尔那张从不整理的床上。

菲尔再次为她对生活的粗心大意所动,也许女人的可爱之处正在于此。"什么时候你才能变得清楚一些?哪一个男人敢和你结婚呢?不出两个月你就会把你丈夫的财产全部丢光。"

"是啊,这正是我最可悲的地方。"她做了一个灰心丧气的鬼脸。菲尔则仰天大笑,然后便搔她的痒,他们一齐翻滚在床上。他的手无意地碰到了她的胸,坚挺、丰满,可以想见它裸露在男人面前的时候所具有的战无不胜的力量。这和他在西方见到的大不相同。在西方,人们说中国女人的奶子如蔓藤一般垂吊在腰际。但她目前仅仅是他的好朋友,还不是女朋友。这两种关系在菲尔是很清楚地区别着。他要么不该有非分之想，要么概念明确为所欲为。

她知道这一会儿他想了什么，却做出浑然不觉的样子。"以后再去买东西，一定要约上朱丽，她特别会讨价还价，干这种事情一定要找她帮忙。"她依旧嘻嘻哈哈地揉搓着菲尔的头发。

菲尔仍旧举棋不定。在他没有做出决定之前，他绝不会做什么。

现在唯一可以和她较量的人是朱丽。她实在太美了。她的美是在一眼就能看到的地方。如果一定要在世界上找一张最完美的脸，那就是朱丽的脸。而她的魅力却在暗处，除非上床，才可领略一二。情到深处才能探其所有。

她一定要击败这个上海妞。

在追掠西方男人的角逐场上，上海妞绝不是北京妞的对手。

北京妞首先占有地利这一条。在北京的西方男人不但数量远远超过上海，档次也比上海的高。所以她们的机会远远比上海妞多，她们对付西方男人的经验自然就比上海妞多。

一般来说，上海妞太小家子气，缺乏北京妞那种大刀阔斧勇于进攻的精神，和野性十足的刺激。虽然她们不乏诸如从后门拿到在公安局注册的、西方男人的花名册这一类的精明，可是她们绝对不了解不同层次的西方男人的胃口，只知一律延用十八世纪的女人对付男人的办法。

虽然现代的西方男人已经具有更多的平等观念，受过更普遍的教育，但是女人在他们心目中的地位，和前几个世纪并没有根本的不同。他们依旧从女人的依赖里寻找男人的证明，并从这种证明里得到男性的满足。然而他们的表现形式已和从前大大的不同，比方说给女人送红玫瑰、唱小夜曲的事菲尔绝不会干，他要当的是二十或二十一世纪的骑士。

反过来说，一个娇娇滴滴、百依百顺的女人的依附就太廉价，从这种女人身上，只能得到一个男人不但无能、而且过时的证明。

"我把我那件灰色有浅黄条纹的衣裙送给朱丽了，我觉得它对朱丽比对我更合适。她穿上以后，更像一位文雅的女士。我非常喜欢她，希望你也喜欢她，"她看出菲尔的满意，"你要对她好一些，对所有的女人都要好一些。"

"哎，你不懂，不论她们给我做菜，还是给我织毛衣都是有目的的。她们想出种种借口到我这里来，一直坐到深夜，弄得我不得不藏起来。"他的口气有些不耐烦，他的脸却告诉她，他很为自己的魅力得意。

菲尔，菲尔，你其实并不了解中国。你以为穿一件对襟的中式小褂，买几个中国风筝，逛几次中国的庙会，会使用中国筷子，知道"德陵"在哪儿就算了解中国了吗？连中国人自己也未必透彻地了解中国。

你更谈不上了解我们这样的中国女人。对这些无时无刻不在想方设法把你纳入我们囊中的中国女人，即使你没有魅力，我们也绝不会放过你。魅力在这里不起任何作用，什么魅力也不如你是个西方的男人。

"你怎么能这样揣测别人的好意？"她有些愤愤不平地说。她要让菲尔知道，她没有《丑陋的中国人》里所罗列的恶习。

菲尔果然因自己人格的不够完善显得尴尬。"我饿了，咱们做些好的吃吗？"

她吹出一声潇洒的叹息。"菲尔，我感到非常抱歉，我……我恐怕什么也做不出来。"

"稀饭你会做吧？我很喜欢中国的稀饭。"

"我可以试试。"她把握不大地说。她现在绝不打算在菲尔面前暴露她会做饭的本领。一个让他在饭店里破费的新式妇女，比替他省钱的贤妻良母更能得到他的欢喜。也许别的男人不是这样，但菲尔是。

他们在厨房里找米。

橱里、冰箱里装满了从友谊商店或各大饭店买回来的调料、罐头、方便食品……瑞士起司、日本方便面、北欧的熏鱼、意大利通心粉等等，几乎所有的包装都启了封。看上去真叫人心疼。都是用外汇买的呀！她要是主持这个家，即使少一半开支，还能赚不少私房。但她还是毫不犹豫地打开一包米，虽然她看见有两包打开的米就在手头放着。现在她必须这么做。

稀饭一定还得烧煳。他们只好去下馆子。一路上她不断地责怪自己。"我一定要向朱丽学会做饭。"她痛下决心地说。菲尔搂过她，宽慰地拍着她的肩。

"朱丽，亲爱的，你过来坐一会儿好吗？别洗碗了，你又不是我的女佣。"

"快来呀，朱丽，给菲尔发功呢，快来看呀。"有一个客人非常投机地喊着。

"依我看你的病好治……"发功的人紧闭着两只眼，双手悬空地平伸在距菲尔两只手上方约一尺的地方。

她很快地将这句话译给菲尔听。

"我有病？"菲尔难以相信。

发功的人不予理会，依旧悬着两只手，菲尔果然惊异地感到有两束热流直射他的手心，他的手心上像是贴着两只滚烫的栗子。霎时间这两股热流又传到他的小腹，在他的小腹汇成一股更大的热流直窜他的胯下。

这时发功的人才开口说话。"你们西方人一定要到肺烂了、肝硬了、胳膊断了才叫有病。我们所说的病，和你们所说的病不同。当然，信不信由你。你现在阴阳不调，必有大病附身，如能尽早完婚，定可免去此难。"

菲尔点头如仪。胯下仍是一片如燎的燥热骚情，他怎么还能不信。只是他那双轻信的蓝眼睛几乎使人觉得气功效果的权威性和大甩卖的群众性是没有什么差别的东西。蓝眼珠比黑眼珠到底略差一筹，有一览无遗的先天不足。

气功界谈起此人颇多微词。旁门左道。一介江湖术士。她要的就是这个。左探右访方才寻得。几处要点略做交代。心照不宣。心领神会。几十张兑换券在那垫着，不怕他不尽力而为。

被请来推波助澜的客人，经过精心地筛选。此时及时地笑出煽动性的暧昧。菲尔有的是洋烟洋酒洋点心洋咖啡。能够出入一个老外的寓所并且和一个老外"侃"上一"侃"，被眼下不少人视为最上等的沙龙生活，和至少能炫耀一个月的话题。没准还能看上一段难得看到的录像。坐在低矮宽大不着色的北欧沙发上，跷着二郎腿，拿着一罐青岛啤。空调舒服得就像把你揭去了一层脏皮。这份享受和殊荣岂是那些挤在半公开半地下，由小夹道改建的臭气熏天的录像带放映室里，只能看看倒了不下五次的香港三流功夫片，外加一点刚走到床边就给你掐了的录像带的一般华人所能想象的？要是逗得老外高了兴，也许还能带你去建国饭店、兆龙饭店、昆仑饭店、长城饭店撮上一顿，那种经验更会让你终生难忘。

她笑得尤其忘乎所以。以至将手放在了坐在身旁的那位驻华使馆一秘的、某个令人想入非非的地方，她也未曾察觉。

在西方，即使是父亲的情妇，只要她愿意，你照样可以和她同床共衾而不会产生任何心理上的负担。愿意，或者不愿意就是最充分的理由。一句"我不爱你了"就可以把前情旧怨一笔勾销，任你寻死上吊。妇女联合会也好，女权运动委员会也好，人民法院民事法庭也好，没有人会为你发起一场围剿陈世美的战斗。

她爱菲尔。谁又能说她不爱？爱到可谓殚精竭虑的地步。但她也不能放弃多种准备的可能。万一菲尔不上钩呢，即使上了钩也可能给她来句"我不爱你了"，也许还有比菲尔更好的机会呢……什么叫忠贞的爱情？世界上有那玩意儿吗？

她手掌下的那块肌肉绷紧了。从那块肌肉上传递过来的欲念，一下子就把她的血搅和得在血管里四处撞击、奔突，使她周身涌起一股渴望与兽一样恣意的冲动。她像是无意地加重了手上的力量。调情、让男人上钩，可能是最有趣的游戏了。但是她的注意力又被坐在对面的男孩儿所吸引。那是一个驻华使节的儿子，刚刚满了十五岁。如果她生育早，可能已经有了一个和他差不多的儿子。她的眼睛像舌头一样，知道该舔什么地方地舔着那个男孩儿。眼瞧着那个髭毛还没长满的孩子，在她的撩拨下，向淫欲里堕落。她喜欢造就那些情窦初开的男孩，有种和吃小牛肉差不多的鲜嫩感。

"朱丽，快来呀，菲尔要结婚了。"

朱丽笑吟吟地从厨房里走了出来。顺手把菲尔扔在地板上的夹克挂到衣架上去。像主妇那样给客人续过茶、或咖啡、或酒、或甜食之后，便端端地坐到沙发上去。她不笨，知道菲尔对她的兴趣，便义不容辞地有了主妇的良好感觉。

她却端着一杯酒坐在地板上。长伸着一双没穿袜子的脏脚，十个脚趾甲上应有尽有地分别涂着红、蓝、白、绿、银、黄、紫、黑、金、棕十种颜色的指甲油。"你们看，朱丽这条裙子多漂亮。旧货摊上买

51

的。日本货。纯羊毛的,才二十多块。日本人的口味和中国人的口味差不多,所以朱丽穿上特别合适。"

朱丽勉强镇定着自己,使自己的脸不要再红下去;勉强自己做出一份与她的气质毫不相干的、管它是从哪儿来的、只要自己穿着舒服就行的洒脱;勉强振作起一份勇气,表示这样的赞美使她满心欢喜。

这赞美如白雪公主后母的那只有名的苹果,除菲尔之外,每一个儿童都知道。

朱丽长年累月,省吃俭用凑合起来的、这身看上去还像回事的行头,和那些一件件仔仔细细挂在衣柜里的、看上去也像回事的行头,让她轻轻一口冷气,吹得原形毕露。连她每晚穿了这些行头,一一在镜子前头试来试去的乐趣、享受,也吹得一干二净,好不凄凉。最要命的是她把朱丽苦心营造、垒筑起来的,关于身份、价值什么的底座给吹塌了。

其实谁也没有觉得,其实朱丽觉得、人家似乎也觉得确实有什么不一样了。

好像愁闷、单调、灰色的冬天,突然被一场大白雪照亮了,人们从沉闷、黑暗的房子里跑出来,在不无夸张的亢奋中堆起一个雪人。接着更亮的太阳出来了。

朱丽好像就是阳光照耀下的那个雪人,她还是她,不过渐渐地矮了、缩了。

好朱丽,你为什么不说我刚被遣送回国时,如何在你面前抖落从西方"跳蚤市场"上弄回来的二手货?那些衣服在服装市场尚未如今天这样开放的时期,让我扮演了好一阵子×籍华人、海外侨眷,大出风头、招摇过市。因为你还有那么点儿廉耻心,你不愿意在老外面前和我大打出手,反唇相讥。你还要表现上流社会妇女的文雅,可是菲尔不喜欢仕女，在场的、喜欢仕女的外交官，又都有了正宗的、而不是半道学来的仕女为妻。对不起了，朱丽，我要是客气，菲尔就是你的了，可我再上哪儿去找这么合适的一个洋傻帽儿？所以她绝不手软地再来了一枪。"朱丽，你让那件夹克躺在地板上是不是更舒服一些？"朱丽果然像挨了一个枪子儿似的缩了缩脖子。

"真的，朱丽，这样太累。你累，夹克累，我也累。你把房间收拾得这么干净，让我觉得自己脏得像只苍蝇，或者像块臭肉了。"

朱丽简直要流泪了。

气功师傅诱发了菲尔对中国宗教的迷恋。如果正本清源，也许这两种事物有出了五服的血缘关系。除了到处收罗香炉，念珠，长得一个样并且分不出男女的石印玉皇大帝、王母娘娘、灶王爷、土地爷、财神、门神诸神之外，便是朝拜各地的庙寺，不论道教佛教一概兼容并蓄于菲尔的泛爱之中。

大殿前差不多总有一副大彻大悟的对子，好比：

天下事了犹未了何妨不了了之
人间之法无定法方知非法法也

这种对子让菲尔感到有如醍醐灌顶，如不立刻剃发为僧，简直就无法判断他的智力是否正常。

她是无论如何不会让他如此这般地冒傻气儿的。

菲尔不难对付。他的兴趣很容易转移。

当初曾是朱红的，几经劫难、浮沉地凋谢了颜色的柱子；被朝圣者的膝盖和头骨磨砺出坑洼的方砖；空阔肃穆的禅房；被使人窒息的香火熏成褐色的幔帐的黄色皱褶……无一不包藏着命运的答案。

一般来说，人们几乎难以逃脱寻求这一答案的诱惑。

何止里根、南希每临大事求助于星相学家，如果你有一个精通看卦相面的朋友，他一定还会告诉你几个令你大吃一惊的名字，你又有什么理由奇怪研究数学的菲尔求签问卜？

"签上说些什么？"

她不译，只是压低了声音哧哧地笑得蹊跷。

菲尔抓住她的臂膀，似乎签上的话会在她哧哧的笑里溜掉。"你一定要译给我听。"

"说……说你身旁的这个女人，就是你命定的妻子。"她挣开自己的臂膀，似乎极力要脱清和他的关系，"这可是你让我译的。"她甩了甩被菲尔捏过的臂膀，更加突出了她被菲尔所勉强的意味，跟着表示了有节制的不屑，以表明她无意于这种暗示的态度。"你还相信这种玩意儿。"

菲尔讪讪地、自嘲地一笑。"我不过觉得很有意思。"仿佛一个满腹经纶的人，突然在众人面前冒出一个白字，说他不过是一时的疏忽。

"菲尔，你要明白，我可没有一点儿想跟你结婚的意思，"她依旧不依不饶地强调着，"不过这并不是说我们有一天不会不在一起睡觉。"她的情绪来得快，去得也快，来去都在十分恰当的火候。

菲尔有些恍惚地笑了起来。人在猜测不可知的未来的时候，常会现出恍惚的、专注得近乎痴呆的笑。

"你笑什么，这有什么可笑的？我说的是真话。"

"我是在想签上的话，也许我们真会结婚吧？"

"胡说八道。"她夸张地大叫起来。

"你这个人，怎么没有一点儿幽默感？"

她真走运，菲尔既不是汉学家，也不会读汉字，也不会说汉语。

如果菲尔仔细想想，这里和家乡那座有着六百多年历史的哥特式的教堂并无原则上的区别。那镶嵌在教堂四壁的每一块颜色如时日一样古老无华的岩石，以及岩石之间的每一条缝隙；那成排成行跳跃闪动的烛光，如一个个燃着的心脏那么让人心惊；那管风琴拖泥带水的轰鸣，如天上来风掠过你或是发烫的、或是一堆灰烬的灵魂……何尝不包含着命运的答案？上帝和如来说着同样睿智而又令人颇费猜疑的、解释至今、领会至今，也未曾解释、领会清楚的警句。他们站立在苍穹之上，鸟瞰、倾听着世人夜以继日、无休无止地争论、解释、领会、阐述、论证他们的每一句话，以至以他们的名义互相残杀。

问题是菲尔长大以后再也没有进过那个教堂，他拒绝。

....

那个晚上的感觉，一直留在我的心里。我知道你和不少女人有过这方面的经验，我更和不少男人有过这方面的经验。如果你是一个不可靠的情人，我大概比你更不可靠。

菲尔正是因为缺乏自信所以才争胜好强，只有不断刺激他的竞争意识，才能使他保持持续的力量。

但是和你做爱的快感，却是我从任何男人那里也不曾得到的。

他那两手勉勉强强，不过天底下的男人古今中外地都有这种通病，无不认为自己在这方面的能耐举世无双，登峰造极。没准有一天这也会成为竞选总统的标准。不过她更确信她给他的感觉才是世界第一。

你说你不是不干,而是看准了再干,这倒是你的真心话,因为你从不骗人。

所以才好骗。

当然亨利比我更了解你。

她恨死了亨利这个吝啬而奸诈的犹太佬。他们夫妇的友谊对菲尔有举足轻重的影响。亨利太太讨厌她讨厌到了歇斯底里的地步,为了阻止菲尔和她的关系,竟然用刀子去割腕上的静脉。如果这个世界上还有一个让她不得不佩服的人的话,必是这个女人无疑。这是唯一一个能看透她的人。

而且这种信一定要多写几封,让它"无意地"掉落在像亨利这种老向菲尔进谗言的人的手里。

但女人凭直觉活着。

菲尔就喜欢这种酸而玄的词儿。

我错就错在太骄傲,不肯承认自己在追求你。

菲尔不喜欢自轻自贱、没有独立意识的女人,可是他又不能说不爱她,西方男人一般不大愿意在没有指望的关系上下功夫。

其实我无时无刻不在渴望和你在一起,唯恐失去你。

千真万确。菲尔的父亲是四星将军，算得上是洋高干子弟。母亲是××大公的唯一合法继承人，他们家的收藏只要拍卖一件，就足够菲尔和她舒舒服服地过上几年。好比他现在脖子上挂着的那个镶钻石的圣像。

我发现用心不能和你生活在一起，就用脑子。这完全是下意识的。

这个词用得完全没有必要，但是可以给她增加一点文化味儿。

但我又发现只能用脑子工作，不能用脑子生活。

再来点狗屁不通的所谓哲理当佐料。

我曾把爱情和金钱等同起来。心想，我对金钱从来都是无所谓，结果总是有钱花。

天知道！

如果对爱情也抱着无所谓的态度那么爱情也会来的。但是对你的爱，完全地改变了我。
我爱你。
虽然校方因为我和你的关系准备将我开除公职，党委会也准备开除我党籍，但是别担心我会饿死，我准备到街上去开个煎饼铺子。你不是很爱吃么？

现在他们已不准我进实验室，公安部门也开始跟踪我。每次和你约会归来，教研室主任都要找我训一次话。但我绝不后悔，为了爱你，我愿意牺牲一切。我对你别无所求，只希望你也爱我。但不强迫你。你对我不负有任何责任。

唯有说菲尔不负有任何责任，他才非要负责不可。至于公安部门盯梢这一点，更会激起任何一个习惯于民主、自由这一类字眼儿的西方人的义愤，还不用说她马上就要被开除公职，没有饭吃。

我的行动已经不能自由，这就是你最近多次约我而我不能赴约的原因。事到如今我们只有分手。心里真像刀割一样地难受。但我还是感到庆幸，我在世界上，到底找到了一个值得我爱的男人……

这当然是一封情书。她如释重负地写完最后一个字。

她敢说写情书是世界上最乏味、最令人困顿疲倦、最消耗生命的一件事。世界上最终会消灭这种玩意儿。如果现在谁还热衷于这玩意儿，他的心智肯定不够健全。

这当然是一封情书，上面还应该有泪。她这辈子也没流过泪。她实在想象不出她在襁褓中用什么方式表示饥饿和疼痛。

她用牙刷蘸了点水，往信纸上甩了一甩，脑袋歪来歪去地欣赏了一会儿，不错，很像那么回事。

她没有欢喜若狂。就像留学的时候被遣送回国；和老外睡觉被派出所拘留也不曾感到没脸见人、此生休矣一样。

当她偶然回想起这些往事，她更看重的是自己每临大事的泰然。好像一个老兵，坐在冬日的暖阳下揩拭刀剑的锋刃，会情不自禁地叹出"好刀、好刀"的感慨。

　　不过这种时候不多，大部分是在了却一桩大事之后，好像又添了一件收藏，需要把储蓄室里的物件，重新调整一下位置。好比现在。

　　是真正的过五关斩六将。

　　菲尔、朱丽们、亨利们、公安们、政工们、校领导们……长舌妇的喊喊喳喳根本不在话下。而这里面让她最上心、最费气力的是菲尔，因此她甚至有些恨他。

　　她抱着双肘，倚身在水磨石的窗台上，看他伏着高大的身躯，坐在有棕色花纹的塑料贴面的桌子前头，听她口授申请结婚的报告。她忽然觉得他的脸好像和水磨石的窗台、有棕色花纹的塑料贴面的写字台溶成了一片，再平常普通不过地没有了意思。

　　那一次真是差点儿要了他的命。菲尔想。在五十九号公路上。他驾驶着麦加林的那部破车。

　　"你是不是活腻了。"麦加林说。

　　"算了吧，你不想想是谁在开它。"如果麦加林不是阻止他，而是说"这部车完蛋啦，除了菲尔，你们谁也不能让它起死回生"，他一定不会去开那辆破车。

　　那个斜坡来得很突然。又有一个因为修路要求绕道而行的路障。对面却来了一个和他一样半疯的车手。明知应该刹车，与明知麦加林的刹车不灵的念头结成了一个硬块，紧紧地塞着他的脑袋，不要说思想、智慧、理智这一类的东西，就是空气在里面也找不到一条缝隙。

　　她的怀孕真让他措手不及到顶，和驾着麦加林的那辆刹不住车的破车的感觉差不离。他怀疑售货员错把糖精片当作避孕药卖给了他。

不过……这很难说，可疑之点非常多。

"菲尔，你听见我说的话了吗？"

"你说什么？"

"我说你父亲竞选成功，当了总统。"她笑得很冷。

"你等着瞧吧，早晚会有这么个结果。"菲尔瞟了瞟眼睛，仿佛就此可以把搅在一起的过去和而今分清。"好，我们继续写吧。"

"你写上：'我之所以爱她，并要求和她结婚……'"

电话铃偏偏在这个时候响了。

他爱她？菲尔想不清楚地想过多次。如果讨论爱像做爱那么清楚和容易就好了。还有什么他之所以爱她，更是一个中国人才会讨论的、自欺欺人的问题。不但中国人，就是人类，也还没有进步到有能力讨论这个问题的时候。不如把这个问题具体到一个极其物质的范围，即他的良心绝不允许他听任一个女人，因为他的缘故被开除党籍、开除公职、中断学术研究而不去保护她。目前在中国，你只有娶了这个女人而别无选择。

"是，是我。爸，有什么事吗？"

"汤米到北京来了，他想见见你，现在就在客厅里坐着。"

"我没有时间。我和菲尔正在填写申请结婚的报告。"

"汤米的样子看上去……"

"怎么？"

"我觉得他好像病得很重。"

"这跟我有什么关系？不，爸，我没有时间。菲尔在中国的任期已满，我们必须尽快办完结婚手续。"

"可是，我怎么和汤米说呢？"

"爸，您当了几十年的局长，我不相信您连个'她不在北京'也不会说。"

"他看上去真是可怜。"

"爸,这就是您老也升迁不了的主要原因。"她还想就此开导父亲几句,想想未必有用,也就作罢。

"如果你有事,我们明天再写也行。"

"不,"明天?夜长梦多。"不过是一个不大相干的人请我吃饭,我不想去。"

汤米可怜!汤米可怜过她吗?要不是汤米犹豫再三,如何会有后来的遣送、拘留、留党察看的处分?

汤米也许可怜。但如果她怜惜了汤米结果会怎样呢?汤米能保证她打入上流社会?能保证她有阔绰的日子?即使离婚也可以靠赡养费过太太的日子……

"好,咱们继续写。'我之所以爱她,并要求和她结婚,是因为在和她相处的过程中,被她热爱祖国、不追求和崇尚西方的社会制度和物质生活所感动……'你笑什么笑,难道我不是这样的吗?'她热爱自己的专业,并渴望得到进一步的提高和深造……'"

菲尔索性丢了笔,大笑起来。"我好像变成中国共产党的一个支部书记。"

"菲尔,你现在真的有些了解中国了。"

"和煦的春风,又绿了大地。我们刚刚相聚,却又依依叙别……

"我们荟萃于神州大地,弄潮在昆明湖上,书窗前我们编织友情,学海里我们同舟共济——没有种族的芥蒂,没有庸碌的残迹——我们在这里秣马厉兵,我们在这里发轫四方……

"我们将驻足于大洋彼岸,探求在异国他乡;我们将散布科学的火种，我们要谱写友谊的乐章——用我们的聪明才智，用我们的青春韶华——数载后我们邃密群科，长城下我们凯旋旌扬……

"我们是一代天骄，闪灼着时代的丰蔚，开拓历史的航向。我们欢聚，如百花吐艳；我们笑别，似雄鹰翱翔……看看当初的倩影，我们多风流倜傥，诉诉归后的情思，掬一捧晶莹的汗水，飘散着硕果的芳香……"

当她用鼻音、儿音很重的美国南部口音，将某研究单位的中国同人写给菲尔的临别赠言朗朗地译完之后，菲尔问：

"什么意思？"他真的不懂。

"没有什么意思"她刻薄地咧了咧嘴，"我想他们目前正热衷于一本流行的中国当代小说。"

"我想这是真正的狗屁不通。"

"怎么是狗屁不通？流行的东西大部分就是这个样子。好比五六十年代'垮掉的一代'和今天的'朋克'。你能说他们狗屁不通吗？"

"这和垮掉的一代，以及'朋克'不同，你这样类比真是对'垮掉的一代'和'朋克'的污辱。你懂'垮掉的一代'和'朋克'吗？你没有在那种环境里生活过，是无法理解他们的。而这个，完全是……"在英语中，他几乎找不到与这种文化现象相贴切的词汇，"完全是串种！"菲尔想不到自己竟说出这样一个词儿。人一着急就可能反常，或是恢复原来的面貌，他不知道自己目前处于哪种状况。

"算了，不谈他们了，没什么意思。"

"你还是吃一点吧。"

她懒懒地拿起叉子，不胜其负担地叉起一只蜗牛。她现在可以经常出入长城饭店了。菲尔说，这里的法国菜做得不错，侍应生的服务也很周到。想当初她在这儿开盘的时候，只能要一杯软饮料，一块三明治、一块蛋糕，或一杯咖啡，充其量也只能要一杯酒，从来不敢看菜单。真正地俱往矣了。她甚至有些伤感。

她又呷了一口白葡萄酒，那口酒，暖烘烘地抚过她的嗓子、食道，活生生地流进她的胃。她的胃好像被一只暖烘烘的小手轻轻地揉搓着。

她很想慢慢地辨味、体味一下这种伤感。此时此刻，吃，并不显得那么重要，何况来日方长。"我简直没有心思吃。"她说。

侍应生无声无息地走过来，从堆着冰块的钵里拿出酒瓶，将菲尔和她的酒杯斟满。绕在瓶颈上的那块防止斟酒时，酒滴顺着瓶颈洒点的白餐巾很正式。她喜欢这种正式，一种货真价实的正式，而不是她过去常常精心谋划的道具。她早累了，腻烦了。如此，她还做得那么完满、缜密，足见她的意志。

乐声低回，四壁生风，烛影摇曳。暗淡的烛光，在她涂过眼影的眼睛上又染了一笔虚幻。谁也不会料到她心里想的，和这经过三番五次加工出来的神情如此天上地下。

"是的，你差不多什么都没有吃。"

菲尔伸出他的大手，摩挲着她的手臂，与其说是为了安慰她，不如说是为了享受她。西方人永远不能明白，亚洲人身上为什么不长毛。他的妹妹每天都要用刀片刮腿上的毛，或腋下的毛，就像男人每天要刮胡子一样，否则就无法待人接物。

她从来不刮任何毛。她的皮肤又滑又凉，她的身子又柔韧又机灵，挨着她就像挨着一条在你身上千折百转的蛇，几乎每一平方厘米都着着实实地粘在你的身上，让菲尔又惊心又入迷。

那天晚上，月色本来就清凉如水。菲尔仰面朝天地躺着，她则披散着长发，伏卧在菲尔的身上悄悄地谈话。渐渐地，她的全身像是断成无数段落，在他身上或颤动、或扭动、或摆动得此起彼伏，又像一块沾了水的肥皂滑来滑去。她干得那样专心致志，好像在用她的肉体，打磨着他的肉体，直到把他磨灭为止。菲尔觉得自己被情欲熬干了，挥发成一个个膨胀得几乎破裂的、通体透明的泡沫。就在此时，好像有人调错了颜色，月色陡然变为一片银蓝，而月亮又将一片凉森森的银蓝聚为一束，单单地照在她的脸上，她的身上。周围的一切，隐入了黑暗，她的脸、她赤裸的全身，便明灭起青蓝色的磷光。他明明白白地看见纠缠在他身上的，不过是一条粗大的白蛇，白蛇的头上，还蠕动、伸缩着无尽的小黑蛇。他浑身一惊，抽出一身冷汗，没了形骸。

从那以后，菲尔老觉得她有一种非人的魔力，使他想起希腊神话里的鹅，或是马，不过它们都是雄性。

他碰到了她腕上的翡翠手镯。他送的。这种首饰对她的皮肤再合适不过。中国人讲究戴翡翠首饰一定有他们的道理。

当时她无论如何不肯让他付款，终于把他拖离友谊商店。"或者我自己买，或者买不起就不买。我绝不花你的钱。"她一甩脖子，几乎是傲慢地说。他不得不独自去了一趟友谊商店。她至今在经济上和他一清二楚，好像一个女权主义者。

"我要再好好地看看这一切，以后再想看就不容易了。"除非作为一个君临这块可恨的土地的上宾，除非作为一个阔太太回来旅游，让她能够拿着大把的钱来耍弄中国人，她是再也不会回来了。

菲尔难得地将脸上的线条一一地扯得周周正正，"是的，我理解。"

这些日子，她天天拉着菲尔去"再看看这里的一切"。她明知菲尔自己还有很多的事要办，光他那些中国工艺品就足够他装箱、清点，可这关她什么事儿，就是全都扔下，对西方人来说，还是太便宜了。她需要菲尔知道并敬仰她的"恋土情结"。

菲尔搂着她的腰，缓缓地走过大街小巷、饭馆商店、名胜古迹。她倚在菲尔的肩头，费力抬着一双分量似乎不轻的眼皮，让那勉强露出一半的眼珠，不情愿地落向这里、那里。

他们非常引人注意，有些人即使已经擦肩而过，也要回过头来再看一眼。毫无疑问，他们打量的绝对是她而不是菲尔，但如果没有菲尔，他们也不会打量她。他们心底肯定藏着同一个问题：看看弄上老外的这个女人到底有什么稀罕的？但是作为一个女人，她恰恰希望的不是男人，而是女人的青睐。中国男人有什么意识？一个个小黄脸，一天到晚像是因为忙着算计弄得心智衰竭。她却能从女人的艳羡里，得到一种复仇的快感。到底是什么仇恨，如果深究起来，恐怕她也说不清楚。

她生怕人们以为她不过是旅游局的一个导游，或哪个接待单位的译员而不是菲尔的太太，所以对菲尔使用了往常她十分不屑的办法。好比一只香蕉，她咬一口，一定也要菲尔咬一口；或爬上圆明园的废墟之后，又不敢往下跳，一定要菲尔把她抱下来；或在饭店里吃饭的时候，一定要菲尔把他盘子里的那道菜喂她几口……诸如此类。

菲尔是她的道具。

奇怪的是，菲尔十分乐意，这与菲尔时常宣扬的关于女人的审美观点似乎毫不相干。

总而言之，她充分地享受了作为一个中国女人，却当上了一个洋太太的趾高气扬。而这种感受，只有在中国才能得到反馈。在西方，除非你嫁给查尔斯王子，否则谁也不会关心你是否嫁了一个西方男子。

她胸前挂着菲尔的相机。在任何用品的牌号方面，菲尔沿袭了家族的传统口味，字号要老，价钱要贵，日本货是不予考虑的。日本人总给人一种鬼鬼祟祟的印象，即使有钱，也像是靠盗墓发的横财。使用日本货也就给人一种降低身份的廉价感，只有中产阶级或平民阶层才用日本货。

她不断地举起相机。对准满是黏痰的地面；对准拥挤不堪，因为超载肚子塌得像要产子儿的黄花鱼的公共电汽车；对准打着领带，西服领子不合适得像个套在脖子上的牲口套子、蹲在王府井大街上吃包子的外乡人；对准虽然得天独厚地位于"科学城"，却始终得不到科学垂顾的，那条发黑、发绿、发臭的臭河沟；对准东、西直门附近，只有在描写黑咕隆咚的苦井万丈深的旧社会的电影里才能找见的破胡同……她就像那些专门到中国来寻找阴暗面的西方人一样（她现在感到真的就是，而不是就像），对准他们对准过的一切。但是，连这样的西方人，现在也不多见了。她有些遗憾。这种特殊的优越感恐怕很快就会无处可寻。

不过，连缜密如数学一般的菲尔也没有发现，她其实没有真正地按过一次快门。这一切也不过是为满足某种心理需要的演出。

柯达牌的彩色胶卷，十几块兑换券一卷。等一等，她现在去花菲尔的钱还为时尚早。而且为买一卷彩色胶卷向菲尔要钱，和买一件貂皮大衣向菲尔要钱，在菲尔并无多大区别，对她来说却区别甚大。

"主任，您看过她给咱们教研室的来信吗？"

"没有。"教研室主任一脸拒腐蚀永不沾的决绝。他恨透了、也瞧不起透了那个伤风败俗、蹲过局子、闹得满世界腥臭的女人。为了她那世界性的贡献，校党委和公安部门不知找他谈过多少次，好像她是他调教出来的一般。真是岂有此理。

"听说她给校党委、政工组以及各个教研室都写了信。"

那封信写在印有一座富丽堂皇的建筑物的明信片上。

"我是在瑞士给你们写信。目前我正随着我丈夫和我丈夫的父母在这里度假。这是我平生第一次滑雪,光滑雪的行头就用去了几百美金,还不算其他的开支。我们住在希尔顿旅馆,正是你们在明信片的另一面看到的这一座。它在世界各大城市差不多都有分店。

"我不断地摔跤,但是摔得非常高兴。摔倒之后,我久久地躺在雪地上,不想起来。面对阳光,仰望苍穹,觉得自己似乎就在天上。

"因此我特别惦记、想念你们。主任的住房是否得到调整?党支部书记的级别是否如他所愿地定了下来?提工资的消息是否得到落实?物价飞涨是否已经得到控制……

"你们若有机会到我们国家来,欢迎到我家做客,随便住多久都行,我们家有好几处房子。

附,地址和电话。

……"

主任没有看信,但记下了地址和电话。接着他去了厕所,无法自制地呕吐起来。

四

大家都满意地松了一口气。下榻的旅馆是五星级旅馆。如果除去二胡事件,算得上是开市大吉。

几乎是急不可待地。

一俟负责接待工作的莫利小姐将他们安排停当,一俟服务员将行李放下,转身出门,房间里只剩下他一个人——

团长很快地将房间里一切可以打开的门，一律地开了一遍，好像里面一定藏着上一位客人遗忘的东西。又将一切可以揿动的按钮，一律地揿动一遍。于是房间里华灯齐放、音乐轰鸣、水管子哗哗地流淌……

副团长的目光首先落在茶几上。茶几上放着一个烟灰缸，一瓶鲜花，和一篮水果。白吃，还是自己付钱？

他拿起放在烟灰缸里的火柴。火柴盒上果然印着文字和号码，想必就是旅馆的地址和电话了。

他打开火柴盒，像翻开一本玩具活页夹。二十根火柴，如两排头带红盔的木偶兵，下体相连地排列在一块薄木片上。他掰下一根，划着。不，他现在不想吸烟。只是试试在这儿、在这个旅馆里划着这根儿火柴的感觉。然后把那盒火柴装进口袋，以防真的有一天走失。

写字台上摞着一摞图册。本市地图、名胜古迹介绍、旅馆服务项目（在餐厅部分，附有标示号码的图片，即使不懂任何外语，也可以按照看图识字的办法定菜单），最下面一本，如国书一般堂皇的软皮夹里，夹着信纸、信封、明信片，和一支细长的圆珠笔。他拿起圆珠笔，在粗厚如麻布的信纸上画出一串串流利的曲线，然后按着他在国内下榻各大宾馆的规矩，将圆珠笔插进西服上衣的口袋。

接着他为冰箱里诸多格子的诸多铁罐、瓶子、塑料小袋踌躇。最初的冲动是每样来一个尝尝，继而一想，付款单位尚未明确，不能贸然从事，先拈出小包一个初试锋芒。原来是一包巧克力豆。他一连吃了几颗，感觉上和国产的味道差不多，并无外国月亮圆等辱没民族意识的想法。只是食指与拇指上沾着的那层巧克力急待抹去，他的眼睛朝四周一扫，竟无一块纸片、抹布、手帕之类的东西供他揩手，只有身后的窗帘近在手边，他连想都没想这样做是不是合适，便把巧克力抹上了窗帘。金、棕两色交织的窗帘闪着丝绸般的光泽,华丽、厚重,手感良好。他抖过来、抖过去地看了又看,连连叹道:"好东西、真是好东西……"

洗过手之后偶一抬头,与墙壁同宽的镜子里,赫赫地映着一个司马南江,顶灯和灯光如他从来缺少的慰藉,抚过他的脸颊,于是脸上那些被岁月驰骋、世事践踏过的痕迹不再强烈得分明。面对这样一个忽然变得陌生、而且比原来显得不那么遭罪的脸,司马南江心里涌起一些苦味的温柔,和一种不被什么追赶或压抑的无措……

供水管上有一个旋钮,上面又是外文又是箭头。但这并不能使秘书却步。天底下的旋钮不管怎么复杂,不外靠手左拧右拧。往左行不通你就往右,往右行不通你就往左,只要不是一左到底或是一右到底,到了极端就回头,总会有所发明、有所创造、有所前进、有所突破。理论上虽然如此,但他还是一味地坚持到底,便有了另一番英雄气概。

他把旋钮上下左右地鼓捣一番之后,终于找到了一个合适的水温。哗哗地放了满满一盆,便跳了进去,平躺下来。他放松四肢,身体就有些漂浮起来,他轻轻地握住浴盆旁的扶手,一心一意地体味着全身的困顿在热水里消融的乏软,渐渐地睡意蒙眬起来。直到莫利小姐来电话,请他们下楼,他才从那消磨人的乏软中挣出。急急地将梳妆台上大大小小的盒子、纸包摸索一遍,一个写着 Shoe Polisher(锃亮的金属包装盒)的小盒里弹出一块海绵,想必此物用于搓澡,便拿着肥皂往上猛打……

活动日程安排得很紧,仅当天就有四项。

中午十二点至十二点十五分科学技术部部长会见司马南江先生一行；

十二点三十分国家科学院院长，依林侯爵在自己古老家族的古老城堡里（莫利小姐介绍说，这城堡至少有五百多年的历史，他的先祖不是在罗马人打法国人，就是在法国人打土耳其人，或是在土耳其人打奥匈人的战斗中屡建战功）宴请司马南江一行；

下午二点三十分司马南江先生一行参观科学技术博物馆；

晚上七点三十分司马南江先生一行在国家音乐学院听著名钢琴家×夫人的演奏。

团长虽然不懂外语，但司马、司马还是听得出的，而且似乎不绝于耳。好像团长不是他，而是司马南江。

莫利小姐剪男式短发、着男式西装；穿男式平跟皮鞋。汉语讲得非常流利，这使团长感到一份意外的收获，好比多了一张嘴、一双耳朵。她一上来就给他们来了一个汉语四声："妈、麻、马、骂。"个个字正腔圆。还没等他们的惊讶从心里走到脸上，她先朗声地笑了起来。但是除了司马南江，其他几位，仍是尊其瞻视的样子。

"您在哪儿学的汉语？"司马南江自愧弗如。他是南方人，始终分不清楚四声。他的同事老跟他开玩笑："你欺（吃）不欺鞋（蛇）漏（肉）？"

"北京大学。"莫利小姐挺溜（liù）地说。

"啊，有意思。"司马南江双目炯炯。仅凭一声"北京大学"就让他立刻折（zhé）回了剪不断的千丝万缕的北京，触发了炎黄子孙那份过剩的认同。

莫利小姐说旅馆离科学技术部很近，不知大家愿意步行一下浏览市容，还是愿意乘车。不过乘车也许比步行还慢，因为停车的地方很难找，即使找到一个停车处，从那儿到科学技术部的距离，可能比从旅馆到科学技术部的距离还远。经过差不多二十分钟的讨论、酝酿（因为不便，没有举手表决），终于决定步行。

莫利小姐的步子很大，让人充分感到是一位现代女性，信心十足地行进在一条现代马路上。她不得不时时地停下来恭候除司马南江之外的各位。

副团长有气喘病，如此大步流星地疾行，在他寡味的脸上皱褶出殉难者任人宰割的无告和绝望。

团长多次带队、带团地到过许多国家，胸有成竹地背着手儿，悠着步子慢慢地踱，好像刚在月坛公园练完太极拳。

他像一个楔子，或是水底的一块礁石，稳稳当当地行走在人行道的中间。迎面而来的人流，像一群没头没脑的鱼，急急地游来，不得不在他的面前急骤地分成两路，继续朝前赶去。

他们究竟忙的是什么？！

鸽群如灰色的骤雨，呼啦啦地飞起、落下。或像首长一样挺胸叠肚，在一切游人必须止步的地方任意漫步。

到处都是雕塑。长着翅膀的马、被人骑着的马、拥着女人的马、与武士决战的马，裸体的、半裸体的执剑执戟的伟岸男人和闲散的半倚半躺的丰腴女人，屁股蛋儿滚圆的天使（或许吃了太多的黄油、奶酪、巧克力），头上长着好几个犄角的、张牙舞爪的兽人比比皆是。

街心的喷泉，或像瀑布一样，从这一处或那一处的雕塑上跌跌撞撞地跳下，饱含着令人感伤的生命的喧哗。或如水箭，直射碧天。忽来忽去的风将它的水雾，星星点点地吹洒在行人的身上、脸上（副团长免不了担心西服的平整是否将受到影响）。

空中的太阳，恰如其分地热着。

鲜花店里的各种花朵，像急着出嫁的姑娘盛情地开着。

绿树接着绿树，摇曳出一片又一片息事宁人的爽意。

路旁的咖啡座悠闲得令人想起珍珠港的偷袭。让人产生一种不管是谁，再来偷袭，恐怕还会马到成功的忧虑。

商店很多。空空荡荡，几乎看不到什么顾客。商品更多，多到你担心它们会不会全部卖出，而不是供不应求。仅帽子一项，花色品种就有上百种之多。

多少钱一顶？啊呀，折合成人民币就难免让人一惊一乍。团长虽然没有来过这个国家，但很熟悉这个国家的货币和人民币的不论是官方的、还是黑市的比价。

东华门附近就有一个民间的、倒卖外汇的地下交易所。连老外都上那儿去卖外汇，他们一点也不傻。有关方面知道也不抓。为什么？还用说！

他们只能浏览一下堆放在超级市场门外的减价商品。团长从一堆什物中抽出一支玩具手枪。青年时代戎马倥偬，如今见了飞机大炮（哪怕是玩具模型）仍会怀旧。

全团人马一旁恭候。

团长久久地把玩着那支手枪，连连称赞"果然不错，果然不错"，他对枪支的热烈爱好使他对玩具手枪也和见了兵工厂的产品一样动情。他眯起一只眼睛，将玩具手枪对准空中一个假想的目标，一梭又一梭地射击起来。头上那顶无时不晌戴着的、江西土特产公司经销的、仿巴拿马式的草帽斜向了脑后，露出了象征智慧的开阔的脑门和脑门上细密的汗珠。

莫利小姐频频看表（仅仅是为了准确地掌握时间），却没有显出丝毫的厌烦。一副司空见惯、当然如此、准备打持久战的模样。和中国人打交道是上帝对你意志的考验。她的意志不但坚强而且十分耐磨,执行计划又斩钉截铁,这二者能天衣无缝地结合在一起,不能不说是人才难得。因为,你若是耐磨,往往就把握不住计划的顺利进行;如果只考虑计划的实施,又往往失去了耐性。好比出发前关于步行还是乘车的问题,虽然讨论了将近二十分钟,却没有影响日程的安排,她对这种情况早有思想准备,而将时耗估算在内。

所以莫利小姐赢得了政府部门、各大公司、学术团体的信任,常常被请来接待重要的中国客人,周薪约四百至五百美元。更难能可贵的是她能明白中国人到底是什么意思。如果你问中国人,今天晚上你们想吃中餐还是想吃西餐,他们一定会说"随便"。碰到这种模棱两可的回答,西方人往往不知道该怎么办。西方人习惯于明明了了,中国人却喜欢闪闪烁烁。这时莫利小姐就会带他们去中国馆子。虽然中国人不会像西方人那样欢呼雀跃,连呼 OK,但只要一看他们进了中国馆子那种如鱼得水的样子,你一定会怀疑中国人都是"自虐狂"。

"好了,"她拍拍手,"我们可以走了,否则就太晚了。"

团长意犹未尽地放下玩具手枪,莫利小姐始终为团长准备了一个大人为儿童准备的笑容,多少有些溺爱的成分。但是她并不建议他把那支玩具手枪买下来,她知道中国人通常把外汇用在什么地方。

莫利小姐边走边聊。她不能让客人感到冷落。

"去年我陪一些政府官员去中国旅游,在杭州游西湖的时候,我听见围观的人一直跟在我的后面,猜测我是男人还是女人。猜来猜去没有结果,我只好回过头去对他们说,我是女人。他们吓了一跳,没想到一个老外会说汉语。"

司马南江笑了。副团长觉得他笑得似乎太响。

莫利小姐又说:"参观完兵马俑,已经是下午时分。道路两旁出售自制工艺品的农民却一个劲儿朝我大叫'鼓捣猫溺'(Good morning)。我看中一件绣着五毒的百衲衣,用汉语问他多少钱一件,他却对我说'你说好马吃就好马吃(How much)'。你说可笑不可笑?"

司马南江不可遏制地大笑起来,副团长发现他的牙齿似乎也太长。

"在北京,还有一个卖牛仔裤的小伙子,见我会说汉语,问我能不能给他找个外国老婆,如果我能帮忙,他愿意送我几条牛仔裤。我说你一门外语都不会,找个外国老婆怎么办。他说找个像你一样会说中国话的。我说这样的妇女很少。他说,你不愿意吗?我说,不,我不愿意。你看这种事情多么离奇。现在的中国人和我在中国念书的时候不大一样了。只要看见一个老外,他们的眼睛在一秒钟里就聚满了各种目的,有时候我觉得他们只用眼睛就可以把我撕得粉碎。中国人为什么变成了这个样子?有人说是开放以后受了西方的影响,是么?"

秘书转动着一双并不像莫利小姐所说的聚满着各种目的,而是空洞洞的眼睛,不知问谁也不知问什么地问题:"是这个情况么?"

团长已经觉得这番话是极不友好的信号,便针锋相对地说:"当然是这样。"

司马南江的心情一下变坏了。好像莫利小姐说的那些现眼的事全是他干的。"西方的影响并不是最主要的,封建主义自身就腐败透顶。对外开放的同时也开放了自身。过去,中国人的各种欲望都被压抑着、束缚着,就像把魔鬼装在瓶子里。现在瓶盖打开了,自然和装在瓶子里的时候大不一样。你们的瓶盖打开得比我们早,资本主义有二百多年的历史了吧?所以你感觉不到一种突变的冲击……别把中国人看得那么坏,也别把中国人看得那么好,你就不会感到奇怪或失望了。"他这辈子写检讨写得太多了,动不动就追本溯源。

副团长立刻反驳说:"这样说恐怕不合适吧!"确实没有声严色厉,可是每个字儿都像刚从冰箱里拿出来的。

"到了,到了。"莫利小姐如释重负。她的一段本想锦上添花的废话,却造成了这样的效果,不能不说是她多年接待工作中少有的失误。只是因为司马南江的脸上,透着一种全世界的知识分子都共有的,智慧得近乎呆傻的智慧,凭着这种智慧造就出来的语言,他们可以进行谁都明白、谁都不会误解的谈话。可他毕竟是中国人,对不对?

会见在科学技术官的礼宾厅进行。这是一座巴洛克式的建筑。天花板上的绘画,以及厅柱上的浮雕无不体现着巴洛克式的奢华、辉煌和累赘。四壁上的镜子又将这一切无穷地扩大。

深红色的丝绒窗帘,让粗大的丝绦绾着,如舞台上的帷幕,呈扇形地分别垂吊在窗子的两旁。宽阔的窗台上,一盆盆鲜花,如各位崭露头角的新星,耀目地灿然开放。

大厅的正中,孤零零地站着一个文艺复兴时期的桌子,金贵、显贵地装饰着这个大厅。经历过各种盛大的场面,接待过各种名垂千秋的人物,现在正准备接受东方来客的仰慕。

一张张精力无穷、血气很好的脸,板板正正地放着,使人不得不猜想,在板板正正之后,那无穷的精力如何发泄?

人们压低了嗓音说话,得体地运用面部的五官,做出种种微妙的、不承担任何责任的、任对方怎么揣测理解都行的动作,无声无息地走在满铺的地毯上,等候着一个仿佛隆重的时刻,使得也许没有什么实质内容的事情显得有了内容。

装潢得如武官一般矜持的侍者,手托银盘,为宾主一一奉上一杯葡萄美酒。大家举杯肃立,听部长先生致欢迎词。

"……我们为能够接待司马南江先生这样一位著名的科学家而感到十分的荣幸。您的著述、创造，早已为西方同行所熟知……"

著名科学家？我怎么不知道？研究所里从来没有反映，团长想。"文化大革命"期间大家全在"五·七"干校劳动改造，团长和司马南江就在一个班组劳动，他连一个水泵都安装不了，还说什么著名科学家！

副团长却什么都没有想，他睡着了。听着、听着他就突然坠入了梦乡。

有时候，睡觉可能也是一种病。

这几年，他的觉往往来得突然。他也曾竭力地抗拒，可是他怎么也摆脱不了那一片把他拖进浑沌的灰黑。

一路上，除了吃饭，上厕所这两头，他一直在睡。但那是坐着，无论如何更容易睡着。现在可是站着、站着就睡着了。可以称得上是无时差、无条件、无地点、全天候的睡家。

他的两腿微微地弯曲着，整个身体松垮下坠，像个装得不太满的麻袋，疲软地堆在无所倚靠的大厅里。他脸上的肌肉，疲惫而无奈地耷拉着，似乎这睡眠让他极其劳顿与痛苦。看到他这副样子，谁也不能不同情地想，可怜的人哪。

他的腿弯曲得更厉害了，身体更难以平衡，渐渐地向一旁倾斜过去。手里的酒杯也跟着一同倾斜，杯里的酒，眼看就要洒到铺满大厅的猩红色的地毯上去。

司马南江几次想要上去把他摇醒，又考虑这反而更会引起人们的注意，同时又担心他醒来尴尬，由尴尬而生不快，由不快而生其他。只好任他将那杯酒，结结实实地洒到地毯上去。

"……鉴于司马南江先生对这一学科的卓越贡献，我们决定授予他太阳勋章……"

大厅里不多不少地响起了几下掌声。既不热烈，也不冷落。仿佛经过精确的计算和测量。

掌声把副团长惊醒了。但他并无大梦初醒的懵懂，一醒过来就能接得上茬儿，点头、微笑什么的。好像他从来没有睡过，好像没有莫利小姐的帮助，他也能听懂部长先生的讲话，并深谙其中的妙处。

莫利小姐将部长的讲话一句不落地做了翻译，同时还解释了太阳勋章是该国科学界的最高奖赏，是许多科学家所企望的殊荣。她拿过司马南江手中的酒杯，提醒他现在应该走上前去接受这一馈赠。

部长先生转向司马南江，板板正正的脸上，适时地显出恰如其分的喜悦。他双手撑着勋章上的授带，好像一个耐心的、有经验的牧人在等待时机，好把缰绳套在一匹难以驯顺的好马的脖子上。

在场的中国人全都愣住了。

他们对于这种突如其来的、没有思想准备的事情缺乏应对的能力。

虽然出发之前，他们集中了整整一周的时间，学习、领会、消化有关的外事纪律以及中央现时的各种大政方针（以备对方提问，好在他们只出访两周，估计这段时间内，不会有大的变动）；请各方专家介绍了该国的政治经济（诸如绿党或是社会民主党在议会中的比例以及他们的黄金储备等等）、风土人情（包括见面礼节究竟是伸舌头还是摸鼻子）、与中国的外交关系史，乃至与中国友好或不友好的国家的外交关系史（这个情况不大好掌握，因为以此站队、划线的标准，变化不但很快也很大，涉及范围又浩瀚庞杂。大至国际争端，小至一个名字十分拗口，领土面积二十二平方公里的什么国家的一个税收免检法）、地理历史（是否出产与中国有贸易前景的金、银、铜、铁、锡，以及它的第几世皇后曾杀父弑君篡夺王位）等方面的情况；模拟了可能遇到的种种棘手的场面以及应付这种场面的办法，诸如政治挑衅、别有用心的人企图制造两个中国的阴谋、有人策反叛逃（这一问题的讨论，只限于正、副团长的级别）等等、等等，却偏偏没有料到是从这样一件谁知道是好是坏的事情上发端。

这一手与其说是可喜可贺，还不如说是闷头一棒。

正、副团长甚至感到大事不妙。他们不但没有机会向国内请示汇报，甚至向大使馆请示汇报的可能都没有。这一事件的后果和责任，责无旁贷地落到了首先是团长的头上。那些丧尽天良的人，居然还对他带团出访说东道西。

司马南江忧愁地想到它得不偿失的灾难性的后果。

冷场。

定格。

聪明伶俐如莫利小姐者一时也傻了眼。中国人层次更深的心态她就无从得知了。

部长先生不解地望着莫利小姐，以为自己说错了什么，期望这位译员能够一显神通，化险为夷。她只好用手推了推司马南江的后背。"请快去吧。"

他低眉垂目，生怕自己不够谦虚谨慎。

可是团长仍然觉得司马南江欠了他一个请示，请示谅解、勉为其难之类的眼色。副团长觉得司马南江的步子比往常大，似乎有些急不可待。秘书则想，这小子真是名利双收，回去以后可有了涨工资、提级、要房子的资本，明明让外国人捧晕了，却装模作样地把脑袋往裤裆里扎……

就在此时，司马南江发现，他右脚上的皮鞋前掌突然开裂。

这是刚上脚的新鞋。血淋淋的七十块钱。"新履"皮鞋厂第三十八代最优产品。上好的牛皮面依然油光可鉴。就是每走一步，鞋掌和脚底就"啪叽"一下拍出一个惊天动地的声响。司马南江顿时汗流如雨。

如果在首都体育馆，观众热烈的掌声、高音喇叭的乐声、节目主持人永远像对百万雄师发布进军令的、气吞山河的嗓音，会将一切窘人的难堪掩盖起来。而在此地，这种仪式简直就像墓地上的葬礼，肃穆得连一声叹息也掩盖不了。

此时此刻，太阳勋章，或是这勋章将改变的一切，全都显得无足轻重了。要紧的是在众目睽睽之下，如何走完前头那十几步路。

接下来就是研究如何解决皮鞋裂口的问题。

除了这双皮鞋，司马南江没有带备用的鞋。当然，还有一双拖鞋，放在旅馆的浴室里。但是，他能穿着拖鞋到依林侯爵那历史悠久的城堡里去赴宴吗？哪怕是到丈母娘家赴宴也不行，顶多能到他家那个路口的小吃店里买油饼。

莫利小姐安慰道："别着急，即使在第一世界，也有修理皮鞋的地方。"

虽然时间相当紧张，但她从容镇定地指挥着众人。决定由她带领其他人先行，将司马南江交代给一个出租汽车司机，先把司马南江带去修理皮鞋，然后再把他送到这个城市人人皆知的侯爵城堡。

修理皮鞋的店铺很小，窝藏在一条狄更斯笔下的胡同里。倾斜的、花岗石砌的路面弯弯曲曲。湿淋淋的仿佛刚刚驶过水车。墙皮剥落的老房子上有窄小的窗，每扇窗外环着木制或铸铁的圆形围栏，如一排排小小的竖琴。临街的阳台上也装着同样的围栏，不过是一排大一些的竖琴，铸铁的花饰街灯穿凿在这些房子的墙上。阳台上有晒太阳的老人、猫，和使这老胡同明媚的花。

穿行在这些胡同里，司马南江有一种是耶非耶回归故里的感情。

现在你还能找到这样的房子吗？六块水泥板一拼，就是人们赖以生存的空间。

再也不会雕饰了，再也不会有飞檐了，连这修理皮鞋的小店也快没有了。

小店的橱窗里，放着一双双整旧如新的鞋子。看样子手艺不错。弓腰从低矮的窗里望进去，室内并无一人。推开拱形的小门，门上的挂铃便叮叮咚咚地响了起来。这时从内间走出一个魁伟的汉子，有两块营养良好的红阔的脸庞和好像不是在作坊，而是整日在田野里劳作的粗硬皮肤。

他的眼色精细。认真地打量着司马南江的脸，好像在查看一只哪里需要修补的皮鞋。

司马南江说明来意，将皮鞋脱下递了上去。汉子说很荣幸有机会为中国人贡献他的手艺。他把鞋子翻来覆去地看了又看，用嘴唇和舌头咂出一个脆巴响亮的不满。"这鞋子用的倒是上等的牛皮。不过太浪费了。在我们这里，起码可以再揭下一层，"他抬头看看司马南江，接着又残酷无情地说下去，"甚至两层，做出两双或三双皮鞋。可是你们粘皮鞋的胶实在太糟糕了。这是胶吗？简直是润滑剂。润滑剂恰恰是不能用来粘皮鞋的。"

司马南江说他不研究皮鞋，而是研究化学。

那汉子像判断真货还是冒牌货地又把他上上下下地打量了一番，说："可以理解。"

可以理解什么？！难道化学家就不需要补鞋了么？

他差不多以一种急切的心情，期待着与依林院长的会面。
　　为了什么？
　　为二胡燃起的浪漫情调不但渐渐地息止，甚至还滋生了一些厌烦。当依林院长接过那把历尽千辛万苦、惹是生非的二胡之后，司马南江真是一身轻松。就跟那把二胡不是他花钱买的；他不曾在各大商场的呢绒部（差点儿没让呢子味儿熏死）跑来跑去地耗费时间、精力（比起钱来是那么的不值钱！）地进行衡量、比较，为的是省下几个置装费来买这把二胡。他忽然怀疑起自己品格的某些方面，比方说他是不是有出尔反尔、逢场作戏、朝令夕改诸如此类的毛病？
　　依林院长一脸迷惑地托着那把二胡，不知怎么拿着才顺手，好像从来没有见过这玩意儿。
　　他忘记了那场音乐会，以及音乐会上关于二胡的谈话了么？
　　团里各位则如隔岸观火。并且为二胡的再次罹难而兴高采烈。
　　好像冥冥之中有人为他们雪了心头之恨。
　　太阳勋章最终地把这个访问团一切两半儿。
　　这个团虽然是因为司马南江才得以出访，但是他们恰恰不是因此感念他，而是因此仇恨他。特别在司马南江修补皮鞋的这段时间里，他们甚至产生了司马南江是否去和特工部门挂钩的怀疑。他们明知这是不可能的，却又巴不得如此地希望着。
　　有人接过了依林院长手里的二胡。他情不自禁地搓了搓手，好像那把没有二斤重的二胡，压得他血脉不畅。纯粹是为了周到，他表现了应有的惊喜，发出了适度的感叹和热诚的感谢。
　　人生匆匆。有无数比二胡更重要的事情。你能指望一个只有一面之交的西方人（哪怕在那次会面里，他无数次地拥抱过你；分手时挥洒过惜别的泪；好像你一定会收到他寄来的一张机票那么热诚地邀请你到他的国家,或到他个人的家里去做客)把你的二胡,天长地久地记在心里?你不仅对依林的企望过高,恐怕对人生的期望也过高了。想着、想着,司马南江的脸上便挂上了一个通达的笑,有了这样的笑,便不那么容易被伤害了。

庭院的廊檐下蹲着几门老炮,它们过去如果曾经打中过什么,可真叫奇怪。过去的一切似乎简单到复杂,现在的一切似乎复杂到简单。一缕泉水从一头铜狮的嘴里潺潺地流出,自然也是锈蚀了的。绿色的藤叶攀满了残败的石墙。这古堡给人的印象是一口倒扣在地上,几百年也不曾挪动过的钟鼎。他们穿过宽阔而高大的甬道。即使是正午时分,甬道里也很幽暗。阳光在穿透厚石墙上的窗户时,似乎耗尽了它的光焰和力气。乃至进了大而无当的餐室,更像进了地窖一样的阴凉。你的脚不论踩在哪儿,都有一种生怕把什么踩塌的担心。餐室正中,四不着边地放着一张约十五米长、五米宽的餐桌。

座次依照西方人的标准排列。司马南江在依林院长右手的第一个座位上找到了自己的名卡。他不免局促。站在那里不知坐下为好,还是不坐下为好。他觉得……不,他不觉得什么。他只是突然之间丧失了可靠的记忆。他实在回想不起来,进门的时候是不是抢了他人之先,因为他当时正在听依林院长讲话,忘记注意这一点。不过事到如今他只好坐下,因为,不坐下也是不好的。

每个人的面前放有一个印着家徽的菜单。菜单下端,签有厨师、领班侍者的名字。花体,如女人一簇簇飞扬曲卷的头发。右手列队般地排着三个高低不等的酒杯,和一个胖墩墩的饮料杯。

"请问您喝点什么?"满头银发、身穿燕尾服、戴白手套的老侍者在秘书耳旁低声问道。殷勤恳切，又不曲意迎奉。

他哪里像给人端盘子端碗伺候人的。倒好像他们应该倒个个儿，由他来给他端盘子端碗才合适。本团秘书向担任本团翻译的司马南江望去，可是因为桌子太长，鞭长莫及。他又转向莫利小姐，莫利小姐正在和团长谈话。

"您到敝国以后有什么感想？"

团长仅仅考虑了一会儿，却好像考虑得十分辛苦。"我感到有些不适应。"

"哪一方面不适应呢？"莫利小姐认真起来，生怕自己没有尽到责任。

"嗯……这个，说不具体。总之是思想不适应吧。"

莫利小姐好像明白其实什么也没明白地"噢"了一声。因为"思想不适应"可做多方面的解释。好比对共产主义是否仍是人类通向理想社会的唯一途径，或放之四海而皆准的真理的忧虑；好比从出生起就密封在保温箱里如今突然被从箱中拎出放进了狂风骤雨，或从出生起就驾一叶小舟，在惊涛骇浪中为保住身家性命使尽浑身的解数，如今突然风息浪止倒觉得没法活了，不会活了；好比在对西方社会的发展速度表示惊诧的同时又始终对这一状况保持了难能可贵的、符合传统的警觉……如此等等，莫利小姐如何可以明白。这样微妙和深奥的感觉，至少得有几十年的修炼方可领会一二。

秘书只好无所依靠地反问道："嗯？"

见过许多场面的侍者，如今也有了难以应对的时刻，他尴尬地耸耸肩，好像秘书没有听懂他的话是他的过错。但他是训练有素的侍者，知道此时不便再问，再问则似乎唐突或有意刁难了。

眼疾耳快，面面俱到的莫利小姐立刻赶来照应。

喝点儿什么?

"威士忌?"秘书问道,你也可以说他回答道。

在电影里,凡是有身份的洋人或中国人都喝威士忌。包括国民党的高级官员或东西方特务。

"他问的是您喝什么饮料。比方说矿泉水、橘子水、茶?"

威士忌算不算饮料?他说的有什么错?秘书想。

见他面有不解,莫利小姐补充道:"午餐时我们通常不喝烈性酒。"

"那就喝茶吧?"他说。好像他在征求莫利小姐的意见。

他在家不是喝茶就是喝白开水。橘子汁太贵,只能优先照顾孩子或病人,他们需要增加维生素(谁又不需要?)。他很怀疑橘子汁里到底有多少橘子的汁。橘子又少又贵,新鲜的都很难买到,还能挤成水卖而且价格比橘子还便宜?很可能是人工合成的橘子精再对上一些糖水而已。只有二道贩子和洋人出没的大饭店里才有真正的橘汁。至于矿泉水,咸了吧唧喝不来。

茶送上来了。用一个大银盘托着。大银盘里套着一个小银盘,小银盘里放着一杯红茶、一小盅牛奶、一小缸方糖、一牙夹在一个银夹子里的柠檬。弄得他简直不明白是他要喝茶,还是茶要喝他。

依林院长端起斟满酒的第一个酒杯,说道:"祝好胃口。"却不说欢迎光临、不胜荣幸、健康长寿、聊备薄酒、不成敬意等等,因此这个宴会开盘开得似乎相当冷落。

偏偏这时团长对着成行列的酒杯、饮料杯,亮得让人发冷的银制餐具,傲岸地印有古老家徽的菜单,挺括得拒人千里的台布、餐巾,打了一个声震环宇的喷嚏。谁能控制打喷嚏、打嗝、放屁这样的事呢?党的外事纪律也不行,具有高度党性原则的大脑也不行。它们不受任何意念的控制,憋都憋不住。往往突如其来,连个思想准备的过程也

只有一个太阳

没有。

喷嚏在大而无当、石壁累累的餐室里引起了巨大的回响。由于来得突然,依林院长的手不禁一抖,酒从他的杯里溅了出来。他放下酒杯,赶紧埋头喝汤。众人也就跟着喝起汤来。餐桌上便更显得冷落,只听得一片唏里呼噜吸汤的声音。副团长吸得额上甚至冒出了细密的汗珠。真是奇怪,为什么喝汤时不能呼噜出声?中国人这样喝汤喝了几千年,也没有把中国喝亡。中国共产党这样喝汤喝了几十年,照样喝出一个新中国,照样建设具有中国特色的社会主义。为什么以不呼噜出声为喝汤的标准模式,而不以呼噜出声为喝汤的标准模式?外国人还不会用筷子呢,有文件规定他们必须会用筷子吗?

于是在等下一道菜的时间里,副团长觉得到了应尽一下客人的义务的时刻。便和莫利小姐拉起了家常。"今年多大年纪了?嗯?"

莫利小姐一愣,但还是做了回答。

"结婚没结婚呀?"

"没有。"这回她脸上显出一丝莫测高深的笑。

"每个月挣多少钱呐?"

"我就知道你该问这个问题了。"

"噢?"

"我在中国读过书,又经常到中国去,知道中国人喜欢问哪些问题。"

侍者们开始撤第一个酒杯,并且在第二个酒杯里斟上另一种酒。站在团长身后的侍者在给他撤第一个酒杯时问道:"这杯酒您还喝吗?"

团长自觉还是懂得一些英语。他总是随身携带着自编的"谐音英语会话手册",好比"三克油喂你妈吃","好狼","南渤湾"等等。

85

这时便点点头，说道："也死。"

开始上菜了。

六个侍者鱼贯地进入餐室。每人手里捧着一个直径约一尺半的银盘，银盘上扣着一个很大的"钢盔"。他们将这"钢盔"在每人面前放了一个，然后便垂手而立。

司马南江不免思量，这一大"钢盔"的菜，如何吃得下去。只见领班使了一个眼色，几个侍者像听到口令一样，同时揭开了扣在银盘上的"钢盔"里面原来还套着一个白瓷盘子，这盘子的直径少说也有九寸。一块像豆腐干那么大的鲟鱼，出人意料地、娇小玲珑地躺在由柠檬、蘑菇、调料精致装饰着的白瓷盘子的正中，依林院长像唤来一阵风雨后的巫师，在享受观众的惊叹、欢呼、喝彩那样地微笑着。

秘书面对那块鲟鱼伸着脖子想了一会儿，就近拿起了该是第二道菜用的刀叉去切鱼，又用刀子把鱼送进嘴里。

莫利小姐几乎没有很好地品味那块味道鲜美的鱼。她很担心刀子会割破秘书的舌头。好在那块鱼不算大，两嘴就吃完了。

然后上第二道菜。

一大块货真价实的烤鹅。

切鹅的刀子在吃鱼的时候用掉了，用掉之后又被撤了下去。现在他只好用切鱼的刀子切烤鹅。那刀子显然不是烤鹅的对手，总是扑空的刀叉在盘子上磕出乒乒乓乓的声响。烤鹅好像在调侃他的失误，在盘子里滑来滑去。直至滑出盘子，掉在雪白的台布上，老实了，不动了。秘书很不服气地用手把它拣回盘子里，继续和它乒乒乓乓地干下去。

副团长的胃却是健康的。除了他，这道菜大家差不多都没有吃完。

侍者撤下烤鹅的残骸，又开始撤第二个酒杯，并且在第三个酒杯里斟上香槟。在撤第二个酒杯时，他又问团长："这杯酒您还喝吗？"

团长又似听懂了地点点头。"嗯"了之后忽觉不妥,又补充了一句:"也死。"

那侍者只见团长一律地"也死"却并不见他喝。面前便红红黄黄地绚丽着一列杯子,不但扰乱了这个家族传统的进餐方式,也使他那无可挑剔的服务水准受到了威胁,他只好翻起眼睛,听天由命地对着天花板,不再看那令他窝心的台面。

副团长打了一个满意的、差不多像团长的喷嚏那样声惊四座的饱嗝。嗝里复合着鲟鱼、烤鹅、奶油、洋葱、美酒等等的回味。他伸出右手,从脖子开始,顺着食道的走向捋了捋食气,然后双手向身体两侧斜伸上去,扭动了几下腰肢,觉得除腹部以下,各处经络都有通畅之感。便开始用小拇指上的指甲挖耳朵、挖鼻孔、剔牙缝……总之,从脸上所有的窟窿里往外掏东西,并且把这些东西弹到地毯上去。在忙完这一切之后,从口袋里掏出香烟,先让团长、后让秘书,再让莫利小姐,他们或摇头、或摆手、或婉言谢绝。他把一支香烟在桌上磕了磕,点着,眯着眼睛深深地吸了一口。对莫利小姐说:"你也算是中国通了,知道中国有句俗话吗?'饭后一支烟,赛过活神仙。'"

莫利小姐说:"当然知道。连怎么骂人我都相当熟悉。有一次我在北京乘公共汽车,车上人很多,我又拿了不少东西,下车的时候我说'请,谢谢,让我过去'。谁也不理我,我突然想起我编纂的一本《汉语诟詈辞典》,便一句接着一句地背了出来,人们纷纷给我让出一条路,我像女皇一样通行无阻地下了车。不过现在还不算吃完,还有一道甜点呢。"

副团长望着莫利小姐褪尽了唇膏的嘴,突然就明白了化妆和不化妆的区别。

依林院长想,现在该轮到和团长说几句话了。要当好主人,就得有一个不落的本事，哪怕你不喜欢这个客人，至少也要有一句"见到你真高兴"这一类起码的应酬。更何况他要取得此人的好感，以便司马南江的全部著述，由依林出版社顺利地翻译出版。莫利小姐一再告诫他，对团内不请自来的各位，万万不可等闲视之，他们才是这个团的真正主人。弄得不好，轻则你花钱费力他白吃白喝白玩一通还骂你个狗血喷头而去。您不是还想出版司马南江先生的著述么（她文雅地看着他，一双眼睛像计算机屏幕似的，显现出这笔不付版税、世界发行的买卖清捞净赚的几位数字。中国人怎么就察觉不到她那双眼睛里的阴冷，真是活见鬼。依林先生并无半点不安，须知中国人翻译出版各国刊物书籍照样不付版税。）？重则给你制造一个事端（尤其在国际性的会议上），发出一个抗议，对一个国家科学院院长来说，其损失不亚于一个企业的倒闭……

"我希望您喜欢今天的菜。"依林院长用餐巾轻轻地在嘴上沾了沾，说。口气里不无讨好的成分。世界已经布尔乔亚化，古老的家族们也不得不布尔乔亚起来。用餐巾轻轻沾过的嘴，如今只好和根本不用餐巾，一任调料、菜汁浸润的嘴对话了。

"嗯、嗯。"团长说。

嗯、嗯是什么意思？到底是喜欢、还是不喜欢？

"司马南江先生研究的课题，可以说是目前世界上最尖端的课题。我很高兴中国在这方面走在了世界的前列。我很想知道中国在研究这个课题上，投入了多少力量。比方说有没有一个专门的研究机构；多少研究人员；经费是不是充分……"作为一个科学家，依林院长把一切精神财富看作是人类共同的财富，并无相忘于江湖、或相忘于道术的陋习。

"这个嘛……实现四个现代化，是我国的基本国策。科学技术现代化，是四个现代化的内容之一……"上甜点了。团长对甜点表示了很高的兴趣，以至依林院长不得不反省自己是否有些地方失礼。

从古堡出来之后，他们像被幽禁了许久，突然发现天上还有太阳，四周还有绿树，足下还有草地……而且别来无恙。尤其是脚下那片弹性很好的草地，简直让人想立刻躺在上头翻个筋斗、打个滚什么的，如果不在上面干点什么，真是可惜了它的阔大、平展、厚实。似乎受到了突来的、同一的灵感的启发，他们不约而同地、争先恐后地、生怕少啐一口便吃了大亏地往草地上啐起痰来。

那一连气的啐啐之声，使司马南江不忍卒听地掉过头去。

依林院长对啐痰缺乏感性认识。在西方，几乎听不见、见不到有人啐痰，便觉得中国人的痰也很神奇，说来就来，说有就有。不过他会马上吩咐下人，彻底地给草地浇一次水。

参观科学技术博物馆由使馆文化处的一秘，以及莫利小姐陪同。

他们的神态，一律活泼、机智、舒畅、松弛了许多，就连副团长的步履也轻快起来。在依林院长的古堡里，他们全有一种被凝固了的感觉。不是因为光线的霉暗、滞重，不是因为从每一块幔帐、窗帘、丝绸椅垫、壁毯或每一条桌子、柜子缝里冒出来的，熏得人不知身在何处的旧味儿，而是因为那一套繁文缛节的架势，以及那架势后面包藏的祸心。告诉、教给你怎么做一个上等人。既然你还需要别人告诉、教给你怎么做一个上等人，那就是说你还不是一个上等人。它激起一种让告诉、教给你怎么做上等人的人，反过来给你舔皮鞋的复仇感。这祸心因为年深日久，已经和那些幔帐、窗帘、丝绸椅垫、壁毯，或从每一个桌子、柜子里冒出来的旧味儿，和铸着绣着古老家徽的银盘、银叉、银刀、银勺、桌布、餐巾什么的混为一体，连科学如依林院长者也无法掰扯得清楚，以及保持应有的警觉，否则他是绝不允许这种情况存在的。他没那么傻。

一秘是一位面色苍白、沉默寡言的瘦高个子。戴一副透明塑料镜框的眼镜，像个刚从大学毕业的学生子。团长于是觉得不够分量，不够热情。"你们大使知道我来了吗？"

"报上去了。"一秘说。

"你告诉他，有些情况我要和他交换交换意见。"

"可以。"

团长很不满意这个回答，拿眼睛把一秘睃了又睃。一秘只顾聚精会神地握着方向盘，跟紧莫利小姐开的那辆车。团长很想找个借口，煞煞这个既不会高兴也不会不高兴的一秘的威风，可惜实在无处下手。

"这里有红灯区吗？"

"就在国家音乐院附近。"一秘的眼睛依旧注视着前方。

"那么'跳蚤市场'呢？"

"在教堂附近。"

"好，我们不去参观科学技术博物馆了，去'跳蚤市场'。"

秘书的喉结动了一下，像对美味期待已久地发出"咕"地一响。这几乎就是他无论如何也要争取出访一次的全部目标的三分之一。除司马南江之外，他相信团长和副团长同他的愿望没有丝毫的差别。

改革开放以来，左邻右舍、机关同人时有放洋一圈者光荣归来。人们提起海外，就像提起保定、天津卫。虽然不像出差那么容易，但也不是可望而不可即的梦想。

三百六十行，行行都想得出出洋考察的过硬理由。还不算对方出资邀请的开会访问、讲学交流。人事处的王处长，就是刚从朝鲜人民民主主义共和国考察思想政治工作归来，朝鲜人民民主主义共和国没有"跳蚤市场"。一切社会主义国家都没有。但是不论出访社会主义国家，或出访非社会主义国家，可以购买一件或几件减免关税的家用电器的待遇是一致的。机关大院传达室的老李，春天刚从美国考察安全防御措施回来。除了抱回一台减免关税的大彩电之外，还背回来两麻袋裘皮大衣、皮鞋、手袋、服装、日用百货。全是从"跳蚤市场"上觅来的。老李的爱人第二天就穿了一件来上班。虽说穿着那样的大衣应该坐小汽车，蹬自行车有点不伦不类，但是大街上有的是穿牛仔短裤的姑娘，足蹬一双性感的黑色镂空长筒袜，或者穿一件十八世纪的夜礼服，却蹬着一双长筒皮靴……中国，眼下就像老李的爱人一样，穿了一件裘皮大衣，蹬在一辆让连阴雨弄得满是泥泞、满是锈迹的自行车上。

老李的爱人，满脸光辉地抖着那件大衣说："八成新，十美金。要是到百货大楼去买件新的，我一年的工资不吃不喝也不够。"不仅弄得女人们瞪大了眼睛，弄得男人们也瞪大了眼睛。

"样子是不是太老了？三十年代的电影明星白光、李丽华就穿这种样子的大衣。"有人表示了美中不足的遗憾。

又有人说："样子这东西，几年兴过来，几年兴过去。好比女人的裙子，一会儿长了一会儿又短。在箱子里搁几年，没准再拿出来又成了顶时髦的。"

"还带回来什么好东西了？"

"没了，没了。"老李的爱人左推右挡。对大多数还没有出过洋的同志，她有一种歉疚感。她毕竟是个共产党员，受过吃苦在前，享乐在后的传统教育，虽然这件事和吃苦在前，享乐在后也许风马牛不相及。想到这里，大衣初上身的兴奋、愉悦，似乎不那么完满了，脸上的光彩似也收敛了许多。

"我不信,听去机场接机的司机说,整整两麻袋呢。"

"没了,真的没有了。"

围观的众人,似乎余兴未尽地渐渐散去。

但是有好长一段时间,老李的爱人不再紧锁眉头。据说她和各方面的关系都得到了相当程度的缓和、平衡和改善,连紧张到一年多都没有走动的小姑子,也恢复了亲善关系。远至七大姑八大姨也很满意,无论如何,这是那两大麻袋的功勋。

所以从一上飞机,飞机还没有开始起飞,秘书就根据他的财政收入,开列亲朋好友的名单,编制财政开支预算,省得回国以后人家来看望你的时候,因为你的考虑不周而坏事。听说有人回国之后就因为丢了张三落了李四,弄得从头扒到脚还得罪了人。好像他不是刚刚开始旅程,而是旅程已经结束。对很多出访代表团的成员来说,出访的正式活动实际不在国外,而是在上飞机之前和飞回来之后。

那是一张两页纸长的名单,斟酌再三,不断精简。留下的绝对都是硬碰硬的角色。除了"跳蚤市场",还有哪一处更符合少花钱多办事这一原则精神的地方呢?

"这样做恐怕不太合适,主人已经把日程安排好了。"一秘终于转过脸来,对准了团长说。原来他并不年轻,脸上已有许多成熟的皱纹。

"我是中国人,为什么要受洋人的支配?同志,不要因为在国外生活久了,就把洋人的话当圣旨噢!"他终于抓到一个教训这个老不看着他的一秘的机会。

"外事纪律上写着不允许去'跳蚤市场',特别像您这样的身份。"他偏偏不和团长纠缠。像一部储存文件的电脑,显示、消失,显示、消失。不过在一秘看来,这种规定大可不必。上"跳蚤市场"有何不可？贫穷并不是耻辱。他知道此地一位著名的号叫派诗人就常常光顾"跳蚤市场",毫不隐讳地告诉别人,他的西服上衣就是在"跳蚤市场"上买的。他不愿意把钱浪费在包装他那不起眼的××上,他说。就算人们知道你去"跳蚤市场",说你穷,你没偷没抢没贪污没受贿没靠养汉子弄钱对不对?比起那些,穷也许还是一种光荣。难道你不去"跳蚤市场"人家就会以为你阔了,你不穷了?别打肿脸充胖子了。

"我们出来的时候,没有传达这一条纪律。"团长说。秘书的嘴唇,无声地跟着团长的嘴唇一起翕动着,好像一条离开江河已久的鱼。他在这里没有发言权,即使有发言权,顶多只能来个问句,一个只会表示问句的人,你能指望他有多少作为?只好眼睁睁地看着"跳蚤市场"成为泡影。他和别的秘书不同,毫无后台可靠。他不过以善于领会领导意图取胜,这一手看似容易实则难。他不能跟得太紧,像刚上了笼头的牛犊那么卖劲,那样会招人嫉恨——就显得你行我不行,就显得你积极我不积极——招人嫉恨脚下就会有人给你使绊子。但是你又不能过于消极,小心那些靠汇报他人过日子的人告你的刁状。你得学会关键的时候在领导面前处理几个棘手的问题,让他信得过你的能力,以及你对他的忠诚。或是给他贡献几个点子,这点子既要富有成效又不能显得比他聪明,没有一个领导人喜欢别人,尤其是他的下级比他有脑子,能干。后来他发现只有用提问这一不肯定的方式来贡献他的点子最为合适。结论由领导做,让领导充分享受英明决策的成功感。遇上一个有良心的领导,他会心照不宣地记住你的功劳。好比这次出国,就是多年苦心经营的报偿。可是那种"关键时刻"好找吗?那种"火候"好掌握吗?人们只知道对他这趟出国冷嘲热讽,他们不知道二三十年下来,除了问句,他什么句式也不会说了。就是这样,最后还不知道能不能混上个处长干干。

"您可以去使馆看看这个文件。"

如此，团长方觉无话可讲。鼻子里只好一个劲儿地往外吹粗气。

"再说'跳蚤市场'星期天才有，今天不是星期天。"一秘说。

但是团长并未甘休，下了汽车便唬着面孔在展厅里独来独往地乱窜，也不听馆员的介绍讲解。秘书好像误入歧途一般呈现出一脸的迷茫。副团长兴味索然地走在前面，弄得一秘不知道照顾团长为好，还是照顾副团长为好。副团长一面走，一面还是用右手从脖子开始，顺着食道的走向，捋着他的食气，并且打出一个又一个复合着鲟鱼、烤鹅、奶油、洋葱、美酒等等回味的响嗝。只有司马南江仔细地去看每一件展品旁边的说明，并倾听着馆员的讲解。

一秘的脑袋嗡地一响，他听见，走在前面的副团长从腹内捋出了一个极响的屁。他很快地用眼梢扫了莫利小姐一眼，谢天谢地，她正在和司马南江讨论什么。看样子司马南江完全没有听见这个响屁，但这并不等于眼观六路、耳听八方的莫利小姐没有听见。一秘常常在接待国内来访团时和她打交道，此人莫测高深。可是副团长还生怕人不知道似的偏偏回过头来，做了一个令人瞠目的，与他的年龄、身份，特别是他的革命经历极不相称的鬼脸，接着又鬼使神差地笑了起来。好像他很为自己有幸在这个科学圣殿里，戏弄一下为人所景仰的文明文化而得意非凡。

就在此时，"咣"的一声巨响，令众人慌忙地回过头去。原来虎虎急行的团长，撞在了一块一尘不染得好似根本不存在的玻璃墙上，并且立时晕倒在地。莫利小姐力主急送医院，副团长从多方面的后果考虑认为大可不必。于是众人一齐动手拍脸蛋儿、掐人中、晃脑袋，终于把团长弄醒过来。他大劈着双腿，倚坐在司马南江的怀里，脑门上顶着一个眼见它忽悠一下就隆起的，爆着一道道青筋的、绛紫色的肿块，翻着眼睛似乎在继续生着撞晕以前的闷气。

五

这就是往昔的日子。

先是变成了照片，然后又变成了明信片。世界各地来旅游的人，无不前往一游，并且买几张明信片作为旅游纪念。

从空中鸟瞰下去，庄园深陷在延绵起伏的丘陵中。这一处丘陵的余脉，不慌不忙地搭在另一处丘陵的余脉上。在它们交接的地方，形成参差不齐的丘壑。远远近近，疏疏密密，照顾得相当匀称。森林、树木、草地如绿色的河流，毫无定向地任意流淌在丘陵、丘壑、或坡地上，一直流进花园附近那汪深阔得令人忧愁的湖里。天上地下，是一片透心凉的绿色。

耸立在丘陵四周那青钢色的岩峰，如他威严的祖先，骑着骏马，戴着甲胄，手握长戟，守卫着荣耀的门楣。

灰褐色的、粗粝的巨石垒筑的圆柱形城堡，已被岁月摩挲得消失了当年不可一世的锐气，但仍向天空，扬着它冷傲的、铁灰色的尖顶。

到了初冬，从城堡的小窗子里望出去，除了守卫在四周的青铜色的岩峰，四野全都变成一片苍莽的灰褐，和这城堡一样。仿佛一片荒凉的沙漠从天际那边流淌过来。忧伤而苍凉地漫进你的心，并重重地把它压满。

"在看过上帝的结构之后，你会觉得全世界的画家、雕塑家、作家什么的全是笨蛋。"爱尔卡从这幅巨大的照片前头转过身来，对魏特说。"魏特,你这张照片拍得真不错。"想起魏特什么都可以干得很好,又都可以干得很糟,她不禁笑了。对魏特你不可能不满心地欢喜。他一会儿一个主意,对每个主意都如痴如狂。绝对地严肃认真,绝对地全部投入。其结果又总是像它出其不意的开始那样出其不意地与他的初衷相悖。如果她回忆婚后的日子,除了四处飞扬的、引诱人去冒险的剪报(各式各样的骗子在那上面大展天花乱坠的天才),和从无间断的电话铃声,什么也想不起来。

那是因为他自小生活在那种韵味里。好像她不知道似的。对爱尔卡既不能指望又不能苛求。她聪明过了头,便不能享受人生中诸多由盲目、甚至是由愚蠢带来的乐趣。她只能是一个既不远又不近的朋友。所以离婚比结婚对他们更合适。一个老练而又腼腆,自嘲而又自得的微笑,如远方一个微弱的闪电,无声无息地在魏特的脸上,一闪而过。"不过我还是希望你再试一次。"这时,他那双容易兴奋、骚动不安的圆极的眼睛,重又活泛起来。使他看上去极像一只喜欢跳跃的鸟。

"我们不是已经试过了么?"

"求你了,爱尔卡。"

你不可能不答应魏特,他那些异想天开的主意,每每都像把命押上去的、人生的第一次或最后一次的航行。"唉,好吧。"爱尔卡坐下,伸出自己的胳膊。"我给你做了很好的汤,"她扬起眼睛看着他,又强调了一下,"照着菜谱。你仍然到处在混饭吃吗?"

"除此你认为对我还有什么更好的办法吗?"

"嗯,是的。差不多是这么个情况。"

"我别无选择。或者是到处混饭的穷光蛋,或者是全国最富有的人。"

"你的官司有眉目吗?"

"还是老样子。"魏特为了证实自己才是那唯一的、合法的王室继承人,持之以恒地打了多年的官司。从他们恋爱的时候起,一直打到他们结婚,离婚,一直打到他们不得不卖掉如今已变做墙上那张照片的庄园。然而他仍然是个准王室继承人。也许还是中国人的办法好,只准生一个。

"怎么样,你是否感觉到一条热流沿着你的手臂移动?"魏特拿着一个六角形的、每个角上铸有日月星辰的金属片,并用六角中的一个角,对着爱尔卡的胳膊来回移动。

"不,对不起,魏特,没有什么热流。"她真希望她确实感到一股热流,她真希望他成功一次,哪怕一次也好。

魏特怀疑地盯着爱尔卡,又深思地点点头,好像证实她有撒谎的毛病,却绝对不去想他推销的这个玩意儿,像他干过的所有行当一样毫无结果。

"亲爱的魏特,谢谢你今天带给我的这个……这个玩意儿。不过我们是不是可以吃晚饭了?"

"当然,你知道,这差不多是我最喜欢的一件事。"

"真的?!"她歪着头,调侃地望着他。

"嗯……"魏特自己似乎也不那么自信。

魏特扫视了一下杯盏狼藉的桌子,在证实没有什么疏漏之后,对自己的成果似乎满意地点点头。"谢谢,爱尔卡,我很久没有这样痛快地吃了。"

"谢谢,魏特,你这样说我真高兴。要不要再来点酒?"

"不,够了。"

"我可是还得加一点。"她呷了一口酒,似乎不经心地问道,"可是，魏特，在这之后，你又将干什么？"

"我们何不成立一个文化交流中心呢？"

"好极了。"魏特并没仔细想过文化中心干些什么，只知道自己不曾干过，而且在报纸上常常见到这个旗号，眼睛便又活泛起来。

"我知道你会赞成。"理查德用他很长的食指，指着魏特，好像用一支毛瑟枪瞄准了他，一百个跑不了啦。"你喜欢文化，各种各样的文化，"这样说似乎不大贴切，不过"文化"现在变成了一个很泛的词，既然很泛，也就不妨很泛地用它，"可是你偏偏没有注意到中国的文化……"

"嗯，嗯，"魏特连连摇头，表示不能同意对他的这种判决。"我知道他们吃的文化非常发达。此外……"他不无遗憾地耸耸肩。

"这恐怕是你的偏见。他们缺乏文明，但不等于缺乏文化，你不要将文明和文化混为一谈。"

"照你这么说我们只有文明而无文化了？"

理查德豁达地摆摆手。"还是谈我们的文化交流中心。自从中国改革开放之后，他们对西方人的吸引力越来越大。你看见吗，世界各国兴起了一浪接一浪的中国热。旅游的盛季快要到了，我们可以用文化交流中心的名义先办个短期训练班，教授中国刺绣、烹调、绘画、乐器。交流中心以后再干什么，等这次活动结束再研究。"

连一向喜欢出奇制胜的魏特也因这个计划意想不到得大发了劲儿。"烹调也许勉强。绘画、刺绣、乐器什么的恐怕不那么容易。"

"噢，魏特，想不到你还这么傻。这不过是满足一下他们的好奇心而已。过了旅游季节，他们早已回到自己的家乡去了，谁还会来讨论你的训练有没有成效呢？"

"我们请得起这样的大师和教授么？"

"如果需要大量的投资你想我会搞什么文化交流么？"理查德狡黠地一笑，他那结实的白牙，就在他那黝黑的、少肉的脸上一闪，好像夜间行车时，汽车的头灯打亮了高速公路上有警告意味的荧光路标。接下来果然是一派惊人之语。"在这里留学的中国学生，以及交流学者很多，各种专业都有。只要付不多的工资，就可以雇用到不错的，甚至是相当有造诣的教师。主要的问题是，我们应该在著名的风景区，找个便宜的、可供食宿的住处。我考虑过，我们不租用旅馆，而租用农家家庭式的营业房间。旅游者不但可以游览名胜，还可以享受田园风光，学到一些中国玩意儿。"

这真是一个周密的、令人鼓舞的计划。"你的意思是说从学员交纳的学费里获取利润？"

"噢，魏特，请不要说利润这样的字眼。我们是文化交流中心，和利润、税务全然无关。当然，我们应该把学费定得高一些。现在还有许多事情要办，我要通过一位朋友，他是一个汉学家，向政府有关部门申请成立交流中心的许可；做训练班的广告——主要对象是美国人，他们有钱，而且对待钱的态度也比较随便；印制你我的名片，至于头衔，我想暂时用王室继承人的名义……"

"你知道，这件事毫无结果。"

"那么再说。"理查德的口气很含糊。"至于我，自然是理查德博士。"他停了一下，见魏特没有什么反应，便继续说下去，"这些用不了多少投资，但可供膳食的住处一俟有人报名，就得预先去订房间。我想你那里还有一些钱吧？"

"是的。"不过理查德什么时候成了博士呢？据他了解，理查德始终没有通过博士的答辩。

"这我就放心了。"理查德差不多真像博士那样潇洒地夹了夹胳肢窝,"现在最急于解决的问题是我们没有一个可供联系的办公室,也就是说通讯地址。申请入学的人总不能把信寄到我们私人的住宅。我想,爱尔卡的艺术系是一个最理想的、暂时的……"

"不,不要把爱尔卡拖到这种事情里来。"魏特原来还是兴致勃勃、甚至是野心勃勃的脸突然委顿下来。这时他才明白,他也许真的爱过她,并且还在爱着她呢。

"爱尔卡,亲爱的,星期二下午你有空吗?"

"你知道,那个时候我在系里办公。有什么事吗?"

"没有十分重要的事。理查德想送你一束花。"

"谢谢。你现在又在玩什么?"

"见面再告诉你。再见。"

"再见。"

"一打红玫瑰,好像是在求爱。谢谢。请坐。"

"不,我们就走,还有别的事要办。"

三点整,爱尔卡桌上的电话铃响了。"我是纽约。请问,这里是××大学艺术系吗?"一个男人问道。那绝对是一条属于有钱人的嗓子。

"是的。"

"理查德博士在吗?我想和他讲话。"

"请等一会儿。您的电话。"

"真对不起,电话追到这儿来了。"

爱尔卡若有所思地说:"这束玫瑰花可真不便宜。"

如果不是应聘来这里教授中国画和中国烹调，他和妻子一生也不会到这个旅游胜地来。他在许多画报上、明信片上，以及报纸上看到过关于它的图文并茂的介绍，中央电视台国际新闻的结尾也常常转播在这里举行的国际滑雪大赛。

现在当然不能滑雪，看不到国际著名的滑雪健儿的风采，但是他们已经乘缆车到山顶去过，看过滑雪的跳台，陡峭、雄伟得看上去就让人目眩神迷。

在不是滑雪的季节里，缆车费很便宜。但对中国人来说，还是很贵。无论如何这一辈子坐一次缆车，并且在各国名将曾在此一跳的跳台上站一站也是值得的。他真的觉得自己的一生，有些壮丽起来。因为有了这样的壮丽，难免反省起那些不甚壮丽的事情。

他算得是什么画家，业余画两笔竹子消遣而已。他是来这里攻读企业管理专业博士生的。

给他拉关系的那位朋友出来已经半年，很有一些经验。"你别打退堂鼓。他们懂什么中国画？你能让他们十五天以后用毛笔画几根竹子带回国，就能让他们惊天动地一阵子了。先上中国商店买几支中国毛笔、几块中国墨，到了山上以高于原价的三倍、四倍卖给他们。别一谈钱就不好意思。在西方这是很正常的事。是你把东西带上了山，你付出了劳力。你付出了劳力他们就得付钱。别看西方人一个个装得像个绅士，谈起钱来一分不让，绝不客气，好意思得很。不过你要打听一下到底有多少人学画，别买多了。至于中国烹调课，我向他们推荐了你爱人。她不是在这儿陪读么？老外最爱吃辣子鸡丁、炸春卷、饺子什么的。是中国人就会炒辣子鸡丁、会炸春卷、会包饺子。每菜必做示范操作，示范之后可以品尝，胃口吊上来之后分份出卖。美国人在山上憋十五天可受不了，正是你们赚钱的好时候。十五天之后让他们学会一个西红柿炒鸡蛋，或是一个炸春卷，他们也会乐得大呼小叫。临上山之前自然也要到中国商店把中国佐料买齐。这个不必多买，不像笔墨，离了中国人他们买不出名堂。吃的东西人人都会买，世界上凡有麻雀的地方就有中国人，有中国人的地方就有中国商店，他们都知道。"

　　这个人的人品到底如何？连从大陆出来的留学生都看他不起。更不要说是洋人。他们说这位从首都大医院来此进修的医生，根本不好好工作、学习，每天到医院点个卯之后，就拿着几根银针卖针灸，给洋人治治发痧、神经痛、美尼尔氏症。每天上午光挂号费的收入差不多就合三百元美金。结业之后回家转，外汇有了，金字招牌也有了。

　　不过洋人看得起又怎样？看不起又怎样？谁还指望洋人给你提级涨工资评职称选劳模入党立贞节牌坊？上至侍郎尚书，下至乡吏里长尚且有人干那丧权辱国的勾当，区区一个知识分子，不过赚几个外汇、图个虚名，就更谈不上辱没祖宗。

　　再说谁知道你的祖宗中过状元，还是当过进士？你们一律都是"中国人"。"中国人"离姓王或是姓侯还遥远得很。

　　剧作家竭力推辞。这种事情含糊不得。虽然戏剧和文学可以归类于文化艺术的旗帜下，实则相距甚远。他教授不了文学，更遑论古典文学。游说者问，难道你不知道"关关雎鸠，在河之洲"。既然你能知道"关关雎鸠，在河之洲"就能教授中国古典文学。你以为你是给谁讲课？是中文系的大学生，还是攻读学位的博士生？就算你帮我的忙。

　　关关雎鸠，在河之洲。好在他虽然没有读通《诗经》的修养，总是随身带着一本《唐诗三百首浅释》。

他沿着森林中的小路冥想，感受着一种莫名的冲动。这是一个多么适合写作的环境，尤其适合浪漫的爱情故事。他预感到他终生不曾发挥出来的才华，定要在这里有所分晓。

安妮困难地瞧着那一段足足还有四磅的大腊肠。从超级市场上买来的时候就过期了，比起不过期的，等于白送。已经吃了四天还没吃完，恐怕还得吃两天。她切都切腻了，不知那些中国人怎么还没吃腻？

"先生，你认为这样的腊肠还能吃么？"

"完全可以，安妮。"

"要是别的客人早就发脾气了。冬天的时候，我们每天都要下山到专门的肉食铺子去买新鲜的腊肠，客人们还抱怨品种不多，味道不好呢。"

"那要看他们付的钱多少。对不对？这个训练班每人每日食宿标准二十美金，好安妮，我们已经等于白送了。到了夏季，我们也和超级市场的过期食品差不多。你不会觉得我太苛刻吧？"

"不，先生，当然不。那么中午还是土豆汤和炸猪排？"

"除了这个还能吃什么？"

"那些美国人天天晚上下山去吃晚餐。"安妮一面说，一面把腊肠塞进切肉机。

"我们也要下山去了。"理查德说。

"至少买些肝酱、忌司、沙丁鱼、啤酒、果汁什么的，我差不多已经贫血了。"

未来的博士夫人转过头去，她不想听教授刺绣的女士那齿音很重，没有抑扬、像沼泽地上的泡眼，节奏既快而又单调的、一句接一句的怨恨，"你看你看他们喝的是什么，可能是浓缩的橘子汁。噢噢，你嗅，嗅出来了吗？是什么罐头？真好意思，你们连让我们尝尝都不让。好像不认识我们一样，外国人真是小气死了。"

理查德和魏特吃得心安理得。桌子那一头的中国人爱怎么想就怎么想，他们才不在乎呢。他们是他们的雇员而不是他们的朋友。他们已经付了他们工资。要是他们觉得饭菜不好，可以像美国人那样，到山下去吃晚餐。或者，提高伙食标准。可是中国人舍得那份钱吗？事实上他们宁肯如此。那他们就管不着别人怎么吃，吃什么。

伙食当然是极坏的。剧作家经常在国外转悠，从未见过如此糟糕的接待。所谓文化交流中心，无非是一些文化骗子。骗有钱的傻瓜和没钱的傻瓜。他明知被骗，却又愿意被骗。因为这对他并不重要。

西方有什么好？！

他能和人掰扯得清吗？

他要的是一种名正言顺的流浪生活。要求政治避难和叛逃都是辱没名节的事。何况他的小说除了小小地布尔乔亚一下并不犯忌。官方从来没有弹劾过他，甚至因为他的作品不够获奖标准，多次以授予劳动模范的称号填平补齐。当然对民主自由的西方社会也就更没有意义。

有一次他百般无聊地重放了他所有作品的录像，发现"我好像已经认识你很久了"这句台词，不断被一见钟情的男主角或女主角重复，更不要说站在恋人的窗下，望着他或她窗口的灯光渐渐地熄灭，以及失恋的人在大雨中毫无必要地狂跑，恨不得让雷劈死这样的细节。但是他的剧本上演率、上拍率、上座率都很高，幸亏文化故国至少在一百年内还不会很快地文化起来。还会有很多振兴文化的志士仁人喜欢这些小恩小爱小喜小悲小情调小摆设。

写电影剧本比写小说省力又赚钱。因此他的家里总是高朋满座。喝酒、跳舞、听先锋 4500、看录像、谈婚前婚外性生活的人道精神和在保健学上的贡献、谈塞夫的绘画……无一不是秀才不出门便知天下事的世界精英。他知道他一转过脸去，他们就会用他剧本里的台词儿调情取乐糟践他，可是他们绝不会放过一次挥霍他那些让他们一百个看不起的、重复的故事的机会。哪怕他们当中有一个人当面指着他的鼻子，真诚地大骂他一顿，说他不过是个庸才也好。可是不，他们无一不对他甜蜜地笑着，说他前途无量，才华横溢。他就是逃离家门，游走他乡，也还会看见差不多的面孔，说着差不多的话，干着差不多的勾当。

他的妻子好几次都想冲到客厅去对客人们说，滚——你们这些玩吃玩喝玩女人玩心计玩嘴皮子玩笔杆玩文字玩孤独玩清高玩深沉玩忧国忧民玩国民性玩文化玩现代意识玩感觉的舞文弄墨、酸盐假醋的臭瘪三。你们有什么真本事？会炒股票？不会。会炒房地产？不会。就是你们的小说，也不过是香港女人街，或沙头角地摊大排档上的货色。老百姓花钱养活你们这些蝇营狗苟的东西真是瞎了眼。狗舔屁股似的跟在洋人后头转，有个去哪个大使馆参加一次电影晚会的机会就美得不知自己姓什么叫什么吃几两干饭。洋人从牙缝里抠点东西给你们买张机票，你们就人模狗样地出去访问，其实不过像食客一样在这个洋人家里住几天，在那个 × 籍华人的家里住几天，以为这样就可以扩大影响走向世界得诺贝尔文学奖。呸！也不看看你们称不称得诺贝尔文学奖那点人格。诺贝尔文学奖评委会的那些老帮菜要是把诺贝尔文学奖给了你们不是瞎了眼就是别有用心！

有时他苦闷得想自杀。创作上没有希望突破，交朋友让人家拿他当球耍，一半儿文坛得了假洋鬼子病，一半儿文坛得了阿Q病。他真想跟妻子谈谈自己的苦闷，她却嫌恶地对他说，"去，别拿你们那些狗事脏了我的耳朵。"

每每看见他，她那样子都像看见地板上突然长了一棵庄稼。他们每天不知要照多少面，她回回用这种办法有完没完地羞辱他。

她变了。

他多么希望她还是那个穿一身翠蓝色的尼龙西服，半张着嘴坐在"文学讲座"大厅里的文学青年，恨不得咽下去他们每一句不知被古人、洋人说过多少遍的话。

现在呢，她却把他们看个底儿掉。弄得他不得不奇怪地问："那你为什么不跟我离婚呢？"

"唉——"她叹了一口气。这声叹息绝对能让剧作家、作家以外的任什么人无地自容，"因为你比他们稍好。"

？！

"你不过是个三四流的作家，这我在追求你的时候就了如指掌。"原来她那个半张着的嘴、小本子上的签名、请求指正习作、请求指导阅读等等不过都是他的自作多情。"不过这是才气、才分的问题，不是人格的问题，我只是恨你太窝囊，怎么就没有决心和这块臭肉决裂。"

说得轻巧。他除了会写三四流的剧本、电影电视剧本还能干什么？！

他想远离这不能胜任的一切，通过朋友以及朋友的朋友，给他活动出访、讲学的机会。条件自然苛刻，不过他自有节约的办法。自己做饭吃每个月顶多六十美金，特别是猪心猪肺猪耳朵猪舌头猪蹄子猪尾巴猪肠子猪肚子，因为西方人不吃便宜得等于白给。他还学会了开汽车，从这一地到那一地，甚至可以睡在汽车里，吃在汽车里。风景固然值得浏览，更重要的是把那辆破汽车的门一关，立刻就能与世隔绝。几小时几小时地，或日以继夜地行驶在高速公路上，自有一种无家可归的流浪汉的快乐。像一条野狗自由自在地跑跑停停。

可是他真就那么快活吗?

在下午的文学课之后,他请求大家多留一会儿,看一部由他编写的电影录像。在放映之前,他将这一电影的文学剧本一一分送给在场的中国人,美国人,还有几个当地的乡绅。"请提宝贵意见。请提宝贵意见。"好像他们都懂汉语。

教授刺绣的女士说:"我要是他,一本也不送。谁看呀。这几十本书不少钱吧,还带剧照呢。也许是在出版社白拿的。"

不知是带子有毛病,还是理查德带来的录像机太破旧,总之那部电影的画面,一会儿是一片哆哆嗦嗦的彩色光影,一会儿所有的人全都变成了台阶。一会儿好像有成千上万架飞机大炮机关枪在里面狂轰滥炸,一会儿又只见人们张嘴,却听不见他们说啥。

急得剧作家只好亲自出马。或替剧中人哭或替剧中人笑,或替剧中人疯或替剧中人傻。替他们完成他们的对话。好在那些细节、台词他都记得很熟。

总之那部电影结束的时候,人人大汗淋漓,一副受尽严刑拷打的模样。

未来的博士说:"瞧他那个身胚,活像个倒立的三角形。你能指望威廉·退尔写出一部优秀的电影吗?"

未来的博士夫人说:"像您这样的电影还想走向世界?好比'搞活''乱搞男女关系''五讲四美三热爱'这样的词儿,洋人懂吗?"

在场的美国人面面相觑,不知在场的中国人争论些什么,只见剧作家淌了一脸的油汗,讨饶地望着那些中国人。他似乎心里痛得想哭,却极力地向大家微笑。

夕阳那么凄婉地照着,树影变暗,峡谷里涌来了凉意,一天行将过去。

他想着他,还有他的同行们,津津有味、煞费苦心编撰的那些故事。这个男主角应该什么时候出场,那个女主角应该什么时候死去。A 和 B 什么时候交叉,谁是谁的儿子,谁是谁的父亲,后来才知道他不是他的儿子而是他仇人的儿子。……想尽办法让人们哭、人们笑、或不哭又不笑,一面看一面骂你扯淡。然而世界也好,人也好,有什么变化,或根本没有变化呢?

风说哭吧。四周的松林也说哭吧。于是剧作家就哭了。

他放心地哭着,出声地哭着。好像他从来不知有戏剧或小说那样地哭着。没有人会说,嘿——,老×哭了老×哭了老×哭了……

烹调课上得很热闹,实习作业尤其受学员的欢迎。品尝之后再行订货,教师课后现卖小炒。午餐桌上花样翻新,榨菜炒肉丝、海米瘦肉拌粉丝、红烧牛肉全是简单易行易学成本低获利高的品种。

学刺绣的学员虽然不多,但订货不少。学员里有不少有钱的老太太。有钱的西方人老了没事就旅行。绣一朵玫瑰十美金。一天至少可以绣十朵,每日一百美金,十五天可得一千五百元美金。逢到绣得脖子酸眼睛花的时候,教刺绣的女士就躲在窗帘后面欣赏通往山上的小路。

餐桌上的形势发展十分微妙。没有一个中国人不匆匆忙忙地离开餐桌,又没有一个中国人在离开餐桌时不交换一下意味深长的眼色,单单留下与那秃顶的美国佬交谈得十分热烈的未来的博士夫人。他们讨论糖对西方人的牙齿,食盐对中国人的血压的影响。居心叵测地将两个挨着的座位留给未来的博士夫人和秃顶的美国佬,又带着一种煽动性的怜悯对未来的博士唉声叹气。

一九七七年随杂技团访问演出，从此再未归国的京胡乐师操着山东口音忧虑地说："一大清早又钻了山缝，这要是弄出个孩儿来咋整。"

对这种有损未来博士夫人名声的言论，教授刺绣的女士立刻挺身而出。"你离开大陆十年了，对别人的隐私怎么还保持着国人的传统？"

魏特和理查德在向学员介绍任课教师的时候，居然把这个教京胡的乐师，摆在了她的前头。

但京胡乐师因为早已定居，经济观念已大不相同。昨天晚上，未来的博士对京胡乐师说："真糟，不知道什么时候才送我们下山转一圈，我的烟已经吸完了。"京胡乐师立刻慷慨相赠一条"万宝路"。今天早上剧作家向未来的博士夫人借熨斗的时候，却明明看见他们放熨斗的衣柜里还放着两条"骆驼"牌香烟。

对未来博士的置若罔闻，教授刺绣的女士说，听说此人并无特殊才能，之所以长期在外进修，领取各基金会的奖金，无一不是未来的博士夫人运筹的结果。

未来的博士夫人回头一望，果然发现在教授刺绣的女士的窗帘的后头，藏着一对小而锐利的眼睛。

她能怕得了这个！

别说她已经不打算回去，就是回去，她也奈何不得！这种人即使害人也害得没有惊天动地的气魄。

他们继续往山上走去。和他那条一离开人群，就显得聪明自在的狗。

山路上的碎石子，时而跳进她的脚心，她不时地跷起脚来，抖抖她的凉鞋，将石子抖落。

"我的狗很苦恼。中国人不是爱狗，而是玩狗。他们老是捉弄它，

109

把它弄得兴奋过度,精神忧郁。刚才它就咬了京胡乐师一口。它的头部受过伤,不能再受刺激过度兴奋,它需要一种正常的生活。"

它在他们前头松心地跑着,时而停下来对某块岩石或某株花草进行一番严肃认真地研究,并且每每有将它们一一嗅得明了的收获。

"你知道,是中国人都会炒辣子鸡丁、炸春卷、包饺子。"她突然站住,差不多有点苦恼地说。

"这真的并不重要。"他拍拍她的肩膀,"大家玩得很快活。"

她想了想,便也快活起来。

她已经喜欢在早餐时吃一个火腿煎蛋、羊角面包,喝一杯咖啡。她根本不指望文化交流中心的魏特和理查德。

再往上走有一家很好的饭店,他请她吃过几次早餐。这种地方的饭店如何可以不好,它是为有钱人服务的去处。她知道今天他还会请她吃早餐。

咖啡座闲散得令人涌起满心的平和恬静,再也不想掐死谁,或因为被谁咬了一口而耿耿于怀,只想在这儿无休无止地坐下去。

不涂漆的松木桌子上铺着粗麻布,一个比咖啡杯还小的陶罐里,插着几朵蓝色的"勿忘我"。

她在晨光下眯着眼睛,享受七月早晨的明媚。

远处有狗在吠。他那条长得很像狐狸的狗,立刻跑上一处悬崖,随风转动着它的耳朵。

山溪从咖啡座下急急忙忙地流过,流向山下,流向河流,汇入大海。天真烂漫地奔向伟大壮烈的未来。

下面,不远的地方有一个小教堂。它玲珑的尖顶,伸向没有被城市挡住的天空,好像离上帝更近了。它的不同寻常之处还有不是绿铜而是红瓦,在青绿色的岩石垒筑的墙壁上,十分的悦目。

理查德、魏特、文化交流中心、烹调、刺绣、京胡、竹子，还有她的丈夫全都留在山脚下了。

她端起杯子，呒了一口咖啡，想，这才是起码的人的日子。从今以后，她要请他吃早餐了。

服务的姑娘像山里七月的早晨一样的清新。她放了不少小费在她的托盘里。"谢谢。"她说。她头一次感到，请人吃饭，给人小费，也有一种快乐。

这廊道曲折多岔得神出鬼没，弄得教授刺绣的女士老是疑神疑鬼地感到背后有人。她几次进进出出，蹑手蹑脚地探望每一处弯曲和岔口，到底也没弄清那后面有人没人地向理查德的房间走去。途中听得"砰"的一声门响，她立刻就往回缩。在自己房间的门缝后面仔细辨听一刻，才发现是打扫房间的女工。又稍稍地定了定心，才走出门去。

她抬着脚后跟，只用前掌着地，往前蹭着走去，果然走得人不知鬼不觉。

她固执地梗着脖子不让自己回头，好像不回头后面就不会有人盯着，好像一回头就能回出个人来。

可是她到底怕什么？人家看见又怎么样，她又不是去和理查德睡觉。

她深知自己同胞那张什么都能制造出来的嘴，走遍天涯海角，哪怕他变成哪籍华人，即使这张嘴烧成灰也不会改变它的种性。她愤愤地想。完全忘记了她自己不过也是其中的一张。

也许这不过是一种人人都在所难免的循环，躲在窗帘后面窥视别人的人，说不定会被躲在门缝后面的人窥视。为了什么，或什么也不为，仅仅是好奇而已。

一个人应该尽力做到只去窥视别人，而不被别人窥视才能使自己处于主动的地位。这是她总结出来的若干人生经验之一。

她轻叩门扉，听得一声"请进"，便闪身而入。好像那扇门是一把刮刀，把她方才那一身鬼气全刮掉了，她现在整个是一个温柔敦厚的东方淑女。心境竟然能把同一个人造就成另一个完全不同的人。

"请坐。有什么事吗？"理查德不大高兴有人到他的房间里来。在他的房间里，他显得生硬、不近人情，就连反应迟钝的人，也会感到不应久留，好像他的房间里藏着很多不愿意让人知道的事情。一旦出了房间，他是那么机敏、灵活，虽然还是不近人情，但却可以交往。

她感觉到了这个"请坐"里的推力、压力。顿时感到思路不清、口舌不利起来，只好匆忙开腔。"我们的合作即将结束……这次有机会和理查德先生认识深感荣幸。"理查德的脑袋在介乎点头或摇头之间动了动，"我觉得这个文化中心办得很有眼光，很有意义。"他不知道她真正的意思。事实上他们和中国人合作得不甚愉快，当然这并不妨碍他今后还可能雇用这些廉价的劳力。对她这几句显得有些突如其来的话，他首先戒备、心虚地想到推脱或还击。他往后侧了侧脑袋，斜睨着眼睛等她往下说。"为此，我曾写信给我的丈夫。"她在这里，先谦虚地笑了一笑，"他最近即将提升为某省的副省长，主管文化教育方面的工作。"她又停顿了一下，以增强这句话的印象。她注意到理查德的身子微微往前一倾。"他表示今后愿意与您合作，为开展、促进我们两国之间的友谊和文化交流，做些实际的工作。"在把这些话讲完之后，她又试探地加了一句："希望我们今后加强联系。"

"这个消息当然令人高兴。不过……更具体的想法，恐怕还要等您丈夫上任以后再来讨论吧？"

后面这句话弄得她十分狼狈。他把她看成什么人了？！虽然她不免心藏诡计，她丈夫即将出任副省长一职可是千真万确（除非他们整个网络失灵），绝无蒙骗的意图在内。便力图洗清他的疑窦，力求光辉一下自己的原意、本意，一瞬之间变得比理查德更加强硬地说："那是当然。"然后以比惯常更为豪爽的姿态，从随身的塑料袋里掏出一套台布，一个景泰蓝的打火机。这些东西还是前几年价钱没让外国人买贵了的时候买的。现在就是高于这个价钱的十倍，也不一定能买到这样的货色。她有远见。相信自己的能力。知道将来她会常来常往于西方口岸。西方人的后门、关系学也许不像中国那么严重，但是一个好感一定是个有利的心理因素。事实上她有过这样的成功。

　　理查德甚至有些怜悯她。她对西方的了解还是太少。除了那些所谓的中国通，因为长期受中国文化、政治的熏陶，可能会沾染一些中国人的毛病之外，大部分西方人绝不会因为你送了他什么就报还你一个便宜。相反，他如果愿意帮助你，甚至连"谢谢"你也不必说。别说他是否能将一个所谓的文化交流中心，弄成一个真正的交流中心，即使有那么一天，他也不会出资邀请她来开展什么文化交流工作，而是选择那些具有国际影响的名流。她算什么？一个受他雇用的、会刺绣的，一般的中国知识分子，来此进修的一个大学讲师，或是一个工厂的工程师。当然，如果她的丈夫果然做了副省长则又另当别论。不过他很中意那套台布，恰巧可以作为生日礼物，送给他的女朋友。

　　从理查德的房间出来之后，恰巧碰见游山归来的、未来的博士夫人和秃顶的美国人。他们的脸被山上的太阳晒得通红，美国人的秃头顶更晒得像块新鲜的猪肝。

　　教授刺绣的女士方才还是曲意求欢的脸，顿时肃然，好像当场抓住通奸犯，而被理查德的气势挤压得像是缩了水的身架，瞬时也恢复了原有的尺寸。"听说你们游泳去了？"搜索什么的目光，简直能穿透未来博士夫人的胸衣内裤。

"听说"是教授刺绣女士的法宝。她用"听说"二字造风造雨造事造谣，而又可以查无实据，而又投合中国人喜欢"听说"的癖好，并且将这"听说""听说"地传播下去，输入人们的记忆（也许还联合起与她类同的心理），用这"听说"将比她强的、或并不比她强，也许只是比她多长了两根手指头，从而作为新闻上了电视镜头的人渐渐地风化。

你若是追问一下听谁说的，她一定比你还着急地想了又想，最后说："哎呀，你看，忘了。"

"听说"和"忘了"绝不会使人们对她的居心产生怀疑，难道她不是一个心肠再好不过，巴望着一切人（特别是女人）都上天堂的人么？

秃顶的美国人顶害怕这张总是过分忙碌的脸，它让人和它一块喘不过气来，用他在这个学习班上学到的全部本事的二分之一，对她说了一句"你豪（好）"，就带着他的狗儿回房间去了。

"你是真听说还是假听说？八成这听说是你造出来的吧？游了怎么样，没游又怎么样？"早上的好心情一瞬间消失得无影无踪。不行，只要回到同类中间，还得掐，还得咬。你想住口都不行。不过她的办法实在不算高明，到了现在还想用这种口实整治人。对付别人也许还行，对付她可不灵。别说她从没想过要和那美国人睡觉，退一万步说就是睡了当场让她抓获，她也会威风凛凛地对她说："这是我的房间，你给我出去。"

十五天终于过去。不知怎么计算得如此精确，别说一天，连一个小时也不能再多。各种压力，把人们已经压缩到了非爆炸不可的最后限度。人们好像中了毒似的彼此仇恨着。在等待把他们送回四面八方的大汽车的时候,他们当中甚至没有一个人再浏览一下四周的美景,听一听云雀的啼鸣,道一声珍重再见,像干完一锤子买卖挪窝的混子一样,毫无情义可言。彼此离得远远的,站在这一簇树的阴影下,或那一簇树的阴影下,喷射着自己的怨恨。

魏特对理查德说:"你是不是觉得未来的企业管理博士有毛病?我们让他来画竹子,他却给我们大讲莫奈、凡高、伦勃朗。我查对过。他的讲义全是从艺术博物馆的说明书上,或者是大百科全书上抄来的。他还向我抱怨他的学时不够,要求增加学时。"魏特掏出手帕,揩了揩额头的汗珠,一副被人撑得很苦,逃窜无路的样子,"他问我今后还办不办这样的讲习班,如果办的话,他还想来讲课。再讲的话,我非被他讲疯不可。我想那些美国人多半是被他讲跑的。"

确实,在场的学员,只剩下那个秃顶的美国人,充其量的话,还有他那条持美国护照的美国狗,就连那条狗,也不知是躲什么地躲着去了。

六

秘书的眼睛无处可放。

到处都是袒胸露臂的女人,和穿黑西服白衬衣的男人。好像他们全服务于一家公司,人人都穿着那家公司的制服。

女人们或裸着一个膀子、或两个膀子全裸、或小背心只齐到奶头。那些背心,件件紧贴皮肉,将她们身上的起伏之处,勾勒得让人一阵发冷又一阵发热。

她们大多挽着一个男人的胳膊,在休息厅里走来走去,或在各处的楼梯上上来下去。不知他们有什么可走的。好比那个头发高高地绾在头顶,穿一袭绿色丝绸衣裙的女人,已经在楼梯上上来下去地走了三趟,好像在给哪家服装公司做广告。她那条肥大的裙子在膝部猛地一收,活像一个绿色的大灯笼。

有个人无意地撞了他一下,立刻转过头来对他说了一句什么,从他的样子来看,他猜想他是在说"对不起"。他又往墙根靠了靠,以免妨碍那些遛来遛去的人。他们一律沉默地靠墙站着,只是看着来来往往的人等。好像这是正戏开场前加演的一段开锣小戏,好像正餐前的开胃小菜。谁也不知道谁在想些什么,不过他猜想他们想的是和他差不多的事情。

他们的眼前晃着无数的膀子、后背和上半拉胸。他们的眼睛不是落在一条膀子上,就是落在一个后背上。那些膀子、后背和上半拉胸或瓷实、或松垮下坠,或有毛、或无毛,或细腻如凝脂、或纹理粗重如酱牛肉。高档香水和臭胳肢窝混合成一种既把人呛得有些窒息,又刺激得让人有些兴奋的怪味儿。

小卖部前簇拥着喝酒的、喝饮料的、吃甜点的男人和女人。好像他们在家里没有吃过、喝过,或没有吃够、喝够。

总之是让人感到卖弄、招摇、装模作样。

莫利小姐穿一套缀有黑色亮片的黑色长裙,看上去果然女性化了许多。热心于介绍的莫利小姐说:"我要请你们品尝一种叫作布鲁贝尔(Blueberry)的东西,这种东西中国肯定没有。"

他们确实没有吃过叫作"布鲁贝尔"的东西。这名字听上去很像布鲁塞尔,让人肃然起敬。因为人们总在那个地方召开那些不大解决问题，却又开得挺起劲儿的国际会议，让人想起非常复杂的国际事务。凡是天降大任于斯的男人，好比政治家、企业家、政府官员等等，都应该吃"布鲁贝尔"。也许这名字正是从某种国际例会中演绎而来。好比法国就有不少以宫廷人物的名字命名的菜或调料，他们大部分是首创那种菜肴或调料的美食家。

何况他们现在确实需要吃一点东西。

团长让司马南江探得每日伙食费实行各人包干之后，立即到旅馆附近的超级市场去了一趟。

他有一整套出国访问的生活经验。

在国外，即使一句外语不懂，也可以上商店去买东西。

商品全都摆在货架上，顾客自己随意挑选而不必与售货小姐多费口舌；包装上差不多都有一份看图识字的说明，此物何用、如何拆包、如何使用；每件商品上贴有价格的标签，供你在经济上再做一次选择。在出口处，顾客只需按照收款员的计价付款（计算机上有数字显示），如果你不想说话，也可以一句不说，或者说一句"三克油喂你妈吃"。

他将所有的货架浏览了一遍，体会到了即使不买（他没有把外汇花在吃上的打算，想吃回国就能吃，他还在位，从来不乏馈赠的山珍海味），观赏也是一种享受。

他看到一种印着牛头和狗头的铁皮罐子，猜想那一定是一种牛肉狗肉的混合罐头。牛肉和狗肉的营养价值都很高，而且这种罐头的价格低廉。包干给每人每天的伙食费，差不多可以买八十个，就算每天吃四个，到走的时候也吃不完，便决定先买两个尝尝。走的时候不妨带几个回去分送亲友，无论如何，洋货！此外他还买了一包方便面，可能是日本货，上面除了印着别的文字之外，还能找到几个很像中国字的字。

他回到旅馆，经过其他几位的房间时，侧耳听了听里面的动静，什么声音也没听到。也许他们出去弄晚饭了。

他关上房门，就开始开罐头。这很费了他的一些力气。因为没有开罐头的专用刀。好在他还带着一把"万用刀"，利用其中的一个利刃，将罐头一点点地撬开，有好几次那利刃从铁皮口上滑开，差点割了他的手。牛肉狗肉的香味从撬开的铁皮口渐渐地泄出，他挖出一块尝尝，味道果然很好，很合他的胃口。

他将电视机打开，面对电视机坐下，一小口、一小口地享受着牛狗肉的罐头。

电视里播放着一个不是这个时代的故事。音乐舒缓动人，很适合他现在的心境。在这乐声中，一辆双轮马车在田野上慢慢地驶着。一个男人和一个女人坐在车上，笑、看太阳、拥抱、接吻什么的。一会儿又有一个男人在黑咕隆咚的房间里朝自己开了一枪，居然什么话也没说，就死了，然后便是男人们和女人们跑来跑去什么的。没什么意思，不过那女人的腰真细，屁股也大。难怪那个男人老是把她的腰和屁股搂来搂去。

吃完罐头之后，他就设法吃方便面。他从旅行袋里拿出一个"热得快"，在空罐盒里加了一点水。罐头盒太小了，一包方便面无论如何放不下，只好将它一掰四块，先将其中的四分之一放在罐头盒里，再把"热得快"接上电源，插进罐头盒。他在出发之前打听过这里的电压等级，幸亏和中国一样。他离不开热茶，也就离不开"热得快"。第一次出国的时候，因为不知道国外的旅馆、饭店一律不供应白开水，真是难为坏了他。渴了怎么办？只好喝什么果汁、咖啡、红茶、矿泉水……根本就不解渴，他只好每天到洗澡间去喝自来水。以后再出国，他就带上一个"热得快"。和他一同出过国的人，大都分享过他的"热得快"的好处。

水很快就开了，应该把块状的方便面抖落开，可是没有筷子，便急中生智地想起了他的牙刷，而且靠这一根牙刷，吃完了四分之一包的方便面。何其难也！这面条吃得极为艰辛，其余四分之三还未来得及煮，便到了听音乐会的时间。所以他现在有些饿。

副团长、秘书、司马南江三人，确实上街弄饭去了。他们很想找一家中国饭馆，吃碗肉丝汤面。听说这个城市有二百多家中国饭馆，应该是遍地开花的了。可是他们走了一条街又一条街，一家也没找到。好像它们不好意思见他们，也或许他们令它们难为情，全都藏起来了，不愿意见他们。

那些大饭店他们根本不敢问津。此时此刻，除团长之外，全团的吃饭重任，全落在司马南江的身上。先不说如何节省钱的问题，就是怎么点菜，也让司马南江感到难度不小。即使在国内，司马南江也没去过正式的饭馆，好比兆龙、香格里拉，只在电视上看过。有时外出工作，误了机关食堂的开饭钟点，他顶多到个体户的小饭铺里吃个炒肝尖，或是手工水饺、牛肉拉面，这样的菜码，连兆龙、香格里拉都不会有，何谈西方的饭店、hotel。

他们在一条街口，看到一处卖热狗、汉堡包、炸土豆条、可乐的售货亭，亭外围有一圈木板做台面，有几个工装打扮的汉子围站在木板台面上边喝边吃，很乐和的样子。司马南江觉得这里的情调很是亲切，又看了看牌价，价钱不贵。何况亭子里那个围着浆洗熨贴得干净挺括的白色大围裙，戴着一顶同样干净挺括、状如橘饼的白色帽子的壮汉，声音洪亮地招呼着他们，"嗨，请吧，请吧，日本人。来个热狗，还是汉堡包？"弄得正在吃饭的几个人全都扭头看他们。

"我们不是日本人，我们是中国人。"司马南江赶紧分辩。他死活不能让人把他当作日本人。他也说不出日本人有什么不好，但他就是不愿意有人把他当成日本人。

"噢，中国朋友，欢迎，欢迎。"壮汉十分活泼地瞟着眼睛。副团长微微地有些不快，好像那壮汉轻薄了他。

"你们愿意不愿意在这里吃饭？"司马南江问。他既没有感到壮汉的轻薄，也没发觉副团长的不快。

"怎么样？"秘书也应声问道。

"不行，不行。一个堂堂的中国代表团怎么能站在街头吃饭？人家不要笑话我们寒酸么？"副团长生怕有人误会他和这个卖热狗的售货亭有牵连似的，立刻退得远远的。他斩钉截铁地否定了这个提议，警惕地向四周张望一番之后又说："要是这里的新闻记者再给我们偷拍几张照片，明天早上一见报，政治影响就太坏了，我们回去怎么交代？"就是没有这些顾虑，副团长也不会这么干。即便在国内，他也从未站在街头吃过饭，更不要说站在异国他乡的街头。太不体面了，亏司马南江想得出。

司马南江只好带着他们继续向前走去。走着，走着，便来到一条沿河的小街，街头向街尾渐渐地斜去。所有的门脸一律窄小、败破，但很嘈杂、热闹。几个不三不四的男人举着酒瓶子站在河边，对着河里的一条小船嚷嚷。船上有一个只穿一件三点式游泳衣的胖女人，尖声尖气地笑着。她不停地划着桨，船却并不往前走，只在原地打转转。有个男人嚷着嚷着就越过堤栏，连衣服也不脱便扑通一声跳进河里，岸上立刻爆出男人们粗野的呼啸、口哨和掌声。

河水不深，只齐着那个男人的胸，他蹚着河水向划船的女人走去，一下子就扑在她的身上又啃又咬。那女人尖叫着、推挡着，小船在他们的撕扯中惊胆战地摇晃着。那男人始终不能得手，便双手撑住船帮一跃，准备跃进船去，小船经不住这样的折腾，干脆倾覆了。那胖女人也就落进了水里，终于被那男人一把抱住。岸上的喧嚣便更加猥琐。余下那几个不三不四的男人，在光天化日之下，索性脱得一丝不挂，纷纷跳下河去，在河里打作一团。弄得水花飞溅，狎声四起。

秘书在几乎笑出声来之前，飞快地朝副团长瞥了一眼，只见副团长眉头紧皱，嘴唇紧闭，赶紧把笑声憋了回去。

司马南江一面微笑，一面摇头，很有兴味。

再往前走去，情况就越来越是险恶。隔三岔五的门脸里头就站着一个半裸或全裸的女人。她们或是扭动肚脐以下的部位（不下若干年的功夫，绝对扭不出那股淫劲儿），或是用手狎弄自己身上那些让男人心荡神摇的部位，或是干脆伸出手来捏一下过路男人的下部……

他们走过一个爬满青藤的房子，这房子的门户紧闭，使他们可以稍定喘息。房子的门楣上挂着一个廉价画师的廉价宣传品，一颗鲜红的心被包围在一群骚乱不安的字母中间。司马南江还以为是治疗心脏病的诊所，便停下脚步。读那牌上的字母："请把你的剑插在这块土地上。"什么意思？他们面面相觑。那房子的门突然无声无息地裂开一道缝，一个衣冠不整的男人从那缝里踉踉跄跄跌出。再往门内一探，只见暗处亮着一块雪白的、双峰高耸的胸。他们忽然明白了这是何等的去处，像遭遇了白骨精似的往后一跳，一个长发披肩、红、黄、蓝、白地涂抹得如面具一般的脑袋，不甘示弱地从暗处猛地往外一探，又从两大片血红的嘴唇里，伸出一条极尽轻蔑他们的舌头。他们几乎全都感到那条舌头在他们的脸上刮了一下。

从此他们再不敢挨着那些门脸走路。"这究竟是什么鬼地方？"副团长有些战战兢兢地问，不知是吓的气的冷的热的高兴的冲动的。

"我怎么知道？"

121

渐渐地，街面上的小饭馆多了起来。有一家墨西哥饭馆引起他们的好感。门廊上挂着一串串的玉米棒子和蒜瓣，还有大大小小的烤玉米饼的锅子。从临街的玻璃窗望过去，餐室直接通着厨房。服务员也和大饭店里的大不相同，没有穿那种比他们还显着阔气的燕尾服，衬衣领子也不硬得那么趾高气扬。白衬衣，黑背心，黑裤子，外加一条很宽的红腰带。让人感到很家常。而且是清一色的男子汉，在终于冲出女人的陷阱之后，这尤其让他们感到松弛、安全。他们在门口商议了一会儿，决定就在这儿进晚餐。

室内的情调相当热烈，凡是目所能及的地方，只有红、黑二色。桌布是红的，餐巾纸也是红的。服务员的头发、眉毛、胡子甚至比中国人还黑，并且油质非常丰富的样子。面部肌肉变化多端，让人觉得必须小心谨慎，以免上当受骗。

司马南江把菜单仔细研究了很久，说："最便宜的一道菜是十个美金，牛肉炖豆子，包括主食面包，我们吃不吃？"

十个美金？太贵了。这样一家小店，居然不自量地要十个美金，还是最便宜的。他一进来就觉得这儿像个骗子窝，现在则更觉得是进了黑店。他考虑着怎么才能堂而皇之地走出这个小饭馆。乖觉的服务员显然猜出副团长是这一行人里举足轻重的人物，便息止了面部的一切动作，静待他做出决策。

副团长不无遗憾地摇摇头说："便宜是便宜，可是我最不喜欢吃豆子，因为一吃豆子肚子就胀气。"

司马南江想起博物馆里那个极响的屁，觉得副团长不吃豆子的道理是令人信服的。

秘书说："我也同样不爱吃豆子。"

等在一旁的服务员，把他的脑袋一会儿转向这个，一会儿转向那个,虽然他不懂他们说些什么,但是看样子他们是不会在这儿用餐了。但是为了什么?他招待得不周?墨西哥菜难道不是世界上最好吃的菜么?可是听听那位先生说些什么?

"对不起,我的朋友们不喜欢这里的菜。"

他不懂,他真的永远不懂这是怎么回事。

从那家墨西哥馆子出来之后,大家的情绪不知为什么低落下来,一路无语,连浏览街景的情绪也没有了。他们的耳朵似乎也都缩进了他们的躯体,专心致志地在捕捉一个不知响在哪里的(血液里?脑袋里?心脏里?)意义不明,却又不容含糊的声音。好像他们有责任必须弄清似的。

下雨了。起初还是星星点点。突然就变得如同瓢泼。他们不得不奔向近处一个廊檐下避雨。这廊檐窄长,直通一个藏在幽暗的、不干不净的深处的门厅。他们在廊檐里站定,抖落头发上和衣服上的雨水,然后,看天。企望着阵雨迅速地过去。可是它丝毫没有即将过去的意思。副团长便毫无指望地转过头来,开始注意门廊两侧,玻璃橱窗里的商品。只不过是些女人的内裤、胸罩,还有几个半张着大嘴的塑料的女人头。他想这大概是出售女人用品的商店,但是,突然,一个男性的生殖器官赫赫然、傲傲然地直指他的眼幕,其后便是这东西,以及女人那东西的丛林。他头晕目眩。回过头去,见司马南江和秘书一样地目瞪口呆。他们像听到口令似的一齐掉过头去,两眼直直地对着大雨滂沱的街道。脖子偏偏很快地就僵直得很累,偏偏地就想往两旁转动转动休息放松,可是它们偏偏地不得转动。

这个下午,他们真是倒霉极了。

豪雨终于过去,当他们终于行走在大街上的时候,他们的关节、肌肉无不感到生命的意义在于运动。他们似乎很快地忘记了廊檐下人人都有的、却又不足与外人道的角落。走着、走着，副团长忽然冒出一个百思不得其解的问题："你们说说，那家伙到底是人的，还是驴的？"

秘书转而问司马南江："你说呢？"

"什么？"他早把那个性商店给忘了。

"就是那个东西。"秘书做了一个全世界都通用的手势。

"啊，那不过是性商店的宣传广告。"

他们看见了一家卖土耳其烤羊肉的小店，小店的店口悬挂着的巨型锥形羊肉串，散发着土耳其香料的特别香味，令人馋涎欲滴，他们又确实饿了。在经过这样一个惊心动魄的下午之后，可想而知，消耗是很大的。他们决定每人买一个土耳其式的三明治。

戴一顶土耳其小帽的小店伙计，手指上有令人怀疑的黄渍。他像剖鱼肚子似的，懒洋洋地剖开三个棱形的面包。他们本以为他会从那慢慢在火上旋转着的、往下滴油的羊肉锥子上，给他们削下几片热烘烘的羊肉，谁知他把接在羊肉锥子下面的盘子里的碎肉敛了敛，分别夹在他们的面包里，又拣了几片生菜叶子，塞进面包。好像他们不打算付他钱，反倒要他付他们钱似的。他们感到这个和他们同属第三世界的土耳其人，竟然比别的世界的人更歧视他们。这太没有道理了。

司马南江说："对不起，请你给我们换成热的。"

那土耳其小子一副听不懂英语的样子，瞪着一双茫然的眼睛，又是缩脖子又是耸肩膀。司马南江又加上手势说了一遍，他还是一百个不懂的样子，并且摊开双手，露出无辜的傻笑。那笑容天真无邪得可爱，他们只好捧起面包就走。

"回旅馆吃去吧。"副团长指挥道。

他们明明顺着原路往回走，却走来走去地迷了路。幸亏副团长口袋里装着一个上有旅馆地址电话的火柴盒，边走边拿出火柴盒向路人打听。他们都很愿意帮忙，有些人甚至还带领他们走过一个比较复杂的地形，此时此刻他们感到了那《二十二条军规》的英明、正确、伟大。"到了。请吧。"最后一位带路人说。

"再见，太感谢你了。"

"不必客气，再见。祝好运气。"

可是这完全不是他们下榻的那个五星级旅馆，而是一个同名的下等旅馆。

他们的运气，绝无好字可言。

回到真是他们下榻的那个旅馆之后，他们甚至来不及抱怨或者惊喜，便赶紧回到各自的房间，吃他们的土耳其式三明治。当他们把又硬又凉又膻的羊肉干，而远非他们在羊肉锥子上看到的、又软又热又香的巨型羊肉串咬到嘴里之后，他们忽然觉得，卖巨型羊肉串的那个土耳其小子的笑容，不但不天真无邪，很可能还是狡猾奸诈，奚落捉弄的。副团长拉开冰箱，喝了一瓶啤酒，肚子里才觉得舒服一点。现在他已知道，在旅馆里一切开支，全由对方支付。

他们也都以期待的心情，等待着莫利小姐的"布鲁贝尔"。

可是这个"布鲁贝尔"真让他们失望。一盘堆着奶油的、黑紫色的果子上，还浇了一杯热巧克力。又酸又苦又甜又热又凉。完全是女人吃的东西，哪里是什么天降大任于斯的男人吃的？

一俟在椅子上坐下，副团长又立刻进入了梦乡，管他音乐声起还是音乐声落，更何况下午的一番辛劳。更何况乐声使他像置身于容易入睡的摇篮之中。只有在掌声热烈响起来的时候，他才会睁开眼睛，也跟着热烈地拍几下巴掌，然后再接着睡。

团长觉得弹钢琴的夫人一定很有劲儿，否则不会在钢琴上砸出那么大的声音。

秘书对音乐一窍不通，但他却显得兴味盎然。特别在一曲终了，夫人谢幕的时候。她那件礼服的前襟，刚刚齐着她的乳头，如果她不笑不动，它们还能勉勉强强地在衣襟里面待着。可是她一躬身向观众致意，剩下的二分之一便急不可待地从衣襟里倾出，这时观众的掌声就更加热烈，几近疯狂。你不知道这是因为她的演奏成功，还是为了那一双始终想一露风采的双乳。弹钢琴的夫人，总是用一个手指，轻轻地按着双乳中间，那一小块丝绸礼服，不知是意在引导观众，还是以退为攻。于是谢幕的时间就格外地长。在谢幕以外的时间，秘书就对着他面前的一个光脊背发愣。他觉得这块脊背实在没有赤裸的必要，那块脊背又宽又大又平，青白的肤色不但没有一点光泽，还长着大大小小、赤红色的疣子。

莫利小姐的掌声，有男人式的热烈。你不知道这是因为赞美、起哄，还是她有同性恋的倾向。"你觉得怎么样？喜欢吗？"她问司马南江。

"这真是有点对牛弹琴了，我对音乐既不懂，也没有兴趣。"

她使劲儿地眨巴着眼睛，好像让司马南江这种不顾一点情面客套的回答弄愣了。要是问另外一个中国人，好比团长副团长加秘书，不管他们懂不懂、或喜欢不喜欢，他们准会说："嗯，'也死'吧。"

"可是在这里，你不论对谁说你听过了×夫人的钢琴演奏会，他们都会显出此曲只应天上有，人间哪得几回闻的仰慕，而且这会大大提高你的身价。你不妨试试。"

"不，我不想试试。"

莫利小姐反倒显得亲近起来。

副团长在最后一排座位上坐下,这位子便于观察别人,而不被别人所观察。

等心跳的速度慢慢恢复了正常之后,他的眼睛也就习惯了影院里很弱的光线。在影院门口那一阵犹豫、痛苦、恐惧弄得他精疲力竭。最后做出进来的决定。其艰难的程度并不亚于在人生十字路口上的抉择。

他没有急着去看银幕上那一定会令他过瘾的镜头,而是习惯性地先熟悉一下周围的环境,以便在突然遭到意外时,更好地保护自己。在这远离需要防范的异国他乡,他还需要保护自己什么呢?他也说不清楚,也许只是习惯使然。

他把西服领子拉了起来、以求尽可能高一些地挡住自己的面孔,又把身子往下滑了滑,使自己龟缩在椅子前后的靠背中。

奇怪的是电影院里人并不多,顶多二十几个,稀稀拉拉地坐着。几乎没有一个适龄的风流少年,或一个穿着整洁的职员、教授、银行家、公司经理模样的。这真让他感到出乎意料。他从后面看到的,多是头发花白稀疏蓬乱的后脑勺。他们差不多都是衣衫不整、又穷又脏,也许失去了配偶没有能力再娶,也许丧失了性能力而又不能像佛门弟子那样对此采取四大皆空的姿态的小老头,还有几个缺胳膊短腿,即使有性能力、却无法过性生活的人。

他敢断定,他们一定都有手淫的毛病。

于是他嗅到,处处,椅子缝里,花白的后脑勺,不整的衣衫,人们的髭毛,整个空间,不怀好意地游移抖动着的光束,乃至情调、气氛、色彩,无不散发弥漫着不洁的、潮乎乎黏腻腻的生殖器味。这哪里是影院,简直是一个让这些可怜无助的人,平衡他们对肉欲的渴望的心理诊疗所。

　　作为一个男人，他懂得男人处在这种境地的可悲可怕可恶与可怜。

　　好比今天他自己，不知是因为那个老想把两个大奶掏出来当众舞弄一番的、弹钢琴的风骚娘们儿，还是因为性商店里的那些陈列品，把老老实实静卧在那里的那股力，搅和了个群魔乱舞，在他的血液身躯头脑思想里为非作歹，四处奔突而又没有出路。弄得他心猿意马，坐立不宁，否则他绝不会冒着风险来这里看性电影。真是色胆包天！

　　听完音乐会回到旅馆之后，他先洗了个澡。对着洗澡间那阔大的镜子，他没有像女人那样照自己的脸蛋眉眼腰肢双肩和双乳，而是欣赏自己那男人的物件，很客观地给它做了如许的评价和结论，就像给逝者写盖棺定论的悼词，来不得半点虚假、杂念，不管你是五毒俱全，或是十恶不赦，对死，还是会由恐惧而生敬意。

　　雄赳赳！

　　气昂昂！

　　威风凛凛！

　　他不服气地想："那是人的还是驴的？"

　　觉得今夜真是委屈了它的伟岸，便有些渴望他那毫无风情的老婆。

　　他在床上躺下、起来，起来、躺下，如此反反复复不能入睡。他把空调器的旋钮拧到头，想以降低房间的温度来冷却自己的躁动，谁知房间里却越来越热，他像进了桑那浴池，从头到脚大汗淋漓。他乒乒乓乓地打开所有的窗户，一片灯海映入他的眼睛，它们不吵不闹不热不冷地亮着清辉，便身不由己地出了旅馆，奔那灯海走去。到这灯海里才知道，每盏灯下都藏着一个暗礁。性电影院门口的灯光，尤其安静得凄惨，像一个年老色衰的妓女，有的是工夫去倾听每一个小偷醉汉流氓无赖王八蛋失意者对全世界的诅咒（除了他们自己），并承受他们最后那点畜生般的自信。

他忽然有点明白了性电影院和性商店的人道精神。

他被自己的这个想法吓了一跳。

银幕上的活儿，比他家里那套万历版的《金瓶梅》还来劲儿，还过瘾。他一辈子也没这样痛快淋漓地放纵过他心里的那股邪劲、淫劲，他真想像银幕上的那些狗男狗女一样躺到地板上去，大放淫声，像牲口那样乱干一气，那他这辈子可就没有白活了。

好像有人在他脑顶猛击一掌，团长从入口处走了进来。他几乎像一个失恋的人，重又见到他所爱的恋人一样，除了那个人之外，周围的一切全都黯然失色，不复存在。随即他又吓出一身带有生殖味儿的冷汗。他想立即夺路而逃，可是这个电影院真是缺德透顶，入口出口全在一侧，他只要一站起来，就会和团长撞个正着。

完啦，他绝望地想。真正地邪不压正。刚才他在意淫中出现的种种幻象和快感，此时全都化为乌有。他将脑袋往下一扎，等候着仿佛是世界末日的到来。

他听见团长窸窸窣窣地走近了。团长可能怀着和他相同的心理，也看准了最后一排座位。他甚至想在与他相距不远的一个座位上坐下，可是，像给什么蜇了似的，转身迅速地走开。不用说，团长看见了他。

团长又摸摸索索地向出口走去，再往前跨一步就要走出的时候，他站住了。他要干什么？他仿佛站在那儿想了一会儿，便迈着坚定的步子走了回来，堂堂正正地在中间的座位上坐下，抬起头来，对准银幕。

这时，他明白了团长站在出口那儿想了些什么，便也放心大胆地抬起头来，继续在意念中做那肆无忌惮的畜生。

过了不久，团长的秘书，依样重复了同样的过程。除了司马南江，全团人马全在这里聚齐。他的心情也就更加坦然。

他不知道其他两个人是什么时候离场的。反正这种电影循环放映，一张票可以看到影院关门的时候。五块美金当时让他心痛得吐血，现在看来也值。

不过他没等影院关门就退场了。虽然彼此心照不宣，但还是不照面为好。

七

他站在门槛上，像个查电表的。穿一身暗色的制服，蓝？或是黑？背一个似乎很重的帆布包，戴一顶周正的干部帽。

屋子里光线很暗，她看不清他的脸。她的房子朝北，背阴、逆光。

她多次设想过他们的这次会面。在相隔几十年之后；在他们有可能超越一切客观的障碍、来考虑建设共同生活的时候；而且她始终如一地爱着他（现在的他，抑或是过去的他，分割得清么？）的时候；据他说他也是始终如一地爱着她的时候。可能会有千百种缠绵悱恻的场面。可是对着一个来你家查电表的人，你恐怕只能说："你怎么不先打个电报给我，我可以到车站去接你。"

她觉得这景况十分怪诞。这一句话竟然就把断了几十年的时间接上了，就把九死一生的劫难，生离死别、悲欢离合、肝肠寸断一笔抹掉了。

他果然一脚迈进门来，好像不过去了一趟王府井。这一趟王府井不是花了几十年的时间，而是花了几秒钟的时间。在这几秒钟的时间里，他们突然之间就掉了牙、塌了腮、白了头发、皱了面皮、驼了背，得了椎间盘突出老年性哮喘，刚吃饱了饭，愣说从早上饿到了现在。

他笔直地站着，两手的内掌紧贴着大腿的外侧。是一条训练有素、立正听训的好狗。

她这一生每一件重大的事好像都在光线不好的房子里发生。

他脸上那样子是庄重，还是猥琐？很难区别，全看观察者怎么解释。也许可以说差不多。差不多其实就是差得很多。是天壤之别。

她的眼睛好像被一粒滚烫的金沙烫伤了。她闭了一会儿眼睛又睁开。眼睛里还是一阵灼痛。

苏州的老房子本来就暗，家具也暗，一律的紫檀木。又是黄昏。他坐在她的对面。同样看不清他的脸。因为房子暗，反而觉得他那套西服一身爽目的白。

那时她十三岁。照大人的吩咐，她叫他"表舅舅"。

小表姨妈是姆妈的表姨妈的女儿，表舅舅是小表姨妈的表哥。真正地拗嘴、搅脑子。

反正她只管叫"表舅舅"就是。

这样的表舅舅和巷子里卖豆腐的三爹爹没有什么两样。半个城里的人和他们姓着同一个姓，总可以叫得上阿奶、阿婆、表姐、表表姐、表妹、表表妹，本家的哥哥弟弟姐姐妹妹。他就是替父亲向这样的亲戚分送礼品来的。

姆妈说："他们刚从英国回来。"

差不多二十年之后，那个从英国回来的老外交官死在中国共产党的监狱里。公正地说，他的死，死得其所。

那个四体不勤、五谷不分、身无一技之长的前国民党外交人员，解放之后就变成了无业游民。在当尽金银首饰、家具衣物、瓷器碗盏之后，还是饿到奄奄一息的地步，他等不及镇反、肃反，将最后几个铜板买了一副信纸信封一张邮票，写了一封反对共产党的匿名信之后又去自首，公安部门根据坦白从宽的原则，准备从轻发落，他自己却死活要求坐牢。念他态度良好，便照顾他的个人愿望，收他进了监狱，这才免于饿死街头。

那时候连"胡风反革命集团"尚未出品，对付政治斗争所应具备的刀功剑术，连共产党人也尚未达到炉火纯青的地步，更不要说一般的中国人。那个悠闲了一辈子的人，却会想出这样一个高招，只能用先验论来解释。如果用唯物论来解释，怕是永远解释不通的。

她在厢房里看见他进了二进的门，脚上搭配着一双白皮鞋，立刻感到自己脚上的布鞋很不体面，棉纱袜子也太皱，便返身跑进卧室找她的白丝袜和白皮鞋。偏偏也要白。偏偏找不着。

小表姨妈催命似的叫着她。她突然怕起来。怕她冲进卧室，问她为什么要换袜子换鞋。

这也许就叫一见钟情。

她只好应声去客厅。一时间便聚起了好几位表姨表姑表姐表妹，他们家的女孩子太多。客厅里便一片花团锦簇，更显得他那一身白得照眼。她想，完全是因为房子太暗的缘故。

"这是表舅舅。"姆妈说。他从椅子上站起来，欠了欠身子，一脸的庄重，倒好像她是他的表舅舅。

在她漫长的追求不得之后，她就追求了革命。三七年入党的丈夫喜欢把屋子弄得很黑。床却很大，三面镶着镜子。总是把她剥得一丝不挂。三面镜子里映出一个铺天盖地的人肉战场。"你真嫩，"他说，舔着嘴唇，好像刚啃完一只童子鸡。"这是我的福气。"他说。然后让她穿上旗袍到小酒馆里去对暗号"茴香豆有哦"或是"来三两花雕"。三两半不行，二两也不行，一定要三两。

她很高兴，觉得自己很能干。便容忍了床上的三面镜子。因为她无法将三面镜子和革命分开。她要革命就离不开党的领导，而党的领导离不开三面镜子。在她那不长的革命经历中，她接触到的唯一领导人就是她的丈夫。"为了安全，地下工作以单线联系为好。"丈夫有丰富的地下工作经验，把屋子弄得很暗可能也是其中之一。

革命之余，常以伟大人物的人生经验对她进行开导。

"妻不如妾，妾不如婢，婢不如妓，妓不如偷，偷得着不如偷不着。"他念念有词地说，"精辟，精辟！充满了辩证法的精髓。虽然说的是女人，但体现了一种永不满足的反传统的精神，也就是不断革命的精神。"丈夫以豪迈的姿态将桌子、大腿击得啪啪咚咚地响。

她对这番理论将信将疑，觉得这种解释牵强附会而又无懈可击，这种怀疑一切的哲学态度，使她后来的命运跌宕起伏，并真正地成为一个革命者。

好在丈夫是革命党，家里既不养妾，也不蓄婢。对一个清寒的革命者来说，也没有嫖妓的物质基础。至于两厢情愿的偷得着或偷不着，由于地下工作女性很少，生活动荡，只能成为一纸空谈。只有革命在全国取得胜利之后，才有了实际上的意义。所以这一番伟大人物的谆谆教导，正如丈夫所理解的那样，暂时只能体现着一种永不满足的反传统精神，或者是不断革命的精神。她觉得这两种精神其实差不多，不过她丈夫喜欢把一切都弄得铺天盖地。

她在对暗号的过程中，或是带一个穿长衫的到剪子巷十号，或是带一个着短打的去码头，从未发生过失误，也就不觉得地下工作有什么危险，竟有些像少年时代的捉迷藏。

唉!

那样的日子,是应该"革"掉的日子。那么多养在深宅大院、吃饱喝足除了捉迷藏,就等着嫁一个好比刚从英国回来那样的男人。

她们抓住了这个偶然落进她们单调的生活里的表舅舅。

"捉呀,捉呀。"

他只好奔波在几个院子里的树丛、花丛、金鱼缸、假山、曲廊之间。把她们撵得四处乱跑,发泄出娇俏的尖叫。

她老觉得他的眼睛其实只盯住她一个人的背,却又并不捉她。她藏得不隐秘,跑得不快,希望被他捉住,让他那双有力的手,握痛她的臂,也让她发泄出娇俏的尖叫才好。可是他偏偏不捉。

"不玩了,不玩了。"她不高兴地说。

"不玩捉迷藏又做什么?"

"吃西瓜。"

便叫用人拿来冰镇西瓜,照苏州大户人家的习惯,一剖两半,每人捧了半个吃。

"倒霉!我的西瓜不甜。"乖张的小表姨妈说,用眼睛睃视着别人手里的西瓜。

其余的人纷纷把自己的西瓜,往怀里拉拉近,搂搂紧。"我的很甜。"

"我的也甜。"

一共八个人,她不明白小表姨妈半个不甜的西瓜从哪来的。

小表姨妈比来比去的眼睛,最后就落在表舅舅的西瓜上。"我要吃你的。"他就顺从地和她换过。

这使她感到非常的不公。她早就厌倦了她们这一窝女孩子那种倚女卖女的赖皮劲儿。便把自己的西瓜往表舅舅面前一推,"喏,你吃我的。"

他没有吃，却很感意外地望着她。周围的表姐表妹表侄女表外甥女没有一个不想尽办法占男孩子便宜。"你真怪。"他半晌才说。

后来她就有了十八岁。在十三岁到十八岁的时间里，她常常听见"你真怪"。

"你真怪。"他说。那时候她十八岁，脚下那道桥正好九曲十八弯。

桥下的水，波光闪烁，映在表舅舅的瞳仁里，使他的眼神也如水上的波光难以捉摸。"我是你的舅舅呀。"

"你算我的什么舅舅！喏，看，"她指着远在岸上一爿点心店里那个当垆卖茶的女人说，"她还可能是我阿奶呢。"她咄咄逼人地把他推向两段栅栏的对角。"我要你回答，你到底爱不爱我？"

他像一只被困的兽。"我是你舅舅。"这对她来说差不多像是抵赖，推脱。

"这不是回答。"

在十三岁到十八岁的时间里，她差不多已经知道了表舅舅永远不会有一个男人的回答，做一番男人的作为。可她还是要问要肯定要确认要证实。一个聪明伶俐的姑娘一旦堕入情网，就和一般的通俗女人没有什么两样。

也许她想和命运一争雌雄。把这个已然被命运捏咕成这样的男人，再按她的理想捏咕回来。她那时还不懂得，女人一旦肩负起这样一个所谓的男人的改造任务，将有一生一世吃不尽的苦头。死去又活来，直至把一个轰轰烈烈的女人，撕碎、磨平。这样的男人是一种不可救药、不可改造的东西。一旦遇见一个慷慨的女人，就会出于本能地、浑然不觉地、一生一世地躺在她的身上，吸她的血吃她的肉抽她的筋扒她的皮。可是她们贱，她们离不开男人，哪怕是这样一个男人，哪怕是一个比这种男人更糟的男人。

这又好比是上贼船，上得，下不得。

"我真怀疑你还是不是个男人。"她抓住他的胳膊，不动声色地拧着。她长了一双与这种家庭的女人很不相称的大手，而且手劲很大，拧在身上虽然很痛，却由痛极而生陶醉，陶醉而生销魂，销魂而生毁灭的欲望。她说得对，他算她的什么舅舅？

她从他忽而发黑、忽而发绿、忽而发红、忽而发蓝的眼睛里读出他的犹豫、恐惧、软弱、疯狂和欲望，便以为有了希望。"你怕亲戚朋友的非议？"

"不……是，哦，哦，不是。"

像往常一样，这是一个没有结果的讨论。没有。他没有力量结束他以为是罪恶的爱，也没有勇气冲破外界的和自身的樊篱。自欺欺人地告诉自己，也许随着时间的流逝会生出一个万全之计。他有时竟厌烦地想，一个痴情的女人的韧性简直让被她爱的男人感到可怕，逼得他们走投无路。爱情为什么一定要有结果呢？这恐怕就是男人和女人对待爱情的根本不同。

"好吧，如果你无法克服对飞短流长的恐惧，我宁肯放弃和你结婚的要求，只求和你生一个孩子。"在长达若干年的、没有结果的讨论之后，她不得不出此下策。大凡女人在得不到她们所爱的男人之后，便要得到具有她所爱的那个男人的血脉的孩子，作为这种爱的补偿和代替。

这几年来一直其重无比地压在他心上的负担，轻而易举地卸了下来，眼前也忽然清朗了许多，就连对她的爱似乎也强烈了许多。她刚才拧过的地方，更像是辣辣的火苗在烘着他，这感觉扩展得越来越大，以至遍布全身。他突然之间就有了巨大的力量和勇气。

"你说话呀。"

他不说什么,只是像抢掠那样捉住她的手,疾疾地穿过亭台楼阁,假山真水,害得她不得不拖住他,"慢点走呀。"

他的胳膊肘碰到了她结实而有弹性的胸脯,脸色就由红变了青。

在他的住所里,他急不可待地脱下她的衣服。像一匹雄狮,重重地把她揽在他的臂膀里。

她闭着眼睛,等待着那个时刻,一个像他一样健壮的孩子将要住进她那黑暗温暖的子宫。

可是他却说了许多令她惊讶万分的,轻浮、下流的话,那些话夹杂着从他身体里喷射出来的火焰,直灌她的耳朵。这和从不正面答复她的他,白衣绅士的他,简直判若两人,她始终不明白一个人怎么会有这样的不同。

眼看就要到达癫狂的峰顶,他突然浑身大汗地疲软下来,一动也不动了。他仰面朝天地躺了下来,绝望地望着屋顶,把一个巴巴地、久已期待于他的她,丢在了一旁,任她不明不白地独自熬煎。

"你怎么了?"她伏身望着他,小心翼翼地问。刚才吓了她一跳的、差不多是荒淫无耻的脸,突然就有了殉道者的萧瑟和寡欲。

他心如死灰地不知在悄声问谁:"我为什么偏偏是你的表舅舅?"

每一个夜晚都让他感到难熬。可怕、可憎。他又听到了那耗子似的脚步声,接着就是猥狎的喘息,和破床的下流的呻吟。他用手指堵住自己的耳朵,但那颤震却无可逃避地从下铺传递到上铺。可悲的是他又似乎期待着每晚的这一幕,如一个病入膏肓的瘾君子。他的心智,他的人格,他的教养此时全都苍白无力地让位给一种无法遏制的欲望。他尽力回想伦敦寓所里的草地;高尔夫球场上穿白色衣服的少年,精装的洋文书和线装的四书五经二十四史资治通鉴；燕窝鱼翅人参养心丸；直到出嫁也不知道男人都长着那么一个下流的物件，嫩得如水晶梨一般的姐姐妹妹（自然还有叫他"表舅舅"的她）；父亲用来代替不满与批评的那声低低的、让人听了无不立即反省的、威严的咳嗽……都没有用，他的手，不由自主地伸向胯部。

狄德罗曾描写修女的同性恋，令他读时作呕。在监狱里他终于懂得这是强壮的男人，在漫长的监狱生活中的唯一出路。

一九五一年他因偷听敌台（？）进了监狱。在一个男人精力、欲望最旺盛的时候，在破床下流的呻吟漫长的诱惑下，他宁肯手淫也不愿接受男人的身体，他始终克服不了两个男人肉体接触时的恶心，如同他当年克服不了表舅舅与表外甥女儿乱伦的约束。

他常想，世界上有那么多监狱，有没有人想过怎么解决这样的问题呢？也许犯人活该如此。

他又想，有朝一日，他从监狱出去，还能不能和女人在一起？有个想猥狎他的犯人对他说，长期手淫的人不是早泄就是阳痿。听得他心惊胆战。

可是他还能活着出去么？即使出去，还有女人愿意跟他么？要是她们知道除了刑满释放，他还有这种下流的习惯，加上阳痿和早泄？

偶然想起那个下午，他便无穷地懊悔。他已经明白"表舅舅"真的不是不可逾越。

革命改变了一切。

他不知道外面已经变成了什么样。树叶还是绿的吗？而花的颜色是不是还红？

但是他不敢对革命说，他对女人肉体的渴望不但没有改变，反而由于被禁锢在看不见女人肉体的地方而变本加厉。

革命不允许他说这个。还没被改造干净的廉耻心也不许他说。

他夜夜失眠，特别在破床的呻吟中。

"别开灯。"他惊慌失措地喊。

他不希望她看见他的脸，这张脸此时一定荒淫无耻到了极点。他也不愿意看见这个女人的脸和身胚。

他堕落了。唯有从这堕落中，他才拣回一个男人的自信。

这是一个老男人的初夜。土坯房外的夜空闷热、低垂，突然会响起几声枭的怪叫，使这本来就黏稠的夜，又加进了几分恐怖。远处，一颗不祥的流星划过天际。谁死了？

就在这个夜晚，他低贱地把自己的童贞交给了黑暗中，这个比他更低贱的女人。人们说她是一个下贱的女人。她的眼睛里有兽的明了、直白。一头兽，它只要吃掉你，而不在乎你是否刑满释放，是否有那个下流的毛病。

想必他不是唯一的一个，直至老迈还保持着童贞，如幼稚的婴儿。

身子下的女人，无遮无拦地将她的快意宣泄得淋漓尽致。她的手，她的肉体很有经验地帮助他恢复了他以为完全失去的机能。于是便对她产生了一种感激之情。

他甚至想要流泪。

这个黑暗和那个黑暗有什么不同？

它是无能者、下流坯、无法诉诸于世人的痛苦者以及一切见不得人的勾当者的天堂。

她就是黑暗。

人间幸亏还有黑暗。

他果真有过那片纯情的初恋么？

就在他完成了童男向男人转变的瞬间，他突然爆发出大笑，如兽的低嗥和咆哮。他越过了他以为无法越过的障碍。命，我和你，谁赢了？

他要和这个女人结婚。这真是容易极了。他永远无须回答"你爱我不爱"。身子底下的这个女人永远不会这样地问。永远无须想他这样做是不是乱伦，永远无须因他那下流的毛病而自惭形秽，当他和这头兽、这个下贱的女人在一起的时候，他感到了从未有过的泰然自若。真的，人何必活得那么累呢？

"……只求和你生一个孩子。"

他绝不会和这个女人生孩子，一个也不会生。该生的孩子早已在几十年前的那个下午流产了。

她慢慢地合上了他的日记。听着他在隔壁的房间里对他的学生们说："好，打开你们的笔记本，我们来听写下面的英文单词……"

"天空……天空，白云……白云，太阳……太阳，月亮……月亮。"

一律都是干干净净的字眼。

可是这本日记里的生活真是肮脏透顶。

窗子很小，嵌着木条。窗外是黄泥的小路、黄泥的山、黄泥的地。到处是生命力极强的黄泥，将一切湮没了的黄泥。在远古的时候，这里一定是一条苍莽的河。在这一层开垦过的黄土下面还有什么？还有什么？谁能告诉她？

"森林……森林，青草……青草，花朵……花朵。"

南辕北辙。

她要找回来的就是这样一个人么？

曾经出生入死，老练地在街头、在公园、在酒馆对暗号、送情报的她，居然还想找回一段"革"掉的生活，以及生活在那种日子里的旧情人。革命到底真实地存在过么?

她真没想到,革命把他革得如此肮脏透顶。

那条铁路很荒凉,两侧尽是黄沙和荆棘。每个车站都孤零零地站在一望无际的黄沙里。

在那片黄沙里,她始终不明白为什么他是她唯一的爱?而且一爱几十年。

几十年,太长了,也太重了。她深深地喘了一口气。看着莽莽无尽的黄沙,觉得大也伤情,小也伤情,远也伤情,近也伤情。

于是觉得这就是命。

她爱表舅舅(这个该死的称呼),但是仅仅一个称呼就把他们拆散了。他对她的爱,连一个徒有其名的称呼也抵挡不了,可见他抵挡不了日记里的那些事情。必然的。

后来她只好爱了革命。为革命她容忍了镜子。不过她对镜子既没有抗拒,也没有厌恶,甚至没有力量拒绝那种任肉欲恣意泛滥和宣泄的诱惑。也许日记里的事于他,和镜子里的事于她是同样的。但在有了镜子里的事之后,她更渴望她唯一的、最初的爱。为什么?难道是为了使镜子里的享乐更臻完善、完美、完满么?他怎么想?那么爱是什么?感情又是什么?是物质还是精神?

生活可以凑合,爱也可以凑合。以次代好,以劣代优知足常乐地过下去。

那为什么她要抛弃镜子里那几十年的生活,千里迢迢地到这荒漠里来找他?让他埋在这荒漠里,或是让他和日记里的那头母兽一同回归为兽岂不更好?

但是她爱他。

爱是什么?

141

又回到原地来了。

真是难懂极了。因为难懂，竟在某个小火车站上脱了火车。

火车开走了。把在站台上踱步的她，留在了这个只停二分钟的小站上。她并不感到沮丧，好像这个小站对她再合适不过。在匆匆忙忙、糊里糊涂的一生之后，人有时候真需要在这种小站上停一停，愣一会儿神。

站长，也许是调度员是一位粗壮的汉子，披着一件老羊皮的军绿色大衣，在候车室里进进出出。他总是带进来一股凛冽而干燥的寒气。到了深夜，候车室里虽然只有她一个人，他还是把取暖的炉子烧得很旺。铁炉子很大，几乎齐着他的胸。每次拉炉门加煤之后，炉膛里便翻腾着烈烈的火焰，和浓浓的黑烟。她躺在候车室的长椅上，看着那火焰和黑烟，浓烈一番之后，便静静地炽热地燃烧，忽然明白了人有时候也需要燃烧，别光说是为了别人，其实也是为了自己。

她终于把他从那片荒漠里弄了出来，回到了北京，来查她的电表。

在沉默了差不多三天之后，他才开口说话。一鸣惊人。"我们那里虽然一脉黄土，但只要浇水，菜花长得能有西瓜那么大。而且西瓜非常甜……"

她飞快地看了他一眼，他两手扶膝，四平八稳地坐在那里，垂着眼皮盯着桌子。他把一切都忘了。

西瓜很甜！

他已经可以坐着说话，不再立正，一副劳改犯听训话的样子。目光也会左顾右盼了。但是他的目光里，有一种她很不熟悉的野性。特别是在他吃饭的时候，眼睛不是看着自己的筷子碗，而是一面狼吞虎咽，一面在桌面的几个菜盘子上贪婪地探来探去。偶然抬头，看见她不吃不喝，只是不解不无遗憾地看着他的时候，他会愣上几秒钟，然后请求谅解地一笑，却无半点害羞。埋头再吃的时候，可能会有几秒钟的正常，然后又恢复了狼虎的模样。

她暗暗地想，共产党真厉害啊。

过去她总以为，有些东西是可以改造的，有些东西是改造不了的。好比一个人的气质，风度，风韵等等，现在她明白她错了，没有什么是不可改变的。

他提出窗帘旧了，应该换换窗帘。有一天从街上回来，抱了一堆大绿大红。让她想起他日记本中的生活。

他很为他们的结婚而兴奋。每当他心神飘摇，目不转睛地盯着她那皮肉已经松弛的胳膊、腰腹、脖子等处的时候，她老觉他不是在瞧，而是像一条公狗在嗅一条母狗。

在采购结婚用品时，他从不和她商量，一律地俗不可耐。好比看上去十分廉价的、四周簇拥着一圈荷叶边的、合成纤维的床罩；描金边、镶着金色把手的组合柜等等。那些切成七零八落的木格子里有古董可放么？不但她们家的古董早已被他的父亲当光吃尽，她们家的东西也早已在几十年的烽火里流散烧光抢光偷光。即使还有，放在这描了金，镶着金色把手的组合柜里，称么？

居然还买了一盏玻璃流苏、装饰着金属圆球的大吊灯。回家一比，在不到三米高的统建楼里，这盏吊灯，一下子就从天花板垂到了他们的大腿腕儿。

她真没想到他的趣味到了这步田地。而且兴致勃勃。

她放古典音乐，做口味清淡的菜，用心调配自己服饰的色泽，等等，以为这会对他有所影响。

白搭！

他根本不听古典音乐。买几盒相声磁带，一个人听得津津有味。凡是听到一个人七绕八绕终于让对方把自己叫了爹，或是一人扮男一人扮女地谈恋爱他就最起劲。

拿了酱油瓶子就往菜里倒，把每盘清清爽爽的菜弄得怯黑。"不够咸吗？"她问。

"哦，不，这样经吃。"

"这么多菜还不够吃吗？"

他眨巴着眼睛，显然不明白她的话里还有别的意思。至于她穿什么，在他都像一个什么都不穿的女人。只是对她而已。如果来了客人，尤其是女客人，马上一脸清心寡欲的苦相。真心实意。不是装的。

后来她放弃了所有的计划，随他去了。她何必再把他改造回来呢？再来一次脱胎换骨？那于他是太辛苦了。他的日子已经所剩无几，不是来日方长，而是来日苦短。只要他在离开这个世界之前，还能过几年随心所欲的日子，这就是她对他最恰当不过的爱。

她不再指导他这样该买，那样不该买，兴致勃勃地陪着他去置办结婚用品，见他喜欢什么也就顺着他的兴趣说喜欢。双方都在努力，希望找回青春时代的感觉，以弥补他们几十年来的损失。他不说累，她也不会说累……如此，他倒慢慢地恢复了自信，说出"我们到底可以长期生活在一起了"这句因为各式各样的原因，被耽误了几十年的话。他们双方都感动得要命。差不多像初婚人那样兴奋、激动地期待着结婚的日子。

客人很多。虽说这几十年里死的死，逃离中国的逃离中国，他们的表这个表那个还是那么多，她甚至觉得几十年的革命，无非就是把这些人从苏州的老房子里"革"到北京来了。

"你这套房子还不错嘛。"他们真是由衷地羡慕。好像他们一辈子也没见过好房子是什么样,或者他们全都忘记了他们小时候住过什么样的房子。

"房子是借三弟的光。前年他从联合国回来探亲,为了统战三弟,就给我落实政策。"

"你不像我们当了一辈子臭知识分子,总是革命老干部了,起码三室一厅吧?到头来还得借资产阶级三弟的光。哈哈,你那些暗号白对了。"

"改造几十年,你这张嘴还是这么刻薄。"

"八姨妈好吗?"

"就要从香港移民到加拿大去了。"

"为什么?"

"一九九七年嘛。三十六计,走为上计。"

"我们不是都活着?"

"比死好不了多少。"有人看了他一眼。显然他就是这群比死好不了多少的活着的人们的样板了。

谁也没注意,他的脸就渐渐地青了。他忽然觉得在这些人中间很没趣,或是自讨没趣。尽管他们也从生活的轨道上脱过轨,好像和他还是不同,便借口拿酱油回到厨房。没想小表弟就着撤下来的冷盘,在厨房里独酌独饮。厨房很小。小表弟甚至不能找个地方,放张凳子坐下,撤下来的菜也七歪八斜地擩在洗碗池里,可是他却喝得有滋有味儿。他从小便迁,所以一辈子没倒过大霉,也没走过鸿运。

"他们……"往嘴里塞了四分之一块松花蛋,"呃,"打了一个大嗝,"还在那儿纵论……呃,天下?窝里的本事。一进办公室,个个都是优秀的、听党的话的知识分子。呃——,还写入党申请书。年年写。呃,八姨妈的女儿,写了二十七年了。我要是共产党,要么就不整这些人，要整就把他们整得永远缓不过来气。如果当初不是'工人阶级领导一切'而是'知识分子领导一切'，你以为中国的情况和老百姓的情况就会好一些吗？呃，不，中国没有知识分子，全是农民。穿干部服的农民，拿笔杆的农民，穿军装的农民，……或者像哪个大人物说的，他们永远是附在什么皮上的毛……呃。"他又撕了一块盐水鸡塞进嘴里，"菜是你做的？不是，我想就不是。你一辈子倒霉，晚年却有后福。呃，好好过两年吧。一切都是过眼云烟。"他潇洒地挥了挥手里的那根鸡骨头，好像从此就挥走了一切阴暗的影子那么豪迈，便端起酒杯，一饮而尽。酒滴顺着他那油光光的，让他联想起耗子一样的尖嘴角上流下来，玷污了他那银灰色的人造毛的西服领子。他还有记忆，这件西服从料子到做工，只配闸北日租界里的小开。从前，他们这样的家庭是绝不会穿这种东西的。可是表弟，还有屋子里那一群而今的知识分子的精英，全都穿得有滋有味儿。真还不如他身上这套，照她的话说，像是查电表的中山装。

他们全都人造了，廉价了，照共产党爱说的，没落了。

接着小表弟极其诡秘地靠近他，低声地向他提出了一个像身上的西服一样人造、廉价的问题："喂，你……那个事情，你还行吗？"

哪个事情？根本不用多想多问。凡是中国人，都能从中国人说到这几个字的神态中，准确无误地猜到。特别是他，在那种性要求受到严酷的禁锢，因而便泛滥出正常状况下泛滥不出的淫荡的地方待过之后，他就更加明白中国人在说到这种事情时的复杂心理。

在那些夜晚，在破木床们下流的呻吟中，他常想那些床可能是繁殖色情狂最好的温床。

他本人在这方面的经历，不恰恰证明了这种公式的合理性么？

但是在这里比不得在监狱。在监狱里可以恣意泛滥的心思，在这里得掩掩藏藏。这肯定是所有的上等社会和下等社会最重要的区别之一。他一回到这个所谓的正常生活里，就无时无刻不感觉到这种区别。过去他要掩盖自己的不行，现在他却要掩盖自己的行。

"你呢？"他反问表弟。想着自己老来毕竟大有长进。将这难以启齿的问题，轻而易举地踢回给了表弟。

表弟显然没有思想准备，半装出来的酒疯，让这回球吓醒了一半儿。"我？"，"我"字后面有一个"容徐图之"的长长的停顿。"这么大年纪还干这个？"

他心里一惊。没有注意到这句话里，明明有一种心虚的抵赖，如同一个天天逛窑子的人，声明自己绝无逛窑子的劣行。他只晓得自己的长进，没想到表弟也会长进。他们不是同样挣扎在同一块天空下，或者同一个地平线上么？

无能迂腐如小表弟者，也绝不会承认他现在还有每天晚上把老婆干两次的精力。他其实并没有什么坏心，只是习惯使然，认为即使对亲兄弟承认这种事情，也是辱没斯文。可是他又有一种享受别人宣泄这种事情的心理，至于那个别人是否辱没斯文，可就与他无关了。

如果他能预见到这一句不过想从他人的口中，得到一些小小的性刺激的话，会给对方带来什么样的后果，他一定不这样问，也不这样说了。

好像还嫌主题不够明确，小表弟又加了一句："伤身体呀，比不得小伙子喽。"

小表弟用这两个古老的、不得超越的命题，断了他想把自己潦潦草草走了一个过场的一生，做个结尾的后路。

"你怎么了？"小表弟不明白他怎么突然之间，就不中用了。刚才在餐桌上，他还觉得他好像没出土的一段丝绸，虽然古老得不知日月，糟朽得碰它不得，但还保持着未被风化的色彩、形状，现在却像被人刨了出来，着了空气地散了神韵。

她偎依在他的胸前，感觉到他的手忙脚乱，和他妄图调匀呼吸的努力，不禁懒懒地生出一丝怜爱。

始终没有进一步的动作，好像他正背着一个其重无比的石磨，从遥远的黑暗，慢慢地爬来。

她很想帮他一把，怪可怜的。拥抱了他，也亲吻了他。他的回答是压抑和无力的。

他累了吗？

只好闭着眼睛等待。如十八岁的那次等待。不同的是她现在什么也不想，什么也不求了。一切好像都已如愿以偿。除非她已经七十岁。谁听说过一个过了七十岁的女人还能生孩子？连和他生个孩子的想法也不能有了。她在黑暗中无意识地微笑了一下，这微笑甚至毫无感伤之情。

时间过得很慢，他爬得好像辛苦极了。他该不是从坟墓里往外爬吧？她心头猛然一惊。

紧接着她感到大腿上一片潮湿。这时，他全身的力气、和精神也猛地一松。他不但完完全全被那盘石磨压趴了，而且也随着那盘石磨坠入了无声无息的、永久的黑暗。

她和他此时都已明白，他作为一个男人的一生，到此结束。她听见他如释重负地轻叹。

他叫她的名字，声音里有一种久已生疏的东西，仿佛早已撕碎的温柔重又回来。

"嗯？"她答应，平静得让他听不出一点哽咽。

"我……真对不起你。"

泪水顺着她的脸颊流下,被她用睡衣袖子挡住了。"我们终于在一起了。"她拍着他的身子,像拍一个婴儿。

她仍爱他。也许她爱的不过是一个回忆。一个不容选择、不容反悔、无缘无故的回忆。好比一个上了年纪的人,固执地寻找儿时一种吃惯的,其实未必好吃的家乡小吃。

她看到黑暗中有一排白牙,一个胜利的、稳当当的微笑。问:"我和你到底谁赢了?"

八

他们还是在铺着褐色的大理石的大厅里集合了。因为他们都没有睡好,此时甚至变得十分相像。蒙古种的扁脸越发青黄,眼囊下垂,眼圈发黑。心事重重。各怀鬼胎。

他们刮过了胡须,换过了衬衣,整理过头发,振奋起平素的威严。正经至极。尽力使他们在这个早上的会见,如同他们在国内早上八点在办公室的会面一样无疑。

司马南江虽然是知识分子,睡眠却一向极好,绝无知识分子几乎人人都有的、失眠的劣习。他的妻子常常为此抱憾夫妇生活中没有夜半无人私语时的闺中乐趣。每每早上酣睡醒来,他总是为自己的精神饱满惭愧、不安。好像他占了什么人的便宜。

他昨夜没有睡好,纯属受人株连。

半夜一点钟,有人敲他的门。开门一看,门外站着一个光着脚丫儿，头发精湿地贴着脑门，睡衣精湿地裹着身子的人。那人的神气就跟让歹徒劫持当完人质之后，又给扔进了水塘，九死一生地刚从水塘里爬出，想要报警却找错了门一样。

"请问……"司马南江几乎认不出这就是本团的副团长，"噢，噢，是您。快，快请进。出了什么事？"

"不啦，不啦。"副团长软软地晃了一下似乎被抽了筋的胳膊，然后用这条胳膊扶住门框，支撑着他那似乎同样被抽了筋的身体。他吃力地翻起一双布满红丝的眼睛，求助地望着司马南江。"你到我房间里看……看。"

晚上十一点，副团长看完性电影回到旅馆之后，本以为经过某种心理平衡之后，就会恢复正常，他像心情正常的时候一样，不轻不重地关上了房门。哼着小曲《南泥湾》脱去西装，摘下领带，换上睡衣，还从冰箱里拿出一瓶"易拉罐"的可乐，一包花生米。他的肚子今天下午老有一种不充实的感觉。

小曲儿虽然哼得走腔走调，但基本原则精神还在。你不能要求人人都有郭兰英的水平。

他被有关部门召集组织参加了老干部合唱团，人家动员他的时候说，这是一项重要的政治任务，尤其在文艺界已经堕落到寡廉鲜耻的情况下。后来谈话人又改正了这个调儿，说在文艺思想严重混乱的情况下，坚持"在延安文艺座谈会上的讲话"精神，是一个老同志的义不容辞的责任。不会唱不要紧，唱得不好也不要紧，只要站上台去，占领这块阵地。有人会唱，或者还有别的壮大声势的办法云云。他想了想有些歌星恨不得脱了光屁股的骚劲儿，弄得男人恨不得跑上舞台，把她摁在舞台上当众×她一盘，便同意去占领阵地。只张嘴，不出声。

演出那天，电视台进行了实况转播。他指示老婆孩子一定收看。演出结束回到家里，全家人兴奋地议论了很久，他们全有一种感觉，觉得他今后如果再上街，街上的人肯定都会认出他来（实际上却没有出现这种情况）。但是他们的侧重点却有所不同，老婆最热衷的是电视给了他七次特写镜头，她的目光里，增添了新的内容，好像又发现了他的一些伟大之处。儿子女儿却说美中不足的是他的脸染得过浓，像京戏里的媒婆（这种角色，大部分由化妆极为夸张的男性扮演）。还有人家张嘴的时候他合嘴，人家合嘴的时候他张嘴这样步调不够一致之处，以后要注意改进自己的形象云云。

但是在他不演出的时候，便照样收看那些让他恨不得摁住一干方休的歌星。不论是阵地，还是他的脑子，仿佛轮流地租给了这两拨人使用。

哼着小曲，他便前前后后地想起了这些。想到那些歌星的时候，心里便又骚动起来，心里一骚动，就觉得浑身燥热。他先到浴室用冷水冲了冲头，不行，不解决问题。又把身上的衣服扒光，不行，还是觉得全身像是被什么箍着。他又把空调器乱拧了一遍，室内的温度更高了，简直就像一个烤面包炉。猛然想到何不大开房门，冲破这禁锢自己的烤炉。大开房门之后，又发现还是一个赤条条的自我，赶紧又把睡衣穿上。如此反复折腾下来，半夜已过。这一天过得实在辛苦。不论是被纷乱的印象弄得已然麻木的脑子，还是消耗过度的身体，都需要休息。但是他却丧失了全天候的优势，不管是站着、坐着、躺着、开着房门或不开房门、摄氏四十度，他全睡不着了。便只好不顾影响、不怕暴露（什么?！）地去求助于司马南江。

给副团长调好空调的温度回来，刚刚睡着，就被电话铃叫醒了。他在这里无亲无友，就算认识莫利小姐、依林侯爵、科技文化部长，他们也不会半夜三更打电话给他，除非他们疯了。他想一定是有人搞错了电话号码，便将电话的听筒拿起来，按了按话筒下的叉簧，把话筒放下再睡。不到一分钟电话铃又响了。他只好拿起话筒，用英语说："对不起，我想你是打错了电话。"

电话筒里却传来一个似乎濒临死亡者的喘息，司马南江一个激灵就从对睡眠的渴望中跳了出来。

"喂——"一个泣不成声的嗓子，哆哆嗦嗦地勉强凑成了一个句子，"你是司马吗？赶快到我这里来一下。"电话就啪嗒一下没有了声音。

哪个人的"这里"？"这里"是哪儿？司马南江有点让这个声音吓蒙了。

显然有人遇到了危险。行刺？抢劫？他很着急，憋了一身舍己救人的劲儿不知往哪儿使。但这只是几秒钟的事情，他马上就明白了电话是团长打来的，便翻身下床，连鞋也没有穿，连门也没有关就跑向团长的房间。

团长的上半截身子躺在床上，下半截身子耷拉在床沿下。被子、枕头、床罩什么的东一块、西一块地丢在地板上。才有几个小时不见，团长的脸就好像瘦下一圈，两腮塌陷，两个眼珠子像不合槽的滚珠，深深地掉进了眼窝。胡须像几场秋雨后的杂草，很茂盛地将下巴黑黑地糊住。肚子也瘪下很多。过去他老觉得团长挺着肚子，很像一架竖起来的直升机，现在肚子瘪下一些之后，仅仅像个吃得还是很饱的蚂蚱了。从一架直升机落魄成一只蚂蚱，无论如何是令人同情的一件事。

他抱起团长耷拉在床沿上的双腿往床上挪，想让团长躺得更舒服一些。他刚想问团长发生了什么事，只听得团长喉咙里咕噜一响，便勇猛地从床上跃起，直奔洗澡间。其动作勇猛神速实在令人难以想象是出于一个体力如此虚弱之人。

司马南江赶紧跟进洗澡间，只见团长的头往浴盆里一低，便从喉咙里喷射出一柱黄绿色的、发出酸臭的水来。洗澡间里本来就有的那股酸臭味就更浓了。浅蓝色的浴盆里，以及浅蓝色的瓷砖墙上，溅满了这种黄绿色的汁液。马桶盖、马桶圈以及马桶的内壁也溅满了同样的汁液。

从电影院回来之后，团长的肚子里，便渐渐地响起滚雷似的鸣叫，肚子很胀，也许在电影院里就开始胀了，不过他那时并没有在意。直到胀得发疼，然后又吐又泻，弄得他几乎到了虚脱的地步。

呕吐之后，团长浑身更加无力，让司马南江搀扶着回到床上。

"会不会是食物中毒？"司马南江问。

团长不耐烦地摇摇头，在这样一个经济高度发展的国家，这样的考虑纯属无稽。

司马南江没有足够的经验来分析判断团长为什么又吐又泻，并且证明这种现象没有危险，不必担心。他又没有任何办法让团长不吐不泻。

他有些慌神。

此时能拿大主意的副团长刚刚风平浪静，本团秘书顶多会拿"怎么办？"来回答他的"怎么办？"

"是不是给旅馆的值班室打个电话？让他们想想办法。"司马南江问。

团长闭着眼睛，略略考虑了一下这样做的后果，以及各方面可能产生的影响，不得已地点点头："好吧，恐怕只有这样了，也许他们备有一些应急的小药。"

旅馆非常重视，立刻来了值班经理、大夫什么的。

值班经理连连道歉，"在我们的旅馆里发生了这样的事情，我们深感抱歉。"他愁眉苦脸地安慰他们,仿佛他感同身受了又吐又泻的痛苦,"请放心,我们尽快地解除您的痛苦。"他忧虑却又不失冷静地安排一切。使他们放心地感到,不论天塌地陷,这旅馆都会负责到底,不会不管。

大夫取走了团长的一些排泄物和呕吐物去化验。"我们是五星级旅馆,如果是因为我们的工作不周引起这样的事故,将会大大影响旅馆的信誉,所以我们一定要把事故的原因,当然,也就是病因查清楚。"值班经理的两手相握,不高不低地放在腰部,有一种得体的谦恭和一丝不苟,像对许多人发表新闻公报似的,脑袋一会儿向左,一会儿向右地摆动。他的意思却好像在说,大夫马上就会证明,这一定不是他们工作不周造成的事故。

随即他吩咐清洁女工撤换被单、床单、枕套,清洗洗澡间里的一切容器、地面、墙壁,还送来一束带着露水的鲜花,立刻彻底地改变了室内的气氛。

医生很快就拿来了化验结果。

"误食不洁的狗食罐头引起的急性肠炎。"值班经理宣布了这个化验结果,口齿清楚、仁爱,绝无半点调侃或轻蔑。对于住在他们这种五星级旅馆的客人来说,除了误食,只能误食,岂有他哉!

不过他显然轻松了许多,这从他加大了的动作幅度中便可看出。"好,"他拍拍手,好像要让大家注意,"我们现在只需灌灌肠就行了。先生,我保证明天早上,你有一个好胃口。"

当这惊天动地的一幕过去之后,已经是凌晨三点多了。

团长在这一番病痛的折磨之后,本应很快地入睡,可是他却睡意全无。躺在干净松软的床上,十分悲凉地沉思默想。

当人们全都散去之后,他的第一个想法是:这狗食罐头真香啊。

他的第二个想法是：看看人家，连狗过的都是什么样的日子。

在那个其实不过也是受雇于人的值班经理面前，他甚至没有为被宣布食用不洁的狗食罐头引起急性肠炎而羞愧。没有。一点也没有。

这是他的错吗？

现在他分外地想家。想那个他很少去想的，或者说是他早已不用某种自发的感情去想的那个家，而不是用很多明确的口号堆砌起来的那个家。

但这又明明不是一般的思乡之情。

他住在一栋远远看上去十分像样的高层建筑里。

电梯经常不开。个个阀门漏水。

大楼的总排污管道堵塞。不下雨的时候，屎汤和污水分别从修理口那儿涓涓地流出。遇上暴雨，则如喷泉一般，冒起一尺多高的屎汤柱和污水柱。居民们好像生活在又腥又臭的公共厕所里。楼东的一段马路，不下雨时有半尺深的积水（可能就是积存的屎汤和污水），下雨时至少深至两尺，整个一个八十年代的龙须沟。

可是比上不足，比下有余。有人还七口八口地住在一间顶多七、八米的小房里。

你能说生活没有进步吗？

从没有给水排水设备采光不好通风不好，用破砖烂瓦砌成的小平房里，进了远远看上去挺像样子的高楼大厦，你能说生活没有进步吗？

他不想历数中国如今除倒爷、不法之徒新权贵们之外的、普通老百姓含辛茹苦的日子。这话题太老太旧太煞风景太不识相。谁愿意听？听了又怎样？

他不过和普通的中国老百姓一样，用从牙缝里抠哧些银两这种最古老、最传统的办法，把日子过得不能说更好（你能把这种拆东墙补西墙的办法叫作生活得更好吗？），而是更体面些。

这有什么可丢人、可羞惭的？

穷，并不可耻。

比起那些吃、喝、嫖、赌，五毒俱全的倒爷、不法之徒、新权贵们，他甚至可以说得上是干净纯洁清廉公正。

他不过使用些特权，争个出国名额而已。否则他怎么有能力为每个儿子娶媳妇备上一台不免税的家用电器？现在的女人，怕是一件家用电器也买不下啊。他忍心看着儿子们打光棍么？谁让他们过的都是老老实实挣工资的日子？

他不过没有清高纯洁到把外汇撒手花掉，而是攒起来买件免税的家用电器而已。

也许他那里不过是个清水衙门，站着说话不怕腰疼。若是换个衙门，他也难免下水。

出生入死革命几十年，到头来，他一个月的工资不过一瓶"茅台"。

他不恨，也不怨。但是他绝不能容忍不论是洋暴发户，还是土暴发户对他的轻蔑。

他喜欢读经济理论方面的文章，懂得要改革就得过物价这一关。两全难呐。你要是两全了他还有什么可捞？人人都说改革好，改革的果实却落进倒爷、不法之徒和新权贵的腰包。

他想起白日里对莫利小姐的回答："思想上不适应"之类的官话，忽然沉痛地怀疑起四千七百多万党员里，到底有多少真货？这问题真有点让他触目惊心。

莫利小姐特意告诉过，和西方大大小小的旅馆的做法一样，这个旅馆同样免费供应早餐。只不过根据旅馆的级别，也就是房租的昂贵或低廉，在内容上有所不同而已，但无论如何，你会吃饱肚子，营养也是够标准的。

他们像所有的，不管是有钱、或是没钱的西方人一样，当然不会放过这样的机会。

正当他们举步往餐厅走去的时候，一位男性海外同胞快步迎了上来。

此人穿着讲究，不过全身略嫌太亮。他的眉眼，对于他那身昂贵的包装来说，也显活泛了一点。不但满面春风，且春风得意。他如久别又逢老友地伸出戴着一枚极粗的金戒指的胖手，那双手现在看上去保养得很好，但从它的骨骼上却可以看出，那曾是一双在生活的底层，卖过苦力的手。你甚至还可以从它的指甲缝和它的皱褶里，嗅出一股煤粉、木屑、油垢、沥青之类的味道。于是他们几个人也就莫名其妙地和这只胖手握了握手。他们每个人都在努力地回忆，在什么时候、什么地方结识的这位先生，可是他们谁也回忆不起来。于是他们的脸，就陷入这种似乎有似乎没有的、想不起来的茫然里。

"啊哈哈，久仰、久仰。敝人已在此恭候多时，终于得以一见，荣幸，荣幸。"完全是港片里的句子，而他们似乎也都成了某部港片里的角色。在这洋文不绝于耳的环境里，真让他们感到耳目一新，同时也有一种似曾相识的亲切感。不管行腔走调有多大差异，但它毕竟是汉语。

紧接着这位先生从衣袋里掏出名片，双手给每人一一递上。那张名片不但印制精美，而且是极少见的对折四面。打开一看，上面拥挤着汉语、本地语、英语的详细说明。除了具有实力意义的，如集团董事，基金会会长之类的头衔以外，还有研究会首席顾问、交流中心主任之类的头衔。

"我已打听到今天上午是自由活动的时间，会议开幕式是下午二时。各位如果没有其他安排，我愿略尽地主之谊，请各位赏光。"

他们今天上午确实无着无落，莫利小姐不负责自由活动时间的陪同，她只受雇于与本次会议有关的活动。但是他们不知道接受这位先生的接待合适还是不合适。好比这位先生的背景、政治态度，能不能令他们放心，会不会给他们带来麻烦。

见他们面有难色，这位先生又很机敏地说："各位不必客气，凡国内来此访问的代表团，我几乎可以说全部接待过。"他举出几个代表团团长的姓名，果然都是响当当，虽然还说不上家喻户晓。"而且，"他当然不是卖弄，"如×××、×××……先生，都曾在寒舍小住。我客房里的那张床，凡是在上面睡过的国内来客，我都请他们签上了自己的名字。政治界、经济界、文化界、艺术界……我这个人喜欢交朋友。真是一份各行各业的名人录。那不是床，乃是一件稀世的艺术珍品，友谊的大道。"

前面说的都还可以，只这"友谊的大道"让司马南江感到好像是一处破绽。他不那么喜欢眼前的这个人。他觉得这个人早晚有一天会拿那张床，卖个大价钱。

这位先生又指出自己名片上的一个头衔，正是国内一项在他的资助下兴办的文化教育事业。于是他们想起确实在报纸以及电台电视台的报道上看到，或听到这么一个中心的名字。精神也就放松了许多，便一律地看着团长，等团长做出裁决。

团长仍然非常虚弱，条理却还清楚："谢谢你的盛情喂，我们很高兴有这样一个机会来了解华人在此地的工作、生活情况，算是我们这次出访的意外收获吧，啊？不过是否请先生稍候，我们先去用早餐。"

"请，请。"海外同胞说。

他们刚刚在餐桌上坐下，还没开始去拿早餐，服务员小姐就给他们每人送来一封信。一模一样的信封，一模一样的格式。一律的英文打字，最后署着一个同样的签名。奇怪，谁能给他们每个人写一封同样的信呢？

四封信便集合在司马南江的手中。原来是本旅馆的经理开给他们的账单。好像他们全很健忘（自然是装的），如不时时提醒，他们很可能不结账就溜掉。温良恭俭让如司马南江者，也不禁拍案而起。"太看不起人了。我们还没住够二十四小时呢。即使是账单，也应该在结账时交给接待单位。昨天住进来的时候，我听见莫利小姐向他们交代得一清二楚。"

"他们敢对一个洋人这样做吗？"秘书提出了一个自入境以来最有分量的问题。

"我们应该向他们提出质问、抗议。"副团长说。

团长的心，又一次痛苦地抽搐了。他想起黎明时分，躺在床上前前后后想过的那些淡事。再明白不过，这种轻蔑、歧视，哪里是质问、抗议可以解决的？

谁让我们穷呢？

贫，虽然不是耻辱，可是人为地造成这样一个泱泱大国的贫穷的原因，不但令他人轻蔑、歧视，也令自身感到羞耻。

"唉，先吃饭吧。"团长神情黯淡地说。他忽然之间就没有了兴致，似乎一切兴致，都随着昨夜的污浊一起流走了。

于是他们纷纷到餐厅中间的台子上去取食物。各种吃过或没有吃过，叫不上来或叫得上来却没有吃过，也不知道怎么吃的食物。冷、热饮料，水果等等。

他们吃了又吃，喝了又喝，一趟又一趟地到餐厅中间的台子上去取食物和饮料。昨天的晚餐他们都没有吃好,他们真的饿了。

给他们递信的小姐对其他的服务小姐说:"这些中国人真奇怪,一顿早餐就可以吃下那么多东西,可是还那么瘦。"

那些想尽办法保持细腰高乳的服务小姐,虽然穿梭般地忙碌不停,撤下上一拨客人用过的盘盏刀叉;换上干净的台布;摆上干净的盘盏刀叉、盛包装纸的塑料小桶、一枝插在瓶里的鲜花等等,可是总还来得及朝他们扫上一眼,还在用心地研究,为什么中国人吃得那么多却还那么瘦。

副团长很苦恼。早餐虽然丰盛,而且不必花钱。但几乎所有的面食都是甜的。他是北方人,吃不惯这样的东西。即使没有咸菜稀饭炸油饼,至少也别用甜点心当饭。只有一种面包,稍微有点咸味,但是这种面包的皮很韧,咬住一口,脑袋左右晃上几晃才能撕下一块。他又计划着这顿早餐顶好能和午餐的需要一并地解决,这样午饭就可以省略。他觉得别人似乎也有和他同样的计划。他吃得很多也很慢,直至在餐厅里吃早餐的人已逐渐地稀落。

就在他差不多是撕下最后一口面包的时候,他左上颌的一颗臼齿,却被面包撕了下来。幸好那是一颗老牙,且糟。早已被虫蛀过,被牙科医生修补过,所以没有太多的痛苦,只流了一些暗色的血。由于这牙掉得与任何人的职责范围无关,掉了就只好掉了,做不出什么题目。众人只好骂几句外国洋饭不如中国饭,泛泛地说些同情的话,实在也因为那颗牙太老、太糟,总归是要掉的。

早餐也就在副团长的怏怏不乐中结束了。

海外同胞果然还等在大厅里。很内行地抛出几个方案,玩游乐场;逛中国城(几乎都是他手下的公司);去"社会主义"商店购物(那里的东西全是东欧一些社会主义国家的产品,价格十分低廉,一律都是新的，回国馈赠亲友再合适不过）；或去"跳蚤市场"（收集一些物美价廉、具有异国风情的工艺品。他不说收购旧衣物）；中午在中国城的中国大酒家里设宴款待诸位……

"不，谢谢，我恐怕不能叨光。"司马南江当即表态。

"这……"海外同胞面上很有些下不来。他接待过无数外访的代表团，还没有遇到一位拒绝上述计划的人。

团长从统战观点考虑，认为还是随和一些为好，便动员道："一起走走吧，难道你打算一个人行动吗？"

"不，不。我想好好看看会议上的材料。昨天一到旅馆莫利小姐不是就把几个主要发言人的论文提要给了我们么？再说，我也要把自己准备在会上宣读的论文再仔细地看一遍。"司马南江如不老老实实说出不出游的理由也许更好，好比说他很困，昨夜没有睡好，他想补上一觉，正、副团长确实都得到过他竭诚的照料。大家一定都会觉得这理由好得不能再好，得体得不能再得体，可是他偏偏说他不能与大家同去游览是为了工作。

如果说这种口实，在五六十年代与人共事时，这仅仅是招有些人暗中嫉恨，到了现在，虽然人们不会再像那时，为了现在看来毫无必要的理由，不得不一律地奉陪、紧跟、做带头者的陪衬，并且用这一通白搭的奉陪、紧跟、陪衬，造就出一个个样板、学习"毛选"积极分子之类的角色，但是这种嫉恨的残余、记忆还存在着。所不同的是，在这种残余、记忆里，又加进了对这种不管真假，已然被视为酸盐假醋的行为的公然地嘲弄和轻蔑。

但是他们不属于这种人，他们不会这么快地忘记，司马南江昨夜对他们的竭诚服务。有时他们甚至觉得司马南江似乎不是什么研究员、科学家，而是机关行政处负责收房租、修理上下水道、厕所，以及为了职工福利，到处寻找关系户，以便为职工采购到比市场价格便宜一两成的蔬菜、瓜果、鸡蛋什么的一名基层干部。

他们也不像那些像是吃狼奶长大的狼孩儿，连中国人历来讲究的有恩报恩、有仇报仇的美德全都忘光了，虽然这种美德的是非标准相当模糊。

他们只是产生了些许的疏离感，好像忽然想起司马南江还是个研究员，科学家什么的。

这种疏离感不仅仅是因为司马南江不肯同去游览造成的，也许根本就不是。它不过也是几十年来被人苦心酿造出来的一种魔汁，服了这种魔汁，人便有了上下高低，尊卑贵贱，自然是卑贱者最聪明，高贵者最愚蠢。如此一些居心叵测的划分。怪不得研究员、科学家，以及非研究员、非科学家。

他们不再勉强司马南江。"也好，"团长想了想说，"我们到这里来的主要目的、唯一目的，自然是要把会议开好。司马同志这样的考虑很周到。不过下午去参加会议开幕式……"

"我会按时将各位送到会场。司马先生嘛……如果您愿意的话，我在送完各位之后，再来接您？"海外同胞对国内同胞各种细微的心理活动，掌握得都很准确。好比他前半句话说得十分肯定、恳切，后半句话只是看起来周到而又关切。司马南江刚才不给他机会（不给面子还是次要的），现在，他很想看一看司马南江也如大多数中国人那样，为了省下几块出租汽车费向他求助。

"不，不必了，谢谢。到时候我会叫部出租汽车。"

海外同胞此时放出极锋利的目光，将司马南江从头到脚钻研一番，偏偏探得一个于司马南江来说，过于复杂的结论，司马南江从此便极冤枉地被他怀恨在心。报复这种人不费吹灰之力，只要向中国某个驻外机构，说一句海外爱国同胞，对此人出访期间某些丧失国格人格的言行不满便可。他们连核实都不核实，立刻就会电传到国内，从此他这辈子别想再进行国际学术交流。

他们走出连光线都雍容得明淡适度的大厅，眼前猛然一亮，方知今日艳阳高照。各大国的国旗，在旅馆两侧的旗杆上，被不大不小的风，舞弄得舒卷有致。你望着这些操纵着国际事务的各色旗帜，会产生这里根本不是旅馆，而是欧洲共同体，或者是联合国总部分部的感觉。

旅馆门前的喷泉，在阳光的照射下，在这里或那里抛射出此起彼伏的虹彩，让人觉得此时缺少的只是一支铜管乐队的演奏。不过别急，马上就会响起来的。

不但进进出出的人，就连汽车、连树、连路、连空气、连大地、连天空、连太阳似乎都被擦洗打磨得熠熠发光。

这时，一辆豪华的轿车，绕过旅馆前的喷泉急驶而来，并且在他们面前，又急又稳地刹住了车。车内急急地跨出一位包装更加阔绰、戴一副白金框子眼镜的海外同胞。这副眼镜使他显得文气、一清二楚。他很有把握地向他们走来，好像他们都是被他研究已久、通缉令上的人物。

"打电话到各位的房间，没有人接。服务台说各位可能到餐厅用早点去了。又打电话到餐厅，说各位刚刚离开。"一双眼睛，在白金镜框后面转得清清爽爽，绝不拖泥带水，即使要他照看三百个人他也不会乱套，更不要说是他们三个。他们觉得真是进了天罗地网，一举一动无时不在别人的掌握之下。

然后是同样热情的握手、自我介绍、名片、愿为各位效劳、略尽地主之谊、敬请各位赏光，等等、等等。

163

"×兄，我已有约在先了，请多包涵。"戴金戒指的海外同胞说。

"既然×兄捷足先登，鄙人岂敢夺人之美？这样，晚宴由我做东，你我二人平分秋色，如何？"

"有故人自家乡来，理应大家同庆。"

"如此便好。如此便好。"

二人温良恭俭让地几来几往之后，便将正、副团长以及秘书分配停当。

"那么，我们是到哪一处去呢？"戴金戒指的海外同胞问。

他们全无定见地犹豫着。因为刚才说到的那些去处，并无重要或不重要，必须或不必须的区别。在这种情况下，秘书便可做出提示："我们是否先去'跳蚤市场'走走？"

两位如此光鲜的海外同胞急待他们做出决定，以便热诚地对他们进行帮助。他们觉得不便再做犹豫，何况"跳蚤市场"也是其中一位的倡议，正、副团长一致点头同意。"好吧，就按您的建议，先去那里转转。"

"当然，那地方实在值得一转，我也曾陪伴不少国内来的朋友去那里参观。"戴白金框子眼镜的海外同胞的例证，使他们解除了不少思想顾虑。作为炎黄子孙，在吃苦耐劳这一优良品格上，应该是有共同语言的。哪一个华人初到海外不是白手起家，艰苦创业。不要说"跳蚤市场"，恐怕"跳跳蚤市场"，也是经常光顾的。虽然他们现在带着如捅火棍一般粗细的金戒指，或是白金的眼镜框子。不管他们在个人经历、意识形态、价值观念、道德观念、经济地位等等方面的差别如何巨大，他们却能从所有的细枝末节里，发现他们的共同之处。

"那就请各位在这里稍候，我去把车开过来。"戴金戒指的海外同胞说。

白金眼镜框子见金戒指已经远去，便面有难色地说："这里不能过久停车，再去存车又大可不必，各位是否可以先乘我的车？×兄随后就来。"

他们一想，觉得言之有理，便先登上了那部豪华的轿车（如果不是午宴上金戒指告诉他们，他们谁也没有想到，这部有电视有冰箱有电加热器，冰箱里有冷饮料，电加热器上可以随时煮热茶、热咖啡、热巧克力，宽敞豪华至极的轿车是租来的。"他自家用的，不过是西德产的大众牌。借用国内一句只可意会，不可言传的话来说，这是工作的需要。"金戒指说）。

刚在车上坐定，白金眼镜框就从后车门探进身来，从冰箱里取出几罐"易拉罐"的可乐、啤酒。娴熟地一一拉开封口，便啪啪啪啪地响出一连串小康水平的富足。"请随意，请随意。喝完自己再拿，我在前面开车照顾不到。"接着又送上一个无微不至的微笑。

他们都不再推让，慢慢地呷饮起来。

白金眼镜框系好了安全带，便发动了汽车，然后又开了冷气。汽车很平稳地向前驶去。

啤酒的味道真好。让秘书想起了国内的五星啤酒，或是青岛啤酒。对于他这种经济收入的人来说，这些啤酒的踪影，除了偶尔在某种经济消息报公布的计划价格上看到之外，在市场上几乎见不到了。

白金眼镜框不时向他们介绍眼前闪过的一栋房子、一棵树，或一座桥的历史、野史、轶事。"……拿破仑就在这栋房子里住过……你们猜国内一位来访过的局长问我什么？哈哈哈哈——他问我拿破仑现在搬到哪儿住去了？"

"想必您对拿破仑很熟悉喽？您是否可以给我们谈谈拿破仑在莱比锡大会战的失败呢？"团长闭着眼睛说，一副虚心请教的口气。

白金眼镜框频频向驾驶座左上方的反射镜里望着："不过是句玩笑，不过是句玩笑。噢，你们看，×兄的汽车赶上来了。"

金戒指的驾车技术显然很高明，在稠密得像蚂蚁蛋的汽车丛里左腾右挪，夹带着一股汹汹的气势，直逼这部汽车。

恰好这时红灯亮了，金戒指的汽车，"吱"的一声刹在这部汽车的左侧。他向白金眼镜框投过如匕首一般的目光，白金眼镜框却向他频频做几近无赖、无辜的微笑。

绿灯又亮了。他们继续往前开。

"去年国内一位歌唱家自费到此开拓局面。艰难呐。"秘书一时以为他又在介绍一座房子或一座桥。仔细再听下去，方知与房子和桥都不相干。"不要说事业的开拓，连吃住全都无着。谁让我是华工协会的会长呢（在午宴上，金戒指说他那个会长是策动行帮力量，采取逼宫的办法弄上手的）？不论海内海外，都是炎黄子孙，不能袖手旁观吧。我就把她接到我家住下，又无偿地为她提供演出场所，做了大量广告，组织了几场演出。结果一炮打红。在此地华人圈子中很有影响，收入相当可观（在午宴上，金戒指说，他将人家的演出所得抽头百分之六十）。又通过我的关系，介绍她到附近几个国家去献艺，她走时的机票还是我给她买的（在午宴上，金戒指说，歌唱家是托他代买机票，人家付了钱的，当时很多朋友在场）。今年再度来此献艺，连个电话也不给我打，令人作何感想？"白金眼镜框发出一声做了亏本生意的长叹。

"噢？有这样的事？"副团长问。

"谁？"秘书有些愤愤地问。

白金眼镜框说出一个名字。副团长果然想起地说道："对，对。我在一本香港杂志上看到有人报道过这件事情的始末。写文章的人似乎很了解内情。他是您的朋友吧？"

"不，不，不。"白金眼镜框抛出一连串简短而有力的否定。"我哪里识得那样的人。这件事在此地华人圈子中传播甚广，其中不乏公正的朋友。这样一传十、十传百地传到了香港（在午宴上，金戒指说文章是他自己化名写的，仅仅因为歌唱家认为被他提成百分之六十的抽头不合理，不愿再与他合作）。其实他们也是多余，小小年纪，谁能把事情做得样样周全？我说了，她如果再有困难，我还会鼎力相助。"他将左手一挥，歌唱家既往的过错似乎便被挥走了，他们也就连带地松了一口气，不过这样的故事，还是让他们感到心里坠坠的。

白金眼镜框将话头轻轻一转，"钱多了有什么意思？够吃够用就行。其余的可以用来为祖国科学技术事业的发展，做出一番贡献（在午宴上，金戒指说，有些人钱赚多了之后又另图别的发展，因为钱花完了也就完了，不如买个流芳百世的名声存着）。我准备创立一个基金会，每年担保两个在科学技术方面有发展的年轻人，到西方最好的学府深造。"

他们在"跳蚤市场"不是转了一转，而是一直转到差不多误了午宴的工夫，方才恋恋不舍地离去，并且收获颇丰。

他们发现逛"跳蚤市场"差不多和赌博一样，对人有着同样的诱惑。下小注而赚大钱。你老是在想，前面可能还会碰到什么便宜得令你无法想象的好东西，从而使你欲罢不能。

在"跳蚤市场"他们碰到不少国内来的同胞。这一处或那一处都会不期然地响起亲切的乡音。想必每天至少有二十个代表团到达这里进行访问。在北京的公共电汽车上，他们很可能因为我踩了你、或你挤了我而大骂出口、大打出手，在这里他们尽管不相识，却能会意地点头、招呼，好像随着环境的改变中国人已丢弃多年的有关文明礼貌的种种美德重又回来了。为此团长联想到，如果有一个合适的环境和气候，中国人会克服他们的丑陋。

初始团长还是带着一种生怕辱没门楣的避嫌态度，远远地躲着，待见其他二人在两位同胞的带领下，在日用杂物、锅碗瓢盆、衣袜鞋帽、五金电器、桌椅板凳、磁带录像、书报杂志、书信日记、火枪刀剑、雨伞拐棍……总之是在负载着千百万人的过去中游弋。不管它轰轰烈烈，还是平淡无奇，现在都不分青红皂白地堆放在这同一方场地上，被人剪接上另一些人的故事，让任何主义的小说家所望尘莫及。两位同胞似乎专拣那些看上去相当可疑的人讨价还价，副团长和秘书就不断有便宜得像是中彩的收获，团长便渐渐地从躲避到跃跃欲试，从跃跃欲试到忘情地投入。

司马南江翻遍了箱子的各个角落，每件衣服上的口袋，包括那些从出发到现在还没上过身的衣服的口袋，衣柜和桌子上所有的抽屉，又掀起床罩查看床下，就差没把地毯掀开看看。没有，还是没有。他全部的财产，美金六十四块五角整，不翼而飞。

他一再回想，昨天到今天的经历，想不出自己到底花在（除去购买土耳其式三明治的那笔开销）、丢在了什么地方。今天上午他根本没有出门，一直坐在房间里看会议的资料和自己的论文稿。昨天晚上听完音乐会回来，临睡觉之前他还摸了摸西服口袋，那笔钱硬硬地，还在。

六十四块五角整。区区也。皇皇也。他心痛得要命。他根本就不在乎。一切全看什么情况什么时候，这就是司马南江对待身外之物的态度。问题是他现在饿得饥肠辘辘。有人说脑力劳动不过是一种很闲散的工作。也许如此。他没有比较过。反正他工作的时候，两个小时下来，他身上贮存的热量，包括脂肪仿佛全部消耗殆尽。他怎么能胖？

想来想去只有一个令人可疑的空当。昨天晚上他匆匆忙忙跑到团长房间里去的时候，可能没有关门。是不是真的没有关门？认真一想，他似乎又没有了把握，没有把握的事就别再去猜、去想。

他拉开冰箱，里面只有一包巧克力、一包花生米，其他全是饮料。吃掉了花生米和巧克力之后，反倒更饿了。挺有意思。根本不知道上哪儿去找那几位，为这事打电话给大使馆尤其可笑。论文看不下去了，会议资料看不下去了。他在房间里 Γ 形地段上来回走遛。在窗前观望路上的行人车流。他们不是刚吃饱出来，就是正要去吃饱。这里是他们的家。所谓故土难离，其中可能也包含着类似这样的意思。他很高兴在这儿不过只做短暂的停留。不行，他得找到他的钱。便拿起电话找旅馆的经理。

"先生，我的钱丢了。"

"我真为您感到遗憾。一般来说，如果您只带旅行支票或信用卡而不带现金，就不会发生这样的事了。"他有很好的建议，不过他恐怕不知道，他连使用支票或信用卡的开盘数字都不具备。

"不过这钱是在旅馆里丢的。"

"不，先生，我们这里从来没有发生过这样的事情。"

"从来没有发生过，不等于现在、今后、将来永远不会发生对不对？"

"您这是推论，对不对？我们只能根据事实。事实是我们如何能证明您真的丢了钱呢？"

听到这里，司马南江忍不住大笑起来。对方显然受了他那笑声的鼓舞，谦虚地轻笑一声又立刻打住。"先生，您还有什么地方需要我效劳吗?"

"不,没有了,谢谢。"放下电话之后,他接着开怀大笑,大约三四分钟之后戛然而止。想象中他厉声问自己:"你笑什么?!"

他只好提前走出旅馆,以步代车,往会场走去。

午宴以后,正、副团长一行,带着塞得极满的、大大小小的塑料口袋,以及金戒指馈赠的旅行用电水壶,浩浩荡荡地向会场驶去。

金戒指建议将这些塑料口袋留在车上,不要带入会场。"我估计开幕式长不了,我可以先到附近的咖啡店里喝杯咖啡,等你们散会后我再连东西带人给你们一起送回旅馆。"

副团长担心东西放在汽车上会被人偷去,又不好说不让金戒指不去喝咖啡,留在车上看着。便说:"不能再麻烦您了,今天一天让您辛苦破费,我们已经很不过意,快请回吧。咱们改日再见。"

金戒指也不再勉强,回家之后还有这一段新闻可吹,早有一班吃大陆饭的兄弟等在家里。道别以后便驾车而去。

他们确实晚了几分钟。一进大门,就听见麦克风那种远而又近的嗡嗡声,好像有人正在发表演讲。这种声音一下就把人带进正儿八经的境界,让人感到自己从事着很有意义的工作。

他们不由得放轻脚步,循声而去。可是这声音一会儿东,一会儿西。他们后悔没有向司马南江问清楚,会场在几楼几号厅?

可是司马南江为什么不给他们讲清楚?

害得他们提着大大小小的塑料口袋(分量很重!),辛苦地在这栋白得分不清哪是门、哪是楼梯、哪是拐弯的鬼楼里窜来窜去。

七拐八拐、胡上胡下之后,居然撞上了大使馆文化处的一秘,他正焦急地守在一个会议厅的入口处,来来回回地转磨。一见他们的身影,便远远地迎了上来。他往他们手里那些敞着口的塑料袋里一望,便知道发生了什么事情。脸上马上显出一副快要哭出来的神情。很快地把他们领到寄存处,很快地给他们办理了寄存手续,很快地领着他们离开了寄存处。也不问问他们是否同意这样做。大使馆的工作人员就这样对待国内来的代表团?不知他们的大使知道还是不知道。回国以后,他一定要以团长的身份,向有关部门反映一下这个不可一世的一秘不可(团长确实不曾忘记这个一秘,即使在本团发生了那样的不幸之后)。

寄存处的小姐,像一只猎狗那样抽动着鼻子,然后将眼睛、嘴巴拿来做出一个O,又将眉毛从眉梢到眉头推出几个曲里拐弯的波浪。

开幕式结束以后,会议组织代表们去海滨浴场游览。大客车像一所游动的房子,有轻微的、令人舒适的颠簸。顶棚、座椅以及脚下,是一片和谐的、抚慰人们疲劳的色调。特别是这一天的工作已经基本完毕。暂时忘却的饥饿这时就比以前更加强烈地袭来。他相信不但他自己,恐怕连坐在他附近的正、副团长和秘书,都听见了他那一挂四壁清野的肠子,在腹中蠕动得一阵紧似一阵,不依不饶地空鸣。他本想就此说说这件好笑的事情,但他终于忍住没说。忍住不说是出于多方面的考虑。首先得到的肯定是同情。马上接下来的问题是对方怎么表态。

借钱给你?

不要说是他们,对任何一个紧紧巴巴,真正叫作"公务"出国的人来说(即使另外三位,也还是得算在"公务"这一档次上),那两个外汇所带来的前景,不但让他们本人,甚至让他们全家老老少少望眼欲穿、翘首以待。

他如果接受这样的贷款,无异于拦路抢劫。

他如果不接受这样的帮助，会让没有丢钱而又无所表示的良心难以平静。

他又何必去说呢？

想到这里，他一任肠子辘辘地叫去，却又止不住窃窃地笑，引得坐在对面的两位外国同行也频频地报以微笑，并且不经他人介绍就和司马南江交谈起来。

"我们非常高兴在这次会议上能够与你见面。不知道你是不是愿意接受我们的邀请，到我们那里，做一些研究工作？"身材高大的西德同行说。

"或者到我们那里去讲学？"美国同行说。

司马南江那包含着些许顽劣的，因而让他们觉得生动的微笑渐渐地萎缩了、消遁了。"这个，这个……我深感荣幸。不过我想这样的事情，顶好通过组织联系。"

两位同行不懂得组织二字在不作为动词的时候，是什么意思。

他们既不是实业家，也不是银行家，所以还没有机会得到中国人像对实业家、银行家那样的重视，虽然这个机会以后一定会有，不过它现在还没有轰轰烈烈地到来。所以他们对中国的国情还没有丝毫的了解，缺乏和中国人打交道的实战经验。他们不明白一个学者可不可以到国外去讲学，或者研究，为什么要通过一个叫作"组织"的东西，而不是由他自己来决定。

"真的？！"西德同行生怕自己露怯，悄声悄气地问美国同行。

"真的？！"美国同行也生怕自己露怯，悄声悄气地回答西德同行。

然后他们同时回过脸来，带着眼见一处美景从眼际消失；或是一件上好的瓷器被失手打破；或是去机场接一位好友没有接着……的那种惋惜，看着司马南江。他们觉得眼前这个人，好像和写出皇皇巨著的那个人对不上号。

他们的神气，看上去比司马南江还要迷惘。

等到他们转而谈起本学科的发展前景，司马南江的智能才又恢复了正常。连他的英语也比刚才流利了许多，不但流利，而且妙语如珠。好像他死过去一会儿，现在又复活了。他广征博引，浮想联翩。好些分不清一个科学家应该有的，或不应该有的虚幻设想，充塞着他的头脑，一会儿掏出一个、一会儿掏出一个，真像是在撰写科幻小说。美国同行因为跟不上他那急速跳跃的思路，不知所措地微笑着。好像毫无准备地遇上了一件非常突然的事，不知道该欢呼该诅咒该生气该失望还是该什么。西德同行一会儿一推被震得从鼻梁上不断下滑的眼镜。

等到下车以后，他们都有一种上当受骗的感觉。如果再往深里想一想，他们到底上了什么当，受了什么骗，他们又说不清楚。

街道不知从什么时候已被远远地留在了城市。一栋栋间隔很远的房子，如寥落的晨星漫散在树丛后面，绿草地上。享受着除了风的喧哗，不会再有世事骚扰的宁静。一点也不寂寞。这情景生疏而又亲近。无名的惆怅，渐渐地涨满了司马南江的心。

一个孩子在竖在绿草地的秋千上悠荡。有个穿红衣服的女人从一栋白色的房子里出来，向荡秋千的孩子招手。他想那女人一定是孩子的妈妈。他甚至听见她叫他的名字，约翰，斯蒂文什么的。叫他喝午茶，或是让他接电话。

一个黑黝黝的念头，像恶狼似的潜入他的心。谁能担保那女人的丈夫，此时此刻没有和他的情妇在幽会？他的研究课题会不会被人挤掉？股票会不会跌价？孩子会不会发烧？

人世间真有宁静的日子吗？

视野渐渐地开阔。他们渐渐地近了海，也就渐渐地近了太阳。景物的颜色越来越浅淡得灼人，越来越单一。只剩下蓝的天，接着蓝的海，和像被这海水、太阳濯洗得十分洁净，照耀得褪去了颜色的白沙粒。他的精神猛地一阵颤震。这不正是他想要找到的那个分子结构吗？此时，它就上顶天下顶地地，像电影中的慢镜头一样，在这一派蓝白色的浑沌里，浮浮沉沉。太阳的万缕金光，将它照耀得通体透明，简洁如古希腊的一座宫殿。这一辈子，他曾日日夜夜地期待过它的出现。他两腮上的咬肌发紧发疼，他的耳根后有麻酥酥的两行爬过。他傻了。

他们也傻了。在这里游泳的人，不管男女老少一律不穿任何叫作衣服的东西。不管是女人或男人，都垂吊着他们各自的那个玩意儿，大摇大摆地走来走去。胳膊和手在身体两侧摆动着，丝毫没有拿到胸前或他们的根部遮挡一下的迹象。他们像是大冬天在无边无际的野地里饿了很硬的冷风，不得不倒抽一口冷气，马上转开他们的眼睛。但是你往东转东也是，你往西转西也有，你只有看天又看地。

连那位美国同行都说："他们这里，除了裸体浴场还是裸体浴场。我真想写信问问他们的报纸，哪有不裸体的浴场。不像美国，你得问哪有裸体的浴场。要知道，一个人并不是永远喜欢光着屁股。"不过他还是很快地脱个精光，戴上一副墨镜，在海滩上四仰八叉地躺下。将他那个物件，堂皇地对着太阳。好像中国人立秋之后翻箱倒柜地晾晒衣服，生怕里面发霉似的。

司马南江刚才虽然也是一惊，不过他很快地把那些滴里当啷的东西丢诸脑后。他脱下外衣长裤，穿着大裤衩子坐在沙滩上继续捕捉由于刚才那一惊慌，从他眼中丢失了的幻觉。渐渐地，他进入一种半醒半睡的梦境。

孩子的笑、女人的尖叫、男人们的高谈阔论汇成一股巨大的声浪，可是差不多全让海浪的震荡迎头打碎，变成了嘟嘟囔囔的梦呓。

人人都在全心全意地享受自由。他们发现谁也不注意谁，谁也不注意他们。西方人对什么都抱有一种熟视无睹的态度，好像从不关心他人的死活。这种冷漠让人感到没底儿、害怕、没有抓挠。不过正因为如此，他们才渐渐地胆大起来。他们的眼睛在墨镜的掩护下，开始溜向那些让人想入非非的地方。又将那些东西，和自己的以及和自己老婆的东西暗暗地比较，确实比出一些不同，又暗中猜想这些不同将引起怎样不同的效果。想到这里，便将目光更多地向女人身上投去。初始还记得不可盯视过久，会转过头去望天望地，或望望彼此。完全没有必要地相对笑上一笑，却一句话也没有。

说什么好？

说中央第×号文件？扫"黄"清除精神污染反对资产阶级自由化，或是改革开放，落实党的知识分子政策，调动知识分子积极性？他们还没能装模作样到那种丧尽天良的地步。

而且一张嘴可能就会泄露出他们心里的所思所想。即使你可以保证自己回国以后，不会给人家捕风捉影、上线上纲打小报告，你能担保对方也这样做么？你不能。你更不可能订立攻守同盟，那不是越描越黑此地无银三百两？历史的经验值得注意。在历次政治运动中，一切攻守同盟无不比非攻守同盟更容易攻破、更容易越搞越搞不清、更容易增加罪名。

到了后来，当一个黑种女人在他们附近直挺挺地躺下之后，即使他们想讲话也讲不出了，不要说他们的嗓子，似乎他们全身都烙煳了。

奇怪的是那种感觉怎么也抓不回来了，而且越走越远。司马南江的心气儿变得十分毛躁。如果现在有人招他，他一定会眯起眼睛，把他全部的焦躁、烦乱集中力气压进一个词里："滚开——"事实上他无

175

时无刻不在期待着对这个世界说出这个字。他不知不觉地站了起来，向海里走去。

秘书看了看他，因为他那条带有蓝色条纹的大裤衩在这片海滩上反而显得扎眼。"游泳去么？"秘书问。司马南江也许哼了一声，也许没哼，他没有听见。只见他迈着梦游者的脚步向前走去。在很久以后，只要一想起司马南江，他的眼前便出现他那双长满脚癣嗜着沙粒往前走的脚掌。他印在沙窝里的脚印，也许只在他的脚掌下，清晰了一小会儿，又让他自己的脚掌搅动起来的沙粒，流回原处掩盖了。

他奋力地向前游去。他身体里仿佛有一团疯狂的火。地狱里的？天堂里的？不知道。反正一生一世，他也没有如此辉煌地燃烧过。他希望这火燃烧得再激烈一些才好，把一切都烧毁。他又被这火烧怕了，也许把它熄灭更好？他的长胳膊在阳光下甩出一个又一个潇洒的圆弧，他的长腿，有力地拍出朵朵水花。此时此刻，他壮丽得如同身体里的那团火。

最美妙无比的是，他现在已经没有了饥饿的感觉。

这时那黑种女人坐了起来。她叉着两条黑得油光锃亮的长腿坐着。完全不符合外事纪律上的规定。两个挺挺的奶头直对着他们，像两尊无坚不摧的小钢炮。如果不是这样他们之中的某一个，也许本来有可能在这个时候朝海上看一眼，也许本来就没有，这不能怪他们，也不能怪任何人。一切可能或不可能发生的事情，好像并不由我们自己做主。

那么由谁呢？

没有人回答得出。

我们不过全是不知由谁导演的，同一舞台上的、同一部戏里的小丑而已，不管天南地北，在这儿或是在那儿，伟大或是渺小，高尚或是无耻，绝顶聪明或是绝顶愚蠢，一切如此或是一切相反，你永远不可能走出这个舞台、这部戏。

可怜的人们。司马南江最后想。

九

红蜡烛在……在……是塞林太太吧？对，是塞林太太。祝她的灵魂升入天堂。在墓地上的时候，他就这样对塞林太太的女儿说过。时间过得真快，一晃八年过去了。扛过这八年，好比在无医无药的情况下，扛过一场伤寒。在他遥远的牛羊不肥马不壮的老家，大部分还是这个样子。

红蜡烛在塞林太太馈赠的桌子上，摇曳着它那片确实让他感到安逸的光。它好像告诉围坐在餐桌旁边的人，不论如何，起码这会儿，在这个餐桌旁，还真有点像个家。

这儿从来都不像个家，反倒像个旧货店。从价格低廉的塑料杯，到价格昂贵的水晶吊灯，以及一切你想象不出来的馈赠物。正如你想象不出人们千奇百怪的癖好。他一律先接受，然后再根据家里的需要，及其新旧优劣的情况进一步的筛选淘汰。

旧货店是谈不到格调的一致和协调的。

这里的人真慷慨。那时候他想。

当他们觉得你"真可爱"，或者"真可怜"的时候。

现在他还要继续地"真可爱"或者"真可怜"。

虽然他刚刚在郊区买了一栋带园子的破楼。现在，他们全家也可以像西方人那样，到郊外去度周末了。为此，他特意在廉价商店买了一个可以接在自来水管道上的淋浴喷头，把它安在了园子里的草地上。当女儿在被太阳晒得热烘烘的空气里，第一次拧开它的喷头的时候，她被凉森森的水，激出一阵阵尖叫。他闭着眼睛，躺在一棵苦栗树下的、一张几乎就要散架的摇椅上，觉得这尖叫就是世界上最好听的乐声，是他连滚带爬、好不容易熬过来的生活的最好报偿。

晚上，他躺在还没有安放一件家具，散发着朽木味儿的、开裂或塌陷的地板上，透过歪斜的窗框仰望天宇，真有一种与命运搏击的壮美感。

有时他坐在果子很小的苹果树下。乌鸦有时也会在那树上停落，不过它们不肯吃那苹果。他却觉得味道不错。就像契诃夫写的《醋栗》一样。哦，俄罗斯艺术，那是几辈子以前的事了？

可是尼古拉·伊凡尼奇的祖父是农民，父亲是士兵。天底下的农民都一样，俄罗斯的农民也好，或其他什么斯的农民也好，他们日日夜夜的梦想，就是爬到地主、老爷的座位上。他们家却出身贵族，正儿八经的镶黄旗。

镶黄旗以前呢？游牧部落？

"咱们是贵族。镶黄旗。你记着。唉，那样显赫的日子，不会再有啦。"一口在那种日子里过过的，落花流水春去也，天上人间的悲凉。

大清王朝灭了七十多年啦，爹生在民国。

他喜欢一面咂着二锅头，一面唠叨着从老辈子那里听来的，长了白毛、发了霉的故事。车辘辘一样，在一眼望不到边际的、荒芜而干旱的土地上，吱吱扭扭地转着。

去年回国探亲,他给父亲带了两瓶最好的威士忌,正是镶黄旗们该喝的。爹果然还是哑,跟哑二锅头一样。

他不能提,像一个这么哑酒,并且让房管局那种差事,养得像是在荤油桶里浸过的人,会是什么贵族出身。虽然在"文化大革命"中,爹怕惨遭身祸,从腌雪里蕻的大缸底下,捞出过一个明代的青瓷罐,和一柄玉如意,嘱咐他无论如何要把它们守住。

在买下这一处破楼破园子之后,他渐渐地有了这种贵族的感觉,好像他的祖先显灵了。

昨天他到汽车修理厂去修理汽车,他没有找他的小舅子,却找了别的工人,并且给了那个工人一大笔小费。他听见那工人对他的小舅子说:"你姐姐的丈夫真大方。"这差不多等于尝到一点贵族的味儿了。当然,他没有说"你姐姐的丈夫真有钱",有钱人才不买他那种车,不过他早晚会买。如果把这笔小费给了小舅子,他能对别人说"我姐姐的丈夫很大方"么?不会。他恨他。

给小费是做给旁人看的。除了妻子和女儿,他对三亲六故可以说得上是残忍。他不在乎自己在他们眼里的形象。让他们出去说吧,骂吧,谁能相信一个那么慷慨地给别人好处的人,会虐待自己的亲人?

他常常穿着从国内带来的锦缎晨袍,坐在园子里看报,或者看女儿在破楼里跑上跑下,跑进跑出,在园子的各个角落里东找西觅——她在找什么?

"爸——"女儿尖声叫着。有点兴奋地向他跑来,他看见她修长的双腿,在早晨的阳光下,闪动着一种让他感到充满希望的光泽。他一定不能让她,用他们这种下等的、坑蒙拐骗的办法过日子。即便是坑蒙拐骗,也应该用一种看上去十分高尚的办法,像上流社会的有钱人那样。不过他更希望她干一个干干净净的差事。好比科学家什么的。

可是这个希望是永远地破灭了。他不得不私下里承认，除了门槛精她恐怕一无所有。而这恐怕也是从他和妻子的身上承袭下来的。好像她是他们的影印本。

他曾经不懂，为什么像他和妻子门槛这样精的人，却念不好书。后来他明白，用来过日子的智慧和用来做学问的智慧是两码事。

他无法想象，在和各色人等的关系上，她的小脑子里，怎么装着那许多应用自如的机敏。谁教给她的？

好比她对舅妈。

为了一个电话，弄得他们的弟媳妇张口结舌。

"谁让你接我的电话？"

"你妈妈不在家，你爸爸在给学生上课，我听见电话铃紧响，以为有什么要紧事。要是有人报名学习气功，没人搭理不就跑了一笔学费吗？"

"他只要想学，就会再来电话。你这口半通不通的外语，没准倒把人家讲跑了呢。一个连外语都讲不好的地方，能是什么上等人的去处？到了国外，就得学会外国的规矩，别随便乱接主人的电话，除非主人交代了你。"

"那好吧，你还有什么事吗？"

"就是我有什么事，你能解决得了吗？让我白白地浪费了一块钱！我用的是街上的公用电话。"

"我还你一块钱好了。"

女儿心安理得地收下了弟媳妇的赔偿。还对他说："你们不在家的时候，应该把电话挪到你们的卧室里去。"

妻子说："那又何必。你爸爸早就对他们说过了，不许他们用我们的电话。他们打电话都是下楼去打投币电话。"

"您怎么知道你们不在家的时候,他们不用我们的电话呢?电话局的账单上可分不清是你们打的,还是他们打的。"

妻子不说话了。以妻子的本性来说,她赞成女儿的说法,但是他们毕竟是她的亲弟弟、亲弟媳啊。

他照女儿的意思办了。他们不在家的时候,就把电话挪进他们的卧室。他觉得这是对一种精神的支持。不但他们靠这种精神在这儿立足、发展,将来他的女儿,也得靠这种精神,在这儿立足、发展。

她对他的心意,无不心领神会。有时他觉得女儿比他的妻子,更能成为他的好搭档。

她无时无刻不在刁难她的舅舅、舅妈、叔叔。如果将来还有受雇于他们家的人,她也会照样毫不留情地整治他们。是一把当家的好手。

衣服早就洗完了。因为知道舅妈要洗澡,又知道舅妈轻易不敢动家里的东西,她故意把洗衣机的排水管还放在澡盆里,然后躲在自己房间里看小说,吃零食。舅妈叫她,她就是不睬。

可怜的小弟媳只有那么点时间,仅够洗澡。洗完澡她还得给下一拨学员开门、倒茶、卖讲义……到了如今,即使做个鸡蛋汤,他还保持着用水把打鸡蛋的碗底洗干净,然后再把这洗碗水倒进锅里的作风。他却狠下心来雇用这个弟媳妇做这些本来可以由他兼管的事情。

在西方,一个有身份的人是不能自己开门的。

有一次门铃响的时候,弟媳妇恰恰去了厕所,他不得不亲自去开门。

来学气功的太太,顿时变成一个好像是用岩石雕成的大问号。这很自然。拥有一所教授学校的业主,怎么能够没有用人开门?这肯定会使她对这所学校的来路产生了些许的怀疑。好像和广告上的吹嘘有所不同。

洋人是有修养的。越有钱的洋人修养越高。所以你很难看出他们的情绪。但是他们对没钱的人反应却相当灵敏。越有钱,反应得就越是灵敏。当然他们大部分并不说出什么无礼的话,或做出什么无礼的举动。但是他们脸上那份让你看不出什么神气的神气,足够让你感到,你的屁股上长了一条与人不同的、是人都没有的、所以是见不得人的尾巴。

直到厕所里有了拉水箱的声音,他的元气才慢慢地恢复。"快给太太倒茶。您要加柠檬吗?"

"不,谢谢。"这时太太脸上的棱角,才不那么尖刻得分明了。

唉,他容易嘛。

事后他对弟媳妇说:"上厕所你也不拣个时候。"

她只好擅自将洗衣机的排水管从洗澡盆里拿了出来,可想而知是带着逼上梁山的成分。

刚刚放开洗澡水的龙头,女儿就从自己的房间里跳了出来。"你怎么敢洗澡,我的衣服还没洗完呢。"

"这一趟衣服从早上八点洗到十点还没洗完?我听见它差不多有一个小时不工作了。"

"也许我还要接着洗呢。"

那次弟媳妇没睬她,径自将澡洗了。她甚至等不及他们回来,立刻往他们正在做客的那家人家打了电话。对妻子说舅妈把洗衣机弄坏了。回家以后,妻子才向弟媳把事情弄清楚。妻子问她:"为什么小舅妈叫你、问你,你不睬?"

"我在房间里做功课,没有听见,不过也许我倒垃圾去了。"全是妻子极爱听的理由。

过后她告诉他，她既没做功课，洗衣机也没坏，而垃圾是小舅妈倒的。"咱们家的东西凭什么让他们用？爸，钱是您挣的，对不对？"

星期六他们向学员免费供应甜点，无非是莲子粥、杏仁茶、豆沙包之类，既便宜又可口，很得学生的好感。只是弟媳妇又要照应茶水，以及出售有关气功的讲义、练功服装、装饰品、纪念品，又要给学员们开门有些忙不过来，让她早点回家一块准备准备，她却说学校里有事回不来。星期六下午学校能有什么事？！她宁肯在公园、在甜食店滞留到学员们吃完、喝完，小舅妈刚刚把用过的餐具洗完，并且放进储藏室才回来。这个钟点掐得真是准极了，好像她身上揣着一架摇测装置。"她应该伺候我们，我们给她工钱是不是？"

她的小姐架子装得有那么点味儿了。

此间中国人开设的气功学习班已有好几处，他不得不想办法提高他的竞争能力。特别是争取新闻舆论界的支持。这，不能不靠他的妻子。每每想到这里，他都会产生一种典妻租妻的联想。

所以要为汤姆斯先生免费做针灸治疗。

妻子对汤姆斯先生说："气功固然可以治疗您严重的失眠，但是我还愿意为您多做一些，这样，您可以恢复得更快一些。您听说过中国的针灸吧？"

"当然。"汤姆斯是见过世面的大记者，曾先后十七次访问中国。他不但看过有关针灸的科技影片，还亲自参观过北京一家有名的医院，在针刺麻醉的情况下，为产妇做剖腹产。麻醉和手术看来都很成功，就是不知道为什么产妇的汗，出得那么多。

"因为我们还没有得到行医方面的许可……不过您知道，这只是暂时的。这样做也许是违法的。但是作为朋友，我们愿意只尽义务。您愿意试试吗？"

"免费？这太不好意思了。"

"您别客气。您是我们，以及广大读者、电视观众最崇拜的记者和节目主持人。我们常看您的文章和您主持的节目，真是太精彩了。非常有吸引力、有新意、有见地。像您这样的人，应该健康长寿。"

像这样的话，也只有妻子才能说得出来，并且说得这么得体。不仅仅是因为她的外语说得比他好。妻子是这个家庭的外交部长。不论在社会主义，还是在资本主义，如果找男人办事，女人出面总比男人出面好。否则世界上的公关部长，为什么都是女人？女人且不说，还一定叫小姐，不管是真小姐，还是假小姐。他要是有权决定国家事务，他一定任命女人当外交部长，以及所有的驻外使节。

只要她愿意，她什么都可以干成。气功、外交、缝纫、烹调、针灸……不过花了不到一百元钱，在北京买了一具针灸的经络模型，一副银针，一本有关穴位的书。比当年的赤脚医生多不了多少家当。她可比赤脚医生有本事。只要给她条件，她把什么都能干得轰轰烈烈。

于是，他们就很快地出现在电视节目的黄金时间里。年轻而有朝气。身体健康、笑容可掬。自信，而又不让人产生逆反心理。

一律的中式短打。他的黑色软缎对襟小袄上，两襟各绣一条金龙。妻子的白色软缎大襟小袄上，绣着一只红凤，全是弟媳妇连夜赶制的。付了工钱的。她倒不傻，很快就学会了明码实价地在这个明码实价的家，和这个明码实价的社会里混生活。

起初他想装聋作哑糊涂过去。

说话声音细得像蚊子哼哼的弟媳妇却硬硬地说："姐夫，咱们得算算这两套衣服的工钱。"

"咦，你们住在我这里不算啦？"

"住这间房子我们不但付了房钱，还把你卖不出去的书，顶了下来，这是你定的条件，不顶下来不让住。你知道我们刚到此地既没钱也没有居留证，非住你这儿不可，还让我们两年之内把这笔顶金连本带息，全部还清。光利息就是这笔顶金的百分之三十，真是高利贷！我们在这里每个月赚几块钱，你是知道的。我们用什么钱还这笔顶金？除非不交房租不吃饭，但是房租不能不交！饭也不能不吃。这房子白天你们用来做太太们的更衣室，我们不能用。我下夜班回来没有地方睡，睡在你们的储藏室。房间里连张床都没有，不过是张两用沙发。在西方，凡能出租的房子至少带张床……"从来不说话的小舅子开了口，心里清清楚楚一本账。

"你们顶了这批书，人家图书公司不是给你代销的抽头么？"

"书要卖得出去才能有抽头。你也知道，这些书一个月也卖不出去一本，不然你也不会顶给我们。代销的抽头百分之四十，你就拿去一半儿，虽然你把书顶给了我们，你们紧紧把着这个空头代理人。你当了这个空头代理人，我们就不得不把抽头的一半儿给你。这不是剥削是什么？"

妻烦乱地站在一旁。并不制止他们的争吵，好像她很希望这样吵一架，只是不便亲自出面。虽然自始至终她不曾发出一个字，但是她想说的话，他们似乎全替她说了，好像他们都是她在这场争吵中的代理人。

"我是这儿的老板，我有权力剥削你，这儿的法律就是保护剥削的。"他想起在国内不得不读的《资本论》。在资本积累初期，资本家就是靠比当今世界的资本主义残酷得多的剥削起家的。这是马克思的发现和总结。真是无比伟大的理论！要是那些专管政治学习的长官，

185

知道他正在将学习的理论应用于实践,他们会怎么想呢?他敢担保,没有多少人能像他这样地学以致用。像他这样自觉地照那理论去做。

"我们可以搬出去。"

"我有的是办法卡你,我不给你签工作证,你就办不了居留证。"

不过他心里清楚,他们如果搬出去,肯定还会找到一个愿意给他们签工作证的中国老板。大陆的,台湾的,有的是。他们已经不是初来乍到人生地不熟的乡巴佬了。他可雇用不起本地人,他们至少比本地人便宜十倍,再说,他们好歹还是亲骨肉,在不谈钱的时候,他们还是过得很融洽。

唉,钱!

最后他只好付给弟媳妇制装费。如果在国内做,肯定比让现在的她来做更便宜。

汤姆斯那家喻户晓的声音在画面外说道:"凤,在中国是吉祥如意的图腾。龙,是至尊至贵的图腾,更是帝王衣冠、皇室建筑以及一切御用工具的标志、佩饰、装饰……无与伦比的手工刺绣(特写),使我们领略到中华民族精美的艺术……"

这时,坐在电视机屏幕前的、千千万万个观众里头,有一对老年夫妇说道:"卡尔,你觉得这两个中国人怎么样?"

"他们的衣服很漂亮。"

"你当然不会以为他们是模特儿吧?"

"老汤姆斯能有错吗?如果他说他们行,那就是行。"

画面上出现了汤姆斯在中国拍摄的,在针刺麻醉下的剖腹产手术。只是略去了产妇头部的特写镜头。妻子说:"中国人不大喜欢面对公众。"汤姆斯想了想,觉得她的意见非常重要。

在这一组画面出现时，汤姆斯热情洋溢地介绍了中国针灸，他强调地介绍了中国针灸对医学界目前尚无能力解决的疑难杂症的神秘的、卓越的贡献。

接下来就是他们夫妇教授气功的镜头。然后是几位社会名流座谈学习气功的收效。一片赞美，让你觉得那笔学费绝对没有白花。

再下去就是两人与现任总理握手的镜头，以及手部的特写。

"瞧着吧，卡尔，老汤姆斯还会让他们和下一届，或下下届总理握手呢。只要老汤姆斯愿意。"

她在地铁火车上碰到一个老头。

她刚从学校里回来。

她不明白老师为什么通知家长，让他们到学校里去一趟。事情不妙。她怎么和爸爸妈妈说？她一定要想个办法先吓住他们，比方说，让他们以为她会自杀什么的。那他们的气功、乡间别墅全得泡汤。爸老说："你现在还看不出这栋破楼，和这个破园子的好处。等你长大了，这儿的地皮贵得就会吓死人。我们辛辛苦苦还不都是为了你。想在外头安身立命房子最重要，也最难。城里那套房子，租金再便宜，也是人家的。我们能给你留下一处房产，死也瞑目了。"

也许今天该用自己的私房买条鱼。家里很久没吃鱼了。妈老说："现在十天的伙食费，相当于我和你爸刚到这儿的一年伙食费。"

给他们买条鱼回去他们准高兴。自己也少吃不了。

对面座位上的老头眼睛一眨也不眨地看着她。一定是个穷老头，否则为什么坐地铁而不开自己的汽车。她嫌恶地转过头去。

车窗的玻璃上照出了她的影子。头发在脑顶高高地盘了一个髻子，翻领衫紧紧地裹住她长长的脖子。她知道自己好看。

对面座位上的那个老头还在看她。讨厌的老头。虽然堆着一脸天真的笑。她本来就不喜欢看上去穷馊馊的人,更不要说一个穷馊馊的老头。那老头毫不介意,也许根本就没有发现她的恶感。上了年纪的人,大部分反应就是这样的迟钝。一个人到了不知道令人家讨厌的地步就更加令人讨厌。不过这也许正是他们的福气?要不他们怎么活下去。

她好像永远这么年轻,永远也不会老地想着老年人的事情。

"你是中国人吧?"老头终于忍不住地问道。

她说不出为什么有点失望。他盯了她半天,只不过是在做这种猜测,提这样一个不让人振奋的问题。"是的。"她淡淡地答道。

"你们家是开中国餐馆的吗?"

她气愤了。她像她一直期待着气愤一下。她的情绪昂扬起来。她甚至有点喜欢生气,好似只有在气愤的刺激下,她的才华、她的智慧才能得到诱发。她果然说出一番铿锵作响的话:"难道中国人就一定是开饭馆的?我爸爸妈妈是气功大师,想必你在电视里见过他们。"

"对不起,我不认为开饭馆有什么不好。"老头宽厚地说,依旧很喜爱地看着她,好像看他膝头上一只淘气的小狗或小猫。她本希望这番话,会使老头肃然起敬。

不过对她的叔叔,她却显得毫无办法。但这不是她的能力不够。

有一次她洗完澡之后对他说:"叔叔,你刷刷澡盆,一会儿我爸爸要洗澡。"

他却恶声恶气地对他这宝贝侄女儿说:"让你爸来跟我说。我是他的雇员,不是你的雇员。他有权力让我干,你有什么权力命令我?"

太过分了。把什么都说成是对他人格的侮辱。一身臭知识分子那种最不值钱、最没本事的臭架子。

你既然受人雇佣,就得让人家使唤。人家想怎么使唤你,就怎么使唤你。包括侮辱。要说侮辱,他受到的要比这些痛苦得多、严重得多、深切得多。他全一声不吭地咽下去了,像个真正的男人那样。什么是真正的男人?不是拔出刀子就捅,而是咽下(不是忍下)那把刀子,有朝一日再把这刀子吐出来让别人咽。

好不容易把他弄了出来,仅仅因为和人口角几句,就跑回国了。真可惜了那张机票。

弟弟和小舅子两个人,也不和他们打招呼就擅自吃了两个苹果,他倒没有太在乎这两个苹果,主要是觉得这个苗头不好,如果不闻不问,听之任之发展下去可不得了。他必须刹住不可。他们不能以为大家是亲手足,就忘记了雇员的身份。在这个社会里,这是绝对不能互相冲销的两笔账。

晚上,他把他们叫来追问了一下:"这是谁的主意?"

弟弟说:"我。"一点检讨的意思都没有。

他有点火。但他还是很能克制。不过说了一句:"谁让你们自己随便吃苹果了?"

弟弟说:"几角钱一公斤嘛。"

几角钱?

哪一分钱不是他的血汗钱?哪一分钱不要他做出人格、及至良心上的牺牲?

"几分钱一公斤也不行。这里只管饭,水果饮料一律不管。你怕别人侮辱你的人格,你倒不怕享受别人牺牲人格的结果。"

回国之前,弟弟带侄女儿到点心店去了一趟,专拣他们爱吃的点心挑了不少。也许弟弟终于理解了他的残酷?也许还念及手足之情?可是这叔侄之间难得的一次温情,结果也弄得事与愿违,十分败兴。

"咱们包回去吃。"他说。他本来就是为大家买的。

"在西方的点心店里,是不兴包回去吃的。"她说。她特别喜欢坐在点心店里摆谱。坐在一个临街的窗前,慢慢地吃,慢慢地喝。观赏路上的行人。着时装的女人以及漂亮的小伙是她最感兴趣的两种人。更何况这是一家高档点心店。既然叔叔说他请客,她为什么不狠狠地敲他一家伙?反正他也不知道哪家便宜、哪家贵。

虽说她喜欢装小姐的架子,口气大得像个公主,可是能让她装小姐架子的机会并不多,这种高级点心店就更难得光顾。

她心里明白,他们家离真正的老爷太太小姐的日子还远着呢。说到底,现在不过还是装装而已。

"你看,那个老太太不是包走了吗?你和店员说说,让他也给咱们包起来。"

叔叔的声音很大,一只手还指来指去。弄得她很不好意思,激起她一种作对的心理,她反而对那店员说他们就在这儿吃。

等店员送来了刀叉,弟弟才明白受了小侄女的愚弄。"我让你跟他说我们包回去吃,你怎么不说?你仗着会说这里的话就欺侮我?是我请客,倒是受你的气?!"

"我可以不要你请,我自己付我那份钱。"这时,她几乎有点残忍地等着欣赏叔叔的暴怒,只要咬咬牙,她毕竟还是拿得起这笔钱来戗她叔叔。

"好,那你就在这儿吃吧。"他把其余的点心全倒进垃圾筒,便扬长而去。

她回到家里,不饶人地拿了钱去还他。"喏,还你我的那份点心钱。"

"你要是还我,就如数地还来,这点钱可不够。你不是想装财主么?那就真得拿点财主的派头来。"

她只好将钱如数补上。又因为让人戳到了痛处,羞恼地将钱扔在地上。

"你给我捡起来,不捡我就揍你。我可不能咽你这口气,连你也想骑在我头上拉屎撒尿,哼。就是你把你爸你妈找来,我也照样揍你。"

她只好乖乖地把钱拣起来,知道他可不是随随便便地吓唬她。因为从未遭受过如此的惨败,一时又找不到将对方置于死地的办法,还出那狠狠的一击,便恨恨地大哭起来。

"你哭好了,这一招对我没用。"

为了这个,叔叔回国的时候,她甚至不肯去机场送行,妻子也说有事没去。谁知道是真是假,现在他们夫妻二人之间也很隔膜。好像各自包藏着各自的秘密。他们已经像西方人那样,将各自的进项,各自存放。

除了早餐,连吃饭都很少能够像一个正常的家庭那样,正正经经地坐在餐桌旁边一齐吃。从八点多钟开始,他们就得轮流教课,一直教到晚上九点多钟,自然只能轮流着吃饭。等到睡在床上,累得连话都不想说了。他们还必须抓紧时间赶紧睡,即便如此,每天下来仍感腰酸腿疼,心情恶劣,体力不支。

就是在早餐桌上,他们彼此看着、看着,也会突然问自己:"对面这个女人(或这个男人)是谁?"

他们还相爱吗?

天呐。

弟弟好像逃亡似的催他早早出发。托运完行李,还有不少的时间。

"喝点咖啡去吧。"他说。

弟弟感到有些意外。他们家很少喝咖啡,更不要说在外面喝咖啡。喝咖啡成本太高,不如喝茶,茶叶即使泡到第三次,也还有味儿。更主要的是价格低廉。

他不但要了咖啡，还要了两份甜点。真的很不寻常，所以他们一时间反倒没有话说，只听见小勺搅动咖啡的声音。

在这期间，弟弟试着张了几次口，又紧紧地把嘴闭住。最后还是下决心说道："哥哥，我要走了。这一走，不知道哪年才能见面……"

"不会很久。我相信你还会回来。"今天他很有耐心。

"不，不会。"

"会的。我保证你回去以后，很快就会后悔。"

"我？后悔？不。"

"肯定。"

"好吧，我们不谈这件事，我只想对你说，哥哥，你变了。"

弟弟的样子看上去真的有些苦恼、伤感。这让他感到有些滑稽。

"你从前多善良、多愿意帮助人呐。现在……现在你简直变成了资本家。你还戴过红领巾，当过共青团员、共产党员呐。"

他的善良早让各种政治运动连根刨了。那些运动使人变成狼。他们只用三十多年的时间，就把人类几十万年的努力、本来就收效甚微的进步，轻描淡写地一笔勾销了。他的眼前甚至常常出现这样的幻象：一只巨大的、怪异的兽，在看得见、摸得着的，本来是看不见、摸不着的、暗绿色的年代里穿过，一步一步地向他逼进。

"你真的还念这套经？恐怕就是在国内也念不成了。我的好老弟。"他心平气和。资本家这顶帽子，现在既不能给他带来灾难，也不能让他感到耻辱了。"好老弟，我要给你讲点《政治经济学》。你在一个资本主义社会里，看到一个资本家，当然喽，这个资本家有所不同，他曾经是一个誓为消灭一切剥削和压迫而奋斗终生的中国共产党员。你倒觉得稀奇了。你怎么不稀奇在所谓的社会主义社会里，如今又出现了官僚买办呢？也就是老百姓说的'官商'、'官倒'，他们和外国人一块来坑中国人的钱。他们比我这个靠二十块美元起家，苦熬苦干的资本家可轻省多了。我多少还算得上是多劳超多得，他们简直就是不劳而获，舒舒服服地就当上了官僚买办，新民主主义革命所要推翻的三座大山之一。你让他们那张'人民公仆'、'共产党员'的面具给骗了。从实际情况来看，所谓的共产党员中，有不少投机者，自觉的、或不自觉的。特别是在坐天下之后，在成为执政党之后，这个问题尤其突出。"他长叹一口气，毕竟想起了当年那颗炽热的心，和那既经不得风雨，也见不得世面的理想。"我不过把自己的所作所为亮在了明处，没有既想当婊子，又想立牌坊。从本质上来说，他们和我不但没有什么两样，可能比我还卑劣。团员怎么样？党员怎么样？还是毛泽东说得对，人是可以改造的。资产阶级既然可以被改造成无产阶级，无产阶级也就可以被改造成资产阶级。只要把他们放在那个环境里。你的问题可能和大多数中国人的问题一样，认为这个公式只适用于普通的老百姓，而不适用于那些所谓入了'保险'的人。责任并不在你，人家就是这么灌输的。在真理面前人人并不一定平等。我劝你与其回去受他们的剥削，不如留在这儿奋斗。凭中国人的韧劲儿，你一定会熬出头。看看中国老一代的移民吧，他们是我们的榜样。不过他们太老实了，差不多都是从洗衣服、开饭馆这样的事情开始。现在的新移民比老移民的起点高，绘画、音乐、舞蹈、服装……更便当的是嫁个外国男人，或是娶个外国女人，就是经商也是炒卖房地产，经营土特产、矿产、丝绸……也许还是应该感谢毛主席他老人家的恩情长，他的那些政治运动把咱们这代人整治得像狼那么皮实和狠毒，有了他老人家那碗酒垫底儿，再险恶的情况也能对付。好了，这些话你也许一时听不进去，回去对比国内的情况，慢慢地消化，活学活用吧。别生我的气，我现在是苛刻得很，可是没办法，不这样，我在这个社会就站不住脚，等我成了百万富翁那一天，我会慷慨起来的。时候差不多了，你也该登机了。"

他们穿过那些杯盏狼藉的桌子，颜色鲜艳的硬塑料椅子，和神色不宁、或眼睛瞪得挺大，却什么也没看见；或别情依依；或不管到哪儿都像在自个家里那么自在；或嘻嘻哈哈的旅游者；或行色匆匆、夹着公文皮包去履行公务的乘客。

弟弟觉得，这些形形色色的人，似乎就是由他分裂而成的。

很快地就来到了边检处，他只能只身前往了。他们必须在这里分手。他突然转过身来，紧紧地搂住哥哥。他不是应该恨这个变了形，走了样的哥哥么？

"好，好，快上飞机吧。"

唉，这个世界上有十全十美的地方吗！？

"爸——"女儿尖声地叫着，有点兴奋地向他跑来，他看见她修长的双腿，在早晨的阳光下，闪动着凡是一条十二岁的腿都会有的那种光泽，也和任何一条十二岁的腿一样看不出特别的前途和希望。

唉！

她一头扑进他的怀里。"爸，我在地下室里发现好多还能用的东西。还有一辆旧自行车呢。"

他故作意外："真的？"

他能放过这一栋楼、这一处园子的一个角落么？不过他更愿意让女儿去独享这种乐趣。哪怕是一辆旧自行车、几把破椅子、一架破除草机，也算是意外之财。

"就是有点太破了。"她噘噘嘴，向那栋破楼瞄了一眼。

"要不，能那么便宜？破可以雇人修嘛。像安窗子、修桌椅、铺地板、粉刷墙壁、糊墙纸，你舅舅全会干。舅妈可以刷油漆、安玻璃、擦玻璃、搞卫生、缝窗帘什么的。中国人什么都会干，全凭自己一双手。"

"那我也干。爸，要是我干，你也付我工钱吗？"

"你能干什么？"

"我跟舅妈一块干，她干什么，我就干什么。"女儿朗朗地说。

好精！真像他，又狠又贪。这就是说两个人的活她可以少干、甚至不干，到时候白分一半工钱。她差不多掌握了这套本事的精髓。他可是从来也没教过她。

但他不打算把她这点小心思，和她绕的这个小弯子点破。"你以为你舅妈会同意这样做吗？她可不像刚来的时候那么老实、那么傻了。"他说。在美好如圆舞曲的苹果树荫下。

现在他觉得这里的人很好糊弄。

他很有把握地微笑着。呷了一口咖啡，就像从眼前一个只有他能看见，别人却看不见的人的身上，从容不迫、彬彬有礼地咬下一块肉，吮了一口血。

真可惜，塞林太太已经长眠在墓地里。今天早上他怎么净想起死人，真晦气。她的馈赠却还在他们的家庭里发挥着重要的作用。

他们至今爱惜每一条绳子和每一枚钉子。更不会丢掉这张桌子。

他们是中国人。是中国人就不会轻易地丢掉什么。要不是新婚姻法规定了一夫一妻制，中国人连没有用的老婆也不会丢掉，而让三宫六院、七十二嫔妃和平共处。因此，从某种意义上来说，离婚率上升是推行新婚姻法的结果。在中国人认为必要的时候，他们把什么都能弄到一块和平共处，比方说猫和耗子，老虎和绵羊，也可以把一切都弄得不能和平共处，好比一个人的左耳朵和右耳朵。

这样的寒碜的餐桌，连垃圾堆上都很少见了。塑料贴面上还有几处被锅底烫出的疤癞。不过塞林太太送他们的时候还没有这些疤癞。疤癞是女儿烫出来的，他们并不是总有时间给她做饭。穷人的孩子早当家，李玉和说的。

可是塞林太太为什么偏偏死了呢？学气功的太太先生们，再没有人像她那样和善，那样不惜言如金，那样像中国人一样爱打听家长里短的了。

"摩尔（塞林太太的老狗）每天早上六点半准时叫醒我，它在我的耳朵上吹气。"塞林太太说，就像在说摩尔考上了法学院。

"当然，我知道他们不缺钱，会买一张更合心的餐桌。可是这些东西（包括几挂窗帘和一条披肩）放在我那儿真碍事，就算你们帮我处理掉了好吗？"塞林太太的眼睛躲躲闪闪，很不好意思的样子，因为她不能送给他们更好的东西。

"对不起，"塞林太太吞吞吐吐，但又决一死战地说下去，"中国人和西方人做爱的办法一样吗？"她那问话的神气，好像中国人那玩意儿不是长在两条腿的裆间儿，而是长在头顶上。

问题是，她始终不肯说气功对她的病没有用，一点用也没有。这是塞林太太最令人难忘之处。这样的人，世上还有吗？

这儿的人喜欢怀旧。就连餐桌上这个很便宜的蜡烛台，也做得像还没发明金属加工工业时的那么古朴，阴沉。好像刚从铁匠铺的铁锤子底下拿过来。

现在他相信什么都可以制造。连气氛、气魄、气质、情调什么的在内，只要有钱。甚至用不了多少钱，虽然不如有钱那么地道，但也不一定非地道不可，这个世界地道么？世界上有几个汽车大王或船王？就是那些王们也不一定就真懂他自己的那些收藏。大部分是烧包而已。

他现在渐渐地注意气氛。从大陆移民来此的梁某，赚了大钱之后，不是花钱买了一个文艺基金会的董事么？如同过去花钱捐功名一样。

一个人有了钱以后，不一定老吃猪肉，停留在一个低水平的富裕标准上。

他用一个手指头扒拉着餐桌上的那些信，看了看落款上的署名，全是过去的同学、同事，其中还有他过去的党支部书记。

现在他们求他来了，跪着、爬着，忘了过去他们是怎么整他的了。

跪吧，爬吧，现在该轮到你们了。

对，好好地跪，好好地爬吧。

"怎么样，要不要给他们做经济担保人？"

"当然要。新买的房子和楼不是要大修么？大修以后不是要扩充我们的气功班么？光弟媳妇一个人可能忙不过来了。再说经济担保还不是一张空头支票。"

"爸，一、二、三、四、五，五个人呐，你要得了吗？"女儿说。

他又把那几封信看了看，掂量了掂量，抽出其中两封递给妻子。"就这两个吧。"

"哟，这不是整你整得最厉害的人么？"

"正因为如此，我才专门拣这两个人。"他解恨地说。

"你可真够阴损的了。"妻子说。听不出丝毫赞美、赞同的意思，但也绝无谴责和不满，倒可以品出一丝隐隐的警戒。

"爸，你的招儿真高。"女儿毕竟还是孩子。比起妻子来，显然差着许多火候。但小小的年纪,能够立刻心领神会,已属难得。要这样。这样到他死的那一天,才能放下心。

他又想到了死的问题。

"早上好。好气氛。"小舅子走进厨房,瞥见桌子上的煎蛋、黄油、忌司、火腿、肉肠,还有三块热点心,差不多像是过节了。

他注意到了小舅子那疑问的目光。

"没什么,慰劳慰劳自己嘛。"

他没对任何人说过,他听到一位大陆来的同乡,没有缘由地——大家都这么说,没有缘由地,还说"奇怪,奇怪"——突然就死了之后的心情。有什么可奇怪的,他是累死的。

于是他突然感到,来日苦短,人生无常。

十

恐怕再也找不到比这个结尾,更加没有意思的结尾了。

你觉得你已经准备停当,万无一失,事到临头,仍会缺盐少醋。

莫利小姐从那一刻起,已经变成一个把里面暖人的佳酿,呼地一下倒进阴沟的空酒瓶子,偏偏又在秋雨落黄昏的时节,并且着一点小风,就会呼呼作响。就像有人对着那只瓶子口吹气似的。

他们真的可以这样说,这怨得了谁呢?即使用牵强附会的办法,也沾不上任何人,或任何事的边。

一个他们现在诚心诚意地觉得朝气蓬勃、干劲十足、任劳任怨的人,没有一点先兆地,说没就没了。好像他有意做得干净利落,就是死,也不能打破保持了一生的、不给任何人增添麻烦的记录。

但是他们全都觉得,他们对司马南江的死,负有义不容辞的责任。这两天,他们好像做了什么亏心事,不大敢眼对眼地坦然相视。

不过再往深里想想这个人,似乎又想不具体。若不是这次作为同一个代表团出访,如果有人向他们提起司马南江的名字,也许他们都会说:"谁?哪个所的?"即使有人详叙其貌,详尽其状,他们最后可能还会一面若有所思地点着头,一面想得起来又想不起来地说:"啊!啊?啊……"

现在副团长特别感到司马南江这一去所留下的、不可弥补的空白。

"您再好好想一想,护照肯定是留在洗脸间的台子上了?"莫利小姐问。她眯着眼睛,扬着脖子,下巴真像一把齐头的铲子。

"真抱歉,我想是……"也许是在箱子里?副团长不敢十分肯定。他现在特别感到了没有司马南江的不便。当他鞍前马后地照应他们的时候,他们似乎并不感到他的存在。好像一个人的价值、种种的好处、优点,只有在死后才凸现出来,让人们叨念不已。死亡好似火,只有用它来烤一烤,才能把用糯米水写在纸上的暗语,显现出来。

真是出师不利。谁能想到会有这样的情况发生?

他觉得团长差不多是不怀好意地看着他。耷拉着下嘴唇(他突然发现团长的下嘴唇很厚!),两只手插在裤袋里,冷冷地看看他。

秘书则抱着骨灰盒子,呆呆地守着他们尚未托运的行李。现在,驮重的任务责无旁贷地落在了他的身上。这一项任务,足以让他名正言顺地少关心其他,甚至不关心其他。

好像他们刚刚经过十万八千里的长途跋涉,累得丧失了七情六欲;好像司马南江的死亡,和他找不着护照有很大的关系;好像他们彼此看一眼,也成了自己的累赘;这个人为什么站在这儿?还要落进自己的视野？

他又何尝不想找个借口、渠道，转移、或发泄一下他心里那股和他们一样的，说不明白的怨气？

偏偏摊上了他。在这个时候找不着了护照。

出来以前，外交部门三令五申地强调丢失护照的严重后果，外交部要照会凡是与中国有外交关系的国家云云。

是防止有人利用他的护照，冒名顶替地去那些国家招摇撞骗，窃取情报？还是防止有人利用他的护照，冒名顶替地到中国招摇撞骗，窃取情报？不过这种可行性，相对来说比较小，因为这个人必须是亚洲人种。

到别的国家去招摇撞骗、窃取情报，他这份护照有无使用价值他不敢说。

反正现在哪怕是最高层的会议，一个月之后，香港杂志上都会全文照发，那会上谁谁怎么说，谁谁又怎么说，一概明明了了。好像那些杂志，全列席了那些会议；好像那些红头文件的发放范围，在发至县团级的后面，又加了一句：及发至香港××、××、××× 杂志。

反正你很难说这是否是因为有人丢失了护照的结果。

他很怀疑限制那些杂志进口的原因，可能不是为了防止什么、什么，而是因为大部分老百姓的级别，还不够县团级，以及香港××、××、××× 杂志。这恐怕不是凭白无故地猜想，因为这些杂志经有关部门批准，还是可以少量进口，供有关单位、领导内部参阅。他虽然不是有关单位和领导，他的老上级却是。由白金眼镜框子化名撰写的，有关大陆来此开拓的那位歌唱家，如何丧失国格人格的败行劣迹，引起爱国侨胞强烈不满的文章，就是在那位老上级家里看到的。老上级说："这个人如果不回来就算了，如果还想回来，必须让她对自己的言行做出解释。一个在党的教育、培养下成长起来的文艺工作者，思想觉悟却不如整天泡在资本主义染缸里的侨胞！真是太不像话了。"

"好在我预先留出了相当富余的时间。"莫利小姐明明这么说，他却感到她是在说，"我早知道你们会出这样的事。"对，是"你们"，而不是"你"。他看看团长和秘书，不知他们是否也有同感。他们的脸，仍像压在排泄管道上的，又厚又重的铸铁盖。"请你稍候。"莫利小姐说完，就迈着她那昂首阔步的步子，转身去了。

这真是在家千日好，出门一日难。

副团长想念在国内那不说八面威风，至少也是威风凛凛的日子。但在这个团里，他觉得心情很不舒畅。上头有团长压着，后头有司马南江顶着。现在司马南江一死，他不但降了级（不但行政级别，包括接待级别），简直连什么都不算了。

她的脚步有些重，示威似的。鞋底就在机场营业厅的地板上敲得很响。也许应该先打个电话给旅馆，问问他们在清理房间的时候，是不是发现了护照。

莫利小姐很失望。

这是不是有点像一场闹剧？

当全体与会代表，听到会议执行主席宣布那一噩耗，自动起立致哀一分钟的时候，一种十分荒谬的感觉，把她推向另外的极端，她差点抑制不住地在那肃穆的会议厅里大叫起来。

人们本已生活在一个足够劳苦的环境里，中国人却好像还嫌不够，偏偏还要给自己制造一些困难，所以他们活得比西方人还要艰难。每每和他们有过一段较长时间的接触以后，她总有一种被传染上什么病的感觉，让她禁不住地想要歇斯底里大发作。

也许她应该亲自到旅馆去一次？还是亲自去旅馆一趟为好。她喜欢竭尽所能，不给自己留下后悔的遗憾。这样决定之后，便又向停车场走去。

司马南江先生的论文，是一位西方同行代念的。那位先生的声音很好听，简直是太好听了，所以听上去很像牧师在布道。她和代表团里其他三位垂头丧气的先生坐在大厅里，听一个已然不在这个世界上的人的思想，在大厅拱形的屋顶下回荡。她觉得好像他也趴在拱顶上听似的。笑眯眯的，好像很为自己开的这个不大不小的玩笑而得意。他是她所接触的中国人当中，最让她感到不好理解的一个。

护照最后是在副团长的一只袜套里找到的。

"哼！"团长哼出尽在不言中的一哼，便两手叉腰地转过身去。好像他很为找到护照而气愤。

秘书仍旧一副找不到也呆呆，找到也呆呆的劲头。

莫利小姐认为，这只能用他过分爱护、珍重的理由来解释，"一切人们以为是荒谬的行为，往往是出于正常得最纯粹的理由。"她说。

这是什么逻辑？团长想。他看了看莫利小姐，一点没有胡言乱语的样子。

副团长根据这几天对西方人的观察，认为他们不管听到、碰到什么不幸的事，根本别指望他们会像中国人那样，发出种类繁多的，表示不同程度、不同性质的感叹词，更不要说那像歌唱一样的恸哭。他们差不多总是一面缓缓地点着头，一面像是论证什么地说："这真是非常的不幸。"连脸上的筋都不会动一动。

刨去官员不算，西方人在表现欢乐的时候，才会像中国人表示哀痛那样淋漓尽致。好像他们在这两方面分了工。

莫利小姐的话，自然不会出于恻隐之心。

莫利小姐帮他们填好行李签，又把这些行李签一一拴在箱子上，在清点确无遗漏之后，才和秘书一齐往磅秤上挪动他们的行李。除了司马南江那两个箱子，其他的箱子，全比来时重了许多，满载而归的鼓胀着。莫利小姐瘦得十分干巴，却有男人的力气。箱子在她手里上上下下，毫无拖泥带水之意，一副先锋妇女的派头。

　　由于只有三张机票，他们的行李，远远超过了航空公司所规定的免费交运的重量。

　　莫利小姐垂手而立，没有打算支付这笔运费的迹象。

　　团长便吩咐秘书："好吧，咱们把这笔运费付了吧。"好在这笔外汇回去之后肯定可以报销。不过他觉得莫利小姐这样悭吝不太像话，不知这是接待单位的意思，还是她自作主张，无论如何，他们还退回一张回程的机票呢。

　　登机的时间快要到了。"你们应该过关了。"莫利小姐从她的小皮包里拿出一张纸和一支笔来，"请看，你们的登机口是二十五号。过了关检之后请往右拐，下楼梯，再上楼梯，然后向左拐，你们就会看见第十八号登机口，请顺着第十八号登机口往前数，很快就能找到二十五号登机口。请放心，沿途都有指示前进的箭头。"她一面在纸上画着，一面对他们讲解着，"你们都懂了吗？我想这是很容易的。"很像教数学课的小学教师。

　　是很清楚，也很容易。从图上看。可是大使馆文化处的一秘为什么不来送行？团长很快地想出这个可以挑剔的理由。何况他们还承担着护送司马南江的骨灰的任务。要是他们不管，撂给使馆，看他们怎么办？只是在司马南江遇难之后，团长才见到大使，研究如何向国内汇报，请求如何办理，以及如何通知家属等事宜。大使的言谈话语之中，颇有些不满的意味。不过他也没有明确地指出什么。团长

203

怀疑那个文化处的一秘在大使面前说了什么。回国以后，他一定要以他们如此对待司马南江的骨灰为理由，向有关部门反映他们一家伙不可。

"好啦，莫利小姐，请回吧。"团长伸出手，与莫利小姐握了握，"我代表我们全团，对您给予我们的帮助和照顾，表示十二万分的感谢。您为我们两国人民之间的友谊，和两国之间科学技术的交流，做出了很大的贡献。"团长十分流利地说下去，"特别在司马南江同志不幸遇难之后，您在我们极为悲痛的时刻给予我们的帮助，更让我们终生难忘。"

除了关于司马南江先生这段话之外（因为并不是每一个来访的中国代表团，都会淹死一个人），其他的话，莫利小姐已经听过无数遍，像听录音带似的一字不差。对于这样的赞美，不管真假，她都觉得当之无愧。"谢谢。"她说，"不过我还不能走，我要看着你们过关，万一过关时还有什么问题需要我办呢。"他们当中没有一个人懂外语，万一发生什么问题就麻烦了。

好，离境手续完备，顺利过关。他们回过头来，隔着玻璃墙，向莫利小姐挥了挥手。她点了点头，好像说了一句"很好"，而不是说"再见"，便转身走了。步伐依旧很快，绝无半点眷顾，好像根本没有悉心尽力地接待过这个团，或者就在她转过身子的那一秒钟里，把对他们不管是好是坏的印象，全从脑子里抹掉了。

虽然只是一层玻璃之隔，至此他们已经离开了这个来也匆匆，去也匆匆的国家。玻璃墙的那一边，真的已是另外一个世界。

他们确实曾把自己的脚印，印在玻璃墙那边的土地上。但他们仍旧感到不曾来过。

他们不过是隔着一道如此一般的玻璃墙，透视着那边的景物，似乎清清楚楚而已。

归程似乎容易得多。秘书看到入境申报单上备有中、英两种文字，大大地松了一口气。即使没有司马南江，他也可以对付这个差事了。即使只有英语，他也不必担心，反正，到家了，谁能不让他们回家呢？

飞机开始了下降的盘旋。那熟悉的、老是让人感到被干旱困搅的大地，映入了眼帘。虽然只有几天的别离，心头还是涌起久违之后的喜悦。他似乎感到有阵阵的波浪，从他的肌肤上流过，好像有人在抚摸他。在这种抚摸下，他那彷徨不可终日的感觉消失了。不论怎么着，在这，他至少可以消消停停地过日子，至少可以在家，和妻、和孩子，不用问句说话。金光闪闪的日子虽好，可不是他的，也不是大多数人的。

过吧，想那么多干什么。冬天腌雪里蕻、渍酸菜，夏天自制清凉饮料酸梅汤，国庆节去一趟免收门票的公园，春节磨剪子磨刀，下了班用宴会上带回来的"易拉罐"饮料空桶，给这个、或那个亲戚做一个室内天线……忙忙叨叨，消消停停。

日子也好，人生也好——你管它叫什么都行——反正，就是这么回事。

八只箱子，在通过探测仪器的检查之后，被扣下一只。还有司马南江的骨灰盒子。

"什么病？"

"没有什么病，是意外亡故。"

递过了表格和笔，"请把单位的电话号码留下，我们检查完了，就会通知他们来领取。"

"我们如何向他的家属交代呢？他没有病，我们有他的死亡证明。"

"那证明当然不是北医一院,或者是朝阳医院开的对不对?对不起,为了大多数人的健康,我们必须这样做。"

Pass!

副团长说:"我的箱子里什么违禁品也没有。里面装了什么,我还不知道。"不过他的口齿不清,嘟嘟囔囔,好像说给自己听。

两位边检人员背着手儿,一声不响,一动不动地站在箱子旁边。副团长的嘟嘟囔囔,好像无尽地向空旷无际的黑暗里沉落,看不到丁点儿和什么东西碰撞的火花,也听不到丁点儿的回声。

既然没有什么违禁物品,怕什么?他们年轻匀称的身体,在合身的白上衣和藏蓝色的长裤里,显得越发的挺拔,大檐帽低低地压在眉毛上,很俏皮。和西方的水准相差无几。要是只看这些人,真觉得中国差不离了。

副团长不是怕,而是不好意思。箱子里确如他自己所说,"里面装了什么,我还不知道。"何必一定要将人置于十分狼狈的境地才肯罢休呢?他气愤地想。忘记了就在出国之前,他还不厌其烦地让一个犯有"男女关系"错误的干部,交代通奸的细节。好像那审问带给他无限的乐趣,一直弄到那个干部四处扬言,非要宰了他不可。如何处分这个干部,还要等他回来最后拍板。

那只箱子被五颜六色的尼龙绳缠得像只端午节的粽子,他先解开一道又一道纠结在一起的绳子,箱子上,被尼龙绳勒得一道又一道的凹痕,松了绑似的渐渐鼓胀起来。再把箱子上的锁打开。哗啦一声,箱子像被剖了膛似的向两边摊开。

箱子里除了通常所装的那些东西之外,还有许多让人意想不到的东西。飞机上用餐的刀叉、塑料小盘、塑料小杯,袖珍包装的胡椒、食盐、果酱、黄油、忌司、牙签、餐巾纸,还有三个小圆面包,因为时间已久，发硬、掉渣。旅馆里的卫生纸、小块香皂、小盒浴液、小瓶洗发精、针线包、女人洗澡用的塑料帽子……

他们几乎是带着一种欣赏的态度，将这些东西一件件捏起来细细地看，或者说是展览。又像给拍卖行里的东西定价，必得仔细查看，有无缺损毛疵，以便杀价。

他们每拿起一件东西，副团长的全身就像在极烫的水里沾了一下。他浑身大汗。这一辈子的汗，好像全在这会儿出光了。以至他相信，他今后再也不会出汗了。

最后他们拿起几包上面写了不少可疑文字的小纸包问："这是什么？"

"我……我也不知道。"他们的神色非同小可。副团长本还不想如实讲来，现在也不得不赶快择清自己，"这是……是旅馆供应的。"

他说的没有错，是旅馆供应的。每天晚上，放在床头柜上，一个衬着粉红镂花纸垫的小银盘里。他以为是安眠药。虽然他一生与安眠药无缘，他的儿媳妇却常常失眠。

他本来可以不张皇失措。他完全有权利将旅馆、或飞机上供应的东西，全部带走。所有这一切，无不包括在飞机的票里和旅馆的房租里。不管机票和房租是谁付的，反正是付过了。

他们尽管觉得纸包上的说明暧昧可疑，但是也拿不定主意，因为这东西叫的那个名字，他们从未见过，不知纸包里究竟是什么东西，也许应该查查字典。

"请等一会儿。"其中一位说。便拿着那包东西到旁边的一个小房间里去了。

副团长想，难道不是安眠药么？如果不是安眠药又是什么呢？毒品？难道那个国家公开提倡、鼓励人们吸毒么？如此，他们何必抓捕

207

贩卖毒品的人？如果不是毒品又是什么？他实在想不出来。不过肯定不是好东西。这从他们的神色就可推测出来。

他出来了。神色不再非同小可，只是怪怪地看了他一会儿，又和他的同伴交换了一个意味深长的眼神。像宣判审判结果似的说，"这是一种新问世的避孕药。"

这简直比说他携带毒品更败坏他。

他觉得他身上的每一个毛孔都开始往外冒什么东西，不过这东西肯定不是汗，而是身体里的一种汁液，又黄又黏。

他立刻以证明他与这种药决无任何瓜葛的速度把其余几包，从翻得乱七八糟的箱子里抓出来，甩在他们面前，"我不懂外语，真不知道是这种东西。"他又用双手，把箱子里的东西抄了起来，在他们面前拼命地抖落，"看看，里面可再也没有了。"

"避孕药不是违禁物品，至少现在还不是。你可以把它们带走。"

"我？我要知道是这种东西，才不要它呢。"他觉得他们的脸上，闪过一丝窃笑，"不信你们问问其他两位同志，他们和我住在同一个旅馆，是不是旅馆供应的？"

团长和秘书都没有像他所期望的那样，站出来为他的清白仗义执言。是中国人都怕和这种事情沾边儿。再说回国以后，他们这个临时性的组合就会解体，虽然他们还在一个系统，可都属于不同的下属单位。谁也用不着谁了，又有什么必要为一个用不着的人沾包呢？尤其团长，很快就会办理离休手续，这次出国，可说是离休前的安慰奖，他就更犯不上为副团长证明什么。如果团长不肯出来证明什么，秘书就更不便站出来证明什么，他怎么能比团长更团结友爱，更关心他人比关心自己为重呢？这是永远不可能出现的奇迹。

"请你把这些避孕药拿走，留在这里我们也不好处理。"他们说。

"同志……"

Pass！

过完这一关，一位海关小姐唰的一声，把团长填写的入境物品携带单甩了回来："错了。"

"那儿错了？"

"携带入境的外币数额。"

"就是这么多么，不信你数数。"团长把他那只猪皮钱夹递了上去。小姐啪的一下，就用食指弹了回来。

"你再好好看看。"

再好好看看也看不出错在哪儿。团长又数了数他携带的外币，与账面全符。排在后面的人恶声恶气地说："快点快点。"好像他耽误了他们的登基。

"同志，到底错在哪儿，你开开金口嘛。"

"你这是什么意思？"小姐把身子往椅背上一靠，一副准备罢工的架势。

"我实在看不出嘛。"

排在后面的人更加不满："快点，快点。啰唆什么嘛！"

小姐却不慌不忙，她知道排在后面的人不是冲她来的。"你为什么用阿拉伯数字填写？"她用手里的铅笔头，教训地敲着桌面。

"表上没有说不许用阿拉伯数字填写。"

"好，下一个。"小姐不理他了。"下一个"迫不及待地将他推开，好像他正巴不得前面的人栽了，好让他补上去。对付这种情况团长很有经验。他就是不让，用他那宽宽的后背，挡住后面那个左右摇晃、想要见缝插针的瘦子。

"你说嘛，不写阿拉伯数字，又写什么数字呢。"

"中式数码。"

他久已不用中式数码,就连繁体字也简化多年。4,4,中式数码怎么写?问了秘书方才想了起来。

小姐撇撇嘴:"刚出去两天,好像就不是中国人了!"

为什么不能用阿拉伯数字?怕人改起来方便?怕往少改还是怕往多改?可能是怕人往多改。往多改有什么好处?去银行兑换人民币?全国还能找出这样一个傻蛋么?不存美金而存人民币?

在免税商店买进口的免税家用电器?出去多久,该买几件,白纸黑字,层层把关,你填得再多也无用武之地。

防止有人倒卖外汇?

真的应该 pass 了。

Pass 是 pass 了。副团长依旧惶惶。谁能担保他们不会打个电话,或打个报告到单位里去呢?

真是险象丛生。

你老婆又没和你一块出国,你随身带着避孕药是什么意思?就算你老婆和你一块出国,她也过了受孕的年龄。

送给儿媳妇?你什么企图?你说你不懂外语,以为是安眠药,有人相信吗?

你到底在国外干了些什么?没干。没干为什么随身带着避孕药,你说得清么?不但他对别人说不清,他忽然觉得恐怕对自己也说不清了。

他越想越糊涂,越想越觉得自己的行为十分可疑。

他联想起一位部长,就是因为在国外买春药,受到开除党籍的处分。

其实现在满大街都是卖春药的广告。刚才汽车拐弯的地方就有一副。"男宝"、"三鞭丸"什么的。不过部长买的可能是速效春药,"男宝"、"三鞭丸"之类属于长效春药。如果这位部长不是在国外而是在国内买,且是买的长效春药,可能就不会被开除党籍。党的政策从来融会着"时间条件地点"这一辩证法的精神内核。同一事件,彼一时、彼一人、彼一地点,处理的结果,可能就大不相同。

这位部长可能有点傻,享受的干部待遇可能也不够高,何必花自己的外汇到国外去买春药呢?且不说中国现在什么药都能进口,仅就国医国药在这方面的贡献来说,堪称世界第一,与吃的文化并驾齐驱于世界之林。虽说这都是达官贵人的特权,但也难免不流传至百姓民间。都说中国人民几千年来生活在水深火热之中,仔细想想,在享受七情六欲方面似乎也不曾亏待自己。据说有一荷兰人,专门从事中国性文化、房中术的研究,著述共有煌煌五本之多。只是在新中国成立之后,才将这人欲横流的世界,匡正在共产主义的道德规范之下。

天呐,他猛然一惊,要是政策往这边儿辩证,他的避孕药,很可能会和部长的春药有同样的下场。要是政策往那边儿辩证,他也许会安然过关。要命的是他根本不知道它会往哪儿辩证。虽然刚刚离开几天,他就感到无法揣度,它从来瞬息万变。

今天回到家,什么事也不干,马上就到机关去看文件,只有把最近的文件全都看完之后,他才能对避孕药的结果,做出有利或不利的判断。

一生唯文件是从的他,突然就有了一份逆反的心理:就是买了春药,不管长效速效,算是什么错误?自己不拿这一类屁事做整治人的材料,外国人又能用它拿捏你什么?这恐怕是他这一趟出使西域的最大收获。

秘书突然觉得妻子的身上,添了一些让他感到陌生的东西。也许是她的眉毛、鼻子、眼睛,比以前动得快了;也许她和邻里谈话时,声音比以前尖俏;也许她走路的时候,上身的摆动幅度比以前大了?不,他说不清楚,就算有了这些不同,也是极为细微的,细微到可以忽略不计,细微到只有朝朝暮暮,耳鬓厮磨的丈夫才可以感觉得到。从前她可不是这样。本本分分。安安静静。恰到好处。

妻子觉得他的样子也有些许的变化。不是有点沮丧——即便为了司马南江,也不必如此系怀——就是若有所思,若有所失?对,若有所失。

一进家门,妻子便说:"这里的日子,你一定过不惯了。"

"谁说的?"他硬硬地问,又觉得自己硬得毫无来由,她并无调侃之意,好像他刚从天上来,只怕人间万事不能尽随他的心意。

除了大街上特别脏,房子里的光线有些暗,东西显得多而无用,墙壁有些黄之外,他并无不适之感。

然后是洗脸,换成旧时装。将旅行用的洗漱用具,一一放回原来自制的搁板上,等等。直到换上他那双蓝色的塑料拖鞋,并且在水泥地板上走出熟悉的嚓嚓声之后,心里才渐渐地有了几分充实。

妻子在厨房里忙得十分快活。铲子把锅底敲得啪啪地响。

"你看,特地买了一条活鱼给你清蒸。四元九角五。"她小心翼翼地把盛着清蒸鱼的钵子,稳稳当当地在桌上放好之后,立刻跳着脚儿猛吹十个手指头。十个中国女人当中九个女人的手指头有这种硬功夫。不知道不是不怕烫(不怕烫还吹什么),抑或是把手指头烫熟,也不肯把碗扔在地上?

又极宝贵地从冰箱里拿出两罐"易拉罐"啤酒,"两块三一罐呐,"她说,"等等,还有。"紧接着又把几个冷盘放在了他面前的桌子上。

她是……她是想尽力地为他维持那一种生活的水准。她好好心，又好天真。

他一把抓住她的手，拽着她在自己旁边的凳子上坐下，"不许你再弄什么四块九毛五，或是两块三……咱们吃的是工资饭。"他抄起筷子，拣那条鱼上最好的地方，夹进一只大碗，"留着儿子晚上回来吃。"

他拿起一罐啤酒，对妻说："去，再拿一只杯子来。"

妻子急急地说："不不不不，你喝，你全把它喝了。我不爱喝啤酒。"

他故意把罐子拉开，啤酒跐跐跐跐地开始冒沫。"好，你不喝我也不喝。"他知道这一招顶灵，妻子的心一定会和那啤酒沫一块汹涌。

她去取另一只杯子，而且很快就取来了。他慢慢地给妻子、给自己各斟一杯，"来，回来了，我真高兴。"

"真的？"

"真的。"

妻子这时似乎才渐渐地恢复了原来的面貌。他心里一动。那一切，恐怕也是妻子的好好心，好天真。

有人敲门。

"开始了。"妻子因被敲门惊散了少有的温馨，而有些愁眉苦脸。

"哎哟哟，难怪有人向我报告，可了不得了，有人提溜着两个大箱子进了这家的门，别就是那个诈骗犯吧。唉，原来是你回来了，这是哪儿跟哪儿啊。"居委会主任两个巴掌恍然大悟地往一块一拍，就像给他盖了一个免检章似的。"你看看，是不是，真有两个大箱子。"她指着屋角他带回来的那两个大箱子说，不过那神情又像真逮着了赃物。让人捉摸不定。

秘书不解地眨巴着两只毫无特色、容易让人误解为可以随意对待的眼睛。"诈骗犯?"

"是啊,冒充领导签字,从银行提走了三十万元钱。用麻袋装走的。到现在还没破案,正在悬赏追捕呢。"

"我……我这两只箱子,海……海关都检查过了。"

"看怎么说了。海关检查归海关检查,跟咱们不是一回事儿。咱们这儿的任务,是派出所布置的,要说检查,也是检查得起的。"

"那……是不是得有公检法的搜查证。"

"'精神'上说了,只要发现有人携带大箱子、大麻袋,随时都能拦住检查。"

妻子有女人的精细,忽然发现他们不够热情、热烈,既没有倒茶,也没有让座儿,更没有什么表示,对一个刚从国外回来的人,这样的不周就尤其显得突出。这样的人,也是得罪不起的,她要是给你来个无头"检举"也足够你消受的。虽然是个没有文化的老太太,居委会主任几十年地当下来,大小也能成个精了。"净顾说话都忘了,你刚才不是说给奶奶带了瓶外国酒吗?"

"酒?"秘书更加懵懂了。

"啊,酒。您瞧这个人,忘性有多大。他心烦,全让他们团里那个淹死的人闹的。"(司马南江绝想不到他死后还能继续派用场,包括他的骨灰在内,不过那也许是笔者的另一篇文章了。)她从丈夫随身背回的手提包里,拿出一瓶飞机上发的酒,"您瞧,France,"好像老太太认识似的,"法兰西,法国。您不是爱喝两盅吗?知道茅台涨到什么价儿了?这一小瓶外国酒,不说您也知道。"

"那是,那是。"居委会主任的眼睛,极快地将酒瓶子一捋,"上面都是洋文,错不了。托你们的福,咱们也能尝尝洋酒的滋味啦。"她摩挲着酒瓶子,跟摩挲着法兰西那么满意。然后又倚老卖老地说:

"你倒是该孝敬孝敬我。你爸爸活着那会儿，哪次出差回来不给我带点土特产。那是交情，和……唉，和这会儿的事可不同。"她忽然有些不好意思。"行啦，我也该走了，再不走，该招你们小两口烦了。"走到房门口，又转过身来说，"你们要是看见背麻袋、扛箱子的，赶紧报告啊。"

"哎。"妻子极乖地应着，心里却像送瘟神似的巴不得她赶快走。

"你看……"妻子低头、搓手、晃肩膀，像个犯了错误的小学女生。

他搂过妻子那稍稍下斜的、永远给人一种谨小慎微的印象的肩膀，"别说了。"

也许应该感谢这块屋顶以外的生活，是它们把他们挤紧了。

"你不觉得她像咱们中学语文课本里的一个人物么？"妻子有些调皮地问。

"谁？"

"鲁迅先生文章里的那支细脚伶仃的圆规，豆腐西施？"

"嗯……"秘书沉思着。

"如今已经改换门庭，不卖豆腐了。换了一套居民委员会主任的行头。风韵可是不减当年。"

"那诈骗犯的事，可真荒唐。"

"现在什么离奇的事都有，听说有人拿着币制改革前的票子在唬农民。上面也印着'中国人民银行'，不能说是假票子吧？一万元钱不顶一元顶一万元。你说中国人傻不傻？傻。再没有比中国人更傻的了，可是他还能坑人。你说中国人精不精，精。再没有比中国人更精的了，他还让人坑。"

"模仿领导签字，能模仿得像吗？"

"下面的人，谁又见过领导的签字呢？顶多在什么选集、题词上看个复制品。你没见过,又怎么能判断真假呢?好比皇上的御批,你敢怀疑吗?万一你扣住不办,一查果然就是怎么办?"

"真好玩。"

"我也觉得真好玩。"

一大清早他们就起来了。他们没有贪恋那个所谓久别胜新婚的夜晚。干脆说吧。他们甚至没有做爱。他们的脑子,全被比这件事更为紧要的事占满了。

像激战前夜;

像等待奇迹;

像面临重大抉择;

…………

一个躁动不安的夜。

或者说,他们根本就没有睡。

他们先是按照拟定好的名单,分配那两个箱子里的东西。真正干起来,才发现那个名单很不健全。

"不行,无论如何得给王主任送点什么。"

"名单上没有啊。"

"是,是。这是你出国以后发生的事。要不是他的推荐,咱们儿子哪有机会参加中日青年友好夏令营呢?"妻子知遇感恩地说,"没准他能在这个夏令营里交上一个有钱的朋友,人家保荐他去日本留学呢?"

秘书停下手来,惊讶地望着陷入了心向往之的境界的妻子。女人的想象力真是无法估量,难怪现在女作家比男作家的名声大,连妻子都能在这个九平方米、又黑又挤的小屋里,想出如此光明灿烂的事情,更不要说三头六臂、叱咤风云的女作家了。

"事先我可什么礼也没送。越是这样的人,咱们越不能忘记人家。"

"好吧,"他把已然分配好的东西,重又平衡一遍,拎起一件夹大衣,"把给我舅舅的这件夹大衣给王主任吧。"

"那怎么行。夹大衣是旧货,送给亲戚还行,送给王主任怎么拿得出手?"

"要不送两双尼龙丝袜。他总有老婆女儿吧?"

"前两年送尼龙丝袜还行,这两年,回国人的礼品价码也看涨呢。"

"这……"秘书颇显踌躇了。

"能不能把你准备送给各有关领导的东西匀出来一点?"妻子怯怯地建议,她深知这种改变事关重大。

"可是……可是……"他无法痛下这样的决心。他反躬自问,是不是他太自私了呢?只考虑他周围的人际关系。但是,没有他的情况的更加好转,何来这个家庭的情况更加好转?不过他的心告诉他,像王主任这样秉公办事的人,现在已属凤毛麟角,要在过去,本应如此。放在现在,可就光芒万丈,让人感动、感激、感谢、不能等闲视之,不能不有些许的表示。这表示如果只化做一封表扬信,可就太……太没用了。他咬咬牙,从给各有关领导准备的物品中,抽出了一盒巧克力糖。

妻子还是觉得菲薄了一些,不过她再不敢逼迫丈夫了。她觉得丈夫让这种分配,折磨得非常的可怜。

因为王主任,他们又想起了许多对他们有过帮助,而他们都没有报答过人家的人。

好比有个司机,深更半夜在路上截住人家,送老丈人急诊,要不是人家,老丈人准得一命归天;

好比房管所修水管子的工人,他们家的水管子老漏、老漏,可没少麻烦人；

好比他们两口子都上班、孩子也上学的时候，楼下的老奶奶就替他们收信、拿牛奶、订煤、交水电费、收晒晾的衣服……长年累月；

…………

秘书痛心地瞧着为各有关领导精心准备的东西越来越少，可是，正像妻子所说的，越是这样的人，咱们就越不能忘记人家。

妻子给他煎了两个鸡蛋，自己却不吃。

"不，我没睡好，一点胃口也没有。"

"你得多吃点，今天的活儿可不轻。"

见他实在吃不动，便把给儿子专用的奶粉，浓浓地给他冲了一杯，直到他在她的监督下把牛奶喝完，才用冷茶泡了点剩饭，就着半块酱豆腐吃了下去。他盯着她手里那双脱了红漆的筷子头，这才突然发现，家里连筷子都分着等级。煎鸡蛋自然她是不肯吃的。他要不吃，就放进冰箱，留给儿子。

唉！

他们连碗也没刷就出发了。在楼下公用电话那里，妻子给机关打电话请假。"有要紧事儿。"她说。谁能说这事儿不要紧？

当然你也可以说十亿老百姓里，九亿还没有彩电呢。正因为如此，这台彩电就非同小可。

出国人员服务公司的大棚里，好像一个刚跑过马的跑马场，弥漫着一种分不清是人的，还是别的什么东西的杂乱、黏稠的汗味。他们一进这个棚子浑身似乎就粘上了这种黏糊糊的汗味儿。空气里浮游着尘埃。他们常常绊在拆了箱的尼龙绳子上，或是撞在撅着屁股，检查刚到手的冰箱什么的人的屁股上。

任何一条队伍都是拐了又拐，除了他们自己，谁也不知头尾。哪怕是在根本不回答你任何咨询的咨询处。

在这里，他比在国外的时候，还更加浓缩地感到对外开放，对内搞活政策的龙腾虎跃的精神。

突然有人轻轻地捅了捅他的腰，他以为是小偷，赶紧把肩上的背包挪到胸前。

随即，他听到一声戏谑而又有些轻薄的笑。他赶忙转过脸去，只见一张很黑的面孔，很近地贴着他的面孔。那黑面人哑着声音说："卖指标不卖？"

"不，不。"他往后退了两步，好像有人拿着把匕首对着他似的。妻子也紧紧地向他靠过来。

"不免税的那件卖给我也成。给你五百块，怎么样？"

"不，不。"

"你又不买，"黑面人上上下下地打量着他，一派知道他准没动过这念头，即使动过这念头，也准买不起的派头，"压着干吗，不如卖给我，还白落五百块。"他死皮赖脸地又往他们跟前靠了靠。

"不，不。"他死死地捂着他那装有护照、指标、外汇的背包，好像谁要动手抢了似的。

黑面人的脸一变，又是轻蔑又是怜悯地说："您除了会说'不'还会不会说点别的？真是死脑筋。您这么着有什么好？惦着给您评个优秀党员？中国共产党不会因为你这点原则就清廉公正起来。别说卖指标，如今卖屁股卖祖宗卖批示卖党票卖情报卖国家荣誉卖国家利益卖什么的全有。瞧瞧人家过的那个日子！没瞧见过吧？谅您也瞧不着。人家在深宅大院里住着，您上哪儿瞧去。像您这么一个小钱、一个小钱地抠哧，"他还不胜感慨地摇了摇头，"唉，可怜见儿的。"好像他

219

能一眼看穿他的钱包,知道他那笔钱是怎么攒的似的。

"我跟你没什么好说的。"

"您当我愿意跟您说呐,拜拜了,您呐。"

他们让那黑面人弄得好一阵手脚发软,缓了缓气之后,才定下心来,根据他们的可能,研究一个少花钱多办事的计划。

"日立的好,还是索尼的好?"

"当然索尼的好。"

"不过有人说日立的也不错。"

"松下的便宜一点,是不是?"

"型号老哇,现在兴直角遥控的了。"

他们站在商品价目表前头,为一台彩电充分发挥着他们的心智。

"要不咱们看看样品去。"

"橱子里只摆着一台东芝的,你没看见吗?"

"他们应该每种牌子,每种规格都摆一台样品是不是?"

"管它什么牌子,能让你买一台就算不错了。又免税又是进口货,够便宜你的了。唉,别说了,咱们赶快交费去吧。"秘书有些不耐烦,他不满意妻子那挑挑拣拣,不知好歹的态度。

交费的队自然也很长,前进速度极慢,差不多十分钟左右前进一步,不过人们并不着急,都有一种在这里安营扎寨的精神准备。背着水壶,带着饮料、水果、面包、饼干、三明治什么的,还有人买了西瓜。地上自然就狼藉着这些东西的残骸。可是他们并不嫌脏、嫌臭,浑身上下冒着一种对他们来说,一生难得遇到的一件好事即将来临的喜兴,以及为这件好事的到来,所必须经历的磨难的坚忍。

必须?

必须!

他们被共同的期待共同的耻辱共同的欢乐共同的烦恼共同的焦急共同的怨气共同的什么什么团结在一起，亲密无间，同仇敌忾；他们又会随时分裂成龇毛龇牙龇尾巴，立刻扑上去咬对方一口的妖怪。

"哟，您能买三大件、三小件呐。这回您家里可就全齐了。"说话的人，如同见到了令人痛恨的资本主义一样，羡慕之情，溢于言表。

"唉，您说的！就这，还平衡不过来呢。我爹妈、老丈人、叔叔伯伯、舅子姨子……要不是我们当机立断，改乘火车回来，还凑不够三个月呐。"

"这回您在外头可过足了瘾了吧？"

"您说的！您不是也刚从外头回来吗？那日子……唉，还用我说吗？您心里比我清楚。熬，只有熬够三个月，才能'三大三小'哇。"

"人家也会说，你们出去开洋荤吃洋肉喝洋酒看洋景，白吃白喝的捞大件小件，回来以后还白拿工资，别逮着便宜还卖乖。"

"唉，是呀！"

"是，是。"

"可也是。"

那感慨一律地有些理亏，一律地认为这番话言之有理。

"坐火车好不好？"

"嗯……挺逗。"

"怎么逗法？"很多人来了兴趣。在一件让人生闷的事情，或一种让人生闷的环境里，你想不变成一个好刺探的人都不行。

"你们知道，那是苏联火车。上餐车一看菜单，挺丰富。什么红鱼子、黑鱼子，都是高蛋白，还有马哈鱼什么的。这些东西咱们吃不起，可老外吃得起。我看见那些老外往那一坐，餐巾往大腿上一抖落，拿起菜单比比画画，'请给我来点红鱼子……'"

"'对不起,没有。'又高又壮的女服务员说。"

"那老外嗖地扫了服务员一眼,服务员像个守门员似的伸着脖子就等着接这一眼。老外没辙了,嗽了嗽嗓子又说:'那就给我来点黑鱼子。'"

"'对不起,没有。'又高又壮的女服务员还是一副等着接球的架势。"

"'这么说,马哈鱼也是没有的了?'"

"'没有。'"

"老外把菜单往前一扔,'那你就说说,你们都有什么吧。'"

"'红菜汤。'这回老外只能坐在那里翻白眼了,服务员还是伸着脖子站在那儿等他点菜,好像在问,'还有球吗?'我们可挺高兴,有个红菜汤就不错了,有人连红菜汤还舍不得喝呢。面包我们自带,在超级市场买的,比火车上便宜,如果你能买到过期的,那就更加便宜。过期怕什么,咱们食品店里的东西哪种不过期?干脆连出厂日期也甭写。没听说吃了过期食品就死人的。可是火车一到站,瞧吧,餐车门口立刻挤满了人。不,不是乘客,全是黑市上的倒爷。红鱼子、黑鱼子、马哈鱼这会儿全有了。提意见?上哪儿提去?跟咱们这儿一模一样,嘻嘻嘻——"说故事的人笑得上气不接下气,很得意似的。

"哈哈哈——"

"哈哈哈——"

大家一块乐得前仰后合。

"我记得'文化大革命'的时候看《参考消息》,那上头说苏联走后门成风,'小白桦'商店专为特权服务,苏联变修了什么什么的,如今和咱们比一比,不说小巫见大巫,也算得平起平坐了,哈哈哈——"

"嘻嘻嘻——"

"嘻嘻嘻——"

连妻子也忍不住一起笑了。这笑声确有一种传染的力量。

"我坐的是罗马尼亚航班,"热烈的笑声像是一种鼓励,也像一种煽动,"真穷啊,比民航差远了。布加勒斯特机场的照明差极了。我猜他们点的是咱们厕所里常用的那种三瓦的日光灯管。去的时候,说是厕所坏了不能使,憋得我差点尿裤子。回来的时候厕所倒是开放了,满地都是水汤下不去脚。个个水箱漏水,跟咱们的一样。小卖部除了一种汽水之外,什么饮料也没有。那些老外不管到哪儿都喜欢喝点什么,他们在小卖部前头转来转去,特别想来点什么,可是转来转去,还是那种汽水。他们明知那种汽水非让他们上当不可,最后还是忍不住去买来喝,没办法,积习难改啊。可是他们喝完那汽水的表情真是绝透了,个个都像喝了毒药似的。"

人们轰地一声又笑起来了。

一场又一场的笑声里,凝聚着发出这种笑声的人,也未必觉察的可怖的力量。诅咒、奚落、怨恨、自嘲、玩世不恭、幸灾乐祸——乐谁的祸?!

眼前这些形形色色说说笑笑、又吃又喝、心满意足的人其实和他一样,披荆斩棘地弄到一个出国的名额,这场拼搏将几十年同窗好友革命战友的情谊丧失殆尽,反目成仇。到了外头省吃俭用,为抠咪出一笔可以购买一个"大件"的外汇,受尽洋人,包括金戒指、白金眼镜框子之类的讪笑,却始终下不了决心牺牲这个"大件",在豪华的饭店或咖啡店里痛痛快快地回请他们一次。哪怕是一次。一雪"穷"恨,一报他们拿着几个臭钱在中国人面前烧包之仇。

然而这仍是大多数公职人员(其中不乏中国当代之精英)梦寐以求的机会。

他不知道是该喝西北风还是该跳大神。

前进的速度，连十分钟一步都不再保持，索性一动不动了。

"我到前边看看去。"秘书对妻子说。

后面的人立刻穷凶极恶地喊起来："别加塞儿，别加塞儿。"谁这时有勇气加塞儿非让人捏扁不可。

"我不是加塞儿，我只是想了解一下，队伍为什么不往前走了。"他一脸坦诚清白地解释着，便感动了一些冤枉他的人。

"现在是休息时间。"

将身子折了几个回合之后，才将眼睛对准按一般身高至胃部的、一条三寸宽的玻璃。窗子的其余部分全被木板钉死，很像旧社会闹粮荒时的米店。玻璃缝上的收款小洞，此时也已关闭。将脑袋错了几错，终于找到一方可以透视的玻璃。从这方玻璃里望进去，两位收款的小姐正在嗑瓜子，兰花手指翘翘地。信了，果然是在休息。

再折来折去地将身子拉直，正好对着一方木板上的安民告示。

工作时间

上午 8：00—11：00	8：00—9：30	收美金
	9：30—10：15	休　息
	10：15—11：00	结　账
下午 1：00—4：00	1：00—1：30	收马克
	1：30—2：30	收法郎
	2：30—3：15	休　息
	3：15—4：00	结　账

注：其他外币一律不收。

他先是一喜，幸亏他在离境时将×币换成了美金。不但他，差不多的中国人，都习惯用美金来衡量国际市场的价格。

反又一惊，这么说，今天一天是白折腾了。他一下就松开了紧捏着护照的手指，这才发现，护照让他捏掉了一层皮。

"那……那你们还站着干吗。"

"接着明天干呐。"

"回去搬铺盖卷吧。"有人起哄架秧子说。

后来，当他终于把一台彩电抱在怀里的时候，他傻傻地笑着，傻傻地问妻子："咱们是买到一台彩电了吗？"说完他就昏倒了。仍然用一个问句结束了他的西域之行。

方 舟[①]

——你将格外地不幸,因为你是女人——

一

会不会又是阴天?荆华怕阴天下雨。一到阴天下雨,她的腰就会疼得格外厉害。医生说过,她将来有瘫痪的危险——腰椎骨类风湿。将来?但愿她不要活到那个时候。医学博士们在研究如何延年益寿。何必呢?应该明白,真正使人烦恼的不是活不长久,而是老活着不死。当她变成一个废物的时候,她希望知趣地消失,而不要变成别人的累

[①] "方舟并骛,俯仰极乐"——《后汉书·班固传》。

赘。要是人人都能明了，人生的意义在于付出而不是索取，很多事情就会好办得多。

她伸展着睡了一夜而变得麻木的腿脚。触到了放在枕边的手表。只有四点五十分，哦，不是阴天，不过是她睡得太早。

荆华欠起身子，腰部僵硬得像一根木头棒子，不得翻转。好在她的胳膊是有力的，撑起自己的身体还不太费事。发配边疆十年的生活没有白过。也许她将来还得用胳膊代替自己的双腿，像她看到过的，那些没有了双腿的残疾人。

幸亏她有两条有力的胳膊，不然她可怎么办？指望谁去，又依赖谁去？而且这大概符合马雅科夫斯基的美学观，就像他写过的那些阶梯诗。但假如每个女人都有一双举重运动员似的胳膊，在女人身上再也看不到窈窕的曲线、婀娜的身姿，难道不是一种遗憾么？连荆华都感到遗憾。不知男人会怎么想。也许他们当中有人正巴不得藏到女人的围裙后头去。荆华总觉得一个"母马驾辕"的时期好像就要到来。男人的雌化和女人的雄化，将是一个不可避免的、世界性的问题。也许宇宙里一切事物的发展，不过都是周而复始地运动。那么，回到母系社会未必是不可能的。

她拿过放在桌子上的远红外线治疗器，把插头插进插销里。治疗器上的指示灯亮了，在乳黄色的塑料外壳上，映出一小圈柔和的光晕。上海人真是聪明，连一个治疗器也做得如此精巧、美观。

然而，这种唾手可得的方便，这种精巧、美观，无一不让她感到是她生活里少有的奢侈，并不属于她，一切都是暂时的。好像莱蒙托夫的那首诗：《悬崖》。每当早晨或黄昏，过路的朝霞或晚霞，在上面憩息片刻便悠然离去的，像鳏寡的老人一样孤独的岩石。

辐射面板开始发热，荆华把它贴在后腰上，一团热力透过后腿直穿前腹,把那股不论春、夏、秋、冬永远停留在她身体里的寒气驱走。

谢谢老安,托人从上海带这东西给她。给她这治疗器的时候,像是要熬住荆华喜欢不着边际的联想,老安一反平时说话上气不接下气的状态,急冲冲地对荆华说:"你别误会,我可不是怜悯你啊!我和你一样,顶讨厌别人的怜悯。"

荆华总觉得老安不像个党支部书记。不像!

就连他的名字,也透着一种平和、没棱没角、与世无争的劲头:安泰!

晨曦把窗台上那盆败落的兰草的影子,越来越清晰地投射在窗帘上。每一茎长叶,都耷拉在花盆的边沿上。就在生命消失以后,也呈现着万般的无奈。

又死了。

她们像一切神经正常的人一样,喜欢花。当然,还有别的一些什么。那些花,刚弄来的时候都很壮实。挺肥挺厚的叶子,绿油油的。仿佛顺着每片叶子的茎脉,能流下翡翠般的绿色汁液。每处枝丫里,藏着含苞待放的花骨朵。可是过不了多久,那叶子就开始变薄、变黄、变瘦。花骨朵也会越来越少。其实这屋子朝南,阳光充足,荆华还往花盆里埋过芝麻酱,浇过马掌水,弄得满屋子都是呛人的二氧化硫味儿。可是她们就是养不活一盆花。

从院子南边一路走过来,看吧,家家阳台上都摆满了花盆,只有她们的阳台是光秃秃的,一盆花也没有。好像一大堆如花似玉的姑娘里,夹着一个丑陋不堪的瞎老太婆。

不知谁说的,花随人气儿,没福气的人养不好花。也许她们的霉气太重。就是顶热的七月天,她们的房间里也有一股阴冷阴冷的气儿,像地下室，或是太平间。

是不是这房间太大？荆华曾竭力想要把它填满。书橱、沙发、桌子、椅子……填了自己的房间还不算，又填了柳泉的房间。全是她自己做的，看上去还满像回事。机关里的同志大概没有一个人想到她会做木工活。其实每一个人都是个让人意想不到的多面体。

做着、做着，她又没了兴味，每一件家具便都露着白茬丢在那里，没有着色，也没有上漆。沙发上也没有套上人造革或灯芯绒的套子，只在包着弹簧、棕麻、棉絮的麻袋上，蒙了一块减收布票和钱票的姜色毛巾。样样都给人一种半途而废的感觉。

荆华笑了，竟然还笑出了声音。

猫头从沙发上跳下来，跑到她的床前，"喵呜、喵呜"地叫了两声，好像在问："你醒啦？"

荆华伸出手，招呼它过来，它大约还想睡，摇了摇尾巴，又回到沙发上睡去了。

荆华也可以再睡一会儿，时间还早，今天又是星期天。但她不愿。

好像有过一个不愉快的梦：关于雨，关于雪，关于风暴、寒冷、泥泞……

关于那个她终于没让他（或她？）生下来的婴儿；

关于邮局里那个绿漆已经剥落的小窗口，哗啦啦散了一地，揉得皱皱巴巴的角票。没有一张不体现着这笔钱凑起来的不易。准备寄给父亲和妹妹的生活费，被他一把从手里夺了过去。他说了些什么？她记不大清楚了。好像是"为了养活你家里的人，就做人工流产。我娶你这个老婆图的什么，啊？！离婚！"

仅仅是因为钱么？在那个年月，再送一个生命到世上来真是一桩罪恶。那个时候，她还不知道日后有一天会打倒"四人帮"。

图的什么？

生孩子，睡觉，居家过日子。可惜这几样荆华都不在行。

她的父亲和妹妹？难道就不是他的？哦，自然不是，荆华也未曾把他当作过她自己。

《一个冬天的童话》……

逢到那些幸福而贞节的女人，痛骂别的女人的时候，荆华总感到像是在骂她。她不也是为了养活被打成反动权威的父亲和因此失去了生活保障的妹妹，才嫁给那个森林工人而后又离婚的么？

唉，幸福的人应该是宽厚的，因为他们有健全的身心。然而为什么不呢？

荆华翻了个身。不，她不睡，她不愿再回到那个梦里去，也不愿再回到那森林里去。尽管它的阴沉、暴戾，在绘画、音乐、文学里也有一种荒蛮的、野性的美。要是真生活在它的怀抱里，像她这样一个弱小的女人，就会被它残酷地吞噬。哦，那零下二十几摄氏度的木头小屋，几乎把她冻成僵尸的寒冷，别说腰椎骨会冻坏，就是一条钢筋兴许也会冻裂。每当她被各种意想不到的烦恼所搅扰，觉得日子苦得简直过不下去，她便宽慰自己：到了冬天，终不至于再挑水、和泥，蹬着自己钉的摇摇欲坠、几乎就要散架的小梯子，爬上爬下地抹严木头小屋上的每一条缝隙。应该知足啦。

哦，要是梦倒好喽！只怕不是梦，而是烫在身上，洗也洗不掉、擦也擦不去、忘也忘不了的烙印。像霍桑写的《红字》。

奇怪，她可以回忆起每一个拳头落在身上或脸上的痛楚；回忆起他那些列举她不贤不惠的大字报。报头上，引用着这样或那样的几条语录："世界上没有无缘无故的恨，也没有无缘无故的爱……"；或"工人阶级必须领导一切"；或"同资产阶级思想必须划清界限，绝不能和平共处"。然后是"东风浩荡,红旗飘扬……"大字报就贴在她任教的学校的墙上。她甚至可以回忆起他身上那股像在蒜坛子里腌过几十年的大蒜味儿,却回忆不起他的模样。那个曾经在一个炕上睡过六七年,在一张桌上吃过六七年饭的人。恐怕现在,就是面对面地走过,荆华也认不出他了。为了这个,荆华甚至感到一些内疚。当一切都已变成回忆,就连痛苦,羞耻,都比当时容易得多了。不,即使这样也不要。荆华努力把自己的思绪拉到别的事情上去。

今天轮到她做饭。起床以后,她要到菜市场去。平时她们总是瞎对付,今天应该吃两顿正餐。

柳泉在隔壁的房间里哭了起来。

猫头如临大敌。"呜"的一声从沙发上跳下,竖着尾巴,窜到柳泉房间里去了。好像要为柳泉决一死战。

怎么回事?荆华欠起身子,准备过去看看。一只拖鞋不知被猫头叼到什么地方去了。猫头真是个宝贝。

柳泉忽然又嚷嚷起来:"你不要欺人太甚,狗急了还跳墙呢。"然后哭声、叫声又都低落下去,变得含混不清。哦,是做梦。大概也是一个噩梦。荆华叹了一口气:她们怎么净做噩梦啊!

猫头蔫蔫地回来了,依旧回到沙发上去。它卧在那里,不睡了。两只眼睛纳闷儿地盯着荆华,好像在问:"你们都出了什么毛病啊?"

和她们这种人生活在一起,别说是人,就是这头猫,也让她们折腾得不得安宁。是啊,难怪那些男人要和她们离婚。

她们这个单元,简直就像个"寡妇俱乐部"。

这事怪得蹊跷。应该有人认真地研究一下,为什么她们这一代人离婚率那么高,而不是只用"资产阶级思想"那一句套话了事。难道这样轻描淡写,就能把她们经过深思熟虑,并为这一人生抉择付出的勇气和代价全部交代了吗？

她们这几个人，一块念过小学，又考上同一所中学，只是在念大学之后，才各奔西东。先先后后地结了婚，然后，像商量好了似的，又先先后后地离了婚。借梁倩的光，她和柳泉又都住到这个单元里来了。

有时荆华会产生时光倒流的幻觉，好像这个单元又变成了××中学的宿舍。好像她又可以趁别人午睡的时候，拿着一个装满凉水的眼药瓶子，往人家眼皮儿上挤凉水。然后柳泉便会像个小大人儿似的，一本正经地找她谈话："曹荆华同学，你这样做是不好的，应该很好地认识这一点。"那时候，柳泉是班上的小干部，很有点小神气。不像现在，捏扁了的柿子一样。

啊，但愿一会儿能响起××中学的起床铃才好。

"咚！咚！咚！"响起了又重又急的敲门声，好像哪里失了火，催着她们去救。

荆华被这急促的敲门声催得慌了手脚，右胳膊怎么也伸不进衬衣的袖子。她急得一把将披在背上的衬衣抓了下来，原来袖子是反着的。

"谁呀？"柳泉趿着鞋从里间走出来，慌慌张张地系着衣服上的扣子，高声地问着。

"咚！咚！咚！"没有人回答，还是一个劲儿地狂敲。

荆华用力过猛地拉开单元的门。

哦，又是他！白复山！这个文雅的侵略者。

银灰色的夏装，白色的镂空皮鞋。头发留得不像嬉皮士那么长，可也不那么短——像整天坐在办公室里抄文件的、干瘪无味的小公务员。或是大学里整天吃粉笔末，张嘴就是大一、小一，大二、小二，甲、乙、丙、丁，A、B、C、D，一条、两条、三条、四条的讲师。

浑身上下，恰到好处地让人感到他早已是名成功就，第一流的小提琴演奏家。而绝非乐队里排在倒数一二名的小演奏员——琴拉得不怎么样，装束、派头却做得十足得很。

不经意的做派下，掩盖着着意修饰过的苦心。聪明的家伙，跟他做人、拉琴一样。让没有经验的听众在眼花缭乱的技巧下，意会到的不过是一片没有自我感觉的模仿。

在这样一个清晨，在柳泉、荆华刚从噩梦中醒来，心绪还没有得到平复，白复山便这样肆无忌惮地侵犯了她们。侵犯了她们的悲哀，她们的心境，她们想要过一个平和的星期日的打算。而且一定没有什么重要的事情。

白复山皱了皱鼻子。她们的房间里，总有一股动物园的味道。大概她们那只猫刚刚撒过尿。

"干什么？"荆华把胳膊往门框上一撑，完全不想让他进门的样子。

白复山轮流地看着眼前这两个趿着拖鞋，穿着睡衣，蓬头垢面的女人。他不明白，有什么理由不让他进去。既然这个单元是梁倩名下的房子，自然也就是白复山的。她们两个人不过是他们家的食客，他想什么时候进来，就什么时候进来。别管她们正在厕所里洗澡，还是正躺在卧室里睡觉。

"找梁倩！"他说，见怪不怪地微笑着。这两个孤身的女人和那只孤身的母猫所过着的古怪生活，总在他心里激起促狭她们的念头。

"你又没花钱雇我们给你看老婆。"柳泉特别生气。前两天他就来了这么一家伙，也是来找梁倩。十点多了，柳泉已经睡下，告诉他梁倩没来，他还是像大侦探波洛一样，在荆华的房间里转了一圈，好像她们家里藏着个杀人犯。然后又冷不防地、"噌"的一下推开了柳泉

233

的门。夏天，短衣短裤的，闹得柳泉都来不及拉条毛巾被盖上。

"我还真想花钱雇个人，连你们也看上。"谁要她们干什么？就是半夜三更，把她们扔到大马路上，也不必担心有人拣了去。一个个像块风干牛肉，包括梁倩在内。除非有人闲得实在难受，想找点什么东西磨牙。

"你的脸皮真厚啊。"一到这种时候，柳泉一点招数也没有。

白复山当仁不让地点点头。丝毫不介意柳泉的气恼。

荆华像打点射。瞄准了目标，啪、啪、啪、啪，有节奏地、慢条斯理地一个字、一个字地往外射："现在的时间是六点半。我们的作息时间是上午九点到下午八点接待来访人员。你要是有事，请九点再来。"说完，"砰"的一声关上了门。

全完了，这一天，真让人扫兴。

洗碗池里一共堆着十八个脏碗和脏盘子。碗橱里再没有一个干净的碗或盘子了。要想吃个简单的早饭，荆华也必得先把这十八个碗和盘子刷干净。她们两个人谁也不爱洗碗。如果不到山穷水尽的地步，她们谁也想不起来洗碗。这不行，以后连洗碗也要定个轮回的制度，就像她们在××中学住校时轮流打扫宿舍一样。

洗碗真是一件讨厌的事。哪怕做饭也比洗碗强。做饭好歹还算一种创造。

荆华舀了一大勺碱放在洗碗的热水盆里。水很烫，荆华用两个手指头尖捏着抹布的一角，搅和着盆里的热水散热。那盆水很快地变黑了，上面还浮着一层黑色的泡沫。

这些碗和盘子老是洗得不干不净。洗碗的抹布也腻满了油垢，黏糊糊的。这些脏盘子、脏碗、脏抹布，无一不显出她们日常生活的贫困、无味、马虎和潦草。

唉，一塌糊涂！

"啪！"柳泉在拍桌子训蒙蒙。"连这个你也不会，你还想不想考重点中学了？考不上重点中学，你将来还要不要考大学？你爸爸平时到底管不管你？"

大概蒙蒙又做不出数学题了。

"呜——呜——"蒙蒙哭了。

毕竟不是××中学的宿舍了。到底多了些什么，又失去了一些什么。

傻瓜，她们都是挣命的傻瓜。也会把孩子培养成傻瓜。这样呕心沥血地活一辈子多累啊。

要是换了另一个母亲，孩子一个星期才来一次，还不用蜜糖哄着？柳泉并不是个不近情理的妈妈。为了争夺对蒙蒙的抚养权，那离婚案竟拖了五年之久。要离婚就别想要孩子，要孩子就别想离婚。蒙蒙成了人质。几乎没把柳泉折磨出神经病。

婚姻，这不过是两个人之间的私事，可怎么那么复杂，那么艰难啊！哪怕仅仅是为了这个，荆华和柳泉也不敢再有结婚的奢望。只要想起离婚这件事，她们到现在还心有余悸，胆战心惊。难怪一般人都要在离婚这一个词汇前面，加上一个"闹"字或"打"字。对喽！"闹离婚"，"打离婚"。哪一桩离婚案不是闹得死去活来，打得人仰马翻？两个人如不闹到恨不得一口把对方咬成两半儿的仇人，那就算不得离婚！

不知道那些不分青红皂白，只是一味劝阻别人离婚的人是怎么想的。只要把两个人捏咕到一块儿，宁可他们当中有一个因为忍受不了那种折磨而寻死上吊、抹脖子、喝"敌敌畏"，只要他在咽气儿之前，还保留着那个婚姻的形式，他们就像造了七级浮屠，或是超度了一个罪恶的灵魂，成了救苦救难的观世音菩萨。他们不知道爱情这东西是可以消失的，当长期的共同生活，终于掀去那层暂时伪装在脸上的面纱，而将真实的、并不美好的灵魂暴露出来的时候。他们也不知道爱情这东西既不像冬瓜，也不像茄子。有一半烂了，把那烂了的一半切掉，另外一半还可以吃。爱情是一种对应，只要一方失去了情感，爱情本身也就不复存在了。

因此，谁要想离婚，那就得有十足的勇气，丢掉一切做人的尊严。把自己顶隐秘、顶不好意思说出口的，甚至像突然间失去了某种生理上的功能，夫妇生活已经成为一种恐怖和灾难这样的理由，对形形色色陌生的、有权干预你的婚姻的人们，重复、申诉个上百遍。以求他们理解，以求他们恩准。这理由对他们也许荒诞无稽，对你却生命攸关。这景况如同把衣服扒个精光，赤身裸体地站在千百人的面前。

哪个人的离婚，不是一场身败名裂，死去活来的搏斗啊！这一切又关别人什么事哟。

荆华终于使柳泉明白，要相信蒙蒙自己的判断能力。假如他是一个正直的孩子，就是他当时不懂，他早晚会长大，早晚有一天会懂。那时，什么也羁绊不住他的心。他一定会回到柳泉这里来。一个人，可不是一个物件，锁在屋子里就万无一失了。除了肉体，他还有一颗心呢。人世间什么东西都可以锁起来，唯独心是什么东西也锁不住的。

它朝向你的时候，就是不锁，它也不会遗失。它不朝向你的时候，想夺也夺不过来。别管是暴力、金钱、诡计，到头来一切全是白费。

那个人真是一头蠢驴，以为这样就能割断他们母子之间的感情，以为这样便取得了胜利，把柳泉治住了。天底下大概还有不少这样的蠢驴。

现在蒙蒙长大了，他自己就跑来了。谁有本事就什么也不干，一天到晚二十四小时地守着他。没那么回事。物质是第一性的，精神是第二性的。五十六元钱的工资一个也不能少拿。对于蒙蒙的父亲，尤其如此。在这一点上，他是个彻底的唯物主义者。至于蒙蒙做出或做不出数学题，他就管不着了。

"呜——呜——"柳泉也哭起来了。

哭吧，哭吧。

这两天柳泉心情烦躁。魏经理又想吃豆腐了。

前几天下班，他把柳泉叫住："小柳子，谈谈上半个月的生产进度啊。"

上班的时间为什么不谈？又干吗不找科里的负责人老董科长？

柳泉还没说上两句，魏经理那边就来了神。有一搭没一搭地对她说："你这件衣服挺合身啊，身条显得越发……"说着，就准备往柳泉的腰上捏一把。

柳泉装着没看见，好像无意地转到离办公室门口顶近的一把椅子上去。魏经理的脸立刻沉了下去，好一阵子没有讲话。柳泉有点心慌了，但她还是硬着头皮继续装傻。

"您——不是要和我谈谈工作吗？"

"啊？啊——啊——是啊，谈呐，你愿意谈，晚上到我家去，咱俩谈上一宿，怎么样？咯——咯——咯——"魏经理咯咯咯地笑个不停，好像脚心底下踩着个冰凉凉的、乱蹬达腿的蛤蟆，痒痒得不行。那个人喜怒无常，不好对付。

"我没时间。"

她真想给姓魏的一句："我又不是酒吧间的女招待。"

那倒是痛快。柳泉未必不想那样讲话，身后头像是靠着一米厚的钢墩子。那样的女人柳泉见过，不论到哪儿，哪怕到了人民大会堂也如入无人之境。

可惜她身后没有那一米厚的钢墩子。那样任性的话，任性的事，不是她可以享受的权利。厄运教会了她克制、忍辱、屈服。为什么她不幸生为女人？是女人倒也罢了，为什么又是小有姿色？人只知丑是一种不幸，并不知美也是一种不幸。再者，为什么又是个不属于谁的、离了婚的女人。不属于谁，便好像属于任何人。

她面前唯一的出路只有逃。梁倩和老父亲都在为她活动别的工作，但愿上帝保佑，这件事能办成才好。

荆华拿起油瓶，晃了晃。又该打油了。今天可不能再忘，再忘中午连炒菜的油也没有了。她把瓶子里的油全倒进了炒锅，炸馒头片油少了不行。

蒙蒙还在哭，柳泉也还在哭。这是星期天交响乐的第一乐章。

荆华叫道："蒙蒙，过来，告诉阿姨，炸馒头片你愿意吃咸的，还是愿意吃甜的？"

"甜的。"蒙蒙还在抽泣。

嗯，他开始注意炸馒头片，不再哭了。好。

甜的。人在孩提时代只知道甜的最好。长大了就会明白，咸的，辣的，苦的也同样好。

"笃、笃、笃。"又有人敲门。

荆华看了看表，九点。

莫非白复山没有走，竟然在门外老老实实地等到九点？这个老爷，什么时候肯为一件正儿八经的事花费过半个小时的时间？太阳打西边出来了，还是他真有什么要紧的事？

"蒙蒙，开门去。"

咔嗒一下，门没打开。又咔嗒一下，还没打开。蒙蒙还不大会开这种锁。不着急，让他慢慢开去，他应该学会。他应该学会办很多的事体。柳泉平时替他做得太多，如果她现在不是哭得红头涨脸，一定又会跑去替蒙蒙开门。这样只会养出一个什么都不会干的窝囊废。明智的妻子不多，明智的母亲也不多。

门终于开了。

"奶奶，您找谁？"

谁？不是白复山？荆华笑自己。要是他能在外头等这么久，也就不是白复山了。

她听见居委会的贾主任在问："有大人在家吗？"那声音里藏着深深的怀疑。咔嗒了许久才打开的门，以及打发一个小孩子来应付场面这两件事，似乎都意味着这门里有什么见不得人的，正在慌慌张张掩盖起来的事。

柳泉当然不能出去接待，那就更加刺激贾主任在某方面的兴趣。荆华赶紧关上火门，迎了出去。

"噢，曹同志，您在啊。"贾主任一只眼睛亲亲热热地盯着荆华，一只眼睛却好事地滑过荆华的耳梢，向走廊里窥视。

贾主任就住在她们隔壁的单元。她准是听见了白复山擂门和白复山说话的声音。

"四人帮"横行那几年，实行半夜三更查户口的时候，哪次不查荆华和柳泉她们这个单元？好像她们这里藏着十个八个野男人。起先她们还以为家家都得查，后来才知道，人家是有重点的。是啊，在一般人的眼里，离过婚的女人，都是不正经的女人，也就难怪魏经理总想揩柳泉的油。

239

"有什么事吗?"她越是伸着鼻子嗅,荆华就越是堵住门口不让她进。有本事再来一次查户口。

"我们家的猫没跑到您这儿来?"

"没有。"荆华回答得嘎嘣脆,"你们家的猫干吗要跑到我们家来?"

"哎哟哟!曹同志,您还不知道啊?你们家的母猫,招得咱们院里大大小小的六只公猫都不安生呢。嘻嘻!"贾主任嘻嘻地笑着,那笑声很暧昧。

真行!独身的女人遭人非议倒也顺乎国情,难道独身的母猫也要遭人非议么?

荆华扬声大笑。"哈、哈、哈!我为我们家的猫感到荣幸和骄傲。它真不赖,有那么多的追求者。"

"是啊?啊——哈、哈、哈!"贾主任连连往后退着。

"您不进来坐会儿?"荆华越发地热情起来,将单元门越发地敞开。

"不啦。不啦。"贾主任继续后退着,好像她们这个单元里会传播麻风病疫。

荆华关上单元门之后,似乎又想起什么。猛然把门拉开,叫住已经走下楼梯的贾主任,压低了声音对她说:"贾主任,有件要紧的事,我不得不提醒您。您前天晚上吃过晚饭,在阳台上打盹了吧?"

贾主任家的阳台,紧挨着荆华她们的阳台。天天晚上十点到十一点之间,听吧,只要大蒲扇一下、一下地拍着大腿,那准是贾主任在阳台上乘凉呢。如果大蒲扇拍打的节奏越来越慢,声音越来越低,那就是贾主任在打小盹呢。

"啊,是啊。"

"我听见您说梦话来着。"说到这里荆华有意顿了顿,脸上还显出非同小可的神情。

"我说什么了？"贾主任一看荆华的神情，就知道自己一定是说了不该让外人听见的话。天呐，她把什么心事漏出去了？她茫无目标地在记忆里搜索，好像把米漏光的人，事后还紧紧地攥着米袋上的窟窿。

"关于政治方面的。哦——很严重，严重得我都不便重复。不便重复。"荆华说得含含糊糊，这就越发显得事情的严重。

"我？不会，不——会。"贾主任嘴上虽然很硬，一口否定。双下巴上的肉却颤抖起来。

她心里显然想过、或是和家里人私下里议论过、发泄过，立时可以蹲监狱的言论。

日有所思，夜有所梦嘛。

"不会？您自己好好想想吧。"说着，荆华关上了门。

柳泉瞟着红肿、发胀的眼睛，纳闷地问她："你真听见了？"

"听见个屁。对付'极左'的办法，就是你比他还左！"

"你也太过分了，这非把她吓坏不可。"

是啊，这玩笑有点残忍。可是谁又怜悯过她们？

刚才是找老婆的，现在是找猫的。这叫什么事？别管谁丢了什么东西，谁倒了什么霉，谁心里不痛快，谁要想满足一下自己高人一等的欲望，诸如此类，全可以找到她们头上来。

有没有人想过送点儿什么给她们？没有更多的奢望，不求这世上人人都应该享有的友谊、爱情、公正、尊重、保护、帮助……只求一点儿理解或是谅解。只求不要再有那带着恶意地猜忌，往这个门里窥视的、刺探的眼睛。只求不要把她们当成垃圾桶，凡是多余的、没有用的、发霉的、腐烂的东西，都往她们这里扔……

她这是怎么了？像个歇斯底里的老寡妇。她从前不是这个样子。

上哪儿再找回那颗仁爱的、宁静的心啊，像初开的花朵一样，把自己的芳香慷慨地赠给每一个人。像银色的月亮一样，温存地罩着每个人的睡梦。她多么愿意做一个女人，做一个被人疼爱，也疼爱别人的女人。

不，她不愿意雄化。究竟是什么在强迫她？

二

都走了。录音棚里只剩下梁倩一个人。刚才因鼎沸着各种乐器的音响，和嘈杂的人声而显得拥挤的大厅，一下子显得那么空荡。真静。就连掉在地上的一声叹息，似乎也可以听到回声。不过梁倩不想叹息。叹息有什么用？难道她叹息的还少吗？假如她还有一丁点力气，真想躺到地板上，从大厅的这一头滚到那一头。小的时候，她总是用这种办法排遣心中的压抑。

她抱着胳膊肘，站在空荡荡的录音棚中间，跟站在旷野里一样。灯光，从高高的天花板上冷落地洒下来，照着她那张木然的、落寞的脸。细小的皱纹，像河道的支汊，里面流淌着全身心的劳顿和疲乏。不知从哪里吹来一股冷风，使她清醒：不该在这里失魂落魄地站着。她顺手灭了录音棚的灯，走进隔壁的工作间。

这工作间像轮船上的驾驶舱。她坐在那一排录音设备的后面，活像一个船长。对面，半堵墙大的隔音玻璃那边，熄了灯的录音棚里黑咕隆咚。黑暗使她分不出远近、深浅，空间被视觉误差夸大了。她觉得孤单。杰克·伦敦的小说《海狼》，写了一个船长的故事。梁倩可不愿意像他那么惨，最后剩下孤家寡人，像一条恶狼那样死掉。她环顾四周，紧挨着墙壁的那一大排沙发上，丢着一只用箔纸叠的小燕儿。她用手拉一拉它翘在后面的尾巴，两个翅膀还可怜巴巴地、笨拙地扇动一下，很像她自己。

录音师傅、乐队、指挥、作曲家全都愤愤地走了。好像罢工。好像她是个工厂主。

最后那句话，梁倩是把勇气鼓了又鼓，眼睛看着天花板才说出来的："明天咱们九点开始好吗？"她真不敢看那些脸，那些脸要多难看有多难看。还有，她原来准备说八点开始，不知怎么回事，话到了嘴边，却变成了九点。

好吗！

既然她是导演，就应该这么说："同志们，明天九点开始，请大家准时。"

就是这样，当场还有人顶了她："九点半。"

好吧，九点半就九点半，她没有敢说半个不字。

"真讨厌，这老太婆还有完没完？"

这是骂她，不过梁倩装着没有听见。

没完，亲爱的，对不起，只要那种孤苦无望的挣扎表现不出来，那就不会完。

梁倩的要求早已和作曲、指挥谈过了。在这个地方，或那个地方的音乐处理上，应该如何如何。究竟如何如何，梁倩也说不清楚。她结巴，脸红。"这里是不是应该再那个一点？"

"什么叫再那个一点？"

指挥斜睨着眼睛，站在不大也不高的指挥台上，却能居高临下地看着她，不耐烦地用指挥棒敲着乐谱。梁倩那些含含糊糊的要求连想都不屑一想,好像她不是导演,而是他指挥棒底下,一个吹巴松管的、无足轻重的小演奏员。

谁让她不是一位名导演,谁让她头发还不像他那么白,谁让她不是李德伦或韩中杰。

唉,何必埋怨这个、埋怨那个。问题在她自己,谁让她不能准确地说出她的要求。

白复山奚落过她:"陈景润解答哥德巴赫猜想,也没像你这么吃力。"他总算知道有个哥德巴赫猜想。到底,他还当过音乐院的研究生啊。

"你何苦花这样大的力气呢?你没看见现在的电影吗?怎么花哨怎么来,现在好些人就吃这个。就算你的片子拍好了,谁又记得导演呢?人家只记得演员。不信你在大街上随便拉住一个人问问。你图个什么,折腾个什么劲儿啊?摄制组的人谁不烦你啊,你看不出来吗?"

难为他对她的事情过了心。他总算没有忘记,他还是她的丈夫。但他这套生意经,全然不对她的胃口。

她看出来了。她怎么能看不出来呢?她又不是傻瓜。

他们走的时候,谁也不看她,谁也不理她。谁也不听她那絮絮叨叨、明知惹人烦,不说又不甘心,因此便赔尽了笑脸的话。

真像撇开一个只活在除了她自己,对谁也没有意义,谁也没有兴趣的、陈旧记忆中的老太婆。

真惨!

梁倩从椅子上站起来,在工作间的隔音玻璃上照了照自己的影子。苍白,干瘪,披头散发,精疲力竭,横眉立目。她拢了拢披到额前、脸旁的头发,又用小手绢在脑后束了起来。她放松自己脸上的肌肉,舒展开紧绷的嘴角。不行,还是一副呆若木鸡的样子,一点也不讨人喜欢。

才四十岁，就已经变成了老太婆。

她的青春，哪里去了呢？她甚至没有来得及漂亮一下，没有把"年轻"这回事体味足，它便匆匆地离去了。

梁倩羡慕刚才骂她的那个小提琴手。二十一二岁的样子。光亮的、曲卷的长发；明亮的眸子（一定哭得很少）；红的唇；没有一条皱纹的前额（自然想的也很少），唯一让梁倩觉得别扭的，就是她耳朵上，手指上，胸口上，颈项上戴着、挂着太多的"破铜烂铁"。

哪一个女人不希望自己青春永驻？可是她有时间一大清早起来在脸上磨蹭两个小时么？什么粉底霜，什么眼膏眼影，什么卷睫毛的卷子，什么胭脂唇膏，还有按摩……梁倩只好听天由命，于是她的额头便像一块久经风吹日晒的木头，她倒是买过一两瓶"美加净银耳珍珠霜"。说明上这样写着："本品用天然银耳、珍珠、脂肪醇等精炼而成，经常搽用，可嫩艳肌肤，青春永驻。"但梁倩的额头仍然像一块久经风吹日晒的木头。也许她缺乏耐心。经常搽用，"经常"到底是多久？就是她一直搽到进了坟墓，也看不到她嫩艳的肌肤了。完全是广告。青春要是离去，那是什么也挽留不住的，更不可能让它再回来。就算保住美丽的容貌又有什么意义？总得为着一个心爱的人。没有。要是有，她宁肯花一些时间去搽"银耳珍珠霜"。

也许这是一个永远不可调和的矛盾，你要事业，你就得失去做女人的许多乐趣。你要享受做女人的乐趣，你就别要事业。像英国首相撒切尔夫人那样还有时间给孩子做蛋糕，并且穿着极其入时，堪称世间的奇女子，只能是女人里的偶然。

倒好像她真干出了一番事业。为什么她总难以找到表现她那感觉的准确形式？也许这一切不过是一场误会，她把自己对导演这一事业的爱好，当作了可以成为导演的能力。也许她这一生导演的片子，没有一部可以让人记住。这也是一种悲剧，像那些害了单相思的人一样——爱，然而毫无呼应。

指挥撂了把子。

要是她能像孙悟空那样，拔根汗毛吹口气，想变什么立刻就能变出什么，她准会拔一大把汗毛，学作曲、学指挥、学灯光、学表演……什么事都能说出个所以然，让他们全按她对作品的理解拍戏，而不是照他们自己的理解。

"电影是导演的艺术"。梁倩坚信这一条。如果不是这样，指挥可以开交响音乐会去。那时，他爱怎么理解作品就怎么理解作品，爱怎么表现就怎么表现，如卡拉扬或小泽征尔，如阿波罗乐神之音，可以把《致艾丽丝》的乐句拆得七零八散。幸亏贝多芬死了。谁知道呢？也许他气得在坟墓里翻跟头也说不定。阿波罗乐神之音仍然我行我素。

从摄制组成立以来，不，从打算上这部片子起，她装了多少次孙子。到处求爷爷、告奶奶，磕头，作揖，装二皮脸。这真不是女人干的差事。先是为了通过本子，后来是为成立摄制组要人，全像打发叫花子。到头来，还说她靠的是她爹的那块牌子。哦，她爹能替她去拍外景吗？她爹能替她去招待那些蚊子、臭虫、跳蚤吗？整整十个月，那个风吹日晒，那个一头倒下去便不知人事的疲劳。她爹能代替她把心中的感觉表现出来吗？她爹能代替她承受那种目光吗？——好像有个快死了的病人，是个挺固执、挺有权势的小老头，听说乡下有这么个可以起死回生的医生，非让人把她找了来。而病床边却站满了得过各种学位的医生，单等着看她这个江湖医生怎么出丑。

到什么时候她才能成为她自己？

梁倩恨不得贴张海报，声明一下她父亲是她父亲，她是她，白复山是白复山。谁该上天堂上天堂,谁该下地狱下地狱,各人自己负责。为什么非要把他们捏在一块不可?

为什么要在那个地方停下一切音响,单单突出那几声鼓呢?也许那给人一种迫在眉睫的紧迫感,然而它并不是这样……应该是怎样呢?愚钝像茧一样紧紧地包裹着她,她无法挣脱。于是她渴望一副锋利的牙。

仿佛她就是银幕上那棵在天空和大地挤压下的小树。无助的,孤零零的。歪歪扭扭,结结疤疤。

她受不了啦,再也受不了啦。她奔进黑咕隆咚的录音棚,用力关上沉甸甸的隔音门,拼却全身的力气,歇斯底里地大叫一声……声音在黑暗中渐渐地消散,好像隐藏到黑暗后面去了。这一瞬间,她感到一种解脱和无我。

静止。瞬间的静止。哦,它在这儿!

只有旷漠的荒原,只有低垂在天边那穷凶极恶、翻江倒海的乌云,无声地压向那棵孤零零的、突起在荒原上的小树。没有一声挣扎的呼喊。

哦,太好了。世界重又变为可以感知的。梁倩觉得她终于摆脱绝望——那要人命的恶鬼。

心像一块海绵,贪婪地吮吸着这恢复了的自信。

梁倩重重地倒在那条长沙发上,泪水顺着眼角滴落下来。她流泪了。为她还没有享受过便失去了的青春,为她刚刚找到的这点感觉。

有谁在拍她的脚尖。开什么玩笑,在这种时候。梁倩霍地睁开眼睛,眼前是白复山那永远好意思的笑脸,他正坐在她的脚边。

他一定有事求她。准是又干了什么"惊天动地"的事。不然他们半年、一年,也不会见上一面。梁倩就是让汽车轧断一条腿,或是被劫进阿里巴巴四十大盗的窟穴，白复山也不会找她。

梁倩立刻起身，拉好自己的衣裳，坐到另一张沙发上去。生怕有人进来，看见他们坐在一张沙发上，从而招人闲话，好像他们不是夫妻。

这次也足有半年没见了。梁倩无言地打量他，依旧风流倜傥。男人是经老的。如果不是眼睛底下那两块松弛的肉坠儿，说他三十多岁也有人信。就是那两块肉坠儿也不是岁月的痕迹，而是烟酒无度的印记。

这种样子，还能拉好琴么？

梁倩旋即意识到这思虑的多余。毕竟是女人。管他呢，拉好琴，拉不好琴与她又有何干？

说起来好像是她迷信。梁倩总觉得拉琴也好，画画也好，写文章也好，总有一股灵气在支撑着。如果那股灵气没有了，就好比祖宗的坟地里跑了风水。那就干脆把你的弓子，你的画笔，你的稿纸，撅断、撕碎，别再在那里瞎胡混。

他们两个人，究竟是谁害了谁呢？要是白复山不和她结婚，仍然是那个做提琴师傅的儿子，要是他随便娶个卖馄饨的小妞，也许他的灵气跑得不会这么快。

梁倩曾爱他，也愿意被他爱。结婚初期，为了讨白复山的欢喜，梁倩着意地修饰过一阵。那几件漂亮的连衣裙，如今还像没穿过似的压在箱底。真可惜。但梁倩也不愿意送人，生怕衣服上的霉气会给人家带来厄运。衣服还没有穿旧，他们就互相看透了。

你会在男人怀里撒娇吗？

不，不会。

你能说清楚德彪西吗？

不，不能。

你知道什么是男人的虚荣？

不，不知道。

你愿意爬上黄山去看始信峰的云吗？

不，我不想爬。

这游戏应该在结婚以前做完。然而那感情来得太快，也消失得太快，像仲夏的一场骤雨。她太年轻，一个十八九岁的女孩子，像一块不大的云，载不了太多的雨。

离婚吧。

"离婚？何必呢？咱们不兴离婚这一套，不如来个君子协定，各行其是，互不干涉。我是个极其开通的人。对外还能维持住你我的面子，岂不实惠？"白复山说这些话的时候绝不激动，跟在自由市场上和卖活鱼的小贩讨价还价一般当然。他在如此公然扮演这种假仁假义的角色所表现出来的泰然自若，连见过世面的梁倩，也感到目瞪口呆。

也许白复山说得对。梁倩还应考虑她这个家庭的社会地位。除了梁倩自己，谁也不会懂得，这种家庭地位，是一个多么沉重的负担。父亲的那些老战友，大眼瞪小眼地盯着她。别说父亲，就是他们也绝不会允许她为离婚的事闹得满城风雨。这不但败坏梁家的门风，似乎也败坏了他们每一个人的门风。他们会拿出维护她父亲的形象，甚至维护什么事业的尊严这样的理由来劝阻她。白复山透彻理解这一点。

难道白复山变成今天这种样子，仅仅是他一个人的责任么？她可以不再爱他，但她不可以不公正。从这一方面来说，她同情白复山。

好吧，离也罢，不离也罢。大家都这么耗着。反正也没有哪一个爱她的人在等待着她。

"我到处找也找不到你。最近活得怎么样？"他从衣袋里拿出一盒香烟，抽出一支递给梁倩，先殷勤地给她点上火，自己才抽出一支点上。

"谢谢。不好也不坏。"梁倩眯着眼睛看了看香烟上的商标：三五牌。

"戏拍得怎么样？"

"不顺利。"竟然还想着问上一句。难得。

"有人从中作梗？"

"哦，没有，是我自己。"梁倩知道他这几句话，不过是应酬而已。她不想和白复山多说，便专心致志地摇晃着钩在脚趾尖上的凉鞋。

梁倩的袜套上有一个不小的破洞。白复山顺着这有破洞的短袜一路看上去。上面是麻秆一样细的小腿，再往上是窄小的胯，再往上是瘪的胸。再上，是暗黄的、没有一点光泽的脸。他在梁倩身上，再也找不到一点可爱的地方了，她在他心里再也引不起男人对女人的一丁点兴趣了。她怎么活得这么憋屈、这么窝囊啊。

白复山想不通梁倩为什么拒他于千里之外。她从不妒忌除她之外的任何女人。要是他们之间没有了夫妻之爱，他们不妨搭个伙计啊。那样他们就可以互相弥补彼此的短长。只要她肯在老头那里为他通融，用不着她这样挣命，他什么都会给她张罗好。她可以安心在家当个太太，养得再胖一点。

香港那边有各种各样女人用的化妆品，稍微弄一弄，就不会像现在这样不堪入目。她现在这样拼死拼活，能落下什么好处？前有古人，后有来者，她能折腾出来什么？白复山看不出梁倩有什么惊人之才，她不过死用功罢了。就算她能折腾出来什么，后来的人也会很快地超过她，如同他拉琴的下场。要想保持不败的纪录，不但要有奇特的天赋，还要经得起一切诱惑，不能歇气地奋斗一辈子。那太苦了，划得来么？这是一个竞争的世界。争教育，争吃饭，争就业……

白复山早在香港存了一笔钱，只要有机会，他就会到外头混混。他并不愿意和梁倩正式离婚，就算老头不在了，他那个身份仍然像可以传代的贵族头衔一样，给他带来一定的好处。假如梁倩愿意，他希望和她一同出去，写点回忆录之类的东西，准能赚大钱，然后他们舒舒服服地过完后半生。

想到这里，白复山心里竟也生出一点温情。他走过去，在梁倩的身旁坐下，肩膀稍稍挨着她的肩膀，仿佛无意中的。他知道不能贴得太紧，那样梁倩立刻就会躲开去。

"何必那么认真呢。"

哦，他的声音依旧动人。梁倩感到了他肩膀上那块坚硬的肌肉，和从那块肌肉上传过来的温热。她想起初婚的那个夜晚，他怎样欢喜若狂地抱着她在卧室里打转。他们没有开灯，明亮的月光从落地窗里照进来，包裹着他们。每当她被旋向窗口的时候，她就看见浮在月亮旁边那一块说不清是金色、或是银色、或是淡紫色的，透明的、亮晶晶的、羽似的轻云。她的心被那块云填满了。

"拉琴给我听。"她对他耳语，生怕话里的热情被人偷听了去。

那大约是她听到过的，他一生中最好的一次演奏。可惜当时她并不知道。她那时以为一切不过刚刚开始。唉，应该录下来，现在再放给他听听，他会怎么样呢？

梁倩微微地向白复山侧过头去，那双布满红丝的眼睛在试探地、警觉地研究着她，那眼睛里再也找不到一点清亮的闪光了。而且昨夜大概又是通宵地喝酒。

一切都是不可追回的，她何必痴心妄想。他早已把自己的灵魂卖给了烧酒。

现在顶好让她一个人在这长沙发上好好睡一觉，那将有助于恢复她细腻的感觉。

"找我有什么事？"

白复山知道，梁倩希望他赶快离开。

"能不能带我去看看老头？"

梁倩的眼皮一跳。一般情况下，白复山不提这种要求。他在外面，门路多得很。光凭某某人的女婿这个身份，就能通行无阻。现在办事，有多少是通过正常的组织手续？只要亮一亮底牌，比组织介绍信管事。要是不巧撞了车，那就只有比谁的底牌硬了。现在要见老头，一定是有非得老头亲自出面的事。

"什么事呢？"

"我想出去。"

他想出去！现在好些人都犯了"出去狂"。好像外面是个大金窟，只要带个口袋出去，往地上一蹲，张着口袋往里拣就是了。

他出去又能干什么？拉琴？他那手琴早就不行了。除非上街去做拉琴的高级乞丐。

他怎么忽然想起要出去呢？难道他出了事，待不下去了？"你想潜逃？女人问题？走私问题？还是里通外国？"

"这是哪儿来的话？"白复山觉得情况不妙，梁倩已从冷淡变为刻薄。他尽可能地低声下气，又把右胳膊绕到梁倩身后的沙发靠背上去。梁倩立刻感到被包裹在从白复山身上散发出来的热气之中。她往右挪了挪身子，干巴巴地说："我不能带你去，他最近身体不好，连我也很久不去打扰他了。"

"那么我自己去。"白复山夹着香烟的手指颤抖起来。

像过去多年一样，他仍然拿她毫无办法。她还是个女人吗？啊，简直是个刀枪不入的巫婆。

"我会打电话给那边，不让你进去。"

她说得出就会做得到。这女人，真狠。

白复山的两腮上，鼓起一道道肉棱。她想提醒他，这不好看，可是让白复山下面的话惹火了。

"你真不管？"口气里很有一些威胁的，翻底牌的味道。

利用父亲的关系，办点事情的情况，梁倩有的。但那都是为了确实应当解决而又不好解决的问题，并没过了分寸。荆华和柳泉离婚之后没有住处，她能不管吗？谁谁父亲的冤案一直拖着不给人平反对吗？她要拍的这部电影，有什么不好，硬是不给通过？凭什么她这个电影学院导演系毕业的高材生，当了十几年的副导演就不能拍一部片子？要按论资排辈的办法哪一年才能轮到她？这要求有什么过分吗？就算她不是某某人的女儿，她也会尽一切力量去奋争。但像白复山那样，借父亲的牌子去做过分的事，她从来没干过。

真不像话。告诉他老头有病，他连问都不问一句。别说是对自己的岳父，就是出于一般人的礼貌，也该说句不花本钱的关心话。

梁倩可怜自己的老父亲。世人只以为当官的人有享不尽的荣华富贵，谁能知道父亲的苦处呢？

父亲一定寂寞。寂寞极了。但父亲却不能像她那样，找荆华、柳泉发泄一通，骂上一通。随便地嬉笑怒骂，也并不是人人都能有的享受。

当梁倩还没有出嫁以前，她常看见父亲一个人坐在廊子下的藤椅上，自己跟自己下棋，直到天色已暗，看不清棋子他才住手。然后便呆呆地坐在藤椅上沉思。或是，整个钟头、整个钟头地看鸟儿在院子里的那棵老槐树上做窝。有时也会前言不搭后语地对梁倩说一句没头没脑的话："做人要本分……"

现在兄弟姐妹都长大了，像长满了羽毛的鸟儿，各自飞离了那个老窝，就剩下老头一个人了。不知道他闲来是不是还一个人下棋，或是看老槐树上的鸟儿做窝。记得有一次梁倩回去看他，站在那幢老房子的廊檐下，偶一抬头，却不见了树上的鸟窝。她随口问父亲："咦，老槐树上的鸟窝怎么没了？"

父亲仰着头，向那曾经坐落过鸟窝的空空的枝桠望着。梁倩站在父亲的身后，透过稀疏的白发，她看见了父亲淡褐色的头皮，她忽然觉得父亲像个孱弱的婴儿。

她听见父亲苍老而沙哑的声音："前两年就没有了，一场暴雨打落了。"

"你想逼死老头？爹上辈子不知倒了什么霉，这辈子要当这个官。闹得人人都躺在他身上吃他的肉，喝他的血，坑他，拿他的大头。人人都想在他身上捞点什么。现在又惦着让他把你弄出去？你为自己张罗的还少哇？你在外头打着老头的牌子办这办那，捅了娄子就往老头身上一扣，闹得人们对他有意见。他整年整年地见不着你，他知道你干了什么？啊？他是吸了你一根烟，还是吃过你一顿饭……你给我请！"

梁倩跳起来，拉开工作间的门，把门敞得大大的。

白复山不再说什么，把烟头往地上一扔，像谢幕那样微微地侧着身子，快步走出门去。

到了这种时候,他还忘不了自己的形体动作,可偏偏不顾这没有熄灭的烟头会烧坏地板。梁倩走过去,将那燃着的烟头踩灭。

从幽暗的走廊里,白复山又送过来一句真实得令她气馁的话:"你别忘了,你还是我的老婆,你父亲还是我的老丈人,澄澄还是我的儿子。"

走廊里发出了微弱的回声。好像一个幽灵,从墓穴里发出的咒语。

梁倩用拳头狠狠地砸了一下沙发的靠背。一点也不疼。

现在有意义的行动是打一个电话给谢昆生,问问柳泉的工作究竟落实得怎么样。

红色的电话机让人想起救火车、灭火器之类的东西,好像嫌生活里的刺激还不够多。原本是为了醒人心目,然而适得其反。处处都想警人,便都不警人了。

电话老是拨不出去,不是这边总机没有外线,便是那边占线。梁倩自从拍片子以来,吃够了打电话的苦头,偌大个北京城,哪有时间处处去跑,只有打电话。而电话的线路少,机子也少,不知有多少时间浪费在打电话上。

那边总算接通了。梁倩看了看表,整整花了十二分钟。

"喂——"一个千娇百媚的声音。准是那位姓钱的女人。

这声音让梁倩感到一阵鄙夷又一阵羡慕。这声音使人产生泡在一澡盆子热水里的感觉,解除疲劳,松弛精神。在这种情绪下,一切事情变得更好通融。为什么她和荆华、柳泉一点也学不会呢?她们的嗓音,没有一点女性的甜润、柔媚,一个个全像京戏里唱老生或是唱黑头的角色,沙沙地。也许她们互相听惯了,不觉得刺耳。男人听起来有什么感觉?大概就像一个"娘娘腔"的男人,让女人生厌一样。

"喂，请问谢主任在吗？"

"不在。"千娇百媚立刻变得冷若冰霜。

"劳驾，请你告诉我他上哪儿去了？"

"咔嗒。"那边干脆把电话给挂上了。一股怒气直冲梁倩的头顶。这女人还有一点点责任感吗？梁倩在谢昆生的办公室里见过她：经心修过的眉毛，勒得紧紧的、过早发胖的腰肢，一张抹过唇膏的大嘴……

梁倩犯了牛脾气，拿起听筒再拨，仍然是"嘟、嘟、嘟"地占线的声音。可是她非打通不可。

"喂——"还是那位千娇百媚。

"我是梁倩！"梁倩用恶狠狠的口气赶紧自报家门。

"噢，梁倩同志。你好，好久不见了。怎么不来玩啊？你的片子拍得怎么样了，一定很顺利吧？我们都等着看呐。"

从梁倩恶狠狠的语气里，她猜到了刚才打电话的就是梁倩。话说得连珠炮一般，不给梁倩一点回味的空隙。

梁倩不由得把电话筒从耳朵旁边移开，把手里那个电话筒看了又看，它还是刚才那个电话筒吗？啊?! 人们还是吃这一套。梁倩看不起这一套，但是要办事情还得来这一套。她又比谁高明在哪儿呢？

她的口气变得和缓："劳驾请你帮我找谢主任听电话。"

"好嘞，你等着，别挂啊。"倒好像她求着梁倩似的。

从电话筒里隐隐约约传来谢昆生的声音："……这件事情就这样定了，你放心，我给那边打个招呼就行了……"一副大包大揽的口气，不知又给谁办什么事呢。

"喂——"腔子拖得长长的，好像他不知道给他打电话是谁。梁倩不信姓钱的没告诉他谁打电话找他。

"我是梁倩呀。"

"啊，啊。"长长的腔子立刻短了许多。"怎么样，是给我电影票还是别的好事？"谢昆生打着哈哈，那个熟悉劲儿，就好像梁倩是他家里的二弟。

"电影票？好说，好说。我是问问柳泉的工作落实了没有？上次您说让我等着听回信，晃晃一个月过去了还没有消息。我想我别等了，还是打个电话吧，没准您早给忘到脑袋后头去了。"

"哪里，哪里。别人的事敢忘，你的事敢忘吗？"这也许是实话。外事局办公室主任的差事，是白复山打着老爹的旗号给他折腾的。现时这是顶惹人眼红的差事。当然白复山也不会白给谢昆生办事。"小白刚从香港演出回来吧？我还没见着他呢，带回来什么洋货了？能不能给我搞一个袖珍录音机啊？"

"狗蛋。"梁倩心里暗暗骂道。不怕吃多了撑死。有这么明目张胆进行敲诈勒索的吗？对她尚且如此这般，对别人又该如何呢？

梁倩冷冷地笑了："这也好说，今天能不能先把这件事砸死？您说吧，什么时候能够调人？您可别净拿人涮着玩。"

谢昆生不敢放肆了。不仅因为梁倩有那么一位老爹。谢昆生知道，就是梁倩也未必经常见到她老爹，况且她老爹也管不到他这等人物的头上。单说梁倩，便是一个不大好惹的人物。她不像女人，倒像旧小说里闯江湖的侠客。喜、笑、怒、骂，真真假假，指不定什么时候就拉下脸来，给人一个下不来台，或是使出什么撒手锏，闹得你丢尽脸面。女人要都变成这个样子，怎么得了。这个世界还要男人干吗使？他瞥了瞥等在一旁让他签字的钱秀瑛。大嘴大脸，丰丰满满。谢昆生宁愿和这样的女人打交道，而不愿和梁倩那样的女人打交道。又干又硬，像块放久了的点心，还带着变了质的油味儿。

谢昆生一收方才随便的口气，郑重其事地说："下个星期，怎么样？"

"那就一言为定。"

"一言为定。"

放下电话，梁倩苦笑。这么一会儿工夫，扮演了几个角色？当年电影学院里的表演课真是没有白上。虽然这门功课她不过勉强及格。可见教科书给予人的，比生活给予人的少得多，人对生活的适应能力也比想象中大得多。然而舞台上的一切不幸、屈辱、痛苦、失意……都是别人的，而在生活里，一切都是自己的。

沙发上那箔纸折的小燕儿，在灯光下闪着微弱的光。它让梁倩想起小学一二年级时的劳作课，小伙伴们用笨拙的小手指头折出的小船儿、小燕儿、小猴儿、小裤子、小袄……她尽力回忆那些伙伴们的小脸，不，一点也想不起来了，连她自己少年时代的模样，她也回想不起来了。她熟悉的是现在的自己。就是不照镜子也能想见那未老先衰的白发，滞重的、对花花世界毫无反应的眼神，永远像是在追赶什么的、急促的脚步……

和荆华、柳泉说过多少次了，她们不能这么过日子。她们也应该拣上一个日子，骑上车子，带上吃食，到郊外去玩玩。这提议从春天推到秋天，从这一年推到下一年，终于没有实现。她们三个人当中，不是这一个、便是那一个，总有一个被各种各样不愉快的事情羁绊着。永远是一个坎子还没过完，另一个坎子已经等在那里。什么时候才能有一个喘息的时候？她们总是说："等这件事办完……"

现在她们又在说：等柳泉的工作安排好，等梁倩的片子拍完，顺利地上演；等荆华那篇论文引起的争论、批判有个了结，她们一定出去玩一玩。至于这些事情什么时候才能了结，她们谁也说不准。

三

她实在不该再吸烟了。

柳泉数了数小瓷盘子里的烟头，一、二、三……一个下午，就吸了七支。但她还是从烟盒里抽出了第八支。

一缕缕轻烟，从她薄薄的嘴唇里缓缓地喷出，在她的眼前无定地聚散。有一缕烟，像个大问号，在她的眼前扭来扭去。

问什么？又问谁？啊，问谁？

屈原曾写《天问》。后来呢，不过是化做汨罗江的波浪，日日夜夜拍打着缄默的堤岸。那个汨字，明明是个汨字，柳泉却固执地把它和泪字绞在一起，不就是差了一横嘛。于是汨罗江在柳泉心里，总好像是一条泪的江。谢谢造物主，人有泪腺，真是他老人家的仁慈。如果许多辛酸，不随着眼泪流走，那可怎么是好。

柳泉轻轻地吹了一口气，那问号于是就飘散开去。她释然地轻轻一笑，好像终于打发走了一个纠缠不休、死钻牛角尖、每天不和人抬杠，就没法活下去的书呆子。

柳泉早已不问。

一切答案全在命运里。有谁可以回答命运是什么呢？谁知道谁明天会遇见什么，又会做些什么。从前她能想象她将来有一天会吸烟，而且一个下午就吸了八支么？相信命，是一种安慰，日子就不显得那么难熬。

当初她是多么看不惯女人吸烟啊。那时她还是一个有着一头浓密的黑发，梳着两条沉甸甸的大辫子的女孩子。某大学英语系的高材生。如今她却是一个离过婚的妇人，某出口公司的一名小职员。

香烟是奇妙的东西。一口口地吮吸着它，看着红红的烟头时明时暗，再时不时地磕磕烟灰，这会把集中在某一点上的注意力分散，从而使紧张的情绪得到缓解。但是柳泉忘了，她们三个人当中，是由谁先开始的。

和荆华、梁倩相比，她可能是大众化化得最好的一个。别管是在大街上，在办公室里，在一切公共场合，再也不会有人从她的言谈、举止、服饰上看出她是一个受过高等教育的妇女。

也许是时来运转，外事局竟然表示同意接受她。

荆华说过，人倒霉到了顶的时候，转机就要来了。

果真？难道受苦已经受到了头？柳泉不敢乐观。竟然有这么便宜的事。好像贾桂站惯了不敢坐一样。贾桂是奴才。那么她呢？

荆华喜欢高谈阔论辩证法和唯物主义。一个女人要是一天到晚只会讲辩证法和唯物主义，就会把一切男人吓跑。哪怕她有那么一双让人一见如坠云雾的眼睛。人家要找的是妻子，而不是马列主义教研室的教员。要让荆华丢掉这癖好是不可能的。那就等于让一个跛子丢掉两个拐杖，一个歌唱家割去他的声带……

荆华的转机什么时候才能到来？她正在受着不指名的批判。重头文章下面的署名是"特约评论员"。那是一个连，还是一个营，抑或是一个团？

柳泉有经验，在她们公司里，批发价都比零售价低。

荆华见怪不怪地说："……四十年代流行大垫肩的西服上衣；解放初期流行唱'解放区的天，是明朗的天'，连上海小开也会唱；前两年流行谈'改革'、'民主'、'人性'……我那一折子大概唱完了，也该让别人唱唱。不让人干事，不干。有什么？我还干我的木工活去。梁倩，你不是要油画框子么？现在我有工夫了，明日量个尺寸给我。"

"小柳子，小柳子。"

魏经理的铁司机高腔大嗓地叫着。像吆喝使唤丫头。噢，当初她干吗一定要念什么英文系，假如她学的是开汽车，现在也能挺胸叠肚地"领导一切"。

幸亏她定定地在这里坐着。她手头的工作上午就移交完毕。有关科研、生产、商情方面的简报，按期装订整齐；公司下属各厂、各单位的联络人，也按系统画好了图表；下个月该抓、该检查的工作，以及这一季度已经完成的工作都已写在备忘录上。原可以回家去了，但柳泉就是坐在这里吸烟，也是不能走的。外事局是借调，不是正式调动，她总得留个后路。在这最后一个下午，甚至是最后一个小时，魏经理随便找她一个小茬儿，她的一切奋斗就会化为乌有。

柳泉捻灭了烟头，从椅子上站了起来。对面，老董科长从一大摞表格上抬起了花白的寸头，有点犯愁地看着她。每每柳泉被魏经理召见的时候，老董科长总是这么看着她，好像她是去赴"鸿门宴"。

柳泉朝老董科长扬了扬下巴，还瞟了瞟眼睛，便转身走出了办公室。

何必打肿脸充胖子呢？她心里其实紧张得要命。柳泉不愿让老董科长为她担心。老董科长是忠厚的人，忠厚的人差不多都是弱者，缺乏进攻和防御的能力。这样的人，年纪再大也如儿童。对这样的人，柳泉总愿意微笑，哪怕灾难像一头饥饿的狼，已经等在窗户的外边。也许这也是欺骗，但如果这欺骗是出于一个善良的愿望，那就算不得错。

铁司机歪在魏经理办公室的门框上，趿着一双泡沫塑料的凉鞋，大芭蕉扇掖在后裤腰上。没等柳泉走近，就抖落着手里的一张纸说："哎，我说，瞧这上头曲里拐弯地写了些什么，你给翻译翻译。"说着就把那张纸，朝柳泉的鼻子底下，塞了过来。

　　柳泉像没听见，闪过身子，进了魏经理的办公室。

　　铁司机一向用这种狎弄的态度对待她。从铁司机对柳泉的态度，柳泉可以断定魏经理私下一定用相当猥亵的语言，和铁司机谈论过她。

　　魏经理斜躺在罩着大红平绒套子的沙发上，手里拿了一份文件，似看非看。两腿恣意地叉开，其中一条还跨骑在沙发的扶手上。裤门前面的扣子一粒没扣，露出了女人才穿的、花哨的内裤。铁司机刚才说了什么，做了什么，他好像充耳不闻。柳泉已然在他面前站定，他也没有抬起耷拉着的眼皮。

　　起初，对这种侮慢，柳泉还抗争过。可是那点心气儿，慢慢地耗尽了。现在她乖了，懂得了越是挣扎，那个套子就会拉得越紧。说到了，那些面子啊，尊严啊，都像不堪一击的蛋壳。被人誉为"雌了男儿"的李清照又怎么样？最后为了生活还不是再嫁一次？

　　柳泉颤声问道："魏经理，您找我有事？"

　　魏经理这才把手里的文件往茶几上一丢，伸了个懒腰，总算把跨在沙发扶手上的那条腿拿了下来。"铁师傅没跟你说吗？"他阴阴阳阳地问。既然他对柳泉有一种权力，那么和他有关的一切，对柳泉也就有了一种权力。哪怕是他写过字的一张纸，或是喝茶用过的一只杯子。柳泉竟敢拂铁司机的面子，自然也就是对他的不敬。

　　铁司机得意地嘿嘿着，手里拿的那张纸又朝柳泉的鼻子底下伸了过来："翻翻。"

　　柳泉没有伸手去接，只是朝纸上瞄了一眼。那是一份英文电报，可能是哪家外商拍来的。

"我翻不出来。"柳泉款款地说。

"翻不出来？翻不出来就能拣高枝儿飞？"魏经理干笑着。

看不出柳泉还有这一手。外事局要她！她？就凭她？！居然有人为她这么出力。到他这里来为柳泉疏通的那个人，他是不好拒绝的。能指挥那个人的，想必不是一个一般的人物。莫非柳泉搭上了哪个大人物？

他像头一次看见柳泉，上上下下地打量着她。一条蓝裤，一件短袖的、黑白相间的格子衬衣，脚上是一双黑色的塑料凉鞋。眼角、额头，甚至唇边都有了深浅不等的皱纹。浑身上下，没有一点起眼的地方，可是看得时间长了，就会发现她身上的魅力，像——像什么呢？魏经理想起幼年时曾祖母的供桌上，经常供着的一盘佛手，那佛手有种淡泊的清香。在那阴暗的、沉闷的屋子里，却使人联想起充盈着绿树的园林。

吃腻了鸡鸭鱼肉，有时便想换个口味尝尝。几年来，魏经理花的心思不少，竟是奈何不了她。现在她扑棱着翅膀，要飞了。柳泉为什么走，他们彼此心照不宣。柳泉又能够脱身，显然是他败了阵。这口气，难咽啊。就是走，也不能让柳泉走得痛快。

从铁司机招呼柳泉的那种腔调，到魏经理的这两声干笑，没有一样不是对柳泉的蓄意侮辱。她在魏经理手下，就像蒙蒙经常用卫生球划个圆圈圈住的小蚂蚁。拼命地挥动着四肢，逃呀、跑呀，不论朝哪个方向跑，总是碰上那道发着卫生球味的围墙。但它们还是傻头傻脑地、拼命挥动着四肢跑，以为天地是大的，道路是四通八达的。

"都是革命工作，哪有高低贵贱之分呢？领导既是这样安排，必是领导有个通盘的考虑。"说完，柳泉便集中力量，进行深呼吸。她听练气功的人说，这个办法可以逃避干扰。她绝不能在这种时候意气用事。可是不行，她的眼前，满是那些傻头傻脑的小蚂蚁。魏经理在说什么？好像提醒她这不过是借调，将来她还得回到他的麾下；好像说到没有他的首肯，找谁也白搭……

"柳泉，柳泉电话。"老董科长敲着窗上的玻璃招呼她。

这电话来得真是时候。"魏经理，您还有事吗？"

魏经理皱了皱眉："你先去吧。"

出了魏经理的办公室，柳泉无意之中摸了一下后背，背上的衣衫全让汗水打湿了。

"喂——喂——"柳泉拿起放在桌上的电话筒，忙向对方呼叫，电话筒里，却是一片呜呜之声，好像刮着风。

她又呼叫了两声，依然是一阵风声。

老董科长说："算了吧，等了这么半天，可能那边把电话挂上了。"

"您没问问是哪儿来的吗？"

老董科长头也不抬："没有。"

柳泉只好放下了电话筒。看着老董科长一点也不着急的样子，她忽然蹦出一个念头："真有电话吗？"她狐疑地观察着老董科长。老董科长那木然的、阔鼻阔眼的脸，活像一尊泥塑的菩萨，什么也看不出来。

老董科长憨，还是不憨呢？今年春天，魏经理指名要柳泉随他去参加广交会，老董科长用个软钉子碰了回去："不行，她正在抓的那个项目上面催得很紧，走不开。"

魏经理那些暧昧的、侮辱性的挑逗，柳泉从未对任何人说过。

那些强忍在心底的羞恼的泪，也只能在荆华、梁倩面前发泄一下。

常常是这样：晚餐后的桌子上狼藉着用过的碗盏，因为心绪不佳，谁也懒得去洗。三个孤身的女人，坐在落地灯的暗影里。或是这两个人不声不响地吸烟，听那一个人诉说心中的委屈；或是那两个人不声不响地吸烟，听这一个人愤怒地用拳头敲击着沙发上的扶手。可是谁也不说一句宽慰谁的话，那些动听的、空泛的词句管什么用啊。

不知她们上辈子造了什么孽，令她们这一辈子备受折磨。她们三个人就是把全世界的女人该受的苦全都承担起来，好像也不能赎回她们的罪过。

柳泉真怕，怕和魏经理一块出差，怕向他汇报工作，甚至怕和他一块挤车。去年和他一块去湖南出差，在公共汽车上他紧紧地贴着她的后身，而且是夏天，衣服穿得那么薄。柳泉只有拼命往前钻，几乎钻到一个男乘客的怀里。她的头甚至顶住了那个人的下巴，嗅见了也不知是从那个人的嘴里，还是从鼻孔里呼出来的烟油味儿。那烟油味儿真大，好像那不是鼻子，也不是嘴，而是个该用纸捻子捅一捅的香烟嘴儿。他似乎很理解柳泉的苦衷，奋力地给柳泉挤出一点空隙，并且把肩上的背包塞到了柳泉和魏经理之间。柳泉匆匆地，可怜巴巴地向那人看了一眼，算是对他的感谢。

"五一"劳动节公司里会餐，不知老董科长真醉还是假醉，发酒疯似的说："凭什么不给人家涨工资？嗨？全科室都通过了嘛，嗨？人长得像样点儿也遭罪噢……小柳，你该结婚，结了婚就有依靠喽……嗨？"

结婚？谈何容易。现在黄花闺女还嫁不出去，何况她这离过婚的、四十岁的女人。更何况她还有一个儿子。而且人的年纪越大，便越发地清醒。越发地清醒，便越发地难以结婚。她们往往会把婚姻看成是一种灾难。要不是灾难，至少也是和摸彩差不多的玩意儿，中彩的机缘只属于少数的幸运儿。

但女人和男人不一样,她总要爱点什么,好像她们生来就是为了爱点什么而活着。或爱丈夫,或爱孩子……否则她们的生命便好像失去了意义。如果没有丈夫、没有孩子可爱,便会爱一头猫、一件家具、或一套烹调术。好在柳泉有个儿子。

谢天谢地,儿子长得不像他,也不像柳泉。圆乎乎的小脸,容光焕发。眼睛、小鼻子头、嘴唇,活像刚从烤炉里拿出来的小圆面包。蒙蒙开朗,淘气。不像他父亲那么狭隘、多疑,精于算计。买西红柿酱,一买就是三斤装的一大听。他说,比买五个六两装的、七角五分钱一听的合算,便宜七角五分钱。他们家里又没有冰箱,害得全家人天天、顿顿吃西红柿酱鸡蛋汤,西红柿酱焖土豆,西红柿酱炒饭,西红柿酱浇面……

蒙蒙也不像她那么神经质,容易发脾气,也容易忘记。也许蒙蒙还小,长大以后谁知道会变成什么样子。柳泉小的时候也曾豁达,开朗。

因为没有房子,柳泉不得不放弃对蒙蒙的抚养权。寄人篱下的生活是偿还不完的债,哪怕是在最好的朋友家里,哪怕是在父母家里。

结婚以后,柳泉和家里的关系出现了一个"冰川期"。父亲不喜欢那个横竖都有理的女婿。到了柳泉真提出离婚的时候,他又觉得家门不幸,出了一个伤风败俗的女儿。

嫁鸡随鸡,嫁狗随狗,这是几千年的铁规矩。唉,他也算是从英国留学回来的,穿过学士服,戴过大方顶的帽子。中国人样样都可以从洋人那里往回趸,电子技术、可口可乐、酒吧歌星、领带西服……唯独这些方面是难以改变的。在柳泉眼里,父亲好像是一本大百科全书。放在书橱里是相当体面的。漆皮上涂着令人肃然起敬的深棕色,书脊上、封面上烫着华贵的金字和图案。它无所不包，凡人不知道的事情，几乎全可以在上面找到准确的答案。可是它偏偏不能回答，她应该和一个什么样的人结婚。既然上一代人不能为后一代人准备好全部的答案，既然生活里还有那么多的未知数，那就只好由他们自己去摸索。

而且人在不引经据典的时候，老抱着一本沉甸甸的大百科全书有多累赘。

所以离婚以后，好长一段时间柳泉都过着打游击一般的生活。这个同学家里住几天，那个朋友家里住几天。感谢她那个家政系毕业的母亲，在操持家务方面，把柳泉造就成一个全能选手。不论住在谁家，都是一个自带饭票的好保姆。可是有谁注意过没有？当她心里充满苦涩，真想大哭一场的时候，却要学做一只大狗熊，逗着人家的孩子乐。她自己满肚子委屈，不知向谁说一说才好的时候，她得耐着性子听人家发泄酒足饭饱后的烦恼。像个饿汉，听生活过于优裕的人，悉心地讲述减肥之道。有时还得跟人家一块慷慨激昂地指责某人如何如何地没良心，如何如何地品质恶劣……其实这个人她见也没见过，听也没听说过。不知高矮胖瘦，也不知高低贵贱。

房子、房子！柳泉多么需要一间房子。那一阵子，她想房子想得简直要生病了。

柳泉向公司申请房子。魏经理翻翻眼睛："要房子干什么？"

"您难道不知道我离婚了？"

"不行！"他斩钉截铁地说。"这儿结婚的还没房子呢，离婚的还想要房子。这么一来还了得，人们还不得变着法儿离婚去。"

"那我怎么办？总不能让我住大街上去吧。"

"谁让你住大街上去了？你不会赖在那儿不搬。"他坏笑着。

"那怎么行,那是他们机关的房子啊。"

"嗨,当间拉个帘。"他又笑了笑。接着说:"挺方便的。"

"您,您怎么说这种话……"柳泉气得发抖。

"嗨,我见过的多了。好些人就是这么住住又住到一块儿去了。"他好像料定柳泉是个离了男人一天也不能过的娘们儿。

从此柳泉再没跟他提过房子。她只有到处托人。托人,哪儿那么容易啊。她有钱吗?社会上不知从哪儿冒出来这样一些人,可以包你解决人世间的一切困难,诸如调动工作、找房子、买煤气罐、从香港帮你带进录音机和彩电……然而牟利之高,坑人之不眨眼,足以让巴尔扎克再写一部《高老头》。

总算找到一间房子。听说在郊区。她算了算,每天上、下班在路上就要耗去三个多小时。那她也认了,无论如何,那总算是自己安身立命的窝啊。

她兴冲冲地打电话给刚从 D 省调回北京的荆华:"有了间房子,咱们一块儿住吧。"

她们巴巴地乘了将近两个小时的汽车,跑去看那房子。那还是房子吗?透过漏了的屋顶,看得见灰蒙蒙的天,还看得见长在屋顶上高高的蒿草,小树林子似的。风从墙角上的缝隙吹进来,剥落的泥墙露着砌墙的碎砖头。房椽子和房柱子上,顺着一条条木头的纹理,是被蛀虫蛀蚀了的凹槽,像刻满了皱纹的额头。

柳泉对荆华说:"咱们好像是广岛事件的幸存者,站在一栋幸存的房子里。"

荆华却达观:"好办,我会抹屋顶,也会抹墙。在东北林区那几年,哪年一入秋不是我自己挑水、和泥、抹墙缝。"

"这房子可不是抹一抹的问题。你知道,它压根儿就该拆了重盖。"

梁倩的出现，简直像天上掉下来的馅饼。那时她刚从监狱里出来，剃过的光头刚刚长出半寸长的头发，活像一只刺猬。

"他妈的，老子倒霉儿倒霉，老子复官儿显贵，呸！"梁倩撸胳膊挽袖子的。

荆华目瞪口呆："你什么时候学会骂人了？"

"我不光学会了骂人，我还长了见识呢。别愁，别愁。不是给我们落实政策吗，我想法先给你们借套房子。"梁倩朗声安慰着她们。

柳泉扬声笑了。像京剧舞台上的表演，每个哈哈后头都点着一个顿号。她随手从口袋里拿出一包烟，从里面抽出一支。

梁倩一扬眉毛："你抽烟了？"

荆华靠了过来："我也抽了。"

梁倩默默地从柳泉手里拿过她捏着的那支香烟，从口袋里掏出一只打火机，点着烟，吸了一口。看着袅袅的轻烟，空寞地笑笑，说："我也抽了。"

柳泉觉得鼻子一阵发酸。再上哪儿去找那三个胖乎乎的小姑娘？

她们从念小学的时候就在一起。那时，梁倩是个挺厉害的小丫头。逢到班里的小朋友洗澡的时候，梁倩便跷着二郎腿，把坐在像游泳池一般大小浴池的入口。那些脱光了衣服的小姑娘，个个都要给梁倩行个礼，说声："给小姐请安！"要等梁倩大模大样地点个头，这才能够下水。她上厕所从来不带手纸，总是隔着便池的小木门在里头喊："××给我送张手纸来。"

那人便乖乖地把一张手纸，从小木门底下递过去。

这规矩后来让荆华给破了。有次洗澡，荆华串通好了两个愣头愣脑的小姑娘，趁梁倩不备，把端坐在浴池入口，等着大家请安的梁倩扔进浴池里去了。梁倩吱吱地尖叫着，在浴池里和荆华打得不可开交，弄得谁也没能洗好澡。轮到让荆华给她送手纸的时候，荆华也没送，让梁倩在厕所里号啕大哭，整整耽误了半节课。要不是生活老师听见梁倩的哭声，梁倩在厕所里就出不来了。为这件事，梁倩和荆华一个星期没有说话。

那时候，梁倩浑身是肉，紧绷绷的像刚灌好的香肠。现在呢，像根已经风干了的香肠，肠衣上还析出了一层盐霜。

抗美援朝的时候，为了捐款支援前线，梁倩整天拿着根木棍，前面楔着个大铁钉，在垃圾堆里拣废纸，卖了钱全部交给老师支援前方。五八年"除四害讲卫生"，酷热的中午也不休息，拿着苍蝇拍蹲在厕所里打苍蝇。不论干什么她都那么着迷。对朋友，或对事业……现在又帮柳泉活动了外事局这个工作。

每当一个平庸的，或是不愉快的日子过去，感叹过、哭泣过、诅咒过之后，夜深人静，伴着孤零零的台灯，她常常一手托着沉重的头颅，一面起劲儿地念着一本顺手抓到的英文杂志。她会猛然清醒：她在干什么？英文、大学、栏栏写着5⁺的成绩册，和她还有什么关系啊？

然后她会呆呆地、眼睛眨也不眨地对着台灯发愣。最后长叹一声，懒懒地脱去衣服，上床睡觉。

柳泉吁了一口气。哦，并不总是阴天。人的一生，也像那天气，下雨、阳光、雷电……后天，不是就要在另一个环境里，开始另一种工作了么？

这并不仅仅是挣脱，也是追求。

魏经理强调了"借调"两个字，暗示着她仍然攥在他的手心里。

不会有什么变化吧？

电话里，谢昆生大包大揽地通知她："星期一就来这里上班，有一个美国代表团星期二就到，我们急着用翻译，调令随后就下。"

老董科长提醒过她："你应该沉住气。借调算怎么回事？应该让外事局把调令办好再去，这样牢靠一些。"

柳泉太着急了。她恨不得早一天离开，再不要看魏经理的脑壳。那秃了顶的脑壳，露在半截磨花玻璃窗上，像浮在水面上的一颗橄榄。平时只是一个隐约可见的尖顶，随着柳泉移动的脚步，时起时伏。她还有一种侥幸的心理，知道自己的英语水平不低，工作勤恳踏实，外事局有什么理由中途变卦呢？

四

十根纤细的、修长的、让木头上扬起的灰尘弄得黝黑的手指头，紧紧地抓着刨子。一下、一下，力气均匀地、机械地推过去，推过去。刨花，像女人头发上的大波浪，一卷卷地卷过去。木头上的纹理越来越清晰。浅色的木头上，褐色的纹理朴实无华，天然成趣。荆华忍不住停下刨子，去抚摸那平滑、温热、光泽柔和的木头。她感到非常的得意，和木工刨床刨出来的相比，相差不多。

这是在林区生活的年月，为了打发愁苦的日子，排遣绝望和孤寂学会的本事。荆华曾把多少有用的、一块块方方棱棱的木头，刨成什么也不是、什么用处也没有的小木条。只是为了把刨子一下下地推过去，推过去。然后把一地的刨花和小木条塞进炕洞里。

荆华久已不干木工活。幸好这些工具和木头没有思想和感情，不然它们一定觉得荆华是个忘恩负义的家伙，只有在倒霉挨整的时候，才想起它们，在它们身上寻找寄托。而它们永远不会让她的努力白费，只要她干，它们就会报偿她。绝不会无情无义地保持沉默，也不会趁她不备，突然扑上来咬她一口。干这个，当然比写挨批的论文容易、稳妥。然而她为什么还要写呢？要是人人都想从这个社会里拿点什么，而不想给这个社会点什么，那可怎么好呢？

猫头站在她的脚下，仰着脑袋，对她喵喵地叫着。它还有什么要求？刚才从街上回来，荆华顾不上自己肚子饿得咕咕叫，先把一兜小杂鱼给它煮吃了才给自己煮饭。因为饿，没等饭煮熟就半生不熟地吞下肚去，弄得她的胃好一阵不舒服。

猫头跳上干活的木工台子，又从台子跳上荆华的后背。在荆华的后背上，前前后后地踏着小碎步，寻找着立足的平衡点。当荆华把刨子向前推去，猫头就往她的后腰上退几步，当荆华往怀里收回刨子，猫头又向她的背心跑去。十个尖利的趾爪，钩着她蓝卡叽布的上衣，咔咔直响。

它大概闷得慌。它也害怕独处自省，它也需要安慰。需要人抱它、拍它。懦弱的畜生。说了归齐，最强大的还是人。但那刀条脸呢？

去年荆华那篇冒尖的论文发表之后，很得理论界一些泰斗们的赞赏。一时各报刊报道、转载，采访者也络绎不绝。刀条脸竟然对荆华说："曹荆华同志，您对马克思主义的这一阐述，成绩是优异的，贡献是巨大的。我，我真想选您当中央委员。"他扭动着细长的身子，像水里游着的一条水蛭。

他绝不是说笑话，正因为如此，所以格外地可怕。

荆华浑身起了一层鸡皮疙瘩。"笑话！我从来没这种野心。您这句话不好，很不好！希望您以后说话注意原则。"

这是一个危险的信号。从此她注意和许多事、许多人保持一定的距离。她眼见过不少大人物的悲剧，哪怕他有十分天才，也冲不出包围他的、使他失去正确判断客观事物的樊篱。他不再是敏锐的、强大的、健壮的、睿智的……最后还会让那些包围他的人，蚕吃桑叶似的把他吃掉。

荆华并不想成名成家，只是想脚踏实地做一些工作。近年来，似乎有股清新的风，吹进了沉闷的理论界。学术研究工作开展得比较活跃，可以进行正常研讨的风气正在形成，这使她有可能对社会生活进行较为开放的观察和思索。

事隔一年，情况却发生了根本的变化。谁要是以为"特约评论员"不过是一个具体的人，他的文章也不过是门阀之见，那就大错特错了。但是这样地兴师动众，使荆华感到了一些悲哀。在林区那为生存而挣扎的十几年里，她的学业早已荒废。这一篇在她看来短浅生疏的文章，竟好像有什么分量。这说明她的什么，还是说明别人的什么？

上午，刀条脸在会议上说些什么？荆华看着他那一张一合的嘴，才发现他的嘴是那么大，脸是那么窄，窄得像个楔子，想方设法楔进一切本来是挺匀和、挺协调的事物里去。他要求荆华必须端正态度，严肃认真地总结这篇文章在政治倾向方面暴露出来的严重问题。他和她的年龄差不多吧？不过四十岁左右，怎么得了那么严重的健忘症，忘记了他还投过她"神圣"的一票呢。

荆华当场即席发言："我认为人类的一切社会实践，如阶级斗争、生产斗争、科学实践，其最终目的，无一不是为了要在这个地球上，做一个尊严的人，一个不受压迫、不受剥削，充分实现自己价值的人……我不能同意那位'特约评论员'的意见。任何科学的理论和经验，只能产生在实践之末。现在我们只能说，我们有民主革命时期的理论和经验，而社会主义革命和社会主义建设时期的理论和经验，还不够成熟。需要我们在实事求是的基础上，对以往的理论进行补充和发展。这种实事求是的分析、补充和发展，正是我们对共产主义事业负责的一种表现，这和反对四个坚持是两回事。因此我仍然坚持我在文中提出的观点……"

接着，荆华把她的几个论点，又在会上做了简单扼要的说明。完全忘记了柳泉让她不要发言，保持缄默的警告。她体会到柳泉的那片好心。可她是一个共产党员，怎么能够缄默。如果这个世界上没有真理和谬论的矛盾，没有前进和后退的斗争，还要共产党人干什么？在原则问题上，她绝不退让半步。暂时被人误解怕什么，历史会对每个人做出最公正的裁判。

荆华的发言像一股热流，消融着刀条脸那一席话所造成的阴森、压抑、警戒的气氛。再搞"文化大革命"那一套，的确不容易了。这难道不正是社会的一种进步吗？

一个人可以失去一切身外之物，却不可失去自己的人格，否则便失去了立足之地。

荆华不相信刀条脸这种人活得真是那么称心如意。

报纸上登出批判荆华的文章不久，某领导曾来机关主持了一次座谈会。希望大家正确领会文章的精神，把消极因素转化为积极因素。统一认识，开展批评，改进工作，焕发起新的工作热情。

恰巧那日荆华头痛，本来准备请病假的，但她觉得那样做有临阵脱逃的意味，因此便留了下来。会前，她匆匆地吞下一片刀条脸给她的止痛片。止痛片确有奇效，不但头不痛了，眼前的一切也变得模糊、耳边的一切也变得含混、遥远。连她自己也变成软乎乎的一团没有手和脚、没有脑和心的东西，融融地漂浮在空中。散会之后，那位领导同志特意和她握手告别，语重心长地对她说："曹荆华同志，作为一个共产党员，对于思想战线上的一些不良倾向，要有一个严肃的态度，对待同志们的不同意见，也要有一个积极的、虚心的态度。哈哈——对我的讲话，有什么不同的看法，也可以发表意见嘛，嗨？"荆华带着梦游人的笑，一味机械地点着头。直到第二天，她才恍然地问刀条脸："你昨天下午，给我吃的是止痛片吗？"

"是啊。"刀条脸按捺着面孔下的快意。

"我怎么像是吃了安眠药？"

"止痛药当然都有麻醉和镇静的作用。"

一个男人，却用这种鼠盗狗窃的办法坑人，实在可怜。

"你还是没有胆子，怎么不敢给我吃片氰化钾啊？"

刀条脸陡然变色："你，你这是什么意思？"

"没什么。开句玩笑，何必当真。你不知道我这个人喜欢恶作剧吗？你要是不敢给我吃氰化钾，没准儿哪天有人会给你吃片氰化钾，哈哈！"

"开什么玩笑！我看你情绪不对头。"

"我就讨厌那些什么情绪也没有的人。"荆华抽出一支烟递给他。"怎么样，要不要吸一支，大中华的。"

自此每次喝水之前，他都要狐疑地看看荆华，又狐疑地看看自己的茶杯，并且把茶杯涮了又涮，换上新茶，绝不肯喝杯中的剩茶。荆华暗笑。"那么好的茶叶，泡了一次就倒掉，不是太可惜了吗？"

支部书记安泰接着荆华发言："我支持曹荆华同志。"

刀条脸先是一惊，然后把收起来的笔记本又重新打开，插进口袋里的钢笔又拔了出来。

老安又接着说："为什么？因为她说了实话，真话。什么是自由化？据说是不要党的领导。荆华同志的文章里，完全没有这个意思。

她不过是在进行学术探讨。我们不能随便对一个同志扣帽子，搞压服。回想一下，当初我们在蒋管区是怎么做工作的？那时，人家不管有什么不对头的想法都敢和我们谈，哪怕是反动的。我们怎么办？我们只能靠摆事实、讲道理，靠自己的切身体会、现身说法使他觉悟，最后投向革命。为什么那个时候我们可以这样做？因为我们的力量还小，我们需要更多的人参加我们这个队伍。扣帽子、搞压服，就会把人吓跑，剩下孤家寡人你就得失败。现在我们强大了，有权了，我们仍然不能忘记群众这个大多数。也许有人觉得不就是曹荆华一个人吗？你既然能把一个人不当人看，你就能把所有的人不当人看。我们应该团结一切同志，开展正常的批评和自我批评，允许批评，也允许反批评。把批评变成一种讨论的方式，各抒己见，谁有道理，就服从谁。这才不至于发生以势压人的冤、假、错案。这样达到的统一，是真正的统一，真正的团结……"

荆华不等老安讲完，便起身走出会议室，躲进大礼堂。钻到舞台的大幕后头，一直躲到下班。她不敢看老安，也不敢听他讲下去，否则她就要流泪了。

最近一年，老安的血压经常处在高得不宜进行工作的状态，他那蓬乱的花白头发，如秋风中的芦花，总是颤颤巍巍地摇着。端在手中的水杯，每每泼洒出水来。眼睛已经显出老年人的迟缓和混浊，还有一点儿悲凉。在这样一个似乎不堪一击，已经找不到一点斗士威风的老人身上，却有一种威慑的力量。

老安一直坐在她的办公室里等她。

"我的发言怎么样？"荆华一旦开口说话，反倒有了挑衅的意味。

"很好。"

"真的？"她收起吊儿郎当的态度。

"真的。大家都这么反映。很好！"安泰把一摞用黄丝带扎着的旧信放到荆华桌上。那丝带让荆华想起十七、十八世纪的古典小说，或《茶花女》那一类歌剧里的细节。在那些小说和戏剧里，恋人们正是用这样的丝带，捆着爱人的情书。不论在写字台底层的抽屉里或箱子里，荆华从未收藏过这样的东西，但她懂得这种东西是应该珍重的。她立刻一收无时不在的随意，也不敢发问，等着老安继续说下去。

"这是她给我的信。"安泰的手，轻轻地抚摸着那一摞信，好像在抚摸爱人的柔发。

她。荆华知道这个她。安泰在恋爱。六十多岁的人还在恋爱，好像有些不可思议。但荆华又特别希望安泰恋爱，那么好的一个人，为什么不该得到一个好的配偶，享受家庭的乐趣呢？

安泰有过一个不幸的家。妻子因为爱上别人，和他离婚了。在去街道办事处办理离婚手续的路上，安泰还不断地叮咛她："就说我们两个人感情不好，双方都同意离婚，不要牵涉到别的人。一牵涉到别人，问题就复杂了。"他不能把话说得太白，太白又怕伤了对方的面子。事后他对荆华说："我是从旧社会过来的人，妇女在旧社会是备受压迫的，因此我对妇女格外同情和尊重。"

"我准备下决心了。"安泰说。"可我还有两个怕。一是怕她太洋，二是怕她太感情用事。你帮我参谋参谋，这是她的信，我按日期排好的，你先看上面的，后看下面的。"

难道安泰还需要她来参谋？荆华明白，这是老安的一番苦心。表明他并没有把"特约评论员"当回事，也没把刀条脸当回事。荆华仍是可以以心相交的朋友。

现在，那个"她"给安泰的信就放在荆华的桌子上。荆华还不知道自己会不会看。然而像安泰这样的党员，这样的支部书记，这样的领导，荆华会永远地记着。

"嘣、嘣、嘣、嘣！"放炮仗似的，三轮卡车的马达在响。有人在楼下高声叫道："来煤啦！来煤啦！"荆华赶紧放下手里的刨子，咚咚地跑下楼去。

大院里几乎家家都用液化石油气罐子，只有不多的几家还在烧蜂窝煤。荆华和柳泉总也没有办法弄到液化石油气罐，现在她们更是死了这条心。一套架子和一个液化石油气罐，已经涨到一二百元，她们买不起。可是烧煤真难啊。煤站送煤没有定时，有时弄得她们只得停伙。碰上送煤的时候想多买些，又没有地方堆。找个近点的煤站自己去拉，人家又定点供应，不卖给她们。这次又是柳泉不知往煤站打了多少次电话，挨了多少抢白才把人家求来。

"不送就是不送！我们没车，也没人。等着烧？等着烧自己拿脸盆来端。"接电话的男人总是不等人把话说完，就撂下了电话。

送煤的也是个女人。矮小，瘦弱。男人们全上哪儿去了呢？大概只管在电话里打发等着烧煤的人。

要下大雨了。风卷着乌云从西方压过来，把三轮卡车上的煤屑扫了起来，小煤末打在脸上还挺痛。送煤的女人没事儿似的从拖斗车上往下搬煤。

贾主任从家里撮来一簸箕碎蜂窝煤，对送煤的女人说："上次的煤饼一准多掺了土，一拿就碎。给我换几块吧？啊？"

送煤的女人没听见似的，只管从车上往下卸煤。

贾主任嘿嘿地笑着，把碎煤倒进了拖斗车，自己动手拿了四块蜂窝煤。送煤的女人一转身立马从贾主任的簸箕里拿回两块煤，一句话不说，还是继续往下卸煤。车斗里边的煤有点够不着了，她吃力地踮起脚尖。

贾主任不停地嘟嘟囔囔:"那么一大簸箕就换这么两块呀?"脸上的笑容没了。在送煤的女人身后,不停地翻着眼睛。送煤的女人一定累了,她能知道贾主任在她背后拿了四块煤,就能知道贾主任在她背后翻眼睛,但是她懒得理她。

荆华跳上三轮卡的斗,帮她把里边的煤,挪到车尾。那女人依旧一句话没有,只在临走时对荆华说:"再要煤的时候给我打电话,我姓周。"

风吹得更紧了,还带着远方雨水的凉意。荆华的衬衣被风鼓涨起来,背上的汗也被拂落下去。她想一定要在雨落之前,把煤全都搬上楼去。贾主任着急了,守着她买的那堆煤,不停地看着手腕上的大手表。家里人全上班去了,下雨之前肯定赶不回来。她有一双和手腕上的大手表极不相称的"解放脚"。走路自然没问题,要是把煤搬上楼就困难了。

荆华不忍冷眼旁观,明知力不胜任,也只好帮她搬上楼去。她明明知道,贾主任一转脸就会在居委会对那帮老太太们说:"昨个儿晚上,她们十二点多钟才黑了灯,深更半夜地还在送客人……"

或是:"昨天晚上她们怎么八点多钟就没亮了?有什么背人的事,啊?"

贾主任要是不干这个又能干些什么?要是不说这些又能说些什么?这些,也如同她的"解放脚"一样,是旧社会的遗痕,是历史留下来的东西。

三楼。两家的煤一共五百块。每趟搬十块,一共要搬五十次。换一个男人试试。搬到后来,荆华觉得天旋地转,两腿发飘,浑身发抖,舌头发黏,嘴唇发干。她恨不得立刻躺到水泥地板上去。

贾主任好话说得像连珠炮。荆华没有听见,她累得耳朵似乎都失去了听觉。

"曹同志,别走,别走。在我们这儿洗洗手,喝杯茶,啊?"

"我那儿有肥皂,也有水。"她迈着醉汉似的、踉跄的脚步回家去了。

暖瓶是空的。她们的暖瓶经常是空的。但在这种时候,就感到有点不便。

荆华只好拧开水龙头。喝生水也是常有的事情,不过她现在真想喝一杯热茶。当然先要把手洗干净。她擦了一遍肥皂,不行,指甲缝仍然是黑的,应该找把刷子刷一刷。她转身……啊,竟像有谁拦腰把她砍断,她立刻跌倒在水池旁边。她试着移动双腿,想要站立起来,不行,根本不能动了。只要稍稍一动,那就痛彻全身。她开始呻吟……猫头被这景象惊吓了,凄厉地叫着,焦急地、一筹莫展地绕着她的身子转圈。

"喵呜——喵呜——"一声紧迭一声。它高高地昂着脑袋,伸着脖子,仿佛是在呼救。

"不要叫了,猫头,人家听不懂你的话。别叫了,行了,行了,谢谢你了。"荆华吃力地对它说。

猫头好像听懂了她的话,不叫了。它紧紧地偎在她的胸前,带着一种忧心忡忡的样子,呆呆地守着她。

荆华想起"特约评论员"对她的批判。哦,猫头,猫头,你竟比那位理论家更多一点温情。猫头也是反对荆华那篇文章的,但它自有它提出异议的办法,把荆华的手稿用牙齿和爪子撕得粉碎,害得荆华不得不重新抄过。然而在待人处世方面,猫头是个非常仁义的畜生。

雷声紧紧地追逐着闪电,仿佛穿过门窗,在荆华的头顶上开花。

强劲的风，肆虐地摇撼着高楼、门窗、树木、电线……发出吱吱、咔咔、砰砰、呜呜的声音。哗哗的豪雨无情地抽打着这个世界……上帝发怒了。大地似乎在颤抖、呻吟。

雨丝从纱窗里溅了进来，在窗下积了一摊水，还打湿了荆华的双腿。凉气从水泥地上渗进荆华的身体。她觉得冷，冷得牙齿打战。她想不能这样躺着，得爬到床上去。她用双臂撑起自己的身体，往前爬行。每爬一步，她都疼得大叫一声。猫头又凄厉地叫了起来，叫得她心慌。它紧跟在她的身后，用爪子时不时地挠着她的双腿。她爬不动了，实在爬不动了。谁能把她抱上床去？她现在多么需要一双有力的胳膊。可是，在哪儿呢？也许今生今世那个人也不会出现，荆华将永远不知道被男人疼爱是一种什么滋味儿。她命中注定要永远漂泊，而不会有一个自己的窝。也许她们全会孤单到死。这是为什么？好像她们和男人之间有一道永远不可互相理喻的鸿沟，如同上一代人和下一代人之间的"代沟"。莫非男人和女人之间也存在着一道性别的沟壑？可以称它做"性沟"么？那么在历史发展的这一进程中，是否女人比男人更进步了，抑或是男人比女人更进步了，以致他们丧失了在同一基点上进行对话的可能？如同婴儿在母体里的成长：在某一阶段，是四肢的形成，在某一阶段，是大脑的发育……而其他部位的发育，则处在停滞或迟缓的状态？于是便出现这么一种局面——在这一个时期，比起男人，女人也许是一个更健全、更优秀的人种？

天呐，这一定不是她们的过错，也不是男人的过错。一切社会现象的存在和发生，只能从历史的发展中，去寻找它的物质原因。

去年她们看过一个外国电影，叫作《一个奇怪的女人》。据说那部片子在本国也引起很大的争议，并且不为人所理解。其实那个女人一点也不奇怪，她所要求于男人的，有哪一点不合理呢？那女主人公向往和追求的，正是大多数有头脑的妇女所追求的。虽然是不同的民族，不同的国籍，不同的语言……看来，"性沟"已经成为一个世界性的问题。哦，她是爬不到床边去了，但她已经够得着沙发。她把罩在沙发上的长毛巾拉下来，垫在腰下。这样好多了，不觉得那么凉了。

离柳泉下班的时间还远，猫头还一动不动地伏在她的身边（柳泉的自行车只要一推进三楼下的门洞，猫头就会听见，并且跑去迎她），着急是没有用的。但她还是无望地盼着、想着：怎么没有一个人来？旋即她又回答自己，外面正是滂沱大雨。

猫头终于"噌"的一下蹿了出去。柳泉回来了？不，是梁倩，像从河里捞出来的一个人儿。从雨衣上流下来的水，立刻在地板上汪成一片。荆华顿时感到她的疼痛减轻了许多。

"下这么大雨你怎么还跑来了？"

"你这是怎么了？天呀，天呀。"梁倩雨衣也顾不上脱，跪在地上，想把荆华抱起来，试了几次也不行。她的雨衣弄湿了荆华，这才想起把雨衣脱掉。她把雨衣胡乱团起往门后一丢。

"你用胳膊搂着我的脖子，再试试！"

梁倩搂着荆华的腰，终于连拖带拽地把荆华弄到了床上。

梁倩握着荆华那冰凉的、还没洗干净的手："咱们上医院吧，咱们上医院吧。"

"不用，老毛病了，死不了人。"一躺上床，荆华便觉得好多了。

"这样疼下去怎么行，看看医院有什么办法没有。你的手还在抖，你冷吧？"

梁倩拉开被子，准备给荆华盖上。一看，荆华的脚上全是黑煤渣。"哦，哦，你这双脚真够意思。"她又去找热水，打算给荆华洗洗脚。

"别找了，什么热水、开水都没有。"荆华有气无力地说。

那就先烧壶水。梁倩拉开炉门,又从水池子底下,找出了铝壶。壶盖上的帽儿,早不知丢到哪里去了。每每水开以后,壶盖中间那个窟窿,气冒得像个火山口。梁倩在墙角找到一个菜花,从上面切下一段梗子,削了削皮,塞住了壶盖上的窟窿。其实她干这些,也无一不带着外行的笨拙。有时觉得手脚不够用,有时又觉得多出了许多手脚不知往哪里放。把铝壶坐到炉子上之后,她觉得好像完成了一件大事。然后对荆华说:"我们还是到医院去。"

"下这么大雨?得了吧。我又没发高烧,人家才不会收我住院呢。顶多按摩一下,给点止痛片、消炎片就打发回来了。只要待会儿洗个脚,钻进暖和的被窝,就很不错了。你再把那个远红外线治疗器插进插销。给我贴在后腰上就行。"

这倒是真的话。不发高烧,不到要命的地步,很难住进医院。可是留在家里,谁能照顾她呢?柳泉还在陪那个美国代表团。即使不陪,刚到那个单位,正式调动的手续还没办,一上班就请假,怎么好说呢?如果没人照顾,别说是吃饭、喝水,像现在这个样子,连上厕所都成问题。只有自己来照顾她了。好在手头的工作已经不多,影片的混录工作都已完成,只等上面审查、批准发行了。她今天来,就是为了请荆华、柳泉晚上去电影厂看她的片子。冒着大雨,骑着摩托在雷电下疾驰,像个疯子。只有在这种时候,她才觉得自己有一些顶天立地的气概。

"你怎么跑来了?"

"想请你和柳泉晚上去看我的片子。"梁倩在荆华的后腰上移动着那个辐射面板。

"真遗憾。"

"以后还有机会。你好好休息。别想那么多。"

"怎么能不想呢?我知道,那是你的'儿子'。"

这的确是梁倩的"儿子"。当年她生澄澄的时候都没有这么激动。那时她还不懂得做母亲的责任和义务,也不知生命的真谛,澄澄便措手不及地来到。在澄澄身上,她看不到自己。而在这个"儿子"身上,她已是自觉地、顽强地把自己的理念传递出去。可以说它比澄澄更像她自己。后一代对上一代,只是血缘关系呈几何级数递减的承袭,而作品才是艺术家自己。连遗传基因都不可能像一个人的作品那样准确无误地传递作者的信息。艺术家是不死的,他活在自己的作品里。哪怕白复山像抛开一件旧衣服似的抛开她,哪怕澄澄不成器,她已找到自己的支撑点。

梁倩的眼睛亮了。她眼睛亮起来的时候真美,仿佛灵魂里也亮起了两盏灯。

雨停了。空气是潮湿的,新鲜的。天边浮起一道彩虹。那道虹像是刚从仙池里浮升起来,水淋淋的,不停地滴着水珠。阳光像被这场暴雨洗褪了颜色,变得浅了、淡了,不再那么耀眼和灼人。从屋檐上流下来的雨滴,越来越缓慢,越清晰地叩打着檐下的石级。大地、万物,呈现着痛苦挣扎后的宁静。

"你看,出虹了。"

荆华艰难地扬起脑袋向窗外望去。那道虹,仿佛就横跨在近前两栋高耸的大楼之间,住在那两栋楼里的人,好像不用上下楼梯,只要从窗户里迈出来,径直踏上那道彩虹,便可以走到对面的楼里去。"离我们真近,好像一步就可以跨上去。"

荆华爱虹。她的幻想会沿着这虹,一直走上天去。

梁倩被大地所呈现的、经过痛苦挣扎后的宁静感动了。她想到她们的过去和未来,想到她们也将会经过反复的、痛苦的锤炼,变得更加成熟。她不想对荆华的痛苦说什么抚慰的话，她们早已不是孩子。荆华早晚有一天会瘫痪在床上，早晚有站不起来的那一天，这些，荆华心里比她还清楚，只不过她们谁都不去说它。但荆华的精神却会永远站着，她一定会在什么史上留下一笔。假如她把曾经设想过的几篇论文写出来，一定会使那些只知蜷缩在经典里搞索引的人，振聋发聩。

"荆华，你不该刨那木头。你再刨那木头，我就把你的刨子扔到炉子里烧了。"梁倩用那"远红外线治疗器"拍打着荆华的腰。

"嗬嗬，别拍，别拍我的腰。人家不让我工作我有什么办法。你在那儿工作，他呢，拎着棒子看着你干，瞅准空子，给你一闷棍。"荆华愤愤地说。

"这是某些所谓共产党人的悲剧。他们早已丧失了共产党人的进取精神，徒然地占有着共产党人的称号，却早已忘记马克思主义是怎么回事。或许他当初就没有弄懂。以为自己几十年前就会说出'马克思主义'这一个词儿，说到如今自然也就是一个'马克思主义'的专门家了。这种共产党员，成事不足，败事有余。你竟和这种人计较，岂不轻薄了自己。"

梁倩难得有这样义正辞严的时候，她并非没有自己的艰难。每个人都有自己的难点，如果你能越过，以后的路，便显得轻松了。荆华想起在东北林区看到过的丹顶鹤，它们的头顶，有一块裸露的部分。传说它们成熟的时候，那裸露的部分，就会变成朱红色。她们的头上，早晚也会有一块朱红。那时，她们将会飞得更高，更远。

"你要我怎样呢？"

"我要你写、写、写……能做出一些成绩更好，做不出成绩，至少也要为那些能够做出成绩的人呐喊，不要让他们孤军奋战。"

"你对我的希望太大了。"

"你能够的。"梁倩望着荆华那瘦小的、被疾痛折磨的身躯;望着荆华那双已经往眼窝里深深陷落的眼睛;望着她那沾着煤灰,尚未洗过的脏脚;以及那件袖口、领口已经磨破的衣衫,不知怎么想起一支已经不长的、却在奋力燃着的烛。但她能对荆华说,"你不要燃了"么?如果不燃,烛的生命又在哪里呢?没有死也就没有生。

"好吧,那就试试?"荆华的脸上,闪过一丝已经多年不见的微笑,像她小的时候,每每开始恶作剧之前常有的那样。

五

又开始了。这靠乞讨过日子的生活。离婚,找房子,做一项专业对口的工作……没有一样不是低声下气地求人怜悯、通融。说到了,这些要求有哪一样是分外的呢?到什么时候她才能挺起脊梁骨过日子?哪怕过上一天也好。让她尝尝挺直了腰板立着,是一种什么样的滋味儿。她还没老呢,却觉得已经佝偻了一辈子。

走廊上传来了脚步声。会不会是往这个房间里来的?柳泉赶忙埋下了眼睛,专心致志地瞅着裙褶上的一个线头。她怕,怕看那些突然之间变得分外客气的眼神。在那分外的客气里,分明流露着距离拉开之后的宽容和大度。

脚步声一路响过去了。不是,不是进这个房间的。可是柳泉又竖起耳朵,企望着脚步声的出现。那是不是谢昆生的?他什么时候才能坐下来和她谈谈?从八点一上班,柳泉便等在这里,已经两个多小时过去了。谢昆生从来没有像今天这样忙过。一会儿出去,一会儿进来。

一会儿拿起电话筒,一会儿又放下,不是打不通就是拨错了号码。柳泉好不容易瞅了个空子,刚叫一声:"谢主任……"不等她说完,谢昆生便非常客气、甚至像求她开恩似的将她拦腰打断:"等等,等等,你没看见我在忙着吗?"是啊,人家这样客气,谁还好意思打扰呢。

是的,忙。柳泉坐在这里两个多小时,反反复复听到的就是究竟让谁参加明天晚上的宴会这件事。据柳泉所知,参加宴请某国电器公司代表团的名单,前几天就在酝酿,到今天还没有定下来。定不下来的原因说复杂也不复杂,说简单也不简单。有点像八国联军与清政府签订和约时,列强各国强调的利益均沾的绝对权。某某工程师、某某局长已经参加过多少次宴会,相比之下,某某工程师和某某局长似乎参加的少了一些。要命的是谁也说不准谁究竟参加过多少次。说得准的只有一个:谢昆生是场场不落的主力队员。

说了归齐,柳泉要谈的不过是个人问题,怎么能影响这样一件重要的外事工作。等吧,反正现在什么事也没有了,只剩下了这一件事。

柳泉机械地摩挲着身上那套浅丁香色的绉纱连衣裙。真像刚演完一场戏,还没来得及脱下身上的行头。连衣裙是梁倩送她的,今年国际上顶流行的款式,宽松的腰身,同样颜色的细绦束带。脚上的一双白色半高跟鞋是荆华送给她的,难为荆华去买这奢侈品,柳泉又着意地把这些穿戴起来。这一切无一不体现着她们心里重新生出的、对新的生活和新的工作的向往。别管她们碰过多少钉子,受过多少磨难,她们仍然显得幼稚。世界上的事,有那么简单吗?柳泉的外祖母顶爱说这句话来开导自己和开导别人:"人生在世,九九八十一难呀,不炼你个火眼金睛,过得去嘛!"所以她活到八十一岁身子骨还挺好,也不显老,她是有充分思想准备的。

"老谢,老谢!"

谢昆生还是不在。柳泉仍然心事重重地坐在谢昆生的办公室里。看见朱祯祥进来，又像刚才一样，拘谨地站起来，礼貌地在脸上推出一个微笑，好像他们刚才没有见过面似的。

"谢主任刚回来一会儿，又出去了。您有什么要紧事吗？我可以转告，反正我要在这里等他。"

柳泉的微笑，是破坏性的。好像他穿了一套挺讲究的衣服，参加了一个挺愉快的酒会，举着磨花玻璃的酒杯，正和朋友说着一些幽雅的笑话。这时却有人递给他一封电报，告诉他，他派去出差的一个部下，在哪个地方出了车祸。

一定发生了什么不愉快的事，她需要帮助，她非常着急。不然她不会这样极不情愿，又迫不得已地坐在这里等谢昆生。像一个深居简出的闺阁小姐，如今家道中落，不得不为抛头露面出来谋生而难堪不已。

朱祯祥不了解柳泉。但在这次接待美国代表团的接触中，他感到这个人很自重。带着五六十年代大学毕业生那种业务扎实，一丝不苟的劲头。

这几年外事活动繁忙，虽然新扩建了一个国际机场，使用起来仍然显得紧张，机场里的服务工作也跟不上去。那天，因为载运行李的手推车不够用，宾主在机场上白白地耗了半个小时。倒是这个柳泉提议在场的翻译每人盯紧一辆在用的手推车，一俟人家卸完行李，就可以及时接到手里。可是有人不高兴。跟着手推车走一趟，不过几十米的距离，倒好像从兜里往外掏钱那么不痛快。

钱秀瑛极不情愿地从一扇大玻璃窗前，千娇百媚地拧过自己的身子。因为连衣裙上的腰带勒得太紧，腰部那一堆多余的肉便被撵向腹部。腹部便更加隆起在色彩斑斓的连衣裙下，活像一只快要产卵的花蝴蝶。

钱秀瑛喜欢在一切照得见影子的地方停留，镜子前头自然是不必说了。阳光底下，乃至办公室、宾馆、餐厅、小汽车的玻璃上，莫不如此。

柳泉的提议，显然破坏了钱秀瑛的兴致，她骄横地向谢昆生瞥了一眼，那一眼分明包含着这样的意思：都怪你，上哪儿弄了这么个人来管辖人。

谢昆生很有些地方让朱祯祥不放心，但朱祯祥拿他没有办法。虽说朱祯祥是外事局的局长，却管不了办公室主任，谢昆生另有一条畅通无阻的渠道。

外事局的翻译不少，能应付自如的不多。到了关键的场合，还要从其他单位借翻译。这种局面早该改变，可是这块地盘针插不进，水泼不出。眼看着钱秀瑛在和外宾交谈时，把个崇祯皇帝改了履历，硬是从明朝挪到了清朝，朱祯祥能怎么样呢？把这个钱秀瑛换掉试试，谢昆生要不找茬儿闹别扭才怪。

女人的分类也很怪，柳泉论模样，论工作能力，论为人，都比钱秀瑛强，现在却显出这么一副一筹莫展的模样。她在工作中的自信，哪儿去了呢？某位领导同志为美国代表团举行告别酒会的时候，几个平时挺能咋呼的翻译都不见了影，却让这位新来的上了阵。朱祯祥很为她捏了一把汗。结果还不错，那位领导同志祝酒的时候，还因此多说了几句风趣的话，惹得那些美国人开怀大笑，看来他们完全领略了其中的妙趣。最后那位领导同志还特地祝了柳泉一杯："谢谢你哟，翻译得不错嘛。"

柳泉只是轻轻地抿了一口，微微地笑了笑。是那种知识妇女，在意识到自己的聪明才智时才有的微笑，是使得每一个正直的男人肃然起敬的微笑。

然而眼前这个柳泉和那次酒会上留给朱祯祥的印象相去甚远。仿佛一张没人精心保管的古画。被虫蛀损了，也被温度、湿度、酸碱度都不合适的空气剥蚀得褪了颜色，让他感到一阵痛惜和不快。毁坏比创造容易，甚至在不知不觉之中，在漫不经心之中。

究竟出了什么事呢？柳泉没来找他，他又何必管那么多闲事。该管的事都管不好呢。

"谢谢，我自己和他谈吧。"

赴英国访问团的名单里，出现了一个对方根本没有邀请的、莫名其妙的人物。他是哪一个局的？又是哪一方面的专家？朱祯祥都不清楚。他准备请谢昆生了解一下，而这件事不便请人转达。

忽然听见谢昆生在走廊里说话："就这么办，出了问题我负责。"

这就是谢昆生的派头，走到哪里，指挥到哪里。

"朱局长，找我有事吗？"

谢昆生手里举着一只骨制烟嘴儿，上面刻着中国画里特有的青山绿水。烟嘴上，还插着一支正在燃着的香烟。他的衣着考究，不是"红都"就是"友谊商店"的成品。现在穿哪儿做的衣服，也成了一种身份的标志。变色眼镜的镜框是镀金的。谢昆生不戴进口的太阳镜，那不符合办公室主任的身份。可是谢昆生身上的一切，都像是租来的，就像人们在照相馆里租套结婚礼服拍结婚照。就连他那儒雅的风度，也是在外事部门工作多年练出来的。一个人的趣味高低，有时很难辨清，但有一个隙孔，可以准确无误地窥测到小心掩盖起来的、不愿意让人看到的地方。那就是从他所感兴趣的异性身上。

"有点事情。不过柳泉同志已经等你很久了。我这个事情，可以再找时间。"

柳泉又站起来了，带着拘谨的、勉强的微笑。这微笑在他们之间画了一道线。线这边是哼哼哈哈的小官僚。线那边，是契诃夫在《小公务员之死》那篇小说里描写过的，低声下气的小公务员。这边要是咳嗽一嗓子，那边就会琢磨上三天。别人的感觉怎么样朱祯祥不知道，反正他不喜欢人家这么对待他，他私下里羡慕着教授、工程师、专家的头衔。

要是钱秀瑛，一定不这么笑。这就是柳泉和钱秀瑛的不同。钱秀瑛永远记得自己是一个女人，而柳泉常常忘记自己是一个女人。

谢昆生的脸上显出一副礼贤下士的样子，手里却不停地摆弄着写字台上的文件。毫无必要地从写字台的右边挪到写字台的左边，再从左边，挪到右边。依次拉开每一个抽屉，好像在寻找什么，又找不出来什么，然后再把那些抽屉关上。在这些动作的每一个间隙中，都不会忘记向柳泉做一个亲切的笑脸。

朱祯祥觉得于心不忍，难道他是旧衙门里的县太爷？

"柳泉同志，你就谈谈吧。"朱祯祥很想助他一臂之力。

柳泉的脸微微地红了。不论是朱祯祥的同情，或是谢昆生的"礼贤下士"，全让她感到有求于人的屈辱。现在，纵使她有千般自重，万般自负，也奈何不得了。人常说"心比天高，命比纸薄"，怎么恰巧就让她碰上了呢？

前天下午，柳泉去伙食科买饭票，人家问她是哪个单位的，她说是外事局的。卖饭票的人一查，外事局的花名册上根本没有柳泉这个名字。柳泉说明她是借调人员，伙食科的同志说，借调人员的饭票要由正式职工代买。柳泉只好请钱秀瑛帮忙。钱秀瑛说："哟，我还不知道伙食科的大门朝哪边儿开呢。我从来不自己买饭票，都是别人替我去买。当然啦，我可以为你服务。"

钱秀瑛一定想起了那些为她买饭票的骑士。得意地用手背撩着耳边的长发。

这是显而易见的推托和敷衍。

在干校劳动的时候，柳泉常为那头小灰驴担忧。那四条仿佛用力一撅就能撅折的小细腿，拉车爬坡的时候，是怎样吃力地抖动着。柳泉总是奋力地推着车轮，助那小灰驴一臂之力。小灰驴像是懂得她的爱，用它秀美的大眼睛，安静地、驯服地望着她，听凭她拍打着自己的颈子。因此有人称她"驴道主义"。现在哪怕给她来点"驴道主义"也好啊。现在谈人道主义要挨批判，那就谈点"驴道主义"。荆华何必再写人啊人，写些狗啊狗、跳蚤啊跳蚤不好吗？

"我替你买了三元钱的饭票，先吃着吧。"钱秀瑛意味深长地笑着，把饭票和剩下的十二元钱还给了柳泉。

后来柳泉又提出领个办公桌。组长歉然地顾左右而言他："桌子嘛，先不着急。这个房间太挤了，再弄个桌子往哪儿放呢？你先和我共用这张桌子吧，我给你腾出几个抽屉，啊？"

这全是前天下午发生的事情。因为送走了美国代表团，忙乱之后，终于有时间歇下心来安排一下必须的工作条件。

当时柳泉觉得，一切都没有什么特别的地方。直到昨天上午，人事处通知她借调到此为止，感谢她对外事局的协助，请她休息几天仍回原单位工作。她才回忆起前天下午钱秀瑛好像特别高兴，在办公室的另一头叽叽嘎嘎地笑着，说着。"你们敲不出来，我一敲就敲出来了。怎么样？十元钱。"她抖动着手里那张十元钱的票子，那张票子崭新，结实地、哗哗地响着。可以想见被敲的人多么珍爱自己的钱财，但还是把它献给了不朽的钱秀瑛。倒像她在恩典大家："你们说，吃什么？"

....

"什么？留给首长的？我不管，反正我拿一张，剩下的你们爱怎么分就怎么分。"

....

钱秀瑛万事如意。人们心甘情愿地受她的支配，并且把它视为一个难得的机会。钱秀瑛在谢昆生面前，说话有影响呢。

原来是这么回事！被侮辱、被愚弄的感觉几乎使她泪如泉涌。她知道她绝不能在钱秀瑛面前落泪。可是她上哪儿哭去啊？她不像别的女人，可以躲进丈夫的怀抱，把眼泪流在丈夫结实的胸脯上，在丈夫的安慰和爱抚里，她们的委屈自然会得到平息。她只有躲进厕所，插上便池前的小木门，不敢出声地哭了许久。忍着排泄物的臭气，面对着结垢的便池，肮脏的木门，以及歪斜在地上的纸篓、洒了一地的手纸……幸好那水管子漏水，哗啦哗啦地掩住了她的抽泣。幸好有这样一个人们非到必要的时候，不得不来的地方。仿佛是特地为她准备着的。

有人进进出出。钱秀瑛也来过，好像还推过她这个便池前的小木门。

柳泉听见，和钱秀瑛一同来上厕所的人问："你脚上这双凉鞋真漂亮。哪儿买的？多少钱？"

钱秀瑛故作不屑地说："漂亮什么！老头出差去上海买的。二十多元呐。乱花钱。一出差总要买些乱七八糟的东西回来。不穿吧，可惜了那些钱。穿吧，真窝心。跟他说过多少次，'别买了，我不稀罕'，他就是不听，真讨厌。"

柳泉可以想象，钱秀瑛在说这些话时，一定娇滴滴地撇着那张河马样的大嘴。

"啊哟哟，你还讨厌呐，现在有几个男人能这么疼自己的老婆。"

"谁稀罕。"钱秀瑛嘴里撇清着，但浑身上下每一个毛孔都流泻出对享受丈夫疼爱的满足，以及被丈夫娇纵的炫耀。

柳泉明知这是女人的浅薄，然而此时此刻，她却强烈地渴望着这种浅薄的满足。但愿她也能够这样对人说……她脚上的白色高跟鞋也很漂亮，然而那是荆华买的。

这两种感情毕竟不可互相代替。

柳泉想起他。没有一点怨恨的。

他有一个宽阔的胸脯，应该能为柳泉遮风挡雨。记得"文化大革命"初期，留英的父亲，一夜之间成了"里通外国"的"间谍分子"。柳泉每每为洗清父亲的不白之冤，徒劳无效地奔波一天之后，多么想靠在那胸膛前，诉说一下她所受到的冷漠和羞辱。她多么希望那是一片绿茵覆盖的草地，让她躺在那里得以恬憩。然而他却喷着满嘴的酒气，强迫她"做爱"。那时他很得意地当着一个什么派别的小头目。踌躇满志的，以为日后必会飞黄腾达，青云直上。早早地便做起了荒唐梦。

自他们结婚以来，每个夜晚，都像是他花钱买来的。如果不是这样，他便蚀了本。

柳泉怕黑夜。每个夜晚，对柳泉都是一个可怕的、无法逃脱的灾难。每当黄昏来临，太阳慢慢落山的时候，一阵阵轻微的寒战便慢慢地向她袭来，好像染上了什么疾病。她恨不能抱住那个太阳，让它不要下沉，让黑夜永远不要来临。他呢，却粗暴地扭住她问："你是不是我的老婆？"

这问题其实应该由柳泉向他发问，他明明没有把柳泉当作自己的妻，而仅仅当作"性"的化身。这种男人奴役女人的遗痕，什么时候才能扫荡净尽?

这一回去,要比没借调来的时候,处境还要艰难。柳泉好像已经听见了魏经理那幸灾乐祸的干笑。魏经理那种笑,让柳泉听了之后,像是在挺冷的晚秋天气,一下子又掉进了快结冰的水池里。对了,她现在的景况,就跟一个不会游泳的人,掉进刚刚没顶的池塘差不多。她扑腾着,挣扎着,呛得好生难受。岸上的人不但不会救她,反而觉得有趣,因为人人都觉得那池塘是淹不死人的。

究竟为了什么?柳泉茫然不知所措,想不出自己做错了什么。人有时在莫名其妙之中就被否定了。连缘由都不让你知道,连道理都不跟你说清楚。这,公正吗?现在柳泉正像个被开除的女佣,站在主人面前,请他开恩。

一怒之下,柳泉真想扬长而去,或是拿起谢昆生桌上的墨水瓶,狠狠地摔到地板上。让瓶子里的墨水飞溅开来,溅谢昆生一脸、一身才好。然而这是万万使不得的。有一瞬间,柳泉甚至忘记了自己来这里干什么,眼前就剩下了这件顶重要的事,那就是对这种冲动的抑制和反抑制。

朱祯祥的同情,并没有使柳泉从困境中得到丝毫的解脱。但他这两句不痛不痒的话,却使柳泉的心立刻朝向他。赢得一个人的好感竟是那么容易。这难道是柳泉的轻率么?一颗净在受苦的心,像一台失灵的天平,它已经不能像正常的人那样准确地衡量。既会放大恶,也会放大善。

越是这样,柳泉反倒越不好张嘴了:"不过是一点工作上的事情……"

"那好,你们先谈,我过一会儿再来。"柳泉相当自尊,她虽说是一点工作上的事情,还是避开为好。免得她在他面前不便启齿。

谢昆生终于觉得不大合适，虽然朱祯祥并未说出这样对待柳泉不妥，甚至没有流露一丁点儿这样的意思。"朱局长，一会儿我去找你，我这里很快就完事。"

生怕谢昆生用这个借口，潦潦草草地把柳泉打发掉，朱祯祥连连说："不忙，不忙，我还有别的事要办。"然后又转向柳泉，给她鼓劲儿似的，"你好好谈，好好谈。"

柳泉很想对他说声谢谢，可她的舌头发硬，硬是说不出来。她只有在心里朝朱祯祥感激地微笑。她相信，朱祯祥一定会看见这心里的微笑。人和人的眼睛是不同的，每个人的瞳仁，其实是长在自己的心上，他们只能看见各自的心灵所给予的那个界限之内的东西。

谢昆生肃起面孔，一本正经地问："你找我有事？"

废话。装模作样没事能在这里等两个多小时？而且他完全知道柳泉找他是为了什么事。

"是的。"

"好，你谈谈吧。"谢昆生打了一个大大的哈欠，顺手拿过一份报纸。浏览着报纸上的标题。

"组长和我谈过了，说这一段工作已经结束，让我仍回原单位工作。"

"嗯，是这样的。"谢昆生把报纸翻得哗哗响。

"您曾亲口对我们单位以及我本人说，调令随后就下，这里急等用人。"

"我说过那样的话吗？"谢昆生惊诧地扬起了眉毛。

第一人称的自我疑问句。据说这种句法，现在颇为流行。

"您说过。现在让我回去怎么跟领导上说？我是能力不够，还是犯了什么错误？您替我想过没有，我怎么办？"

"啊呀呀，情况是在不断地变化嘛。"想了一会儿，谢昆生又慷慨地提出："这样吧，我给你们单位打个电话，把情况说明一下，你看好不好？"

谢昆生被自己的提议感动了，顿时觉得自己伟大起来。像他这样事必躬亲的领导，现在能有几个？

"不，不必，谢谢。现在的问题是您说的话要不要兑现呢？"

谢昆生有些变了脸色。有这样不识抬举的人么？他把手里的报纸朝旁边一丢："这是后来党委集体讨论研究的结果，我个人怎么好推翻党委的决定呢？""集体讨论研究决定"这种法宝都端出来了，谁还能怎么办呢？它是一种滑溜溜的，没边没际，没抓没挠的东西。你就是想咬它一口，都找不到地方下嘴。谢昆生只这一句话，便把柳泉弄得落花流水。

梁倩告诉柳泉，让她在这个剧场门口等她。

梁倩跟人约会的地点一向奇特。当年她和白复山恋爱的时候，就让白复山在西单公共厕所门口等过她。

有好几个头发留得女人那么长，裤子把屁股绷得贼紧——不知他们蹲下去的时候怎么办——立裆只到肚脐眼儿，手里攥着一把角票的小青年问过柳泉："有富裕票没有？有富裕票没有？"他们以为柳泉也像他们一样，是来这里消愁解闷的。

柳泉转过脸去，面墙而立。墙上贴着一张海报。海报上，哀婉的、楚楚动人的玛格丽特·高杰，不知被哪位好心人画上了眼镜、连腮胡子，手里还画上了一把长剑。为什么让她手里拿把剑，又让她嘴上长胡须呢？也许这位画师认为回到骑士时代更好，一切复杂的问题，都可以通过决斗得到解决。赢也赢得光明磊落，输也输得光明磊落。

手里那一网兜菜蔬很重。勒得她手指头挺痛,她换了换手。几根绿生生的嫩扁豆从网眼里漏了出来。柳泉一根根地拣起,不禁想起买菜时遇到的那个管理自由市场的小青年。真不像话,什么话也不说,拿了一堆扁豆就走,也不给钱。卖豆角的老农眼巴巴地瞧着不敢吱声,那种为几分钱玩命的劲头也不知哪儿去了。

柳泉问:"他怎么不给钱?你认识他?"

老农苦笑笑:"不认识。人家就是这么着。"

"你怎么不跟他要钱?"

"唉,这不是人家的地盘嘛。"

柳泉找到市场东头市场管理员的小屋。小屋的桌上堆着新鲜的西红柿、豆角、青椒、鸡蛋……可以做静物写生。不知是不是全都付了钱?

那小青年正在啃西红柿。粉红色的汁液,顺着尚未长满髭毛的嘴角流淌下来。他有着天神似的体魄,铜铸似的膀子上隆着一块块健美的肌肉。这应该是一个顶天立地的、伟岸的男人。

他看也不看一旁等着的柳泉,自管唏哩呼噜地吃完西红柿,随手将果蒂往门外一扔,恰巧落在一个干干净净的女孩子身上。

"缺德。"那女孩急忙掸着自己的衬衣。

"×你妈!"他一面甩着手上的汁液,顺手往门框上抹了一把,接下去是出口成章的一篇大骂。女孩悻悻地去了,然后他才扭头问柳泉,"找谁?"

"找你。"

"找我干吗?"

"你刚才买豆角为什么不给钱?"

"谁说我没给钱?"他不着急,也不生气。一副寡廉鲜耻的模样。

"我。我就在旁边站着，没看见你给钱。"柳泉的腰板也挺起了一些，觉得自己毕竟有点用。

"你怎么知道我不给？我当时没带着。"他拍拍身上没有一个口袋的背心，"回头我就给送去。"

柳泉什么也没逮着，可她就是觉得这伶牙俐齿的小青年什么地方不对头。引起她义愤的到底是什么呢？

"你一会儿给？谁能看见呢？大家只看见你没给，这影响多不好。你现在是代表国家，对投机倒把、牟取暴利等不法行为进行监督。你自己首先违法乱纪，农民会怎么想？人家不管你姓张还是姓李，人家只认准你姓'国'。你得爱惜、尊重这个姓。"说了一大堆，她仍然觉得她没把心里的想法说清楚。

"你是干什么的？"小青年嘻开嘴巴，像是在听人卖"狗皮膏药"。

"我是记者。"柳泉理直气壮地撒了个谎，"经常跑这个地段，专门负责反映这一带自由市场的情况。如果再有这种情况发生，我一定要向上面和有关单位反映。"

真是本性难移！

在自己后院起火的情况下，还有心绪去管这些事！

她自己的事，又有谁来管呢？

那些无端地伤害她，不公正地对待她的人，又有谁来管呢？

她甚至变得迷信——假如那个穿红裙子的，横过马路的姑娘不回头，那么她的事情就会办成。她屏神息气，好像她终生的命运就决定在此时此刻这毫无关联的事情上。她变得多么愚昧，像个没有受过教育的农村老太太。谁说过的？迷信是对生活无望的结果。她打了一个寒战，在三十九摄氏度的气温里。

太阳烤得人全身淌汗。汗水从脊背上、胸窝里不停地流下，像小蚂蚁在爬。树叶一动不动,一丝风也没有。连树荫底下应有的阴凉,在酷热的驱赶、威逼下,也变得稀薄了。萎缩了。不知梁倩此行,是吉是凶?幸亏梁倩有那么一位老爹。不看僧面看佛面,人们也许不会特别为难她。

这是一片尚未污染的净土。她们深知在这茫茫的人世难以再得。更何况她们都已进入中年,早已失去青少年时代的狂热。谁能说一片赤诚地献出自己的爱情或友谊,不是一种有死无回的探险呢?她们之中的任何一个人,在这方面都有着惨痛的教训。在生活急骤的旋转中,她们不断地失掉附在周身不太坚牢的东西,能够留下的,只有那坚实的内核。苏格拉底筑屋时人谓太小,而苏格拉底回答:"只要它能容纳真正的朋友。"

她来了,骑着橘红色的双骑座的摩托。远远看去,依旧充满青春的活力。黑色的褶裙。丝绸的、浅蓝色的绣花衬衣。白色的浅口皮鞋,紧裹在她秀气的脚上。她难得这样修饰自己。只是头上露了顶的破草帽与身上的衣着极不相称。她张口就是一串脏话:"狗蛋,当着朱祯祥我跟谢昆生那老小子吵了一架。你妈的!"她一定说过不少话,又在太阳底下跑了很久,两片嘴唇之间的唾液,稠得似乎可以粘住嘴皮。

"先去喝点汽水好不好?"

柳泉没有想到,在冷饮店里会遇见白复山,还带着一个漂亮的小妞儿。她的领子大得不能再大、袖子短得不能再短,全身袒露到即使在如此炎热的天气,也令人想打喷嚏的地步。

柳泉立刻失悔,尴尬地站在冷饮店窄小的过道里发愣,不知道退出去好,还是若无其事地走进去。

梁倩推着她的后背:"走,走。愣什么,没见过还是怎么着?"

经过白复山那张桌子的时候,像遇见熟人似的招呼着:"出来遛遛？"就像没有看见他身边的小妞儿。

那小妞儿显然不知道梁倩的身份，本能地、像防范一个新出现的竞争对手，警戒地、不友善地、上上下下地打量着梁倩。经过短暂的对比和判断之后，料定梁倩不是她的对手，便带着年轻的妇女对韶华已逝的妇女的优越感和怜悯，掉过头去。而那过剩的优越感和怜悯，仍然盲目地从卷着大波浪的后脑勺上流溢出来。

这可怜的小雏。

白复山慷慨地对她们说："我请客。"

梁倩伸出一个手指头，轻轻地，仿佛怕沾上脏东西似的推开他。说道："不用，谢谢。"带着柳泉昂首阔步地走向另一张桌子。

梁倩心里冷笑。这家伙，气派还是差点儿，为什么不敢请她和柳泉就在他们那张桌子上落座？梁倩可不在乎，她有政治家的气魄和风度。

"两瓶汽水，两杯巧克力山德。"等着服务员开票的时候，梁倩向白复山那边瞟了一眼，她看见白复山正俯在那小妞儿的耳边低语。肯定是在介绍她的身份。因为那张容光焕发的猫脸，立刻显得委顿，暗淡。

哦，不过是自留地上的一块小菜园。

吱、吱、吱，梁倩用力地吮着麦管，一口气喝下半瓶汽水。"他们走了。"她朝冷饮店的门厅转了转眼珠。

柳泉回头望去，恰巧白复山往她们这边看着。他扬了扬手，柳泉只好点点头。准是那小妞儿要走，眼前的阵势大概让她有点吃不住劲。

梁倩一时没有说话，用手指头蘸着汽水瓶底的水渍，在桌面上划字。那是些毫不连贯的英文字母，像字谜一样令人费解。她也有她的悲哀，但这悲哀只藏在她心底深处，像藏在这字谜里一样。她可以随便地发泄胸中的愤怒,或为欢乐而雀跃,但悲哀的感觉,她是永不会对人说的,甚至不肯对柳泉或荆华讲。她觉得那是一种可以扩散的、消磨意志的东西。她不愿。

作为一个具体的人,也许她的一生都是失败的,然而她对生活的整体仍然充满了信心。她们这一代,五六十年代成长起来的这一代,既不像上一代人那样的盲目乐观,也不像下一代人那样的盲目悲观。她们是清醒的,既不丧失信心,又能面对现实。

而且她自有治疗这悲哀的法儿。那就是对自身存在价值的认识——对人类,对社会,对朋友,你是有用的。

"你怎么打算?"

"什么——"柳泉觉得梁倩的问话没头没脑。她的思路跨度太大,像剪辑错了的电影胶片。有一次梁倩让她和荆华去电影厂看一部过路片,放映员忙乱中倒放了胶片,银幕上的人物、飞机、汽车一律"倒行逆施",惹得人们捧腹大笑。如果仔细想想,他们也许就不会笑了。谁能担保自己一生中没有被剪辑错了的时候呢?

"我是说,你对你的工作怎么打算。"

哦,梁倩既没有在想白复山,也没有想那个小妞儿,以及她和白复山之间的什么。和旧式妇女相比,对她们这种类型的女人来说,所思虑、所悲伤、并且耗尽全心去关注的,早已有了不同的内容。就连她们表现悲哀的方式,也已经不同了。

"我想,我还是回公司去吧。"柳泉不能衡量,退或进哪一种选择在尊严、意志、精力等等方面,付出的更少。想到不论哪个选择都要苦斗一场,她真想不战而降,下跪求饶。

"胡说,让这老小子白涮一盘?你干我还不干呢!"梁倩死不服输,也不允许别人服输。

"我已经和老董科长说过了。他对我大发脾气，'你就那么下三滥，啊？非得去他那个外事局，用不着向他们低三下四求情，趁早回来。这边的事情，我想法给你圆过去。'也许还是回去省劲。"

"我不同意你这种生活态度。生命不能靠着惯性滑下去。"梁倩把手里的汽水瓶举到眼前，透过橘黄色的液体，四周的景物就像泡在这橘子汁里，全都变了样，像卡夫卡的小说。然后她接着说下去："我们常常提出这样的问题：世界上究竟好人多，还是坏人多？我们认真地分析过、对比过，一致认为还是好人比坏人多。可是生活为什么仍然显得那么艰难？这是因为坏人虽少，可是他们的能量很大，而且常常是进攻型的，侵略型的。而好人总是处在防御地位，所以坏人显得很多。所谓'一个耗子坏一锅粥'。我希望改变这种打法，不能只是一味地防守。要出击，要进攻，狠狠敲断那些坏蛋的脊梁骨，让他再也不能害人。王八蛋！"梁倩的眼睛越睁越大，细长的脖子上，隆着青筋。气色也不好，皮肤没有一点光泽，像一只储存过久、水分失去过多、表皮已经起皱的黄香蕉苹果。柳泉觉得十分不安，仿佛自己是梁倩身上的一条寄生虫。要是梁倩自己诸事如意，一路顺风倒也罢了。

"还是算了吧。"总不能让朋友给自己擦一辈子眼泪。

"不行。"梁倩从嘴唇上拿下正在吸着的香烟，用夹着香烟的中指叩击着桌面。"你知道他们说你什么？说你一个中午不知道和外宾跑到哪里去了。"说完，便静候着柳泉的反应。

柳泉懵了。两手下意识地向前慌乱地推着，好像在抵挡一块无形的、向她压过来的巨石。桌上的汽水瓶被她碰翻了，还嫌不够热闹似的辘辘地滚下桌子，砰然一声化做碎片。立刻引起了服务员的注意。梁倩说："这办法不错，平时你叫他，千呼万唤都不理你的茬儿，以后要想让他搭理，摔个瓶子就得。二角钱。比白白地等上几十分钟还是划得来。"

梁倩想，对于柳泉，一丁点儿负担都不能再有了，哪怕是这只碎了的瓶子。

"怎么不知道跑哪儿去了？布朗女士提出要到王府井吃点中国风味的小吃，林克先生听了也要同去，而且我还请示了组长，前前后后不过一个小时……"

梁倩在心里计算了一下，从北京饭店到王府井任何一家小吃店，快走，来回也得三十分钟。剩下的时间……

"哼，"她冷笑了，"三十分钟，脱裤子还来不及呢。狗蛋。"但柳泉这种温良恭俭让的软弱也令她愤然。她干吗要这样畏畏缩缩地解释？她的血性哪儿去了？"有些人，你越是对他讲道理，他越是认为你没理。对这种人，只有得理不让人，逮着理就得闹他个人仰马翻。你用不着给我解释这个。只要你没干理亏的事，就绝不能饶了他。你想一走了之，临阵脱逃？当逃兵人家也饶不了你。一大堆肮脏的谣言，走哪儿会跟你到哪儿。这里头分明有人捣鬼。你要抓住这件事，闹得越大越好。工作问题反倒解决了。我呢，往上面找人帮你疏通一下，绝不能败在谢昆生这老小子手里。刚才和他交交锋有好处，至少知道了事情从哪儿发端。我看朱祯祥局长那个人还是清楚的，他当时就表示'这件事情好查嘛，可以弄清楚的'。你一定要找朱局长谈谈，该说的你要说清楚，我觉得他会帮助你。"

梁倩说的也许句句是实话，但她们的社会地位毕竟不同。对她可行的办法，对柳泉未必可行。就是现在，柳泉觉得自己的肩膀已经开始往下倾斜。一副丢盔卸甲的架势。

而梁倩变得越来越爱吵架，只要一吵架，她就好像来了精气神儿。柳泉甚至觉得她有时存心找架吵。

唉，她也不过貌似坚强而已，像刚拨开汽水瓶盖那一股势不可挡的气泡。她们其实都是弱者。柳泉黯然。为梁倩，也为自己。

"你怎么了？"梁倩忽然变得安静。

"没什么……"柳泉伸出双手，隔着桌子，握住梁倩的左手。

梁倩放下右手里的杯子，像个男人似的拍着柳泉的背，"吃冰激凌吧，它已经化了……"

唉，像个男人一样拍着她的背。

六

院子里，每一家的电视机都在开着。

从挂着不同花色的窗帘和亮着不同灯光的窗口里，传出同一频道里的同一女人的哭声。

有板有眼，抑扬顿挫，声乐训练似的。所以人们才能在吃着饭后消暑的西瓜，打着饱嗝，东家长西家短的闲聊中，倾听这表示痛苦和悲哀的信号。

真到哀痛欲绝的时候，有谁这样哭过？

只有这条短街，还是一个安静的去处。

由于不是交通要道，没有公共电汽车的线路通过。尤其到了晚上，连小汽车也很少通过，它侥幸地保留了一些未被骚扰尽的恬静。像一个狭长的街心花园，有树、灌木、草地，和花丛。甚至还有一小片拦在铁丝网里的果园。青青的，又涩又硬的小苹果，正傻里傻气——像她们一样傻里傻气——无声无息地在那没有灯光的、黑黝黝的果园深处长大，变得红润和甘甜，直至献出完美的自我。

　　街灯的光晕，像黄澄澄的雾，罩着在街边草地上低声絮语的青年，捧着书本准备高考的学生，以及乘凉的人们。原来有那么多人在充满兴味地活着。那片草地诱惑着柳泉，她想立刻躺上去，什么也不做，只是数天上的星。或是像推车里那个熟睡的婴儿，做一个什么梦也没有的梦。再不要像个上紧了发条的玩具人，嘭、嘭、嘭地跳个不停。她给蒙蒙买过那样的一个玩具猴子，发条一上，它就不停地翻跟斗。即使是铁皮做的，也磕掉了漆皮，碰扁了头颅。

　　到现在，她连晚饭还没吃。刚才荆华给她冲了一杯麦乳精，她连那个也咽不下去。除了白开水，随便什么东西，一进喉咙，就使她要呕吐。也许有些中暑。想找瓶"十滴水"，翻遍了她和荆华房间里的抽屉也没有找到。不论用得着的、或是用不着的东西，她们都显得欠缺。

　　整整一个下午，柳泉骑着自行车，在像是刚从熔铁炉里捞出来的太阳底下奔波。

　　魏经理已经发出最后通牒，让她回公司上班。

　　而梁倩却让她拖着。还是那句话：调令随后就下。但是，究竟有多少把握？今天应该听到回信。

　　宿舍、摄制组、放映室、混录棚、洗印车间、剪接车间，到处找不到梁倩。据说她拍的那部片子又出了什么问题，厂党委没有通过。她不会一怒之下上吊去吧？平时，她爱说这样的话："气得我真想上吊！"但更大的可能是找谁吵架去了。柳泉想象得到，她如何恶狠狠地咬着两排细小而紧密的牙齿，一副血战到底的样子。

　　结果却有人告诉她，梁倩在摄影棚。摄影棚里还有她什么事？她的片子早已拍完。

每个摄影棚都在排戏。摄影机的镜头像重炮炮口一样，瞄准着在七情六欲里挣扎的凡夫俗子。只有二号棚里阒无一人，然而每盏灯都大放光明，管灯光的人大概上厕所去了。医生也许会给他开一个诊断证明：便秘。

梁倩正坐在玻璃镶嵌的一池春水中。远远地看去，像是一枝出水芙蓉。远远地，唉，只能是远远地了。

池水里，倒映着制作车间出品的描金绘彩的飞檐，婀娜多情的柳丝，轻柔的浮云，奇巧的岸石……

她不知在想什么，两手抱着腿，下巴颏儿抵在两个膝头之间，睁着一双视而不见的眼睛。柳泉觉得蹊跷，这不大像她平时。

"你怎么在这儿，让我好找。"柳泉远远地站着，不敢走近，生怕一脚踩碎了那些玻璃。

"你瞧，这儿多好。"

这更不像她。梁倩讨厌一切假的东西：绢花，塑料花，首饰……就连她拍的那么一大部电影，也没有一处不是实景，难道她已经到了可以抛弃自己的时候？那她可就大福大贵了。

"你在这儿干吗？"

"打坐。"梁倩耸了耸肩膀，又做了一个鬼脸。她显得心绪烦乱。"在寻找一种感觉。"她认真了一点，不那么怪模怪样地笑了。

什么感觉？在虚假里可以死心塌地的感觉。她找不着。

"你得了吧。"柳泉痛惜地呵斥她。"别玩新花样了。你就是你。有人说，改变性格不过像是穿过一条小巷。对另外一些人也许是那样，对我们却是不能。"

对了，她们像是一架老风车，被遗忘在荒野里一条叫不出名字的河流上。并且不知道自己已经慢了几个世纪，依旧那么不慌不忙、自得其乐地旋转着,每一个老关节都满足地哼哼着。谁要是想给她们变个节奏,换上一个现代化的马达,立刻就会把她们的老骨头摇散了架。

梁倩像让人戳穿了西洋景,赖皮赖脸地嘻开嘴巴。"你来得正好。我出不去,今天还有人要审我的片子。这几天活动的结果是:上面已经通了,谢昆生也说他那里没问题,只是下面人事处在顶着。人事处又是听了群众的什么什么反映。我找人摸了底,人事处那里根本没有问题,是谢昆生想调个心腹人来。说到群众反映,可能是钱秀瑛捣的鬼。朱祯祥说,这些反映可以查查清楚。第一,有没有那么回事;第二,即使有那么回事还要看具体情节和性质……能有这一句话就行,不是一听诬陷就给人板上钉钉。他说他愿意找你谈谈。这个人还不错,不像有些人,连个辩白的机会都不给你。"

好倒是好,但即兴的豪言壮语和琐碎的具体工作之间仿佛隔着一条可以冷却冲动、责任、热情的河。

"他什么时候找我谈,又什么时候才能查清楚呢?"

"今天,就是今天。我已经给你联系好了。你先打个电话联系一下,万一他晚上突然有什么紧急的事,你不是白跑吗?我把他家的电话号码告诉你——"说着,她翻着那个蓝皮儿的通讯册。"我这个宝贝本子可不能丢。'上面的联络点,有三百多处哇——'哼哼。"梁倩从鼻眼里挤出一个冷笑。她喜欢拿"文化大革命"中那些样板戏里的台词开玩笑,那些台词她记得滚瓜烂熟。

从电影厂回家的路上,柳泉打过一个电话。接电话的是个女性,有着柔和而安详的声音。"他还没回来。对不起,请你过些时间再来电话好吗?"

完全没有戒心顿生的反感、倨傲、跋扈。也没有盘问一番:你是谁？哪个单位的？有什么事？

....

这显然少有。也许是他们家的阿姨，但不像。很沉稳，有经验，又因有教养而充满自信。是朱祯祥的妻子吧？他们夫妇二人生活得一定和谐。像月亮跟随着太阳，不论阴晴。

现在荆华陪她去打第二次电话。

一路上，柳泉都在为打电话的时间是否合适而烦恼。

"他会不会正在吃饭呢？"

柳泉想，要是朱祯祥胃口不好，也许这电话就会影响他的食欲。要是他正在剥一只虾，那就会败了他的兴味。这对以后将要进行的事情，似乎没有直接的影响，但她的不合时宜很可能会变成第一抹暗影。这就是办事老成的人常讲的"天时、地利、人和"。

"不会，现在八点都过了。"

荆华怎能不陪柳泉去打电话呢？她好像被不断的失败弄糊涂了。糊涂到对自己的权利该不该存在都发生了怀疑。更不要说她和每个人一样，想给谁打电话就可以打。

他会不会在洗澡？柳泉想，要是他在洗澡，停会儿还得再打。一个下午打三次电话，人家会不会嫌烦呢？她会不会显得急不可待而遭轻蔑呢？

"你怎么了？你并不是去求谁的恩赐。你有权力向任何人声明，你身上那一块黑、一块绿、一块黄的东西，是别人给你抹上去的，并非生来如此，它是可以洗掉的。"

实际上是"求"。不过柳泉不想和荆华争论，只是疲倦地笑笑。

不巧，看公用电话的老太太刚刚关上电话机前的玻璃窗。

荆华赔着笑："大妈，我们打个电话。"

老太太后脑勺上的疙瘩鬏说一不二地晃了又晃:"不成,过点了。"

"我们有急事。"

"我管不着。我还有急事呐。闺女病了,发着几十度的高烧,这会儿刚合上眼。老打电话,还养病不养病啦?"

难怪她一肚子的邪火。她闺女病得很重,也许她正在为找不到好药和好大夫而烦心。

人人都有自己的不幸。

柳泉觉得咬着的那枚苦果更苦了。"怎么办呢?"

"路那头好像有一家机关,传达室里总有电话吧?借用一下。"

"你回去吧,我自己去就行了。"

"不。"荆华说。柳泉和她不一样。柳泉需要拐杖,哪怕是根秫秸秆的也行。

她没有告诉柳泉,由于老安的反对,并没有对她进行什么批判,也没有按照一些人的想法,给她扣个什么帽子。但机关里突然盛传她和老安有什么不正当的关系。那些话说得真难听,简直不能想象是从知书达理的人嘴里说出来的。柳泉遭到的诬陷,其实是太平常了。

这也是老套子。像前门月盛斋的酱牛肉卤,几百年的老汤了。要想毁灭谁,尤其毁灭一个女人,再没有比拿这盆屎往她身上一扣更省事、更拿手的办法了。这也是一绝。像每天晚上电视里播放西铁城石英表的广告一样:"誉满全球。"

柳泉老看不透这一点,所以她老是吃苦。

半个世纪过去了,这些人的观念仍然停留在阿Q的思维逻辑上:爱情就是困觉。鲁迅先生是伟大的,在阿Q身上,凝聚着我们可悲的国民精神。

荆华终于读完了那女人写给老安的情书。充满着女性细腻、朦胧的温柔。语言竟还是"五四"时代的，文白夹杂。让她想起三十年代的女性。她们的爱情大概不会像现代女性那样开放，而像那文字一样文白夹杂。荆华久已不读这样的文字，敬重里又带一点善意的嘲笑。老安的判断不准确，她并不太洋，虽然信上有几处引文用的是英语。至于感情用事，又有什么不好？只要这感情并不祸国殃民。荆华准备鼓动老安下决心结婚。六十岁以上的人怎么就不能恋爱呢？如果她活到八十岁，终于遇到一个可爱可敬的男人，她绝不会像老安那么犹豫，可惜她遇不到就是了。

那栋机关大楼，威严而方正地矗立在黑夜之中。显出一派秉公办事、不徇私情的神气，毫无缘由地给她们以鼓励和希望，她们不由得加快了脚步。像飞蛾扑向光亮，扑向那亮着灯光的门厅。

电话机就放在传达室那棕色的宽阔的窗台上。没有人，只有一台电位器已经磨损，电容器已经老化的收音机，诸葛亮守空城似的唱着。噼里啪啦伴着嗡——嗡——嗡——嗡。

"人呢？"柳泉环顾四周。"喂，同志——"

收音机回答着：噼里啪啦，嗡——嗡——嗡——。

"没事儿，打吧。不就是打个电话嘛。"

柳泉伸手去拿电话筒。

"干什么的？！干什么的？！"从走廊的暗影里钻出来一个罗汉似的人物。胸脯上的两块肌肉，比荆华还显得丰满，隆起在线背心下。腰围足有三尺，柳泉即使到了足月临产的时候，也没有这样一个令人望而生畏的肚子。

"我们想打个电话。"荆华一目了然地明白，眼前是个横竖以使人难堪为乐事的角色。

"打电话？打电话找公用电话去。"硬碰硬的，没有一点商量的余地。

荆华相信，他要是掐死个狗呀、猫呀什么的，一点也不会手软。

"公用电话已经休息了，我们有急事，谢谢您了。"柳泉脸上堆满了笑。她笑起来的时候嘴角上便会出现两个俏皮的小酒窝。很动人的。

"去！去！去！不行。"像呵斥一条偷食的野狗。

柳泉的脸红了，却仍然笑着，但那笑容已非动人，而真像一条被斥走的野狗，又溜溜地蹭着墙边回来了，窥测着人家的脸色，向人家阿谀地摇着尾巴。

"柳泉。"

"我们有急事……"

她怎么了？

"有急事也不行。我们这里是××机关，万一上面有个紧急电话找领导，你这里占着线耽误了事情谁负责？"

绝对的狐假虎威。他要是当了部长该怎么办？

机关里有值班室，领导家里有电话。红机子。黑机子。别管是上面，还是上上面，昼夜畅通，风雨无阻。

"柳泉，走吧，上电报大楼去打。"

柳泉怔怔地说："我该结婚，找个屁股冒烟、家里有电话的丈夫，那就不会受这个气了。"

"走吧！"荆华已经上了自行车。

三部电话，每部电话都有人占着。哪个快点呢？

"……剩了？剩多少？哟！那你明天早上馏馏吃，不馏你就煎煎也行……"

这个当然不能等。跟侯宝林说的相声一样,等他打完电话,一出戏都该散场了。

而那个……

柳泉捏了捏荆华的胳膊。

他在这儿。脑袋扎在搁电话机的台子底下,撅着屁股,两只手捂着紧贴着话筒的嘴巴。真辛苦。

"……对,对!那位领导同志看过了,说她这部片子问题很大。什么?绝对可靠!你就放心吧。我是为你着想,不然我管这个闲事干吗……"

荆华惊呆了,惊得连声音都虚了起来。"你懂吗?"

柳泉把她的胳膊抓得更紧了。

"……我老婆没跟你说?这种事她能跟你说!她只想自己出人头地。我告诉你,她这是存心坑人。这些日子政策又紧了,你没觉出来吗?好,好,你知道就行。别谢,别谢。就这样吧,啊?再见。"

白复山放下电话,转过身来。最后那道温文尔雅的面具已经除下。裤线、衣领也不再挺括,衬衣上只剩下了一粒扣子,衣襟像两扇弹簧失灵的门,大大地左右敞开。整个人像被汗水浸透了,黏糊糊的,酸渍渍的。

白复山没想到,面对面地站着荆华和柳泉,真是冤家路窄。这两个娘们儿,灾星似的,谁撞见谁晦气。从某种意义上来说,女人都是男人的灾星。她们显然听见了他说的话,不然不会像索命的小鬼那样望着他。

知道了又怎么样?狗屁!这些奶子已经像空布袋一样吊着的老母狗,牙口都不顶用了,还敢上来咬一口?白复山恨不得踹她们一人一脚,像踹开一切路障。这叫一报还一报。梁倩要是不管他的死活,他

313

照样给她一脚。

他像不认识她们，或是没看见她们一样地走了过去。

"他总该感到一点心虚或尴尬吧？"柳泉在白复山的眼睛里，竟找不到一丝类似这种感情的影子。哪怕找到一点也好，可是没有，什么都没有。那是一双布满红丝的混浊体，让人联想起一坑流水不疏、颜色发绿的烂泥塘子，又像因恣意咬噬而红了眼的野兽。拿这种眼睛看世界、看人，还明净得了吗？

"这就是所谓的丈夫。"荆华斜望着柳泉，低声地说。好像是在讽喻她把"丈夫"视为拯救自己脱离苦海的幻想。然后又提高了嗓音，"没有什么丈夫不丈夫，只有靠我们自己，柳泉。打电话吧。"

柳泉一言不发，咬着牙齿紧蹬，自行车的链条咔啦啦地响。她那辆自行车应该大修，或是应该上油。

大东郊！而且已经是晚上八点五十分。

应该把车存在西单，然后叫辆出租汽车。她们苦惯了，没有人心痛她们，自己也不知道心痛自己。

红灯。绿灯。

绿灯。红灯。她们巴望着绿灯，一路绿着亮过去。荆华已经很累了，但她绝不哼一声。她用眼睛扫视马路两侧。车辆已见稀落，尤其是那些骑自行车的人，像在公园里散步那么消闲，不紧不慢，没有一个像她们这样玩命似的紧蹬。

荆华以为永远到不了了。当她从自行车上下来的时候，大腿麻木得失去了感觉，好像蹬车的时候让她给蹬丢了。

一栋栋楼房像孪生子那么相像，恐怕亲娘老子也不容易分清。她们像进入迷宫，在这些大楼中间转了好久，才找到朱祯祥住的那栋楼。

"你上去吧。我在这儿等你。别慌，先谈什么，后谈什么，都是我们刚才在路上讨论过好几遍的事情。"荆华尽力显得淡漠。柳泉此时像受了惊的马，任何一点微小的刺激或是情感上的暗示，都会使她从主要的目标上偏离。

她背过脸去，不看柳泉那副仓皇上阵的模样。直到她确定柳泉已经上了楼，才一屁股坐在地上，抽出一支香烟点上。她迫不及待地、狠狠地吸了一口，然后畅快地吐出一连串的呻吟，直到一个过路人惊诧地打量她，她才打住自己惬意的哼哼。

糟糕。柳泉全然不知道自己要说些什么，就连组长的名字她也说不上来了。柳泉原想说，她陪外宾上王府井吃小吃是经过组长同意的，而且是她付的钱。晚上，外宾又回请她喝了一杯咖啡，这也是向组长汇报过的……极端乏味的感觉突然向她袭来。这是何苦呢？四十岁的人了，为了几碗馄饨、一杯咖啡，到处去向人说个明白。如果做人做到这种琐碎程度……她伤感起来。在路上决意要到这里说个一清二楚的劲头，像她那个慢撒气的自行车后胎，不知不觉地瘪了。

朱祯祥的妻子端进两杯加了冰块的酸梅汤，放在她和朱祯祥沙发之间的茶几上。轻轻地，没有发出一点声响。这家的茶杯也像主人那么体贴、懂事和安详。

"您请。"女主人说。

"谢谢。"柳泉抬起身来。

她并不说话，只是微笑地摇头，摆摆手让柳泉坐下。然后拿着托盘出去了。顺手轻轻地掩上了房门，截断了从另一个房间里流进来的轻曼的乐声。

她甚至没有回头看他们一眼，没有投来一瞥或好奇、或审度、或鄙夷的目光。这一切都应该让柳泉感到放松，可是她依旧愣在那里，说不出话来。

朱祯祥了解过，柳泉的工作很值得称道。安排外宾住宿，二十五个名字和房间号码，钱秀瑛花了二十多分钟，也没弄清哪位外宾在哪个房间，柳泉只消几分钟就弄清楚了。她有一套比较科学的工作方法。也不像钱秀瑛那样需要随身携带一本英汉大字典。每当钱秀瑛和外宾有一搭没一搭地闲聊，或是在宾馆的浴室里，没完没了地冲洗自己，对着镜子细调脸上的铅粉的时候，柳泉却在做工作日记，或与有关单位再次落实第二天的活动日程，或为外宾联系解决他们突然提出的要求。她没有一次像钱秀瑛那样涎着脸儿要求外宾给拍一张三分钟的快照，或是在外宾鼻子前头打个"榧子"表示友好……但她的生存能力怎么那么差？朱祯祥很愿意帮助她。然而他可以断言，就算眼前这个困难解决了，她还会招架不住哪怕是一根歹毒的舌头。

她想得太多，活得太拘谨。总像一头受了伤的小兽。她的心和她的眼睛离得太远，硬是拒绝承认眼睛里看到的东西，因而那心永远是没有准备的。

"你住在什么地方呢？"朱祯祥尽力找话说。只要讲起话来，她就会轻松一些。

"西城，莲花胡同。"

"那儿有个莲花池么？"

"没有。也许老早以前有过。"柳泉突然开始出汗，手心冰凉，身子软瘫，眼前一阵阵地发黑。她的头无力地歪向沙发靠背。哦，这是怎么了，她要办的事情还没办呢……

"北京的胡同一般都有点来历或是讲究……"朱祯祥瞥了柳泉一眼，立刻被她失血的面色和嘴唇所惊吓。他快步走去打开隔壁的房门。

"仲兰，你快来瞧瞧，柳泉同志好像不舒服。"

朱祯祥的妻子应声走了出来，翻开柳泉的眼皮看了看，又伸手去摸着柳泉的脉搏。

"要不要叫车？"

"不要。你去冲一杯奶粉，多加些葡萄糖。"她话说得很快，但并不惊慌失措。

"真对不起……"柳泉声音微弱地说。

"别说这个。谁都有意想不到的时候。"她悄声地对柳泉说。"别着急，没有过不去的河。"她接过朱祯祥冲好的奶粉，问柳泉，"您自己能喝吗？"

柳泉不好意思地笑了笑。

"把这个喝了，您会觉得好一点。我再去给您弄点吃的。没关系，这是血糖低的缘故，我也有这个毛病，吃点东西就好了。"

柳泉觉得俯向她的那张圆圆的、依然滋润的面孔，如窗外溶溶的月亮，安静地照耀着她。她顿时觉得饿极了，便接过那杯滚烫的牛奶，急急地吮吸着。

朱祯祥转过身去，尽力不看柳泉，怕她不好意思。在柳泉那吮吸牛奶的急切里，有一种令人落泪的东西。他的直觉告诉他，柳泉不是那种乱七八糟的女人，他在她身上没有发现过一丝那样的痕迹。

"柳泉同志，你不要着急，我们一定要把这些事情弄清楚。"

明天他将把外事组的人全召集到一起，再加上谢昆生。谁对柳泉有什么反映都亮到桌面上来，三头对案，人证物证，一一落实下来。合则留，不合则去——量他们中间也没有什么可以拿到桌面上的东西。再不要这样似是而非，传来传去地糟蹋人。人家是个独身的女人啊。这样糟蹋人家，还让人家活不活？怎么能那样残忍呢？

从十层楼上朝下望去，真有遥望人寰的味道。璀璨的灯火，一望无尽地向远方铺去。晶莹、剔透。多么大的世界啊，为什么就不能给柳泉一方立足之地呢？

物质世界的发展速度是惊人的。据说二十年后可以将冰川拖曳至少水的地区；可以去别的星球上开采矿产；可以将污染的水净化为沼气供汽车作为燃料……而对人类自身存在的、早就应该消灭净尽的兽性，如自私、残酷、暴戾、占有欲、虚伪、奸诈……却表现得软弱无力。与几千、几万年前相比，人类究竟进步了多少？如果再过几千、几万年回头来看现在，就会发现现在的人和原始人其实没有多少差别。

朱祯祥的妻子托着托盘进来了。托盘里是满满一碗热腾腾的汤面，一双红漆筷子，一盘凉拌鸡丝。

朱祯祥赶过去接她。"不，你不要换手了，"她把那些东西一一放在柳泉的面前，"鸡丝里我放了点芥末。真糟，忘记了问你吃不吃芥末。"

"我什么都吃。只是——这太不好意思了。"

"你尝尝看，会不会太淡？我去拿点盐。"

朱祯祥自愧弗如。他的妻子总能巧妙的，不露形迹地帮助别人从尴尬里解脱。

柳泉又想哭了，她赶紧拿起碗和筷子，不行，两只手一点力气也没有，而且颤抖得相当厉害，差点儿把面碗打翻。她把碗放下，筷子却从手里滑脱出去，一直滚到女主人的脚边。

"不要了，不要了。"朱祯祥的妻子说，"我去替你换过一双。"她转身出去了。

柳泉的舌头，第一次不因当面说人好话而感到僵硬。"您爱人真好……"就在此时，她突然觉得如释重负。

起风了。风真大。狂风把树上浓密的枝叶摇撼、撕扯得呜呜直响，竟如山呼海啸般地惊心动魄。"咔嚓嚓"的一声巨响，一棵大树被刮倒了。她们缩在一楼的门洞里，不知怎么办才好。荆华怀疑她们有没有力气把车骑到家。可是她们又不能在这里站到天亮。

　　"还是走吧，能骑就骑，不能骑就推着。或是路上截辆卡车，求他带咱们一段。"荆华走出门洞，她的短发立刻在风中飞舞起来。风呛得她说不出话，她只能一味地招手让柳泉上路。

　　推着车子七拐八拐，拐上了大路，荆华大叫一声："嘿，顺风。"

　　果然。柳泉上了车，根本不用蹬，只是掌好车把，顺着风一路溜过去，真有飘然欲仙的感觉。

　　"顺风。"荆华又说了一句。声音里跳跃着喜出望外的欢乐。

　　"咱们也有顺风的时候。啊？！"

七

　　还剩下这件事：把扁豆丝切好。

　　梁倩喜欢吃素炒扁豆丝，再加上一点姜末。

　　切好扁豆丝，一切就都准备齐全，单等梁倩进门就下锅。她在电影厂等候最后的裁决，据说她那部片子可以通过。这几天她为这部片子又上上下下地跑了个够。一边跑一边骂："他妈的，难怪咱们工作效率不高。一个人只能用十分之三的精力搞事业，用十分之七的精力去打官司，去解释，去扫清阻力，疏通关系……"

还有一样她忘了计算进去：用多少力量才能从白复山造成的干扰、绝望、幻灭中挣扎出来。

女人要面对的是两个世界。能够有所作为的女人，一定得比男人更强大才行。

澄澄已经和她疏远。她在他入睡之后回家，又在他起床之前离去。偶尔，她想起母亲应尽的责任和义务，给澄澄买一件礼物，却不知道买什么好。或买过之后才猛然清醒，他已经十六岁，不再需要玩具。她惭愧，内疚。终于下狠心抽出一天时间和澄澄单独相对的时候，他们却无话可说。她心不在焉，心里像长了草，总是想她的分镜头。

而蒙蒙呢？

"妈妈，我饿了，怎么梁阿姨还不来啊？"

"再等等，柜子里有蛋糕，你先吃两块，好吗？"

"您老是再等等，再等等。自行车您也说再等等，再等等，您还给不给我买啊？"

"妈妈没钱……"

"您怎么没钱啊？您每个月有五十六元钱工资，还有洗理费、粮食补助、车贴……"

"蒙蒙，"柳泉心里难过极了，"这是谁教你的啊？"

"爸爸说的。"

他在教孩子什么啊？有这样的父亲吗？

在水池里洗小萝卜的荆华忍不住了。"蒙蒙，你怎么能和妈妈这样算账呢？如果爸爸教你这样做，我可要给你说说清楚。妈妈一个月要给你十元钱抚养费，然后她还要给你买书、买鞋、买衣服，自己还要吃饭、交房租……"荆华没有说，这几年为了把她从外地调回北京以及最近柳泉自己活动工作，她们怎样挤干了身边的每一个小钱，去周旋，去应酬。在她们已是倾囊而尽，对那些"有权就有了一切"的人家，仍然寒碜得没法出手。

这种话不应该对孩子说，这种事更不应该让孩子知道。生活的丑恶让孩子知道得越少越好，并且希望他永远不要碰到。

"妈妈既然给了抚养费，那么买书、买衣服、买玩具、买自行车……都是超出离婚判决书上规定的额外付出。因为妈妈爱你。这些钱，是她从自己牙缝里一点一点抠下来的，不要以为她是有钱没地方扔的财主。这些话本来不应该对你说，但是你大了，应当懂事，知道妈妈的苦楚和爱心……"

蒙蒙的小圆眼睛，先是显得惊诧，然后是愤慨、委屈。他一向听到的，显然是另外一套。

"我不知道啊。我的衬衣破了，他说，找你妈要去。我的作业本没了，他说，找你妈要去……要是我再说，他就打我，打得我脖子疼得几天不能转弯儿。我受的苦少啊？要是这么着，他干吗非要我不可啊？为什么把我给他，不给他就不同意离婚啊？那离婚判决书能不能改改啊？把我判给妈妈吧……"蒙蒙哭了。

谁能解释他为什么非要蒙蒙不可呢？他自己那样做人倒也罢了，还要把蒙蒙也造就成一个像他那样的人。这简直是一种杀戮。对一个弱小的，没有抗御、辨别能力的清白灵魂的杀戮。他不觉得他是有罪的吗？这为人之父的。

"别哭，蒙蒙，我和妈妈一块儿凑钱给你买辆自行车。"

"不，我不要了。不要了。"

蒙蒙是个懂事的孩子，只要把道理告诉他。听着荆华和蒙蒙的对话，柳泉再一次后悔。她不该结婚，更不该把蒙蒙生下来，假如她没有为儿子准备好一切。

梁倩来了。

"这、这、这是怎么了？啊？一个个都哭丧着脸。伙计们，别净给自己找不痛快，好不好？蒙蒙，你还算男子汉呐，男子汉还哭鼻子啊？啊呀。啧啧啧，快吧，快吧，谁接接我呀。"她手里拎着大大小小的纸包，背上还背着一个地质勘探队员才用得着的大帆布包。

"你还买这么多东西干什么？吃不了都该坏了。"柳泉埋怨她。

"吃吧，吃吧。咱们一个个全瘦得跟小鬼似的。"

"你那个电影怎么样？"荆华问。

梁倩看了看她们，不知道把那噩讯告诉她们，还是不告诉她们为好。"算了，算了，不说它，不说它。"她从帆布包里往外掏东西。

"咣！"一瓶啤酒放到小桌上。

"咣！"又一瓶啤酒放到小桌上。

"咣！""咣！"一共四瓶啤酒。"凉水里镇镇。凉水里镇镇。折腾来折腾去咱们连个冰箱也混不上。"她专心致志地对付那些大大小小的纸包。拿了一块鸡杂塞进嘴里，狠狠地嚼着。

砸了！荆华一看就知道。

"到底怎么样了？"柳泉还盯着问。

她总是慢一个节奏。

"枪毙了。"梁倩又拿了一块鸡杂。

"别吃了，回头吃饭又吃不下了。再说你也没洗手，脏不脏？"柳泉从梁倩手里把那块鸡杂夺下。

"为什么？"

"谁他妈知道为什么。"梁倩"当"的一脚踢翻了一张凳子。"那个姓吴的头儿说了：'我说——啊，那个工人睡觉打呼噜怎么打得那么

响?这不是丑化我们的工人阶级吗?'

"洗印车间的青工小聂说:'我比他打呼噜打得还响呐。'

"真他妈混蛋。

"又说:'那女主角的奶子怎么那么高哇?真的还是假的?啊?要是存心垫的,我看这可是一个严重的思想意识问题,要认真地讨论、讨论。这是不是色情,啊?不是诱导青少年犯罪又是干什么?不要搞成黄色电影啊,我说梁倩同志。'"

"我说:'是真是假,可以调查研究一下,摸一摸就知道了。'"

"奶子高?奶子高也成一条罪状了?人家长得就那么高,能削下去一块吗?装什么正经。跟鲁迅先生说的一样,看见露在袖子外面的胳膊,就想到了其他的什么地方,像《肥皂》那篇小说似的,咯吱咯吱……哈哈!

"听我这么说,他急眼了。'梁倩同志,请你严肃一点。'

"'我怎么不严肃了?我这会儿严肃得不能再严肃了。妇女不是性而是人!然而有些人的认识,还没有达到这个境界。更不幸的是有些女人,也以取悦男性为生存的手段和目的,这完全是一种旧意识,您刚才发表的关于奶子的高见,正是这种意识的反映。您怎能不把女人当祸水。好吧,就算女人是祸水,那么男人个个都是柳下惠也行。干吗一出了什么问题都要怪女人,骂女人?啊?'

"我明知说了这些话我的片子不完蛋也得完蛋,可我当时不知中了什么邪,再也不能控制自己了。当然还加上白复山造的那个谣,说某领导看了很不满意等等。然后就枪毙了。有些人就是这样,听风就是雨,又不敢去找领导落实,就以讹传讹地做决定、下命令。文艺要不要繁荣?社会主义事业要不要前进?跟他有什么关系?!只要不影响他当官儿就行。"

精彩。梁倩的每一句话都让荆华感到痛快。这个笨蛋。像她自己一样,每一个片段都是精彩的,通体看来却是失败的。这就是她们的常态。

"这并不一定是定局吧?还有上级领导呢。"

"这种现象很不正常,什么矛盾都上交,不找上头就不能解决问题。这个官倒好当,有困难往上一推,做具体工作下面有腿。你说,这种白吃饱的干部有什么用?"

柳泉把腰上系着的围裙解了下来,在沙发上颓然地坐下,恰巧坐在沙发上呼噜呼噜念经的猫头身上。猫头"噢"地一声猛然从她身子底下挣脱出去,吓得柳泉一惊。她讷讷地说:"不是说得好好的吗?怎么又不行了?"

"唉,我从来不那么轻信。在中国办事情就是这样,什么时候不实实地抓到手,就不能算成。除非电影院今天上演,否则什么意想不到的情况都会发生。说了半天,你的调令拿到手了没有?"

"拿到了。"

那神气就跟没拿到一模一样,以致梁倩不得不追问一句:"在哪儿?让咱们瞧瞧。跟请玉皇大帝那么难。"

外事局的调令,那张 20×27 公分、至尊至贵的纸头,原像敬佛似的摆在小柜上,现在却让水濡湿了。哪儿来的水呢?

"蒙蒙,这是你干的事吧?"柳泉一面急急地用自己的衣角揩着纸上的水渍,一面厉声地问。

"我……我不知道。"

蒙蒙真是不知道。蒙蒙有什么必要像她们那样,让这张纸吸干他心里那一个可以使他滋润、茂盛、欣欣向荣的泉眼呢?

"不知道?不知道这水是从哪儿来的?"

"算了,算了,弄干它不就行了。"荆华劝解着。

柳泉那非同小可的神气,使这件事显得异乎寻常的严重。蒙蒙小心翼翼地解释:"我刚才倒过柜子上冷水瓶里的水……我渴了。"

"那你为什么不小心一点呢?"柳泉不肯罢休,她似乎执意找茬子发泄一下。再憋下去她可能会不顾一切地、歇斯底里地大叫起来。

"我不知道……"蒙蒙更加惶恐了。

"不知道!你知道什么?!"柳泉高高地扬起了巴掌,但她的手在半空停住。在蒙蒙的眼睛里,她看到了刚刚萌生出来的,对成年人的能力的、朦胧的迷惘和疑惑,以及由此而生的惊诧和失望。

梁倩拿起那张起皱的调令,走到阳台上去。"哎呀,晒晒就干了嘛。"

"小心,别给风吹跑了。"柳泉急急地喊。

"拿块石头压上就得了。不,用你桌上那个'镇纸'压上。吹不走的。"

现在柳泉所有的动作都显得过量,像戏剧演员上银幕似的,总是过点火候。柳泉从不是个小题大做的人,这张重量不到一克的纸头,几乎磨尽了她所有的耐性。与其说是宝贵它,还不如说她是痛惜自己为这张纸所付出的一切。

"赶快炒菜吧,我们都饿了。"荆华又把柳泉解下来的围裙递给她。小声地责备着:"不要拿孩子当出气筒。"

她比那些人又高明多少呢?他们挤压她,因为她弱小。她敢向他们抗争吗?不敢。她只敢对付比她还弱小的蒙蒙。

现在应该放糖。

只有在蒙蒙的面前,她才有尊严二字可言,像大多数的父母那样,这是他们给予后代的最初的奴性教育。

现在应该放一点醋。

柳泉感到不自在。好像有人看到了、或听见了她内心的自省。她回头看了一眼，不，没有人，他们都在荆华的房间里。她听见蒙蒙笑了，好像梁倩在讲笑话。她在努力抹去蒙蒙心上的暗影。不，忘记只是暂时的，他眼睛里刚才萌生的那种东西会长大、成熟、变成完全不同的一种东西——轻蔑。

"蒙蒙。"柳泉叫道。

"什么事？"蒙蒙僵硬地问。那有弹性的笑声顿时变得无影无踪。

"这块鱼子给你吃。"鱼子煎得焦黄，一定松脆可口。柳泉本来想把它和煎好的黄鱼一块红烧，但蒙蒙爱吃煎鱼子。她明知今天不宜再为蒙蒙做些什么，那会使她更加糟糕。然而母爱是最不能列入立法条例的，它通常不讲什么是应该、什么是不应该，它时时服从于自我牺牲的本能。

蒙蒙一动不动，眼睛里闪过一丝不屑的光。只是一闪而已。他在想，到底吃不吃这块鱼子。刚才那一通横里飞来的呵斥伤了他的自尊。但他看出母亲在期待着，带着一种歉意、一种和好如初的巴望。他心软了，皱了一下眉头，拿起那块鱼子，兴味索然地咬了一口。

柳泉像是被赦免了，不胜感激地想，蒙蒙是个善良的、宽厚的孩子。但愿他长大以后也能这样待人处事。"蒙蒙，别生妈妈的气啊。"柳泉冲动地说。说完便立刻转过身去，铲子很响地翻动着炒锅里的菜。

"梁阿姨在说明天去八达岭的事。"

"把这盘菜端过去吧。"

蒙蒙懂事了。

谢谢，我的小儿子。

"我想开了。"梁倩撑开折叠方桌,"等,等到我们大家的问题都解决了,再出去好好玩一天?永远不会有那个时候!这个问题解决了,还会有那个问题出现。我们干吗要受这个制约呢?不等了,明天去八达岭。汽车我都联系好了。吃的也准备好了,在背包里。怎么样?蒙蒙,你赞成吗?"

"赞成!赞成!"蒙蒙雀跃。从来没有人带他去过八达岭、十三陵、香山……这些几乎每个北京人都去过的地方。妈妈没心情,爸爸不肯花钱。

"说得对呀,本来就这么回事嘛。你终于开窍啦。"荆华奚落她。

"我不开窍还是你不开窍?"梁倩反攻。

"噢,上八达岭啦,上八达岭啦!曹阿姨,你会唱《少年先锋队员之歌》吗?"

对的,和她们小的时候一样。如果她回想起那些远足、游行、乘车的时光,和那些回忆紧紧联系在一起的,就是歌声、歌声……

她们爱唱——

> 小鸟在前面带路,
> 风儿吹动我们,
> 我们像春天一样,
> 来到花园里,
> 来到草地上。
> 鲜艳的红领巾,
> 美丽的衣裳……

像春天一样。连对事物的感觉都像春天一样，嫩绿的，生意盎然的。

现在蒙蒙他们爱唱什么呢？荆华不知道。总的印象是他们不如她们小时候那样爱唱。

"当然会啦。"荆华一面往方桌上摆筷子，一面摇着头唱了起来：

小松树，小柏树……

梁倩打断她："不对，不对。《少先队员之歌》怎么会是这样的呢？"

端着汤走进来的柳泉接着说："咱们当少先队员的时候，队歌是这样唱的——"她唱了起来，不知为什么带着点苦味的羞涩。

我们新中国的儿童，
我们新少年的先锋……

柳泉的声音依然柔美。歌声在她们心里唤醒了对少年时代的美好回忆。然而，与其说回忆是美好的，还不如说使她们感动的是对逝去的、不可复返的日子的怀恋。梁倩立刻加进去唱：

黑暗势力已从全中国扫荡……

荆华打断她："别捣乱，这是第二段的歌词，第一段的歌词应该是这样——"

她们三个人接着唱下去：

团结起来，
继承着我们的父兄，
不怕艰难，
不怕担子重……

　　柳泉笑着，向蒙蒙瞟着眼睛。蒙蒙好奇地看着她们，像看三个返老还童的怪物。蒙蒙没有听过这首歌，它的曲调也不显得特别动人，蒙蒙不明白这首歌为什么使她们这样动情。他和他的伙伴们从来没有为一首歌这样激动过。

　　唱着，唱着，柳泉的嘴唇不知为什么颤抖起来。她唱不下去了，声音也渐渐低落下来。最后，索性停住了。

　　荆华和梁倩唱得兴味正浓，并没有发现柳泉有什么异样，直到柳泉忽然放声大哭，她们才停住了歌唱。

　　刚才那阵回光返照似的欢乐，顷刻之间已成过去。她们全都默不作声，黯然神伤。只有柳泉的呜咽，掺杂着哭告无门的委屈、苦楚和无奈，在这房间里回荡。

　　此时此刻，同一个想法从她们的心头闪过：她们离那支歌已经多远了？从那支歌到现在，已经有多少事情发生过。当年她们唱这首歌的时候，她们并没想到尔后她们会遇见什么……

　　荆华想，谁该对柳泉的眼泪负责呢？是那种不太健全的教育么？只用理想主义的眼睛去看世界，而当现实这个球，在她面前旋转起来，使她终于知道，它并不是黑板上那个平面图的时候，她感到猝不及防，没有足够的精神准备和应变的能力。还是周围越来越物质化的世界呢？难道每一个人，都会变成"九斤老太"？就连她们也在所难免？她们还不算太老。

梁倩走进厨房,想给柳泉弄盆热水敷敷眼睛,不然眼睛肿得就会像个桃子。暖瓶不少,一个个郑重其事地站在小柜子上,一个个也都像摆设似的空着。就算她们再买十个暖瓶,她们还会没有热水用。烧吧。梁倩又从水池底下找出铝壶。真行,壶盖上的帽儿,仍然没有配上。

蒙蒙饿了,他想吃饭,可是他不敢动,不得不乖乖地坐在椅子上,看着热气在那些盘子或汤钵上蒸腾。这是怎么回事啊,一会儿晴,一会阴的。像他和同学们玩的温度计。他们或是把它插进雪堆,或是把它插进热水杯,那条血红的酒精柱,倏忽之间就会上来或是下去。

蒙蒙很愿意到柳泉这里来,哪一个孩子,不渴望着父母的疼爱?像密林中的小树,尽力伸张着枝干,去迎接阳光的温暖。然而感情泛滥又会让人感到窒息。他是那样娇气的吗?像他班上的那些小女孩,或是因为在书本里发现了一条不知哪个淘气鬼夹在里面的大豆虫;或是因为坐在后面的同学把她们的小辫泡进了墨水瓶……她们都会号啕大哭。然而她是妈妈呀。也许他们之间并没有根本性的区别。要是他,一定想出更好的办法去报复,而不光是哭。就像对付父亲那样。有一次父亲那么凶狠地揍了他,他就把他拍好的胶片,偷偷地曝了光。只要父亲揍他一次,蒙蒙就要想办法报复他一次。诸如往他的茶杯里吐口水,或是把他的闹钟拨慢或拨快,反正那是个早该收进卖破烂的麻袋里的家什。蒙蒙绞尽脑汁想要帮助妈妈,然而他搞不清楚究竟是谁欺侮了她。

房间里的人,全都木无表情地呆坐着,好像什么事也没有发生。只有猫头,跳上柳泉的膝头,先是伸着鼻子嗅她的脸,然后用舌头舔她脸上的泪水。

时间好像过了很久。

"妈妈——"蒙蒙耐不住了,但不知该往下说什么。

"别哭了,蒙蒙早就嚷嚷饿了。"梁倩始终认为,医治痛苦的办法不是"忘记",而是记起自己的责任。

"你们先吃吧……"

"这可能吗?难道我们连猫头都不如?"

猫头像听懂了荆华的话,"喵呜"地叫了一声。

人终归不能由着自己的性儿活着,她不是远离人群的鲁滨逊。柳泉只好把自己的哽噎咽回那无所不容的心。那心简直像海。不,就连海也是有界的,也有盛不下的时候。

热手巾漯在眼睑上非常舒服,眼球不再感到刺痛。镜子里是一张被泪水浸泡过的脸,苍白、肿胀、紧绷绷的。哼!"梨花一枝春带雨。"一枝落尽花红、只剩下花蒂的空枝。然后结为一枚苦涩的果实。每经一次痛苦的洗礼,便应更加成熟,她原该老辣,却总像一只缺钙的蛋壳。她该怎么办呢?这问题她问了自己多年,却总是回答不好。像从前念书的时候一样,由于温课温得不好,在做选择题时,总是战战兢兢不知该往哪个答案上画钩。也许她把个人的不幸看得太重,她的天地便因之而狭窄。荆华和梁倩的苦楚并不比她少,却不像她哭得那样多。即或她们哭,也是为了更重要的事情。比起她们,她的牙根咬得还不够紧。

"咬紧牙关"这词句是谁创造的?这对她们实在相当。

也许不必非到终点再总结自己的一生,而应该像舵工那样不断地修正自己的航向。

她毕竟没有白白地付出。那张调令最大限度地给了她施展聪明才智的可能。而这一切并不是为了自己,她有什么可羞耻的呢?生活将渐渐地充实起来。她再也不会在灯下枯坐到夜阑人静，末了一声长叹，关灯上床，困倦却不翼而飞，只好在黑暗中大睁着眼睛直到天亮。人一有了奔头，生活就显得简单得多，容易得多，因为它明明了了。

"好了，雨过天晴。"荆华瞥了柳泉一眼，断定她的情绪已经恢复正常。

她们都给她夹菜，连蒙蒙也给她夹。这么一来，倒让她为刚才那一阵哭闹而更加不好意思了。

"不要，不要，我自己来。"柳泉用手捂着自己的碗。

"柳泉，往远处看吧。现在感到不痛快的应该是魏经理那些人。你是胜利者。而且不仅仅是道义上的。"荆华说。

据说魏经理已受到纪律检查部门的通报，正在写检查。因为他坑害国家、鼓励各厂出卖固定资产，并把这些钱作为奖金滥发给职工；因为他变相贪污，命令各厂准备礼品参加外贸展销，而后又用这些礼品换取外商的礼品归为己有；因为他明明级别不够，却用公款买进"红旗"牌高级轿车归自己享有……

"慢着，慢着。"梁倩在洗脸间里高声叫着，"你们这群不会喝酒的老娘们儿，忘啦？这儿还有凉镇啤酒呢。没有冰镇的，凉水镇的也不错。"她每只手里拎了两瓶啤酒，像拎了四颗刚从水里捞出来的手榴弹。

"起子呢？"梁倩问。

"咱们没有起子。"柳泉接过一瓶啤酒，不知怎么才能打开瓶盖。

"笨蛋，我来。"梁倩拿过酒瓶，用她那副细小的牙齿，对准瓶盖就啃。

蒙蒙扑哧一声笑了。她比妈妈能干不了多少，但他不敢这样说。他只好说："啃不开的。"

"那你说怎么开?"梁倩停止了啃咬,瞪着眼睛一本正经地问蒙蒙。

荆华在一旁哧哧地笑:"你比柳泉还笨。"

"你来,你来。"梁倩将她的军。

"我试试。"蒙蒙说。

三个女人只好围着看。

蒙蒙把啤酒瓶盖卡在桌沿上,右手猛然往下一拍,"嘭"的一声,瓶盖飞出去了,啤酒"跛"的一声喷射出来,冷不防地滋了梁倩一脸。"嗬,劲儿还挺足。"她一面乐,一面擦着脸上的啤酒沫。

"哎呀,我的桌子啊。"柳泉心痛地抚摸着磕掉一块木屑、露出了白茬儿的桌沿。

"这就看出男子汉的用场了。"荆华也不知是在奚落谁。

"快,快,杯子呐?"蒙蒙叫着。啤酒顺着瓶口不停地往外冒。

她们这才满处找杯子。好一阵手忙脚乱,才把四个大小不等、用处不同的杯子凑齐。等她们安定下来,回头一看,小柜上的茶盘里现成的放着好几个杯子。唉!

看着斟满的酒杯,梁倩忽然变得严肃起来。"我想祝一杯酒。"她久久地看着柳泉和荆华,嘴唇翕动了许久,才说出下面这句话,"为了女人,干杯!"每一个字仿佛都滴着血。

对,好祝辞!荆华的手发颤了,她悄悄地握紧了手中的酒杯。

不论是为了女人已经得到和尚未得到的权利;不论是为了女人所做出的贡献和牺牲;不论是为了女人所受过的、种种不能言说或可以言说的苦楚;不论是为了女人已经实现或尚未实现的追求……每个女人都可以当之无愧地接受这一句祝辞,为自己干上一杯。

"如果没有别人为了我们……"柳泉说,她的嘴唇也开始颤抖。

"会有的。"荆华斩钉截铁地说,"会有的。"

"妈妈,我!"蒙蒙举起杯子。

荆华捂住了他的酒杯。"不,蒙蒙,等你长大以后。"

对,等蒙蒙这一代人长大,等他们成为真正的男子汉的时候,但愿他们能够懂得:做一个女人,真难!

上 火

一

唐炳业上了火。大便干燥、小便赤黄、眼角上长满了黄绿色的眵目糊、烂嘴角、舌苔厚腻、舌头上起泡、牙疼、腮帮子肿起一个大包，一张嘴就能嗅到一股消化不良的恶臭。

他吃了不少牛黄解毒丸、牛黄上清丸、牛黄清肺丸……吃泻药，吃巴豆，最后干脆吃了半斤牛黄，结果火还是变本加厉地上。

后来他怀疑起现在的牛黄是不是真正的牛黄，如果连牛黄都是假冒的，他不知道还有什么东西是真的。

后来香荷说，现在的牛黄都是人造的，人造的不是假的是什么。他又觉得香荷就是香荷，一点也不开化，更谈不上进步。

他有些年月没上火了，最近却上得很来劲儿。

但是他昨天晚上睡得不错，所以他决定今天到协会去了解一下有关理事会议的准备情况。

按照"猛犸研究协会"的会章,每五年召开一次代表大会,今年应该召开的是第八十次代表大会。

但是在没有充分准备的情况下就召开代表大会,无疑是拿"猛犸研究协会"的大好前途冒险。

唐炳业听说,协会里有不少人对猛犸的研究失去了兴趣,认为这样研究下去再也闯不出什么新路,协会月刊上所发表的论文,不过是些绕脖子、没内容、干瘪无味的抄文,从创刊那一期起,到现在一本也没卖出去。为了堆放这些卖不出去的刊物,每年扩建仓库若干,但还是因为在仓库里堆集过多过久过挤,造成了火灾。大火烧了几天几夜才被扑灭。火灾给会员们造成的经济以及心理上的损失还未消失,耗子又在废墟里做了窝。那里的耗子像猫一样地大,它们叫起来也像猫一样"喵喵"地,而不是"咭咭"地。看卦的就说是邪象。而且这些耗子泛滥的极快,一时间城里的耗子就成了灾,到处都可以看到这种又肥又大的耗子。它们旁若无人地在电影院、饭店、办公楼、车间、住宅、商店、会场……窜来窜去,不论是耗子药,或是耗夹子全不是它们的对手。据说有个耗子还对着耗子药嘻嘻地笑。所以这些人建议:"猛犸研究协会"还不如改为研究耗子,对协会来说,不但会有较高的经济效益、政治效益,而且还会造福本市市民,从科学观点来看,也比研究虚无缥缈的猛犸更接近社会的现实。

这些想法虽然还在私下流传,但已引起唐炳业的警觉,大好的猛犸研究事业,绝不能断送在这些让几个耗子就吓破了胆的会员手中。一个与一种古老的学科有关的科学研究协会突然不研究科学而研究起耗子,而他这个猛犸研究协会的书记也就变成耗子研究协会的书记,岂不成了天下奇闻。

所以,无论如何,应该在代表大会召开之前,先把理事会开了,在理事会没有统一思想之前，是万万不能召开代表大会的。

要去"猛犸研究协会"的办公室，必须穿过布满猛犸骨骼化石的陈列厅。那些化石，在陈列厅巨型玻璃的反射下，发出一种黏腻的、令唐炳业想要呕吐的光色，其实唐炳业打心眼里讨厌猛犸，谁能证明，世界上有猛犸这种东西吗？谁能证明，这些骨骼的化石就是猛犸的化石，以及它为什么偏偏叫了猛犸，而没有叫犸猛，或者叫什么乌鸦、青蛙，甚至叫耗子。

可是唐炳业偏偏研究了猛犸。他之所以研究猛犸，正是因为猛犸这种动物已经绝种。凡是绝了种的东西，就比还没有绝种的东西好对付。而且猛犸说象不是象，说不是象又是象。这不是从天上掉下来的便宜又是什么。凡是说这又不是这、说那又不是那的、无法说准的东西，正是可以大显身手的东西。比方说，有的学者说猛犸身上长有长毛，到底多长才叫长，一尺，还是一丈，都很难说。更不要说你还可以宣称，猛犸的身上根本就没长毛。反正，不管你怎么说，猛犸是不会站出来亲自证明什么了。

想到这里，唐炳业又转过头去，看了看至今还在鞠躬尽瘁地为人们所用的猛犸，觉得自己关于猛犸的这些想法，真是相当地精辟。即便他说不出猛犸的毛长毛短，也无愧于研究协会的书记职务了。

通过他总是想要避开又总是避不开的猛犸骨骼陈列厅，唐炳业来到了协会的办公室。奇怪的是办公室里每一个人，嘴上都套了一副硬塑料制的猛犸长牙，就像套着一副马嚼子似的。而且带着这副长牙的人，自我感觉就像日前女人们穿上流行的黄裙子。

他顿时想到，是不是他们已经知道高价卖出、偷运出境的那副猛犸牙。钱虽然已经万无一失地存放在某国的银行里，可是有人已经举报上去，上头正准备追查。

举报人是不是就在戴假牙的这些人里？

他觉得戴假牙的那些人是成心恶心他，甚至是一种宣布背叛他的形式。

而秘书长的眼色更是颇有深意。

这绝不是他的神经过敏。的确是因为世界的形势发展很快；科学的形势发展很快；特别是，人的形势发展更快……今天他还是你的人，是"猛犸研究协会"的成员，明天很可能就不是你的人，不是"猛犸研究协会"的成员。不但不是"猛犸研究协会"的成员，很可能还是正在策划成立的"耗子研究协会"的成员，甚至是反"猛犸研究协会"的乃至反你的成员。

这正是能不能如期召开"猛犸研究协会"代表大会的原因之一。

试想，如果代表大会上到会的都是和"猛犸研究协会"貌合神离、身在曹营心在汉的人，甚至还是打进"猛犸研究协会"的坐探，这个会能开好吗？还能贯彻领导的意图吗？

现在的组织多如牛毛，诱惑力一个比一个大，每一个协会都以挤掉其他的协会为宗旨，有一个什么协会干脆就叫"指鹿为马究竟有什么错研究协会"，据说会员已达七亿，差不多是现有人口的八十分之一，队伍十分的雄伟壮阔，前几天这个协会开年会，在大马路上又是奏铜管乐，又是散发图文并茂的宣传品，简直比发彩票折腾得还欢。

所以，唐炳业也很担心猛犸研究事业后继无人的问题。

直到秘书长卸下了嘴上的长牙，使自己的牙和唐炳业的牙一致起来，并像过去一样忠诚地向他请示汇报说，他搞了这副引人注目的猛犸牙作为协会的标志，主要是对外扩大协会的影响，就像亚运会也弄了个熊猫做亚运会的标志似的，唐炳业才渐渐安下心来。

这时唐炳业的老搭档，协会主席武建新也来了，而他本来说是今天有事，不能来了。

唐炳业见他知心的人都已到齐，就张罗着开会，唐炳业喜欢开会，只有在开会的时候他才感觉到生命的充实，才能发现一个与平时完全不同的自我。那样地辉煌、那样地足智多谋、那样地如鱼得水、那样地绝处逢生……那样地可以忘记不开会时的山穷水尽，委琐、空虚、寂寞、孤独、鬼祟，乃至恐惧。

唐炳业常常感到恐惧。

到底恐惧什么，他也说不清楚。总之，他老有要出事的感觉。

到底要出什么事，他还是说不清楚。

反正是要出事。

所以开会之与唐炳业，就像吸大麻叶之与瘾君子一样，一吸解千愁。

一吸就会产生与现实完全不同的幻觉；

一吸就会变被动为主动，或把主动变被动；

一吸就会把谬误变真理，或把真理变谬误；

…………

跟买肉一样，你需要哪一个部位就买哪一个部位。

"好了，好了，人到齐了，咱们是不是抓紧时间，开个核心会，把理事会前的一些准备工作研究一下。"唐炳业兴致极好地招呼着大家。

所谓准备工作，一就是下届理事会的名单，要结合清查工作重新调整一下，那些调皮捣蛋、心怀叵测、趁着耗子泛滥想要跳槽、想要另立山头，成立什么"耗子研究协会"的理事要趁机把他们搞下去。再就是要准备一个报告。

武建新见秘书长殷勤备至地又是拿纸，又是拿笔，便招呼说："不要做记录，不要做记录，用脑子记就够了。你又不是不知道，在我们这个研究协会工作，一定要练就这身本领。"

唐炳业一下子就进入了角色。所谓核心会，不过是贴心会。能称做贴心人的，不过二三者，可是唐炳业拿出了主持万人大会的气魄："有什么新情况吗？离理事会的会期不远了，这个期间尤其要注意各个方面的动向。"

秘书长汇报说："趁开会前的这几天，我们去看望了住在本市的理事和常务理事，特别是前一阶段从实职工作上拉下来的理事，并征求了他们的意见……"

唐炳业大可不必地挥了挥手："慰问个球，没处理他们就不错了……"

秘书长也不着急，等着唐炳业表示完了他的宏论继续往下说："……还给每个人送去了十瓶太空宇宙食品，有的在家，有的不在家，也有的在电话里就说不在家的。在不在家是他的事，反正我们都去了。每家留下了一份慰问品……"

武建新很满意地说："这样我们就可以在会议上发个消息，为了猛犸事业的繁荣，我们团结了一切可以团结的力量，也说明我们一视同仁、礼贤下士的作风，正像我们所经常强调的那样。不论上面还是下面，都会知道我们做了哪些工作。"

他们是不是经常强调这一点，唐炳业记不得了，要是武建新这样说，恐怕就是他们从来也没有这样强调过。不过唐炳业也不挑明，只是是焉非焉地哼了一声。

秘书长说："还有一个问题需要请示一下，理事会的开会地点，以及邀请上级领导同志到会指示这些事都没什么大问题，就是怕到会的人太少……"

"竖起招兵旗，总有吃粮人，给他们找个大宾馆，住得好一点，吃得好一点，通知上再写上赠送贵重纪念品，不怕他们不抢着来。"

武建新说："不行，上次开会就是这么干的，两天就花了几十万块钱，吃也吃了，玩也玩了，东西也拿走了，还告了我们一状，说我们铺张浪费，用'蓝党'那一套办法拉拢腐蚀他们。现在和资产阶级都讲合作了，没看见那些资产阶级来了都坐上座吗？他们却还想用这一套来整治我们。"

"不提资产阶级怎么行。咱们有时候还得用呢。不能老提，也不能老不提；什么时候提什么时候不提；以及怎么提都有它的讲究，要看时机。不过这些人也很会利用我们的旗帜啊。所以我老是说，要改变一下我们这个协会的成分，打乱这些人在猛犸研究事业方面的一统天下。我们应该从基层直接吸收会员，择优录取。那些人没有见过什么世面，多少年来苦于没有出头露面的机会，因为在猛犸研究这一科学领域，多年来为那些所谓的猛犸专家所掌握，不论是在学报上发表论文，出版他们的论著；或是出席国内、国外各种专业性的会议；或是接受国际国内的各种荣誉、奖励，全让他们包了，就连我那部《猛犸的妊娠反应》一直让出版社压到现在也没有出版嘛。更不要说那些在基层搞研究的人了。现在，只要我们给他们一点好处，他们就能忠心耿耿地为我们工作。同时再给他们许些愿，告诉他们，下一年的'猛犸国际研究年会'将在世界名城摩尔哥得斯召开，我们准备派个五十人的代表团参加。谁能去，谁不能去，全看他们在拥护猛犸研究、还是拥护耗子研究这个大是大非问题上的立场和态度了。"

武建新知道，唐炳业早就在为参加那个年会做准备了，听说他还找了不少有才华的、还没有冒出头的画家，给他画了不少画，算是他的作品，在下一年的"猛犸研究国际年会"上，唐炳业将以猛犸科学研究者和画家的面目出现。现在世界上就流行一个什么方面的专家，再加上一个画家或是芭蕾舞演员或是作家什么的头衔，很快就能蹿红。

协会里就有这么一个人，比较了解外面的情况，出国定居之前关在房子里琢磨了几个月，终于琢磨出一种用喷壶喷画的办法。到了国外，没想到靠这喷壶喷的画发了大财。要问财发的有多大？谁也说不清，反正连离两次婚，连着给前妻、二妻半儿掰之后又半儿掰两次财产，也没把他掰穷。而且两个老婆都是洋老婆。洋老婆比中国老婆要钱要的多得多。到底多多少，谁也说不清，就比着飞机失事算吧，老外死个人赔多少钱，中国人死了赔多少钱，一算就算出来了。

外国人专门要他的画，特别是北欧那些有钱的国家。后来他干脆不搞猛犸了，只管用喷壶喷画。报纸、电台、电视台、杂志记者采访他，问他何时开始学画，他说自五岁就开始学画，在基本功方面，有过严格的训练云云。

武建新估计，唐炳业也想弄个画家当当，可能是受了出去定居的那个人的刺激和影响。

唐炳业前几天在接受《古生物学报》记者采访时说："不一定没有得过'诺贝尔'美术奖的画家，就不是好画家、大画家嘛，比如说我在业余时间就喜欢画画，由于我在绘画方面的成就，绘画部准备给我开个人画展，还准备调我去做绘画部的部长嘛。可是为了猛犸事业的发展，我宁愿留在这个从各方面来说开展工作还是相当困难的地方。"

武建新很快就听说，唐炳业借着和国外猛犸界交流的机会，特别是用免费提供机票、食宿、请对方来华旅游、学术交流的办法，在外国人里面找关系，提名他为"诺贝尔"美术奖的候选人。

唐炳业还在不停地讲："我们还要对他们讲清楚，猛犸研究事业正处在一个改变旧面貌、淘汰旧世界、创造新纪元的关键时刻。他们应该肩负起这一历史的重任，历史会记住他们的超越……"唐炳业越说越激动，越说越流畅，他被自己的话深深地感动了。他的耳朵后边一乍一乍地发冷又发热，他甚至感到他那已经堵塞的泪腺里，有什么东西一拱一拱地发胀，就像他睡在玉枝的身旁所常常发生的那样，想起玉枝，唐炳业就分了心。猛犸、理事会、立场、资产阶级什么的，立刻就让玉枝从脑子里挤走了。他费了好大的力气，才把他的思绪从玉枝的身上拉回来。这一走神，他的才智显然损失了大半。对于如何解决到会人少的问题，他也没有提出什么更具体的有效措施。"这样吧，这次的伙食就搞个中等水平的，纪念品嘛，事先不做宣传。"

秘书长一听就愁眉苦了脸："那样一来，恐怕就更没人来了。"

唐炳业不太满意地瞥了秘书长一眼。心想，这也不好办，那也不好办。要是都好办还要你这个秘书长干什么。"这些具体问题由你负责，就不要在这里讨论了。"

说着，唐炳业又想起一件极为重要的事，"还有大会发言，一定不能给那些想要搞'耗子研究协会'的人以发言的机会，可以多组织一些对我们忠诚的同志报名发言。再强调一下照顾妇女、民族代表的比例，老、中、青，以及地方代表的发言机会，这样，那些调皮捣蛋分子发言的机会自然就会相应地减少。"

见唐炳业一副胜利在握的轻敌样子，武建新的话似乎就有些暗藏心机："不见得吧，强调妇女的比例？不要忘了，常务理事里有几位女将，闹腾搞'耗子研究协会'闹得最凶。搞猛犸研究的这一行，恰恰是阴盛阳衰，她们闹起来，也是很不好对付的。再说，还有小会发言呢。"

提起小会发言，唐炳业也是深知其害的。前不久，自然科学研究总部召集各部门的代表人物开个吹风会，范围极小。唐炳业本以为这样的会上不会发生什么节外生枝的事，没有很好地布置自己的人马。吹风完了，自然科学研究总部的一位领导，照例说了一句"大家还有什么意见？没有就散会"的时候，突然就蹿出一匹黑马，噼里啪啦地就把"猛犸研究协会"存在的问题揭了个底朝天，其他问题倒没什么可怕，反正唐炳业上头有人，但有两项恐怕不那么好过关。一项是有人倒卖了"猛犸研究协会"一副猛犸牙。此事一拖再拖，从未认真下力地追查。不但不追查，甚至扣压上级有关部门关于发动群众、彻底追查的指示，至今秘而不发。二是"猛犸研究协会"有人不安心于研究猛犸的事业，而是抓住这块地盘，伙同一部分资深的阴谋家，无视最高领导，妄图凌驾于最高领导之上，试问居心何在？等等，当时就让唐炳业的额头上布满了气血两亏的皱纹。所以武建新一提出这个问题，唐炳业立刻反弹出他的深仇大恨："……至于小会上的牢骚，由简报组掌握，不合要求的部分，不要整理进去。要是有人对简报整理的不全面有意见，就推到整理简报的那些小青年头上去嘛。但记录要全，有问题的发言，要单独列档。以便将来调整工作时掌握，必要时，大会结束后可以组织不点名的批判，反正要使会场上正气上升，邪气下降……"

武建新说："我担心有些老头子理事会的名单上不放不行，否则外人看起来，咱们这个协会就不像个学术性的协会了。是不是放几个，反正那些老头子也不大愿意多事，问题是一定要想办法让现任的理事长自己提出年事已高，只任名誉理事长才好。你说怎么样，要是决定这么办，事先就要做好准备工作。解决了理事长的问题，才能做到一元化的领导。"

唐炳业对武建新的这一步棋是很赞赏的，他再次感到，他这个老搭档、老战友是太精明了，这对研究猛犸事业的发展当然是大有裨益，另一方面来说，唐炳业在和武建新共事的时候，就感到不那么放松。

接下来是讨论调整理事名单的问题。唐炳业说："……通过是个问题，但是不能搞投票，因为现在的会员，普遍来说还没有具备搞投票选举的素质，一投票就很难控制局面了，特别是不能搞差额选举。'蓝党'从前搞差额选举，就差出了不少问题，连他们的主席也给差下去了嘛。我们应该引以为戒……我们虽然搞的是猛犸研究，可是也不能脱离社会实际，走纯科学的道路。现在的情况，复杂啊……可是不通过一下也不行……"唐炳业觉得这个问题相当棘手。

见唐炳业对投票持如此坚决否定的态度，秘书长不得不吞吞吐吐地提醒他："按照会章是应该选举的，要不就举举手？"

唐炳业瞻前顾后地想了又想："不行，举手也不行，要知道，有时真理掌握在少数人的手中。"唐炳业就真理有时掌握在少数人手中的问题，列举了不少实例，其中自然少不了列宁在第二共产国际的境遇，等等。

看看时间不早，同时关于列宁在第二国际的情况，武建新也好，秘书长也好，至少和唐炳业一样地熟悉。他及时打断了唐炳业的抒发："干脆念名单，然后鼓掌通过。反正到时候总会有人鼓掌的。当然，名字别一个一个地念，一个一个地鼓掌通过，而是一揽子念，一揽子鼓掌通过，要是怕掌声不够热烈，可以组织一部分工作人员，分散地坐在会场的四周，让他们鼓得响一点，再放点摇滚乐，把气氛搞得热烈一些。到时候谁也不知道有多少人鼓了掌、多少人没鼓掌。"

唐炳业说："这个办法倒不错。"

武建新想，不错的办法都是我想出来的，可是掌握实权的第一把交椅却是你坐着的。一旦对外、对上说起猛犸研究事业的发展，也是在唐炳业同志的领导下如何如何……但是，为了猛犸研究事业的发展，当然也就是为了武建新的虽然不是第一把交椅，也是第二把交椅的发展，武建新撇开个人的得失，继续为即将召开的理事会献计献策："头一天先给工作人员办个卡拉OK，打打气，酝酿酝酿情绪，培养培养临场气氛，训练训练实战经验，以保证我们的计划能够顺利进行。"

"摇滚乐可能有些自由化，还是民族特色，放点锣鼓点子吧。"唐炳业为自己终于想出这个在政治思想上比武建新高出一筹的点子，心理上才算有了平衡，不然就总是武建新在力挽狂澜了。

反正在不搞投票，也不搞举手的大方向上，他们已经取得了一致的意见，武建新觉得不必在这些细枝末节上再和唐炳业争来争去。"那也行。不过开理事会之前不要说得那么具体，说得越含糊越好。就说名单提请大会表决，只说表决，别的什么都不要说。到开会的时候来个突然袭击，再说赞成的鼓掌，免得那些调皮捣蛋分子事先知道了又出鬼点子。"

在唐炳业和武建新讨论既不能投票，又不能举手，而又要用一种什么办法，让调整过的理事名单似乎是以选举的方式通过的时候，秘书长长吁短叹、挠耳抓腮、红头涨脸、欲言又止的异常表现，终于被唐炳业发现："难道你有什么话要说吗？"

"我，我……"秘书长明明很想一吐为快，却又显出畏畏缩缩的样子。他想很快地说出他心里的话，好让他们大吃一惊，让他们卑躬屈膝地求他，一解多少年来只是他给他们磕头作揖卑躬屈膝之恨。他又不想很快地说出他心里的话，因为他在盘算，对于他这份相当厚重的忠诚，他们到底能给他多少好处。也许把它献给"蓝党"，或是那些想搞"耗子研究协会"的人更好。

唐炳业有些不耐烦，让他讲他又拿堂了，他粗声粗气地催促着秘书长："有话就说，不要吞吞吐吐的嘛。"听上去却是"不说拉倒"。

唐炳业的粗声粗气，偏偏有一种让秘书长这种人矬下去的气势，秘书长赶紧丢下刚才的盘算，轻而易举地就把他那份相当厚重的忠诚，一门心思地投放到唐炳业和武建新的脚下，"我不知道该不该说……"为了表示这份忠诚果然厚重，秘书长又神秘又卖弄地停了一停，以为这会引起唐炳业和武建新的注意，结果他们谁也没有表示出更多的兴趣。秘书长只好自己给自己助兴，讪讪地笑着往下说道："我觉得念名单啦，鼓掌啦，组织工作人员坐在会场的四周啦，卡拉OK啦，摇滚乐或是锣鼓点子啦……这些都可以省略，我的一个表侄最近刚从海外回来探亲。他在海外研究的是一种和电脑有关可又不是电脑，而是一种叫作'后电脑'的学科……"

见唐炳业和武建新听了"后电脑"这个词以后一愣再愣的模样，秘书长做了一个触类旁通的解释，"文学上不是有'现代主义'和'后现代主义'之分吗？这个'后电脑'和电脑的关系，就类似'后现代主义'和'现代主义'的关系，简单地说，凡是电脑做过的东西，'后电脑'全可以反其道而用之。

"比如有一家电话局，就是因为采用了我表侄的'后电脑'技术，不但扭亏为盈，而且还大发其财。其中最简单的一个办法就是把用户每月的月租费由少算多，而且还能列出每一次通话的时间、由哪打到哪、通话时间的长短等等。那些通话还都是用户常用的、熟悉的号码，让用户怀疑都没法儿怀疑。不但不怀疑，还相信他们果然打过这些电话，不但确信他们打过，而且还能回忆起这些根本没有过的通话的内容。有一家用户，大门一锁，全家出国探亲一年，回国之后，电话局给他们送去四万多块钱的账单，他们也照交不误，从来没有发生过我们一年没有使用过家里的电话，哪儿来的电话费的疑问。所以，既然举手不便，投票也不便，而会章上又规定理事、理事长必须经过选举才能产生,如果采用我表侄的'后电脑'技术,就能三全其美。我们可以用投票、甚至举手这种符合'猛犸研究协会'会章的办法来进行选举,但是用电脑来统计选举的结果,在电脑后面,我们再加上我表侄的'后电脑',这样选举出来的结果,既发扬了民主,又完全符合咱们的要求,代表们还什么话也说不出来。谁能对电脑的计算产生怀疑呢?谁要是对电脑的计算产生怀疑,简直就是无知、是土老冒儿、是没文化、是愚昧、是不配叫作知识分子……您二位想,咱们研究协会里的人,谁能受得了不配叫作知识分子这一说呢?他们就是不服,他们也不能往外说。"

唐炳业首先发出惊讶的疑问:"竟然还有这样的学科?世界岂不是乱了套。"

武建新也说:"我经过的事多了,还没见过办事办得黑到这个地步的。"

秘书长说:"您这就错了,这怎么叫乱套,只要这种科学掌握在像您这样的老同志的手里,而不是掌握在那些想搞'耗子研究协会'或是'蓝党'那一群人的手里,就只能是造福人类,而不是像您所忧虑的天下大乱。您看,电话局采用这个技术已经一年多了,天下大乱了吗?您听说过哪一家用户为了电话局多收了他们的钱而示威、游行、抗议、结社、罢工了吗?没有!是不是?这一学科,是理论上的大突破。过去说,'客观规律不以人的主观意志为转移'现在是叫它怎么转移就怎么转移,这个命题现在完全可以推翻,改成'客观规律完全可以以人的主观意志为转移'这样的命题。"

秘书长又转向武建新,"您忘记古圣格言是怎么说的了,技术是没有阶级性的,就看它为哪个阶级服务了。就算您说得对,这办法黑,可它是'阳黑'而不是'阴黑'。对不对?不论干什么事,只要一阳,您还能说出什么来?"

唐炳业和武建新面面相觑,他们谁也没想到,平时唯唯诺诺,点头哈腰,跟屁虫似的秘书长能这样振振有词地说出这样莫测高深的理论,这样出人意料地融会贯通、博大精深,真是"真人不露相,露相不真人"。

他们立刻感到了自己的渺小、幼稚、狭隘、目光短浅、不善总结、不能上升到理论的高度、不能从实践到理论再从理论到实践、不成熟、不到家……他们也同时感到了一种隐秘的危险,可是他们又觉得这一切来的正是时候,真是天助我也!

"你说的这件事有把握吗?"唐炳业和武建新问。

"包在我身上,"秘书长拿出了如宣誓一般的忠诚,"这个学科,是我表侄独家所创,除他以外,世界上还没有第二个人知道,所以个中的奥秘,是天知、地知、你知、我知。为了做到万无一失,我准备让我表侄先做几次模拟实验,请二位领导审查之后再做定夺。"

见秘书长考虑得这样周到,唐炳业和武建新马上就想见识见识这样可以令人如愿以偿的"后电脑"技术,他们异口同声地说:"好,好,好,这件事就交给你办了。我们会注意你的工作,不会忘记你对猛犸研究事业的贡献的。"

正说到这里,小秘书敲门。小秘书在门外说:"商会来电话,说台湾那个投资代表团请吃的时间快到了,请唐书记、书记夫人和武主席、主席夫人早一点动身,宴会前还有些事需要商议一下。"

唐炳业看了看表,果然时间不早了。他满意地说:"今天就先研究到这里吧,大家想想还有什么问题,咱们回头再研究。"说完,他就拉着武建新回家接夫人去了。

秘书长这时才顾上擦一擦汗,一条手绢很快就湿透了,他就把衬衣脱下来擦。他一面擦汗，一面深情地望着唐炳业已呈正方形的、行走起来显得颇为艰难的身躯，他觉得唐炳业的生活也一定有他的难言之处。

光"猛犸研究协会"差不多每周就有一次或大、或小的宴会，还不算唐炳业在其他协会、委员会、商会以及什么外贸公司、服务公司、汽车公司、食品公司、房产公司、专利局、专利研究所、专利事务所、四十年大事记、五十年大事记、各种十年的大事记、各种年鉴、手册、汇编……兼任的董事长、总经理、顾问、主任、会长……

这些机构和这些机构所属的子机构，断不了地开幕、剪彩、招待会、宴会，有时一天多达好几场，唐炳业只好来来回回地赶场。在那个宴会上吃头菜，到另一个宴会上吃饭后的甜食……别说那个胃是肉做的，就是铁打的也得磨出窟窿来。

这样下去，怎么得了啊，秘书长同情地想。

二

宴会设在有名的水晶饭店。

餐厅四周和餐厅中间的圆柱上镶满了镜子。餐厅里的人和物，在镜子里纷叠得铺天盖地。唐炳业喝了一口燕窝汤，就有成千上万个唐炳业喝了一口燕窝汤。唐炳业一龇牙就有成千上万个唐炳业在龇牙。他有一种被放大的无我不在的充实感，也有一种放在光天化日之下被人监视着的手足无措。

台湾来的投资代表团不断地劝酒。谢了顶的团长话不多，后来唐炳业发现他吃得也不多,只是一根接着一根地吸烟,并且说一口四十年代的京片子:"唐先生您请,请,别客气,酒菜不好,您多包涵。"唐炳业有一种旧社会的感觉。

他也不知道刚才定下来的协议是否确如商会会长所说的,"拣了个大便宜"。这句话怎么想都行,反正参与会谈的主要人物和他们的夫人,都收到了赤金镶有一圈钻石的手表一只。那些钻石很大,每一颗都有半克拉。

台湾人,有钱哪。唐炳业有些感慨,也有些气馁,全是让那只镶钻石的金表闹的,明知收下掉分子,可是又禁不住这样的诱惑。弄个镶钻石的金表不算很难,但也不是很容易,更何况这种东西还是多多益善。

所以唐炳业觉得谢了顶的团长吃得不多,是为了瞧他们怎么吃,尽管有了镶钻石的金表,水晶饭店的饭菜,还是有一股酸了吧唧的敌意在唐炳业的心里窜来窜去。

他忽然觉得像是在哪儿见过这位谢了顶的团长,两腮塌陷,面孔黝黑,特别是耳朵上的那块黑痣。

他想起来了,是最近上映的一部反映解放战争时期某大战役的历史巨片,其中有个被俘的国民党军长长得就是这个模样。这一小小的发现,使唐炳业的精神大振,刚才那点气馁也就被这阵快意淹没了。他果断地抄起筷子,心里想,吃,吃他妈的吃。

菜很丰盛,穿红着绿、婀娜多姿的女服务员端着盘子,在各个桌子间穿梭般地上上下下,似有似无的广东音乐,就像为她们的莲步、她们开衩很大的旗袍、为在这里享受的人而放的,给进餐增添了一种缠绵的气氛,好像这不是进餐,而是柔情蜜意的爱恋。

桌子要是再大出来一圈就好了,香荷想。

"您喝什么?"

"呃,"费萍看见女服务员托着一盘饮料,殷勤地想要给她斟点什么,她瞥了瞥托盘里的各种饮料,都是上等货,就说,"随便吧。"

"喝'可乐',喝'可乐'。"香荷筷子一甩一甩地指挥着斟饮料的女服务员,给费萍斟一杯"可乐"。

费萍并不喜欢"可乐",既然已经给她斟上,凑合着喝喝倒也无妨,不是什么重要的问题。

没等全桌人的饮料斟齐,香荷已经开吃。

她端起一盘凉拌海蜇,扒进她面前那只用来喝汤、吃饭的小碗里。香荷吃菜不用菜碟,用碗,她抄起筷子,像吃面条似的把海蜇扒进嘴里,刚把最后一嘴海蜇塞进嘴里存起,又端起一盘盐水虾,横筷一扫,四分之一盘盐水虾又进了她的饭碗。

武建新看了看其他的夫人,特别是投资代表团里的夫人,觉得香荷的吃相实在不雅。他们常在一起吃,却没像今天这样让人看不过去,便拿起酒杯对香荷说:"来,来,来,咱们俩干一杯好不好?"

香荷正用嘴潦草地撕着虾皮,她的脖子往前扎着,倍加小心地提防着菜肴里的油水滴到她那咖啡色的小西服上去。所以她连头也没往他这边拧,只把拿着杯子的胳膊往他这边一横,差点把她左手那位太太的筷子打翻在地。她不是怠慢他,更不会为几十年前和他的那点旧情而尴尬,她实在是腾不出正在忙活的嘴。她的嘴被食物撑得很满,每当她的牙齿嚼动一下,她的两腮就像吹气似的鼓胀一下。

武建新倒为她有些难堪地环顾一下四周,他看见香荷的影子,在镶满餐厅四周、和餐厅圆柱上的镜子里,一层层地铺垫过去,正面、侧面、背面,交叠在一起,似乎满世界都是龇着牙齿撕虾皮的香荷。

可是他又不明白像她这种吃法，能吃出什么滋味。她那是吃吗，还不如说是抢先把那些美味佳肴装进自己的胃袋，等回家以后，再从胃袋里掏出来慢慢地品味。

这时武建新突然在镜子里看见了像香荷那么多，或者像任何人那么多的耗子。铺天盖地，他一惊，怎么，"猛犸研究协会"的耗子也跑到这里来了。"水晶饭店"不是外资企业吗？

那些耗子在各张桌子上窜来窜去，伸出爪子，挠挠屁股又挠挠胡须，一坐就坐在了桌子中间的大拼盘里。耗子往东伸伸爪子，又往西伸伸爪子，好像在劝大家多吃一点，这可怎么得了，真是耗子成精了。他很着急，如果台湾的投资代表团知道这些耗子恰恰是从"猛犸研究协会"的火堆里生出来的怎么办？他们还愿意把协议变为合同吗？虽然他知道世界上的任何地方都有耗子，但也应该内外有别，特别是不能让人知道，这些大耗子是从"猛犸研究协会"的火堆里生出来的。武建新尽量不动声色地扬扬手，做出挥打的样子，可是那些耗子朝他又挤鼻子又挤眼，还说："跟你逗着玩呢，好玩不好玩？好玩不好玩？"武建新让那些耗子逗得七窍生烟，使劲儿一挥手，"啪啦"一声响，他把投资代表团副团长的酒杯打掉在地上了。

奇怪的是，根本就没有耗子，难道是镜子的问题？饭店是外资企业，外国人设计装修的东西，怎么能有问题呢？也许是他的眼花了，也许是梦魇，但他怎么可能在宴会上睡着了呢？这不太可能。

为什么他看见了耗子？

是不是就他一个人看见了耗子？

武建新为耗子在宴会上的出现而冥思苦想。

投资代表团副团长说："您醉了吧？我这里有从日本带来的解酒的丝素饮料，您是不是喝一点？"

显然这个副团长没看见那些耗子，否则他就不会以为他打翻了他的酒杯是因为他醉了。

又上菜了。香荷鼻子上顶着的那副眼镜就像举着的一副望远镜，一时不可懈怠地跟踪着新上的菜。

嫁了唐炳业，她还能缺吃的么？

他就想，幸亏在过去的年代里没有和香荷结婚。

在过去的年代，香荷不戴眼镜，腮也不这么一鼓一鼓的。那时香荷差一点成了他的老婆，可是他那时不够娶老婆的级别，所以香荷就嫁了唐炳业，否则今天就是他带着香荷来赴宴，而不是带着费萍来赴宴。

叫结就结，不叫结就不结。这就像更改计划，或者是更改命令一样，属于情况正常。武建新也看不出和香荷结婚或是和费萍结婚有什么原则性的区别。他觉得不论什么女人，只要蒙上脑袋下面都是一样的。就像桌子上那盘扣肉，现在下面垫的是霉干菜，要是垫上小油菜或是油豆腐、千张，那盖在上面的、过了油的方肉，味道还是一样的，虽然后来他不这么想了，但是他也不觉得这是个什么问题，或有什么遗憾。

两个真正的男人，是不会为一个女人争风吃醋、翻脸、红刀子进白刀子出的。只有那些吃饱了饭又不务正业、游手好闲的公子哥儿，或是地痞流氓，还有什么骑士（其实也就是外国的二流子），才会为女人打得死去活来。

武建新对唐炳业潜在的仇恨不是这个。

凭什么在过去的年代，唐炳业就有了娶老婆的级别，他武建新却没有。娶不娶老婆问题不大，问题是级别。有了那样的级别何止是可以娶老婆，可恨的是过去的年代的区别，直到如今都在发挥着它的影响，不但影响着他们的今世，甚至还会影响他们死后的一些事情，诸如丧葬的规模、悼词调子的高低、骨灰盒子放在哪儿、遗孀的待遇等等。

想必香荷也没看见耗子，否则她不会吃得这样地所向披靡，这样地无所顾忌，这样地全心全意……

比之香荷，比之在这里吃请的"猛犸研究协会"的任何人，他不是太为到底有没有的耗子忧虑了么？

那些人到底是真关心"猛犸研究协会"的前途，还是假关心"猛犸研究协会"的前途；到底是真为反对"耗子研究协会"而斗争，还是假为反对"耗子研究协会"而斗争……他越想越闷气，也许他真的该喝一些解酒的丝素饮料……

唐炳业慢慢地呷着茅台。他还是喜欢茅台，不管电视上宣传这个酒、那个酒得了什么国际金奖不金奖，他还是认准了茅台。家里也有许多别人进贡的洋酒，拿破仑XO什么的，一瓶就是六百多块兑换券，可是喝起来有股药水味。那些酒全让玉枝收了起来，香荷想不到这些，她想到的、把着的净是那些盆盆罐罐，湖南腊肉、福建芦柑、四川豆瓣什么的。那些东西加起来也顶不上一瓶拿破仑XO，可是香荷就是想到了也不是玉枝的对手。想到这里，唐炳业看了看吃得旁若无人的香荷，心里涌起一些爱怜，吃吧，好好吃吧，他想。

在家的时候，他不大和香荷搭话，为的是减少麻烦，只有带香荷出来参加参加活动，算是对香荷的一种补偿吧。反正公开性的活动也不能带玉枝参加。

特别是现在的活动，总是有吃有喝，而且档次越来越高。为了照顾大多数同志的饮食习惯，除了西餐不定之外，什么生猛海鲜、肥牛火锅、日本料理……兆龙饭店，王府饭店，香港美食城，包括桑拿浴、室内游泳以及美容的康乐宫，可以说是吃遍京城，吃遍中国。因为有些活动，一直活动到哈尔滨、呼和浩特、乌鲁木齐、广州、上海等等那样的地方去，更不要说是出国考察、谈判……是真正的对内搞活，对外开放，他是绝对拥护改革的改革派。

而且在这种场合，总能见到几个老战友，大家在一起热闹热闹，要比在自己家里约见聚会省时、省钱，又省力。不论在谁家，是决计吃不出这样的全面、这样的广泛、这样的规模、这样的水平、这样的豪华、这样的辉煌、这样的壮观、这样的气魄的。

上的菜是草菇炒鲜贝。

香荷说："快吃，快吃，草菇炒鲜贝。"说着就端起盘子，又是一筷子横扫，接着就把盘子传给了费萍。

尽管香荷的眼、手、嘴、甚至脑子都在忙活，可是她没忘了兼顾一下费萍。她们可以说是莫逆之交。几十年前，还是在一个名字后来才十分光辉、万人景仰的小县城里的时候，她们就是那个小县城里唯一一所医院里的护士了。后来又都跟着自己的丈夫辗转进了京城。几十年来，她们一起经历了各种各样的风云，经常需要彼此佐证她们偷过一只鸡，或是没有偷过一只鸡；说过某个人物吃多了的时候也像平凡人一样地放屁，或者没说过某个人物吃多了的时候也像平凡的人物一样地放屁……

这些佐证，比她们之间的友谊或她们之间的仇恨，更紧密地把她们绑在一起。

费萍没有用筷子横扫，费萍只舀了一勺，舀的时候还没有忘记用眼睛向四周一扫。一扫之下就瞥见对面坐着个年轻的女人，直勾勾地看着她和香荷，主要是香荷。

她就想，幸亏有这一瞥。

这时台湾投资代表团的团长夫人娇娇滴滴地说："唐先生，唐太太，武先生，武太太，我敬你们一杯。"

唐炳业好酒量，一仰脖子，见了杯底，抿了抿嘴，说："关系深，一口闷。"

团长夫人乘胜追击："那咱们今后就是同舟共济了。"

唐炳业就忘记了不论是他的敌意，还是他的气馁、他的快意，"好说，好说。"

武建新和唐炳业干脆利索，香荷却不怎么买账，她想，什么同舟共济不同舟共济，反正是来赚钱的，赚了我们的钱，吃吃你还不是活该的。她爱看不看地看了看团长的太太，莫名其妙地觉得她也不过是另一个玉枝，香荷恨所有的玉枝。

投资代表团团长和团长太太的脸上就有点不是颜色。当然不是愠色，而是收敛了许久而终于觉得不必再收敛的轻蔑。

费萍则象征性地抿了一口。

武建新这时候又只好出来力挽狂澜，他学着唐炳业的调子说："关系浅，舔一舔。"

费萍一听，头一仰，把一杯酒全干了下去。

樟茶鸭子上来以后，才算缓解了一下尴尬的气氛。

武建新反客为主地张罗着："来，来，来，吃鸭子，吃鸭子。樟茶鸭子是这里的名菜。"他给团长太太夹了一只鸭腿，"女士优先，女士优先，我这是借花献佛了。"

团长太太好像要让香荷更加不快，与唐炳业和武建新周旋得更是多姿多彩。说："谢谢武先生的美意，那我就不客气了，可是呢，我

357

真吃不下了，就请唐先生代劳吧。"说着就把鸭腿夹进唐炳业的布菜碟里。唐炳业不知吃好，还是不吃的好，举着筷子，勉强做出潇洒的笑容。

投资代表团的团长放出一长串揣摸不透的哈哈哈，团长太太更是笑成了一朵花，各位陪座谨慎地嘿嘿着。

只有香荷英勇地站了起来，对准另一只鸭腿，恨恨地戳了过去。可是鸭子摆在一桌菜的正中，香荷还是够不着。距离消耗了香荷筷子头上的士气，她不得不踮着脚尖，才拧下另一只鸭子的腿，而且拧得没有气势，反而显得她不过是想吃另一只鸭腿，除了想吃另一只鸭腿，没有别的。

此时，投资代表团的团长和团长太太的兴趣，已移到明日游览长城还是游览天坛的安排上去。

他们正在考虑，要不要乘唐炳业的或是武建新的专车，还是自己租TAXI。

费萍的眼睛不由得又向四周一扫，坐在对面的那个女人还在直勾勾地盯着香荷，好像她根本不吃不喝，专门是来盯着她和香荷似的。那眼神里不但没有一丝恭敬，反而混杂着些许的鄙夷、些许的怜悯、些许的讥讽。虽然她现在盯的不是费萍，费萍却有了唇亡齿寒的戒备和敌意。

她仄过头去和香荷耳语："你看见对面那个穿绿衣服的女人了吗？"

"早就看见了。"香荷一面用舌头打扫着口腔里的残羹剩饭，一面用眼睛巡视着桌面，以便干净彻底的结果这张桌子。只见她的舌头往左一拐，就从左边的嘴唇和牙床之间挑出一枚草菇，她把那枚草菇接着嚼巴嚼巴又咽了下去。只见她的舌头往右一拐，就从右边的嘴唇和牙床之间挑出一根霉干菜。她把那根霉干菜接着嚼巴嚼巴也咽了下去，连费萍也不得不惊诧于香荷的舌头何等之灵活，香荷的口腔何等之空阔。

"我觉得像是个记者。"

"管她是干什么的。"香荷试看天下谁能敌地说，她把吃了一半的芦柑放下，又从水果盘里拿了一个。

见她一人独占两份，费萍就想先前那个芦柑一定是坏的，"哦，坏的？"

"不，挺甜。"香荷吞完了第二个芦柑，回过来再接着吞那吞了一半的芦柑。

费萍羡慕香荷到了这把年纪还有如此结实的一个胃，以及显然是结实的其他。费萍就像被香荷的结实武装了一下，也不再去注意那穿绿衣服的女人了，也不再去注意投资代表团的任何一个人了。

三

菊嫂只好撂下不做，费萍临走的时候没有交代晚上吃什么，就算她交代了，装米装面的柜子也锁着，拿不出来米面，饭怎么做。

菊嫂浑身酸懒，也有些咳嗽。前几天晚上为了给住在前院的红梅传电话，急急忙忙地没穿外衣、没戴围巾就跑了出去，冻感冒了。她在沙发上坐了下来，心想歇一小会儿，晚饭等费萍回来做也不碍事。

再说，她心里有些憋气，为了给他们家的人传电话冻感冒了，跟费萍要点药吃都不行。

武建新和费萍每天都要吃很多药，红的、绿的、蓝的、白的……

359

各种颜色的药片一吃一大把。

费萍说:"少吃鸡、鸭、鱼、肉,吃多了容易得冠心病。"

他们真的少吃鸡、鸭、鱼、肉,他们吃药,药里什么全有了,还是进口的。

可是费萍说:"不是我们不给你药吃。公费医疗是国家给我们的福利,充分体现了社会主义的优越性。但是不能因为我们看病吃药不花钱,就把药给不该享受公费医疗的人吃,这是占社会主义的便宜。"

菊嫂就到药店里去买药,两丸子药就是八块多钱,八块多也没把感冒治好。潘嫂说,八块多怎么能治好感冒,要想治好感冒,怎么也得八十多。潘嫂给她出主意,叫她拿着账单去找红梅报销,"既然他们这样不近人情,那你还有什么拉不下脸来说的。"

菊嫂觉得潘嫂说得有道理,果真拿了发票找红梅去报销,"你能不能给我报销这药费?我可是为了给你叫电话才冻感冒的。"

红梅给武家当了几年儿媳,算得上是久经沙场,嘴才一张就把菊嫂杀得落花流水:"哟,这感冒还能称出来、量出来是因为给我传电话得的吗?谁知道是不是你星期天休息上街逛的时候冻的。"

菊嫂称不出来,也量不出来,菊嫂只好退求其次:"给我报销一半也行。"

红梅说:"我的孩子病了还没人给我报销一半呢。"

不说那孩子倒还罢了。一说那孩子菊嫂便想起自己为那孩子操的心一点不比她这个当妈的少,不但不比她这个当妈的少,可能还比她这个当妈的多。孩子刚生下来的时候,不知道为什么白天晚上没完没了地哭,特别是晚上,哭得更凶,弄得红梅没法睡觉。红梅气得啪啪啪地打他的小屁股,那么小的孩子,受得了吗?菊嫂就抱过来跟自己睡,那孩子也怪,跟了菊嫂,不再哭了。要说孩子是她菊嫂带大的一点也不过分。那时，菊嫂说过她在这里只管做饭、打扫卫生、收拾家务、洗衣服，带孩子不是她该干的活吗？这些人怎么这么没良心，过河拆桥，卸磨杀驴，用着人朝前、用不着人朝后，这栋屋子里上上下下还有好人嘛！

菊嫂让红梅逼得造了反："你要这么说，以后我也不给你的孩子洗衣服。"

"我不是给你加了五块钱吗？"说到钱，特别是同外人说到钱的时候，红梅觉得她到底还是武家的人，枪口一致对外。

菊嫂说："那可不是给你孩子洗衣服的钱，那是因为我要走，奶奶给加的。"

菊嫂一下子戳到了红梅的要害，在这个家里，红梅该占多少便宜，费萍是有言在先的，红梅只好闭上了嘴。

菊嫂有时觉得自己变得很恶，从前她可讲不出来这种恶狠狠的、一点面子也不给别人留、结果也就是一点面子也不给自己留的话，这种话还是人讲的吗？可是她就这样红口白牙地讲了出来，连磕巴都不打。

想起刚进城做事的时候，自己那份尽心尽力的傻劲，真是难找。

第一次知道不能那么瞎使劲儿是什么时候？为了什么事？好像是来了一位客人，一招呼，客人讲的是扬州家乡话，菊嫂心里一热。客人一脸汗，手里拎着大大小小的提篮和网兜，里面装的是清一色的家乡土特产，那时还不时兴走后门，行贿受贿，所以提篮网兜里装的是一片真情实意。菊嫂好过意不去，好像那片真情实意是送给她的，连忙沏茶倒水，让座拿扇子。客人走后，费萍郑重其事地把她叫到客厅里谈话，费萍不笑，可是也不气，"以后，不该你管的事，不要管。"见她还是憨头憨脑，一个劲儿地眨巴眼睛不开窍，费萍只好把话说白了:"如果我们不叫你给客人沏茶,你就不要沏。一沏上茶,坐下来就不走啦,首长那么忙,还有更重要的事需要处理,一天到晚老接待客人还干不干工作?再说,什么人都接待的话,哪儿接待得过来呢?这样的道理难道你还不懂,要我这样详细地交代给你吗?"

费萍不笑也不气,可是菊嫂觉得那气派就像王母娘娘降旨一样地让她心里直哆嗦,哆嗦归哆嗦,菊嫂觉得费萍找她谈话的主要意思还不在该给谁沏茶、或是不沏茶,而是迫不得已地向她这样详细地交代政策。

从那以后,菊嫂知道有些事只能意会,不能言传。该用眼睛看着的,不能用嘴问,哪些事该用眼睛看,哪些事该用嘴问,这是不能错的。

好比说,茶叶分三等,哪一档客人来了,用哪一等茶叶,是留心看来的。

好比说,哪一档的客人备什么样的饭菜就得问了,要是说,"随便吧",那就是赶上什么吃什么。要是说,"简单一点",备点花生米、松花蛋之类的小酒菜,再包顿饺子就行了。要是除了每天的菜金,再另加钱的话,这就是说,来了和首长一个级别的客人了。

这些年,长知识啊,菊嫂从懵里懵懂的乡下人,长进成了这样眼观六路、耳听八方的人,她不知道这究竟是祸还是福。

要不是福,又怎么讲呢。

她从老家出来的时候,村里的人不要说京城是什么样,就连省城是什么样也不知道,听说她上京城,就像上天堂似的,哪儿像现在的乡下人,走南闯北、穿西装、吃肯德基家乡鸡而不吃自己的家乡鸡、唱卡拉OK。

"人家的马桶比饭碗还清爽。水一冲，屎尿就不知道哪里去了。"

"啊呀呀，太可惜了。"

人们就白眼那可惜了粪便的人。

"吃水不用挑，一拧铁管子，水就哗哗地流。"

…………

菊嫂听着，心里十分感谢那位衣锦还乡的表亲，他那时就在京城里给首长当警卫员。

菊嫂回过几次老家，公家给出的路费。

比起同龄的姐妹，她显得年轻多了。

"吃得好吗？"她们问。

"大米白面，一年四季，顿顿有炒菜呢。"

"都干什么活？"

"没有多少活好干，做做饭，洗洗衣服就是了，买菜有公务员，管家有秘书。"

"坐过汽车吗？"

"汽车、小汽车都坐过了。"至于坐车去干什么，比方说上医院给伍建新送菜送衣物，以及首长一家吃小灶，她不过跟着公务员一起吃白菜熬豆腐是略去不表的。菊嫂不好吹牛，菊嫂只是好面子罢了。她要让老家里的人知道，羡慕，她这一步是走对了。

他们果然啧啧有声。

"还回来么？"

"回来。"

"真的？"

"哪个骗你。"嘴里这样说着，心里却对自己怀疑起来。

再让她回到一年四季也不能直腰的土地上，她还干么？她下意识地扭了扭穿在鞋里的脚。黑平绒的布鞋做得很合脚,白毛边的底子软软的,那残冬未尽便赤着双脚泡在结着冰碴儿的稻田里翻地的日子,已经远得不可追忆了。

整年见不到一点油腥,只靠小萝卜干和萝卜缨子下饭,她还咽得下去吗?她的喉咙不知不觉已经变细了。

还有她的丈夫那样粗暴地按着她的膀子。他的嘴里有一股又酸又臭的味道,她现在天天刷牙,还用牙膏。

冬天,屋里又湿又潮,比外头还冷,被窝里永远是潮乎乎的,好像从来没有晒干过,住在那样的房子里,早早就要骨头痛……

让她挂心的只有那两个儿子。现在也行了。她给老大盖了房,还得给老二攒盖房子的钱。等他们全都盖好了房,她也就了了心了,若不是她丈夫把钱输光了,老二的房子也早该盖成了,老了,老了,倒添上了赌的毛病。

这样想来,不管是祸是福,她还是得待下去。

歇着、歇着,菊嫂就睡着了,一睡就睡到红梅他们回来的时候。

红梅回来看见菊嫂还在沙发上歪着就说:"你倒挺会享福啊!"

菊嫂就说:"你不是知道我感冒了吗?"

一说感冒,红梅就不搭茬儿了,一没话可说,二再看什么吃的都没有,更加吵吵肚子饿了。红梅的丈夫就从前院拿了些饼干来,"先吃些饼干吧。"他说。

红梅一把抓过饼干盒,"哐当"一声就把饼干盒盖了起来,说:"不许吃,凭什么吃我自己的饼干,我的伙食费白交啦,我不,我偏等着饭吃。"

既然她不吃,她丈夫也不敢再吃。

省下了自己的饼干并不等于红梅的气就省了下去。她积蓄在肚子里的气,海了。

"我坐月子的时候,你妈给我吃过什么?我给你们家养的还是头孙呐。菊嫂知道,连一个母鸡也没给我吃。鸡吃不成,我要个鸡蛋吃,你妈就让菊嫂煮一个。吃饭的时候当着全饭桌的人,往我的面前一放,还说:'红梅同志,请吃鸡蛋。'她以为是我想吃呐,我是为了孩子。结果怎么样,闹得我还没出满月,孩子就没奶吃了,还不是得订牛奶吃,省钱了吗?钱也没省下,孩子还净闹病,到现在身体都不行。"

菊嫂想,我才不给你证明你坐月子的时候没吃鸡呢。

红梅学着费萍那种一拧一拧的声调说:"'红梅同志,请吃鸡蛋。'哼!"

费萍和武建新回到家里的时候,已经是八点半了。

红梅尖着嗓子说:"您去吃请了,我们呢,可在这饿着肚子等您回来开米面柜的锁,一个米面,又不是金子,有什么可锁的。"

菊嫂想,说得是,说得好。

费萍没听见似的,照旧的一脸和气,一脸的狠抓思想政治工作。"怎么样,咱们就不吃了吧?"她对武建新说,武建新酒气醺醺的好心情,"当然,当然,除非你再陪我喝两盅。"

武建新一听红梅的尖嗓子,就知道情况不妙,凡是碰到这种老娘儿们闹事的情况,武建新最好的办法就是交给费萍全权处理。

所以武建新就乱云飞渡仍从容地打开电视机。他记得广播电视节目报上说,今天晚上有电视连续剧《武林豪杰》的播出。他最喜欢武打片,他觉得比那些婆婆妈妈、谈情说爱的片子好看多了。所以一到电视台播出这种节目的时候,他们家就响彻了各路英雄拼个你死我活的、鬼哭狼嚎的"啊——啊——"声。

红梅最恨费萍的一脸狠抓思想政治工作。除非生活在这个家里，否则人们永远无法知道费萍的一脸狠抓思想政治工作后面藏着什么。有时红梅真想跳上去，一把撕下费萍脸上的狠抓思想政治工作。可是认真一想，她和孩子、丈夫似乎又都分享着费萍那一脸狠抓思想政治工作的成果，要是她真把费萍的一脸狠抓思想政治工作撕了，她又有什么好处呢？

他们没房子，当然如果认真地要，房子也会有的。可是像住在这里的种种方便，甚至是便宜却没有了。他们一家三口人，每人每月除了上交十五元钱伙食费之外，其他一切开销全都省下了。现在，十五块钱能干什么，买十包妇女卫生纸巾都买不了，想来想去，还是天天看这张让她恨极了的脸合算。

费萍接着吩咐菊嫂："就做汤面条吧。"

"拿什么炝锅呢？"

"白菜心。起锅的时候再撒点香菜末、浇几滴香油。"费萍指导得相当具体。

菊嫂和了面之后，让面醒着，转手就去洗大白菜。

费萍放下手里盛礼品的塑料口袋，脱了大衣，摘下围巾，就闲不着地东摸摸，西看看。她先从塑料口袋里取出大会发的礼品，发出一声埋怨的叹息，"又是钟，咱们已经有十三个钟了。这些人真不会办事，就不能想个别的东西当礼品。"

武建新说："留着送人。"

"送谁，该送的人家怕也有了十个八个钟了。不该送的人家送这样的礼物也太重了。"

"那你就留着，总会有用的。"

"只好这样了。"

费萍收好大钟，就去开冰箱，她看见了吩咐菊嫂买来的肉，拿起来掂量掂量，总觉得缺斤少两，就拿着那块肉进了厨房。她举着肉问菊嫂："这是一斤肉吗？"

菊嫂一听就听出费萍的曼声曼气里藏着硬硬的阴谋："不是一斤肉难道是我生吃了不成，不信你去秤秤。"

费萍说："我不过是问问嘛，你怎么就不高兴了？"

菊嫂说："有您这么问的吗？"

费萍用手扒拉着肉，眼睛却斜窥着菊嫂的面色，"现在请个阿姨不但价钱大，脾气也大哟，真是请不起啦。"

"那我走就是了。"菊嫂放下正在煮着的汤面，说着就把套袖、围裙解了下来。

"走，你要走就得先赔我们钱。"费萍看着锅里的面，随时提防着汤面擦了锅，同时也不耽搁跟菊嫂玩笑似的这么说着。

菊嫂就很不大度地较了真儿："行，咱们可以算算账，该我赔你的钱，我一个不欠。该你们欠我的钱，一个也不能少。算吧，我在你们家待了多少年，我休息过几天，你把占我休息日的工钱都算给我。"

菊嫂要是较了真儿，问题就复杂了。

其一，若是算钱，自然是她欠菊嫂的钱，特别菊嫂刚从乡下来的时候，给她一点白米白面吃就上了天堂了。哪有两周休息一天这一说，都是这几年闹自由化闹起来的。

菊嫂在他们家待了多少年，总有二十多年了吧。要是真算起来，二十多年算下来可就多了。当然她也可以不理这个茬儿，就是一分不给又怎么样，问题是菊嫂可能会就此大闹一场。她倒不怕菊嫂闹事，她是不愿意为了一个保姆的事，闹到社会上去，闹得人人皆知。现在

367

很有一些好事的记者,好事的报纸,好事的机关,专门干这种猫不抓耗子,狗抓耗子的事,她本人不就是在那样的一个单位,做着这样的一份猫不抓耗子,狗抓耗子的事么。她对这一套可以说是了如指掌。

其二,保姆难找。尤其像菊嫂这样又会做,又知道精打细算,经验丰富,年龄又相当的保姆。再一说,菊嫂的经验哪儿来的?还不是在他们家里练出来的,如今练出了师,这一走,不是叫别人坐享其成吗?他们凭什么替别人给保姆掏这个学费呢?

现在保姆素质太差。好吃懒做,顺手牵羊,还没干事先问主家有没有电视机、录像机、冰箱、洗衣机等等。听说只有黑白电视机没有彩色电视机还不愿意干呢。逮着别人的钱财不解气地可劲儿造,以至连锅端地来个大卷逃。

这样地一想,费萍是不会让问题变得复杂起来的,变得复杂对谁有利,若是对自己不利,为什么要让它复杂起来呢?可是她怎么也不能相信保姆是不偷的,或者是不从菜金里扣主家钱的,她有时被这个想法弄得相当苦恼。和菊嫂的矛盾大部分由此而生。要说她现在的生活里还有什么苦恼,甚至是痛苦的话,也就是这个苦恼和这个痛苦了。这不,她还得反过来做菊嫂的思想工作。

"你看,我们不是早讲好了吗,大家有什么意见放到桌面上来提,开诚布公,讲完就完,别往心里去,这才是人与人之间的正常关系嘛,不要一来就撂笆子嘛。"

费萍说得跟真的似的,菊嫂每每就让费萍这样说得又信又不信。

要说信的时候信了还不算,还觉得果真是自己出了错。

要说不信的时候,怎么想怎么觉得自己是让她蒙了,可是又不知让她蒙在了什么地方。总而言之,当干部的就是有水平。

汤面做好了自然是先尽红梅两口子吃。等到她吃的时候，真是只剩下汤了。好在她在这方面有丰富的经验，早给自己留下一些干的。

可是就连汤也喝不安生，还没喝两口，武建新就叫道："菊嫂，给我泡杯茶哟，泡杯好绿茶。"

菊嫂假装没有听见，闷着头只管喝汤。

武建新听不到回声，就走进了厨房。"菊嫂，喔，你在吃饭，多吃一些哟，吃饱吃好，不要客气哟，给我泡杯茶送到客厅里来。"

菊嫂放下筷子给武建新泡茶，刚把茶送到客厅，红梅又来了，说："你赶快把我那件呢大衣给我熨好，明天我得上飞机场接外宾。"菊嫂看了看挂钟，快十点了。

没有面条的汤面条早已凉了又凉，武建新说要吃饱吃好，怎么吃，菊嫂想，你倒说说看。

红梅的大衣还没有熨完，费萍又吩咐说："菊嫂，明天上午好好把客厅打扫一下，打扫完客厅，就好好学习吧。"

菊嫂有点奇怪，按照费萍的规定，星期二才是她政治学习的时间。

所谓的政治学习，基本上是费萍给她念一篇社论，因为菊嫂不认得字。

有时候没有社论，有的时候社论一篇连着一篇，一到一篇连着一篇的时候，菊嫂就知道要有事，有人就要成为这样或是那样的"对象"了。

逢到没有社论的时候，费萍就给她念《革命文选》。几十年听读下来，菊嫂已会背诵不少篇章。在费萍的倡议下，一个叫作"读革命书、做革命人"的委员会举办了"读革命书、做革命人"的大奖赛。费萍携菊嫂前去参赛，结果菊嫂获得了一等奖，费萍获培养革命新人奖。但是费萍当场就把评奖委员会奖给她的那套精装的《革命文选续集》送给了菊嫂。结果，评奖委员会立马决定为费萍特别增设一项新奖，即"无私奉献奖"。

菊嫂说："这个奖您自己拿着吧，可别再给我了。要不，评奖委员会一会儿又得想出一个什么奖给您，这么给来给去的，什么时候才能完呐，现在可是五点钟了，咱们赶快回去吧，该做晚饭了。"

费萍说："这种场合有你说话的份儿吗。别以为给你了一个什么奖你就不知天有多高，地有多厚了。你当那个奖真是给你的呐。"费萍的声音很小，就像拿着攮子往肉里攮，动静不大，只是扑哧、扑哧响。

评奖委员会主席不失时机地发表了即席演说："……我们早就应该想到这一点，我们没有想到这一点是我们的失职。"说到这里，他沉痛地向费萍点了一点很瘦的头，然后继续往下讲："像菊嫂同志这样一个目不识丁的人，能达到背诵许多革命文选的水平，没有革命老前辈费萍同志的谆谆教导、帮助，是不可能做到的。上升到理论的高度来说，这个现象是不是可以叫作'费萍现象'？我建议理论工作者们应该很好地探讨一下，同时，我们评奖委员会将向有关领导部门为费萍同志请功，表彰她在国内外风云变幻的复杂形势下，坚持革命的政治思想工作，有力地击退了、粉碎了国内外阶级敌人企图在中国搞和平演变的梦想……"

费萍想，这王八蛋现在才开窍。

散会的时候她对评奖委员会主席说："老武一直在念叨你，什么时候有空到我们家去坐一坐。"

评奖委员会主席歪着他很瘦的头，用很湿、很黏的眼睛，感恩戴德地看着费萍，还用他瘦而瘪的胸膛，挡着会场过道上拥挤的人群，喊出响亮的声音："同志们，让费萍同志先走！让费萍同志先走！"

费萍就想起了当年苏联的一个电影，那上面有个镜头，和这个情形差不多。在一次会议结束的时候,一个反革命分子挡住了列宁的警卫和革命群众,他也是这样喊道:"让列宁同志先走,让列宁同志先走。"结果是列宁失去了保卫,遭到了敌人的暗算。

结果是费萍没有再提"到我们家坐一坐"的事。

菊嫂想,可能费萍记错了时间,就提醒说:"明天是星期五,我的政治学习不是放在星期二吗?"

"我知道,我知道,我就是要调个时间,明天学了,下周二就免了,因为明天电视台来给我拍电视……"

菊嫂一听拍电视,就想到了电影明星什么的。菊嫂什么都不崇拜,就崇拜电影明星,她兴奋地拍着手,无限崇拜地对着费萍直叫:"哎哟、哎哟。"

"哎哟"就是菊嫂对一件事物的最高赞美,除了哎哟,别的什么也不如这个"哎哟"顶劲儿。

一见菊嫂这副模样,费萍就知道她想歪了。她一定是把明天的事,和拍电视剧混为一谈了。

费萍更加确定小农经济只能产生这样的无可救药。

她能干那样的事嘛!

"你想到哪儿去了?这是因为我给儿童福利基金会捐献了六百块钱,新闻界准备好好地报道一下,现在有不少人一心一意只想发财,完全不关心公众的事业,不讲无私的奉献。这样下去怎么得了,不做一些正确的引导,不树一些样板行吗?"

不仅新闻界好好报道,已经有人透露,因为这笔捐款,她已经被"出类拔萃人物委员会"、"女界豪杰委员会"、"准政府官员委员会"吸收为委员了。

四

整栋房子一点声息都没有。潘嫂想,该上班的上班,该上学的上学,该出门的出门去了,现在做午饭还早,收拾房间最好,每个人的被子早该晒一晒了。

她的心情很好。老金打来电话,让她今天晚上到他那里去,她还得找个理由请假。

老金的胳膊很短,力气可是大得很,每每箍着她的腰的时候,恨不得把她从横腰那里截断。她的腰不算细,细腰早就留在了青春年少。可是她也绝不臃肿,由于一天到晚的操劳,反倒有些韧韧的。

很久以前,半夜三更的,唐炳业叫过她去帮他补渔网,她没有搭茬儿。经年累月地在唐家待了下来,又很少回老家和丈夫团聚,到了后来,她又有点盼唐炳业再叫她去帮他补渔网,可是他却没有再叫。

过了几年,玉枝生孩子的时候又请了一个小保姆,说是看孩子,可是倒常常和唐炳业小夫妻似的同进同出,后来不知出了什么事,小保姆的男人来了,唐炳业给他们又是买缝纫机,又是买自行车,还给了八百块钱他们才走。那时候的八百块钱就像现在的八千块钱差不多。一想起那八百块钱,潘嫂心里就怅怅的,没听香荷说过什么,潘嫂那些日子倒有些酸溜溜的。

武家和唐家断不了来来回回地走动。走动多了就认识了菊嫂和那边的司机老金。老金的老婆在郊区,有时候老金回郊区去,大部分的时间老金回不去,武家的事情很忙。

和老金认识多年，谁也没有动过多余的念头，元旦的时候，两家的主人突然有了更要紧的事，年节的戏票就落在了他们手里。她坐在菊嫂和老金的当间儿，从老金嘴里哈出来的、带着葱味的热气烘着她的后脖梗，她浑身就酥软了。

从那以后，老金不再觉得不回郊区有什么大不了。

可是潘嫂无论如何也不肯从箍腰的水平上提高一步，她也说不清是为什么，她就是提高不了。也许她觉着那种事无论如何得和自己的男人干才行。所以她既盼着和老金会面，又怕和老金会面。

潘嫂挨着房间打扫，轮到打扫唐炳业的房间的时候，一开房门，她就愣住了。唐炳业的大床上，赤条条地搂着两个人。这两个人不是别个，就是唐炳业和玉枝。

潘嫂急忙退了出来。

她不知道是吓的还是急的，尿了一裤子。后来她总想，关我么事，人家都没尿一裤子，我为什么要尿一裤子。

尿完一裤子她才想，啊呀呀，赤条条还不说，连门都不锁。

连门都不锁。

怪不得玉枝老是向她、或是向秘书打听唐炳业的行踪：

"爷爷上哪去了？"

"开会去了。"

"上哪开会去了？"

"上和平宾馆。"

"哪个房间呀？"

或者，"这些蜜饯是爷爷从东安市场买来的吗？"

有时爷爷也问："玉枝用汽车了吗？用汽车上哪去？"等等。

一般来说，唐炳业不满意潘嫂的回答，可是当着香荷又不好再追问下去。

老公公扒儿媳妇的灰，扒就扒了，还吃哪门子醋。他俩还像真的了。

怪不得玉枝改嫁的事也不再提了。

玉枝的丈夫死后，唐炳业和香荷有一阵想要把玉枝嫁给二儿子。一个门里的人，连户口都不用迁。孙子照旧姓唐。听说老二也有这个意思，他和玉枝还一块去看过电影，可是老二突然就搬了出去，从此再也没有回来过。玉枝改嫁的事也就搁下了。

只有香荷说过："还改什么嫁，反正都是和姓唐的睡。"

玉枝眼睛看着天说："是啊，有本事你也睡嘛。"

怪不得原先老老实实的玉枝，丈夫死了之后憔悴、干瘪不久就鲜亮起来。奶子也鼓了，面庞也红润了，连屁股都大了起来，眉眼之间还添了一股媚气。那两条硬邦邦的、老也舍不得剪的辫子也剪了，还烫了一个爆炸式。一回到家就换上开衩很大的绸旗袍。旗袍挺瘦，料子又软，紧紧地包在屁股上，一走一扭，一走一扭。唐炳业手里拿本书，两只眼睛从书边上扒过来，溜来溜去地盯着那个来来回回扭的屁股。

玉枝以前是老大机关里的打字员，家里开着一间小小的杂货铺。刚嫁过来的时候，谁都怕，连潘嫂都怕，两条辫子硬邦邦地、紧紧地贴在耳朵后头，像个受了惊的兔子。

她很少在哪张椅子上或是沙发上坐一会儿，见了地毯绕着走，不敢往上踩。老是绕着地毯在房子里走来走去，就像找不到一个地方落脚似的。

在饭桌上不吃,下了饭桌到厨房里啃锅巴,或是水萝卜什么的。还扭着身子说:"我爱吃锅巴。"

有些菜她确实不爱吃。好比海螺、鳝鱼、甲鱼什么的,玉枝说:"腥气。从来没吃过。"后来也就吃了。现在更是点着吃了。不但点着吃,还知道吃什么部位最好。吃甲鱼只吃裙边,吃鸡只吃翅膀,肘子只吃皮什么的。

潘嫂知道不管什么原因,反正她在餐桌上吃不饱,只要她到厨房来,潘嫂总会给她弄些吃的。

所以玉枝那时很有些讨好潘嫂。

吃午饭的时候,潘嫂才见到唐炳业和玉枝,她还是不敢看他们,就好像她自己刚刚让人捉了奸。那两个人却像没事人似的,照旧说说笑笑,唐炳业还问潘嫂:"今天的报纸来了没有?"

潘嫂找来了报纸,唐炳业边吃午饭边看新闻。他抖落着报纸说:"现在的报纸真是没什么可看的了,你就是批判别人,也得拿出些真货来嘛。你看这篇文章,完全是从多少年以前的社论上抄来的嘛。这种文章很容易让读者产生怀疑,以为我们和那些阴谋家、政治骗子没有什么原则性的区别。为什么不动一动脑子自己重写一篇呢?现在的一些同志,工作很不负责任。《××日报》海外版的事你知道了吧?《××日报》办报几十年,从来没有出过这么严重的政治问题,出了问题以后还不认真吸取教训,拿几个具体的办事人问罪就算交了差,要从办报思想上去抓才行嘛。"

潘嫂本以为他们一定羞得无地自容,没想到唐炳业还能这样高谈阔论。高谈阔论还不说。还批评什么报纸办得不好。

"我才不看报纸呢。我能管好自己就不错了。什么报纸我都不看,这个世界上没真的。"

唐炳业就意味深长地看着她:"我可是说到做到。"

"那要看落实的情况如何。"

"等老太婆回来我就跟她要存折。"

"她就那么听你的?"

"她得听,她要是不听……"唐炳业看见潘嫂又来上汤,就没往下说。

玉枝无缘无故地就不高兴了潘嫂,不高兴了也说不出不高兴在哪,就说:"这饭不是水多,就是水少,老不合适。"光说还不够,还用筷子敲敲碗边。

潘嫂不是不讲理的人,今天的饭,的确有些水多。她今天做饭有些魂不守舍,老是心惊胆战地想着他们赤条条地抱在床上的景况,心跳,脸红,气喘。其实菜里的盐也放多了,他们是没吃出来,还是没来得及说。想着想着,床上那两个人,就变成了她和老金。为什么不能变。看,他们那样干了之后,饭不是照样吃吗,报纸不是照样看吗,玉枝不是照旧说她做的饭不是水多就是水少吗,唐炳业不是照样吩咐她把院子里的花浇浇水吗……他们谁也没有因为他们不该赤条条地搂在床上,并且让人抓个正着而惭愧,而理亏,而有些许不来劲儿地活着。

可是玉枝为什么说"老"也不合适,不就是百年不遇的这一回吗?

潘嫂不胜感慨起来。一个女人,要说卑贱就卑贱着,要说至尊至贵就至尊至贵起来。玉枝还是玉枝,可是和唐炳业一睡就睡得大不一样了。

眼看着潘嫂就得反过来巴结玉枝了,现在连香荷都怕着她几分,所以她说"老"也不合适就老也不合适吧。

也许连巴结都巴结不上了。

公家专为唐炳业请了一个年轻的保姆来照顾他的饮食起居，唐炳业咳嗽，新来的保姆刚给唐炳业捶了捶背，香荷倒没有说话，第二天玉枝就把新保姆弄走了。

听唐炳业批评报纸，潘嫂就想起还有秘书长送来的一份文件。

唐炳业不高兴地说："你怎么才给我。我等的就是它。"

潘嫂也不高兴，心想，早给的话怎么给，给到床上去，好看吗？

吃完午饭玉枝就回卧室打盹去了，昨天晚上唐炳业整整把她折腾了一宿。

和她上床前，唐炳业特意洗了脸，不洗还好，一洗，嘴上就带着洗脸毛巾上的馊味。

别看唐炳业一出门就领子雪白，裤线笔直，小头发倍儿亮，领带绿了又红，红了又绿，他那条洗脸毛巾，可是至少有一年的时间，没有好好地搓一搓了。

她又想起他的刷牙缸子。边上那一圈长年累月攒下来的、已经变成结石一样结实的牙膏沫子。

她们家再穷，再没见过世面，也不会让毛巾馊成这个样子，也不会让牙膏沫子在刷牙缸的边上攒成结石。

可是这个馊嘴，这个用边上攒了一圈结了石的牙膏沫子的缸子刷牙的嘴，还在她的嘴上、身上乱啃，乱咬。

玉枝又想起潘嫂，越来越油，干活净来花架子。她每天打扫洗脸间就嗅不见毛巾馊成这个样子，看不见刷牙缸子脏成这个样子吗？她又想起香荷，除了贪婪，天塌下来也不管。她恨这个家里的每一个人。

每次开局之前，唐炳业都用新世纪首创发明最理想的国家专利产品,由德国某大学教授医学博士、美国医学博士、法国生物学者,日本秋吉夫、平野昭平等医学博士,韩国大历社等有关专家做了高度评价和鉴定的,据说是可以把您的理想化为现实,使您的精神振奋,工作顺利,把您的悲伤化为快乐,使您夫妻恩爱永远幸福,让您返老还童,弱有所强,老有所乐,当时见效的"金鹿牌"夫妻快乐器,也就是真空男宝器,在他那男人的物件上鼓动一番。

唐炳业悭吝到连抠了屁股,都要噙噙手指头的程度,以免手指头上可能粘着的、尚未被肠胃消化掉的五谷杂粮从手指头里漏掉。

可是买起这等物件,却是挥金如土。床头柜里各种神油、神水、神丸应有尽有。

她躺在一旁,听他背着脸儿,手里捏着一个气泵似的东西,在他那个前途渺茫的物件上鼓动。咕哧、咕哧,咕哧、咕哧,咕哧得很费力,好像他那个东西确实硕大无比,大到永远没有充盈起来的指望了。

昨天晚上,咕哧着、咕哧着,也许是手没抓紧,噗——啪的一声响,用来鼓动他那物件的小泵就从唐炳业的手里飞了出去。唐炳业骂了一声:"他妈的,生产这种没用的东西的工厂都该枪毙。"

"那你还不扔了它。"玉枝说,说完就非常解恨地扬声大笑。

唐炳业急皮酸脸地说:"别笑啦,让人听见了。"

可她还是笑,一直笑到歇斯底里地大哭起来。

她的眼泪不停地流着,流得唐炳业兴趣全无。

兴趣全无还不算,简直就有些恼羞成怒:"你这种老娘们儿真让人讨厌。"

他还只是骂她讨厌,他还不知道她是怎么恨他这个伪君子呢。她的恨不表现在骂他一个什么,骂对这种人有什么用呢,她就天天瞧着他这么咕哧,在他那个前途渺茫的物件上做最后的斗争,她觉着这就是最好的报复。"你咕哧吧，咕哧吧，慢慢地咕哧吧，别着急，慢慢来吧。"她心里说，就像唱着歌儿给他的咕哧伴着奏。

以实求实地说，唐炳业的指责是有道理的，真空男宝器的确时常出现故障。但是他又不便出面去厂家换一个合格的，或者干脆退货。只好将就着使用。由于不是每次都有理想的效果，在不理想的情况下，他就很容易迁怒他人。所以他和玉枝时常在床上发生争执，往往弄得不欢而散。

由于真空男宝器的质量问题，唐炳业有时对社会主义前途产生疑问："这样下去怎么得了，我们的社会究竟还有没有真东西。"

但是这种怀疑很快就会过去，因为唐炳业并不是一天到晚都在干这件事。大部分还是在"猛犸研究协会"里为坚持一元化的领导；为反对科学界的歪风邪气；为反对纯科学的危险倾向和和平演变而斗争。

那时候，唐炳业就不像真空男宝器失灵时那样丧心病狂得让玉枝轻蔑，更重要的是唐炳业答应在换届的时候，给她的弟弟在"猛犸研究协会"的核心领导小组里安排一个位置。

玉枝的弟弟由于长得很像某位领导，便伪装那位领导到处招摇撞骗，最后终于被人识破，判了"伪装领导罪"后，发放到了边远省份。由于认罪态度良好，交代说是看了一本以伪装领导为题材的小说，受了资产阶级文艺思潮的毒害，才萌发了伪装领导的祸心云云。于是五年徒刑改为免于刑事处分，改由那位写了一本以伪装领导为题材的小说的作家顶罪。

现在父母年事已高，跟前很需要人。指望玉枝是指望不上了。她能给他们换煤气罐吗，她能帮他们储存大白菜吗，她能蹬三轮板车送他们上医院吗……何况弟弟两口子两地分居过久说不定会分出事来。

唐炳业气喘吁吁地斜搭在她的一条腿上,要他撑起身子,全部用他自己的力量对她做正面的俯冲已是勉为其难。他所进行的活动一半要靠她的这条腿来支撑。而且是细水长流、歇歇停停地享受着她的肉体。不像她的丈夫,急行军似的一口气走到目的地再休息。所以这项活动就像一会儿上马,一会儿下马的基本建设项目那样工期拖得很长。

唐炳业不像他的儿子,每次活动都要见到成效才肯罢休。他很懂得珍爱自己,像一个精明能干的主妇,家里的每一个物件,一定要物尽其用到变成渣子,再也捏不成个儿的时候才肯丢掉。所以他能一直保持战斗力,一觉、或者是二觉醒来接着再干。弄得她第二天上班的时候没精又打采。他却可以躺在家里,想睡到什么时候就睡到什么时候。

她闭着眼睛,屏着呼吸,毫无反响地听着他的哼唧,怀着一种报复的心理让唐家的两代男人在她的身上天翻地覆慨而慷。

想当初,她以为到了唐家,一定有享受不尽的荣华富贵,她们家怎么也能借上一点光,改变一下一穷二白的面貌。

但是她想错了。

她妈动手术的那一年,想跟婆家借点钱,她丈夫却说:"财权在我妈手里,你跟我妈说吧。"

香荷说:"我们哪儿来的钱。"

这个斜搭在她身上的唐炳业还说:"有困难找组织解决嘛,我们又不是救济所。"他可能忘记了,玉枝却没有忘记,而且永远也不会忘记。

不借给钱帮着找个好大夫也行。可是他们家的人真能狠下心来不闻不问,就连她妈动完那样一个惊天动地的大手术之后,香荷和唐炳业也没上医院去看望过她妈。

结婚这些年，香荷和唐炳业从没上她家去过。逢年过节，父亲母亲穿上他们最好的衣服，提上尽他们的力量所能买到的最好的点心走亲家的时候，唐家连顿饭都不曾留他们吃过……

所以丈夫死的时候，玉枝并没有掉多少眼泪，她想得更多的是，她不能白白地让这个家盘剥一遭。

有一阵她考虑过以后的去向，有人给她介绍过不少对象，不知为什么都谈不成。是因为她还带着一个孩子吗？其实带孩子改嫁的也不少，也许因为她人显得老相，不知怎么搞的，两眉之间那两道竖纹给她平添了一种凶相。全是在这儿窝心窝的。自从来到这个家，她的眉毛很少舒展过。好不容易有个人她觉得还行，对方也觉得她还行，偏偏让唐炳业给搅黄了。那时候她对这个家还没现在这样高的觉悟和认识。他们说什么就是什么，她从来不敢提出自己的意见和想法，更不要说和他们一论短长。

对方来电话和她约会，唐炳业就是不告诉她，也不叫她去接电话。

有一次电话铃响了。她知道是她的电话，连忙去接，可是唐炳业就在电话旁坐着。一伸手就拿过电话筒，姓甚名谁、在哪儿工作、家在哪住、什么出身、头婚还是二婚三婚，问长问短地问了半天，然后告诉人家打错了号码，他这里不是718364821，而是火葬场……

他们根本不拿她当回事，可是一旦有人要她，他们又要拿翘，好像她真是唐家的宝贝。

向外发展的想法破灭之后，发现小叔子对她颇有好感，想想也好，熟门熟路，省了许多麻烦。这时候唐炳业不知怎么就开始揩她的油。先是有意无意地捏她的手，捏着捏着就顺着手腕子往上走。她既没表示反对，也没表示高兴，她的直觉告诉她，她的时候来到了。

什么叫她的时候来到了，她也说不清。

再以后就开始捏她的屁股，捏着捏着就在一天晚上进了她的卧房。她没有反抗，对她来说，这种反抗有什么意义呢？什么意义也没有。她甚至没有想到她的丈夫。

她有什么必要想到她的丈夫，她的丈夫想到过她吗？这个家对她的丈夫来说，比她更重要。他老是把"我们家、我们家"挂在嘴上，好像他这个家是中国第一家那么让他自豪。

见了香荷，她甚至没有负罪的感觉。

有时她想，她怎么能让这个浑身上下冒着一股棺材味的老家伙斜搭在自己身上，干起这个营生来了，可能就是因为她想让这个光芒万丈的家不那么光芒万丈一下。除了让这个光芒万丈的家不那么万丈光芒一下之后，她当然也不能不为自己做一些实际的打算。

唐炳业难道还以为他那身褶子皮、嘟噜肉真有什么可爱的吗！？

她估计这个家的存款怎么也得有两万。

小叔子也许会分去一些，也许分不到，也许不会要这个"臭钱"。他就是这么说的，"我再也不进这个臭家。"他离开这里的时候，就说了这么一句话，其他什么也没说。

突然之间，小叔子对她就没了兴趣，不但没了兴趣，后来连理都不理她了。想必他发现了什么，或是撞见了什么。

她也不觉得有什么遗憾。就算她和小叔子的事情能成，只要不离开这个家，他们的小家能有什么指望，或离开这个家，他们那个小家又有什么指望。

反正是那么回事了。

确如唐炳业所说，就算她能找个人嫁了出去，经济地位如何？政治地位如何？有没有住房？就算有住房，宽敞不宽敞？能不能洗澡？对孩子好不好等等，这些问题像秤砣一样坠在改不改嫁的秤杆上……

她就想起她娘家，哪怕三更半夜、数九寒天你要是拉肚子蹿稀也得往公共厕所里奔，更何谈洗澡那样现代化的项目。

慢慢地她就销蚀在唐炳业的细水长流里，她不再为嫁不嫁人多费心思了。她只想一旦唐炳业死后，她能得到什么实际的好处？

他什么时候死？

究竟是早死一些对她有好处，还是晚死一些对她有好处？

这就是他每每搭在她的一条腿上，她强忍着那个馋嘴和那气喘吁吁的运作的时候，常常盘算的一个问题。

有时，她觉得这种盘算相当的残忍、卑劣，她原来可不是这么残忍、卑劣……可是这样想过之后，她还是照样地盘算。

现在她不怎么上班了。老头子给她找了一个只拿工资，愿意上班就上，不愿意上班就不上的闲差。他还臭表功地对她说："瞧我多么疼你，好不容易给你找了这么个工作。"

她却淡淡地说："没什么了不起，现在这样的差事有的是。"

疼她！鬼才相信。他们家的人除了自己疼过谁？给她找的这个闲差还不是为了他自己。好让她没时没晌地陪着他鬼混。反正他也是个想上班就上，想不上班就不上的货。

不要说是晚上，就是白天，他也会把她扒的精光爬上身来，从前他还知道避一避人，至少是避一避那个婆婆香荷。那时候他只在香荷背过脸去的时候，狠狠在她屁股上捏一把，那一把捏得很实在，让她一连几天都记得有人在上面做过手脚。

但是香荷还是看出了门道。一气之下把所有的房门都换了锁。换锁也白搭，她照旧在唐炳业的屋子里进进出出，通行无阻。

香荷大闹了一场，闹也白闹，唐炳业威风不减当年地摊了牌："话说清楚了，我也不想离婚。可是女人照样要搞。你说吧，你是想继续待在这个家里,还是想扫地出门。你要还想待在这个家里,就只当什么也没有看见。你要是给我来那套上告陈世美,我就让你扫地出门。"

香荷一点也不狭隘,跟上唐炳业以后,她就是不想百炼成钢,也非得百炼成钢不可。否则这个日子怎么过。可是这一回,她怎么想也想不通,这不是乱伦又是什么。"这次你也搞得太不像话,竟然搞到自己儿子头上去了。"

"这就是你的少见多怪。女人就是女人,什么乱伦不乱伦,我又不是睡自己的女儿。"

唐炳业说得振振有词。干这种事的他既不是头一个,也不是最后一个。自来老公公就有扒儿媳妇灰的,他没在儿子活着的时候扒就不错了。如果他在儿子活着的时候扒,可能有点说不过去。现在他觉得除了玉枝想借此拿他一把的不足之外,这件事没有什么多想的必要。

香荷不想扫地出门,她怎么能离开这个家。这不但是她的家,也是她之所以能够发扬光大,之所以能够香荷的立命之本呐。如果她走出这个家,她还是她吗?如果她走出这个家,她就成了玉枝,而玉枝就成了她。她就要失去了她的天堂了。

她接受了这种家庭在这种情况下的这种安排:一切都很正常,什么事也没有发生,或者她什么都不知道。除了什么都不知道,他们还是同舟共济,相濡以沫,忠诚不渝的伴侣。

她就这么活在这个家里,并不像想象得那么痛苦。只要他们不当着她的面摸来摸去,蹭来蹭去。再说,她也找到了排遣的办法。

她忽然爱上了吃。

这难道不是解决问题、解决争端的最佳方案吗?

丈夫不需要了她的爱,儿女也不需要了她的爱,孙儿更不需要她的爱,她就爱上了吃。只要一生烦恼,她的肚子立刻就饿了起来,不管有多少东西都能吃下去。

她极快地嚼着,在一种相当不自觉的痛苦中、并且由于痛苦至极而生的淋漓尽致中嚼着。

好像她嚼的是她的仇恨;是她无人可以倾诉、也不能向人倾诉的痛苦;是她无可奈何的对手;是一切她准备化为齑粉的东西;是她在生活里永远得不到的情爱和安慰……

她极快地嚼着,好像有什么东西在后面追赶着她,她若不赶快行动,一切都晚了,可是所谓的一切是模糊不清的。

她极快地嚼着,好像有人和她同时在追赶着什么,如果她不快马加鞭,就要被人抢先、被人淘汰……

可是这次的特区之行却是半途而废。她那坚如磐石的肚子出了问题。刚到广州,她就拉起肚子来了。她本想坚持到底,可是她一泻千里止也止不住,只好提前回京。

一进家门,唐炳业也不关心关心她的病情,兜头就是一句:"你怎么回来了,为什么不在外面多玩几天?"玉枝更是嚣张,她穿了一件很开放的睡衣,坐在客厅里吃蜜饯。两条腿交叉地搭在一起,前襟从拱着的膝处敞开,看得出她连底裤都没有穿。香荷没看见过这件睡衣,可能是唐炳业新给她买的。香荷首先想的是,唐炳业从来没给她买过这样奢侈的东西,她到现在穿的还是潘嫂给她缝制的睡衣,便为自己那样的节衣缩食而无限地悲凉。

但是没有人会关切她的悲凉。如果有人关切你的悲凉,你尽可以悲凉下去,如果没有人关切你的悲凉,甚至讨厌你的悲凉,你还有什么兴趣、脸面悲凉下去,所以她就不再悲凉,而是想,这种东西就是买了,她也不会穿。

香荷说:"我拉肚子了。"

玉枝说:"又是吃多了吧?"声音吊吊的就像戏曲中的那些小姨太太,像她这种开杂货铺的出身,也就只能像个小姨太太了。

香荷尽量回避和玉枝的交锋,可是玉枝却不放过一切可以交锋的机会。

香荷就忍无可忍地发了火:"住嘴,没有你这婊子说话的份。"

玉枝就说:"这儿本来就是妓院。"

香荷说:"你给我滚!"

玉枝又往嘴里扔了一块蜜饯:"还不知道咱俩谁往外滚呐。"

唐炳业说:"你们都给我住口,让潘嫂听见了算怎么回事。"

玉枝的声音反倒更大了:"听见怎么样,你当人家不知道呢。这个家,比这个笑话还笑话的事多着呢。"

香荷不管多么生气,声音立刻小了下来。唐炳业就想,还是自己的发妻为自己着想。于是他说变就变了脸:"玉枝,你放老实点,无论如何,她是你婆婆。"

"婆婆?你先说说我的公公在哪儿。我没公公,哪儿来的婆婆?"

唐炳业指着玉枝的鼻子:"你、你、你……"你了半天却说不出话来。

这时候,有人按门铃。

潘嫂隔着门高声地说:"奶奶,秘书长来了。"

在这种时候,潘嫂不但不会进来,而且她既不招呼唐炳业,也不招呼玉枝,她只招呼香荷。

玉枝想,这就是潘嫂的诀窍,要不她怎么能当三朝元老。

唐炳业气得缓不过气来。还是香荷顾全大局,她就对潘嫂说:"让他先在客厅里坐一会儿,说唐书记就来。"

唐炳业还是大着嗓子喊："旧社会家里还有个家法呢，小的见了大的还得跪一跪、拜一拜呢，你还了得。"

香荷说："不要吵了，秘书长就在外面坐着呢，让人听见怎么好，家丑不可外扬呀。"她推着唐炳业往她的房间里走。"先喝口茶，缓缓气，别一脸的怒气让人一瞧就知道家里出了事。"

唐炳业这一会儿真正感到了发妻和野女人的天渊之别。

香荷的屋子里，到处都堆着可用可不用的东西，像个仓库，连坐的地方也找不到。像玉枝房间里的那些塑料花一样，对男人都是累赘。

见到那些似曾相识的东西，他才感到很久没到香荷的房间里来了。

香荷亲自给他沏了一杯茶，茶叶显然放得太久了，一点吃不出茶的香味。唐炳业没有好气地把茶杯往桌子上一欹。

那些废话吵得他很累。他觉得他的尊严受了极大的伤害，搞个女人弄得这么复杂，太不像话了。

从前在外面搞个女人，说搞就搞，有时候自己都不用出面，下头的人就替你张罗了。现在可倒好，自己家里的女人，还要这个条件、那个交换的，怪不得孔老二说，唯小人和女人难养，近则不驯，远则怨。

现在正是近则不驯了。

让唐炳业歇息的当儿，香荷先来到客厅，进客厅之前，她牺牲了自己的烦恼，为了唐炳业，她什么都可以牺牲，哪怕是她活到这个分上才享有的对世事的有恃无恐、不可迁就。

进了客厅，她对秘书长说："坐吧，坐吧，老唐打电话呢，我们……我们的一个老战友去世了……总得想点办法关照、关照他的家属。"香荷拢了拢她稍现凌乱的头发，好像被这件不幸的事情，弄得心慌意乱的样子。

秘书长觉得香荷今天待人特别和气，也许是去世的老战友让她想起了过去的岁月。想起了过去的岁月，自然就想起了过去的作风。秘书长不知怎么的，想起了他女儿爱唱的一首流行歌曲，那首歌里唱道："在很久很久以前，你拥有我，我拥有你……"心里便涌起一种惆怅、伤感的情绪，不由自主地显出了和香荷一样的忧心、关心、伤心、好心……等等各种心的混合心。

过了一会儿，唐炳业就出来了。

唐炳业脸上的肉果然紧着，是动了感情的样子，不过一看到秘书长，唐炳业的情绪很快就调整了过来，"好、好、好，你来了。"

"理事长的讲话稿您看过了吧？"

"看过了，看过了，你们的工作抓得很紧嘛！"一提起"猛犸研究协会"的事，唐炳业总是显出很忧心的样子。要是光看他那副脸，谁都会觉得"猛犸研究协会"没有指望，不是因为有人想搞"耗子研究协会"，也不是因为他们把希望寄托在"猛犸研究协会"的和平演变上，而恰恰是让唐炳业的这副脸给方的。

"不知您还有什么意见，如果有意见我们再拿回去修改修改……"

"没什么意见了，讲稿写得很好，就这样定下来，以它为准吧。"

秘书长缩头缩脑地笑着，唯恐谦虚不够地谦虚着："那也是在您的具体指导下完成的。"

"报告虽然写好了，还得有人做，开理事会，当然就得由理事长做。唉，想当初协会成立的时候，受了某些错误思潮的影响，选了这么一个老专家当理事长。这老家伙太倔，根本不听招呼，偏偏社会声望又高，不好随随便便地把他拿下去，现在这份理事长的讲话稿倒是起草好了，那倔老头子要是不照着念怎么办？"

秘书长说："那也没什么，报告起草好了也可以再成立一个理事长讲话起草小组，这样一来，理事长讲话稿就是集体的意见。任何人的意见和做法，都不能不通过起草小组。您看这个办法怎么样？老头子那里有什么问题再做工作。"

唐炳业深知秘书长的点子多，前不久他还给想成立"耗子研究协会"的那些人送去两瓶茅台，唐炳业刚点了一下送茅台的事，秘书长就说，那是因为他准备打进对方，了解敌情。"不入虎穴，焉得虎子"。他还振振有词。可是唐炳业总是觉得他是左右逢源，狡兔三窟，不论哪边得势都吃不了亏。

五

潘嫂先用钥匙。钥匙插进去动都不动。显然是从里面锁上了。

她一抬头，发现香荷房间里其实还有灯。

她就按门铃。

门铃也成了哑巴。

潘嫂就围着家里每个人的窗户叫："爷爷！"

"奶奶！"

"玉枝！"

"团弟！"

…………

这样地喊法，他们就是在梦里也都听见了。

可是一点动静也没有。

看来他们是成心不给她开门了。

下午老金来电话的时候,别人都不在场,是玉枝接的。"潘嫂,你的电话。"玉枝心怀叵测地把话筒递给了她。之后,她并不离开,就留在一旁剪她的手指甲。

玉枝是怕她对菊嫂,或是老金说什么吗?就是她说什么,也不会在电话里说。

他们之间的臭事缠成了团,揪都揪不开,可是这会儿,他们却串通起来整治她一个人。

潘嫂实在不明白。就算她交了男朋友,跟他们有什么关系,碍得着他们什么事。她又没耽误这儿的工作,今天是她该着的休息日。

潘嫂不敲也不叫了。安安静静地在门前的台阶上坐了下来。

立春了,可是外面还很冷,特别现在已经是下半夜的时分。

她知道老金的房间里很暖和,所以没有穿棉鞋,现在就冻得很厉害了。

其实她和老金什么也没干。老金只会箍她的腰,虽然老金壮得像个种牛,可是比不上唐炳业的风流。

平时潘嫂倒不觉得她和他们之间有多少不同,顶多他们有钱有势,凡事都比别人高出三头,可是他们过他们的日子,别人也过别人的日子。但是在这件事情上,她确实看出了他们和她,以及和一般人的不同。

潘嫂记得就在不久以前,香荷机关里的一个女同志,因为和别的男人睡觉,让她丈夫抓了个正着。她丈夫不但闹到法院,还一直闹到机关,那一阵子,香荷的精神可是好好地振奋了一下。

本来,为了要从岗位上退下来的问题,香荷闹了好一阵牙疼。因为她的牙齿,经常是那样地辛苦,她要是闹牙疼,那就是真正的牙疼,而不会像唐炳业闹牙疼那样,让人想到是因为要从岗位上退下来,或是"猛犸研究协会"里的耗子闹得很邪乎的缘故。

后来就出了那个女同志和别的男人睡觉的事,使香荷总算是老有所属,老有所归。

每天,每天,香荷又是打电话,又是找机关里的同志了解情况。

先是党的各级领导,党委的各个成员;

然后是各处室党支部的正副书记,支部的各个成员;

然后是党小组,党小组的各个成员;

而后传达到每个党员。

党内传达完了,再传达到各个行政部门。

先是各业务处的正副处长、正副科长、小组长,然后是总务处、财务处、行政处、分房委员会、计划生育小组、医务室、清查办、食堂……

每次研究完毕,香荷都会千叮咛、万嘱咐:"这件事千万不要外传,党内党外要有所区别,我们在思想上要从严,处理上要从宽,生活上要多关心。一个女同志出了这样的事,总会感到没脸见人,我们要防止发生意外。"

可是那个女同志还是喝了敌敌畏。

香荷对唐炳业说:"现在的人太娇气,还没把她怎么样,她就喝敌敌畏了。这是一代人的问题。从前我们不是经常接受这样的考验和帮助吗?而且要比这个厉害多了,我们谁想到过自杀的事?"

总而言之,喝敌敌畏的事,给潘嫂留下了十分可怕的印象。其实在乡下,这种事要简单得多。好多事情,似乎就是城里人造出来的。

她告诉老金那天的事,老金不敢相信:"真的吗?"

"莫非是我造谣?"

老金不说话了,只是咯咯地笑。

他们又断断续续地说了一些没有咸淡的话,好像都在等什么,临走又没有等到,有点失望地分了手。

玉枝站在窗帘后面,踮着脚尖往门楣底下瞧。

"快睡吧,老娘们儿的事真多。"唐炳业在床上等得有点着急。

"你别管。"

从那天起她就恨上了潘嫂,虽然潘嫂碰见不碰见都是那么回事,但亲眼所见和蒙着一层纸到底不一样。

玉枝又看了看表,"快一点了,还没有回来,肯定是住下了。我早就看出来他们之间有点什么。你想,潘嫂成年累月不和男人在一起,老金也不经常回家,这两个人碰在一起还不出问题。"

"什么,你说什么?"唐炳业从床上坐了起来,刚才他没有注意听,他在一心一意地酝酿着、准备着和玉枝寻欢作乐的情绪。现在他注意到了玉枝的谈话,他对玉枝身体的兴趣,立刻转移到这件奸情上来。到了他这种力不从心的年龄,听一段奸情的乐趣,一点不亚于亲自操作。"你说他们俩睡过觉?"他想起老金像种牛一般的身体,心里生出一种莫名的仇恨。也想起多少年前潘嫂对他的拒绝,假惺惺地做出一副贞节烈女的模样,呸,贞节烈女也是你做的吗,现在显原形了吧。

唐炳业很兴奋,兴奋的几乎磨拳又擦掌,"你说的是真的?好哇!连保姆都能干出这种事来,简直是无法无天了。我非收拾收拾她不可。"他不说收拾老金,他说收拾潘嫂,老金是司机,和保姆到底不一样。而且是武建新的司机,如果他对老金说点什么、做点什么,武建新对他说的、做的可能比他还多。何况他还不是没有什么可说的。
"我明天就叫她滚蛋。我还要给他们的乡政府写信，看她回去有什么脸见她那些乡亲。"

玉枝又说："要不就还留着她，看她以后有什么动静再说，反正不论换谁，早晚都会知道这个关系。"她想起早年潘嫂对她的照顾，多少有了一些恻隐之心。想想她和唐炳业的关系，还有什么面子可言，也就打消了一些恶念。

"那不行。"

玉枝白了他一眼："你又不行了。"

"我自然有我的道理。"唐炳业当然不会对玉枝说起补渔网的事情。

潘嫂坐在大门口的台阶上，越坐越冷。她就想既然他们串通好了用这种办法一起整她，可见他们是把她当成他们想的那种人了。可是她并不很生气，好像她一直在等着这个机会，把她推上那个境地。

特别是看见唐炳业和玉枝赤条条地抱在一起以后，她更是难以克制和老金偷欢的诱惑。她老是想，要是她和老金那样抱在一起是什么滋味。

她老是想，要是老公公和儿媳妇都能干得如此正大光明，她和老金干了又算什么了不起的罪过呢？

于是她从台阶上站了起来，拍了拍裤子上的土，怀着一种宽恕自己的心情，坦然地离开了唐家那灰色的、雕木刻花的大门。

老金先是喜出望外地搓手又搓脚，搓完手和脚就开始盘问潘嫂："有人看见你进来吗？"

"怎么会呢，我不是先敲的你的窗户，不是你给我开的大门吗？"

老金想了一想，是，是他给她开的大门，他有点紧张，一紧张就有点颠三倒四,一旦把情况落实清楚,便很快地进入了他们等待已久的境界。老金说:"幸亏他们锁了门,不然真把我憋死了。"

潘嫂孤注一掷地说:"我也想透了,凭什么有的人想干什么就干什么,凭什么我们这些人就得苦着自己。"

老金学着唐炳业的办法,把她剥得精光,老金还问:"你倒说说,他们还有什么花招。"

潘嫂说:"我就看了那么一下,又没接着偷看、偷听,我怎么知道还有什么花样?不过他们家老是看那种叫作带色儿的录像带。"

老金说:"那就是专门教人干这种事儿的录像带,你没好好学一学?"

潘嫂说:"他们一看就把门锁上,我怎么能学。"

老金露出很遗憾,又很羡慕的神情:"再有机会,你偷着听听,那老家伙和玉枝都是怎么干的。他们比咱们会干,他们的见识广啊!咱们谁有机会跟着录像带学,咱有录像机吗?没有。就算有,又上哪儿去搞这种录像带。录像带没搞上,没准还让警察抓个正着。现在外面抓扫黄抓得很紧。所以最好的办法就是跟着他们学。多学几手,咱们的乐子就多了。"

"只怕学不成了,我觉得他们准得找茬儿把我给辞了。"

"为什么?"

"这还用问。不过我也不怕。我想租间房子,给人缝活。现在干这个活挣钱很多,我的活又好,不怕没钱挣。比在他们家好,"她翻身搂过老金,"咱们也方便多了。"

潘嫂没说让老金回家休妻,然后明媒正娶地把她娶回家去,也没提老金每月该给她多少钱,她不能让老金白白地睡了。她想的是,他们是谁也不亏谁,谁也不欠谁的两厢情愿的露水夫妻。到了有一天,老金回老金的家，她回她的家。可是他们做一天的露水夫妻，就讲一天露水夫妻的恩爱。不能像唐家的人那样，每个人让他们的心眼儿坠得只能往地狱里去。

天亮了，潘嫂看着渐渐发白的窗户，觉得在唐家的经验，很有意思，虽然一夜没睡，她反而变得年轻、充盈。老金不错，比她的丈夫会做多了。

她反倒感谢起把她关在门外的唐家。使她从今天起，可以开始一种新的生活。

六

会场确如他们研究的那样，万无一失地组织起来了。这从散布在会场四周很多陌生而年轻的面孔便可看出一斑。

会场上还有一股清凉凉的气味，可能是放了空调和空气清新剂，这对保持清醒的头脑很有好处。

主席台上，按照唐炳业的意愿，摆满了蓝色的盆栽植物，唐炳业喜欢"出蓝"，以前他不敢说他喜欢出蓝，因为这容易联想起有关某一个人和某一个方面的忌讳。就不说有关某一个人和某一个方面的忌讳，至少"蓝党"还沾着一个蓝字。

有一帮子人很喜欢望文生义，特别是"公民行为研究中心"的那一帮说工作人员不是工作人员，说线人不是线人的东西，净拿些虚虚实实的假情报去邀功请赏，或者是争取减刑处理。这帮子人，能在公民的行为里研究出什么有价值的东西？当这帮子人盘踞在"公民行为研究中心"里的时候,他就是喜欢"出蓝",也得在心里憋着。

现在的政策有了变化,连"蓝党"都成了亲密的、忠诚的朋友,而容易引起联想的某一个人,像一般人常常喜欢说的那样,去马克思那里报到了,至于马克思接受不接受,不接受怎么办,是退货,还是另给出路就不得而知了。

既然是政策有了改变,"公民行为研究中心"的那帮子人也就没了辙。唐炳业这时喜欢出蓝,就像算准了时机,早一步太扎眼,晚一步就开不了风气之先了。

唐炳业看见那几个调皮捣蛋的人,蜷缩在一隅,便对他们微微一笑。他的笑潇洒、宽宏、胸有成竹、提纲挈领,是一个大人物的、或觉着自己将会成为大人物的笑。

他昂首阔步地走向主席台,并且坐在了主席台的正中。他倒不是想出这个风头,他主要想在气势上压倒一切想要在这个会议上捣点儿蛋、搞点儿阴谋诡计的家伙。

一个"猛犸研究协会"理事会议的主席台有什么风头可出?要出,就出坐在最高级会议主席台正中的风头。

这时他猛然听见空中有个声音厉声地问道:"你想干什么!"

他吓了一跳,怀疑他可能把这些隐藏得很深的想法,不知不觉地说出了声。

他鬼鬼祟祟地四下里张望,看一看是否有人在跟踪他,窥视他。没有,除了秘书长亦步亦趋地跟着他,谁也没有注意他。那厉声的指责,难道是秘书长发出来的么?

他暗暗仔细地审视着秘书长的脸,无论如何也不能相信,有着一张忠心的狗脸的人,会发出那样的厉声审问。可是有着一张忠心的狗脸的人,不是也把"后电脑"说得一套一套的吗?

唐炳业感到了"知人知面不知心"的迷惑。

他又好好研究了一下左右两旁莅临大会的各级领导，一个个也都是慈眉善目，颤颤地点着花白或全白的头，似乎永远一派赞许的模样。

会场呢，像一颗还有三十分钟就要爆炸的定时炸弹，而在这最后的三十分钟里，人们还必须干完一件和定时炸弹爆炸一样要命的事才能离开。他甚至听见定时炸弹上的秒表，在空气里震荡的声音，咔、咔、咔……地逼迫着人。在这种时候，谁还会注意他的内心活动呢？

究竟是谁发出了那样厉声的审问？难道是他的耳朵出了毛病？他是不是得了幻听症？

难道真有个隐身人跟踪着他吗？即或不是隐身人，隐身的机器也有可能，连耗子都能对着耗子药咭咭的笑，还有什么事不能发生。

或者一切都属子虚乌有，不过是他疑心生暗鬼……

反正是让这个理事会闹的……在这样地一惊一乍之后，唐炳业突然恨上了这个他费尽了心机，策划了许久的理事会议。

他恨得牙根痒痒，腮帮子抽筋，满肚子胀气，他恨他不能敞开的恨，他恨他还得庆幸这个理事会议终于如愿以偿地召开，总之他让这个会议撑着了，噎着了。

末了，会议还是得开。

他和武建新交换了一个会意的眼神，武建新宣布大会开始。

然后就是起立、奏乐、领导致开幕词、武建新做"猛犸研究协会"的工作报告、具有民主意识和集体意识的理事长懵里懵懂地做了先有报告，后有报告起草小组起草的、直到报告前一秒钟才拿到手的、结合清查工作调整下一届"猛犸研究协会"理事名单的报告……

由于报告里满是学术研究以外的、艰涩、绕口、同意它你也不对，不同意它你也不对的一、二、三、四、五、六、七……理事长就把报告念得结结巴巴，前言不搭后语，有时在该念第二页的时候就超前消费了第五页，有时又从第六十页倒回到第十四页。甚至念着念着就停下来，扭过头去请教秘书长，某一个标点应该在某个谁也没见过、谁也不知道是什么意思的词儿的前头，还是后头，还是当间儿。加上理事长比乌尔都语还让人难懂的南方口音，会场上秩序大乱，有人抠脚巴丫儿，有人大声打哈欠，有人在应该义愤填膺的地方却莫名其妙地叫好、拍巴掌，而在应该叫好、拍巴掌的地方起哄架秧子等等，自尊心极强的理事长念完报告还没下讲台就当场自动辞职，连名誉理事长都不肯干了。唐炳业从主席台上站起来，苦口婆心地极力挽留而终于不成，台下所有的代表都看见了唐炳业眼睛里温柔、伤感、痛苦的泪光。

　　会议进行了三天，一切都按设计好了的计划顺利地进行。肃清了一切不利于"猛犸研究协会"的理论流毒；纯洁了组织；撤销了原"猛犸研究协会"除唐炳业、武建新、秘书长以外各级领导的正职、副职、兼职在内的一切职务，选用了忠诚于猛犸研究事业的同志，作为下一届理事会以及下一届"猛犸研究协会"各级领导干部的候选人；玉枝的弟弟也顺利地进入了第二轮、第三轮，乃至第××轮核心小组成员的人选；沉重地打击了那些对猛犸事业的理想丧失殆尽、想要另立山头成立什么耗子研究协会的分子……总之，他们是被彻底地击垮了。

　　唯一存在的问题是由于干部的不足，在考虑换届人选的时候，只好让一些久经考验的同志身兼数职。

　　由于积极有效的保密工作，以及保密工作的内外有别，对这些问题的考虑，那些调皮捣蛋分子，以及想要另立山头的耗子爱好者如同蒙在鼓里，甚至是蒙在不锈钢的闷罐里，他们在会场里像迷途的羔羊一样茫无目的地遛来遛去。

但却引起了忠诚于猛犸研究事业的同志之间的一些误会和矛盾。因为有人身兼三职，有人兼八职，有人兼十六职的不同；以及有人身兼一个正职、三个副职，或有人身兼八个正职、六个副职的不同；他们提出质问，是不是身兼十六职的同志就比身兼八职或身兼三职的同志，以及身兼八个正职的同志就比身兼一个正职的同志更经受得住考验，以及考验得更久、更好。我们绝不是在闹待遇、闹地位，我们是要为自己的历史、自己的工作、自己的能力、自己的忠诚、自己的等等正名。于是有些忠诚于猛犸事业的老同志扬言要成立一个既非猛犸也非耗子的研究协会，而是由猛犸和耗子杂交的一种动物的研究机构，以保持他们的纯洁性。直到协会不惜血本，请了一个世界闻名的气功大师，准备给他们发一次功，使他们在这方面的忧虑和思考，率先进入了冬眠状态。

唐炳业焦头烂额地说："等他们的冬眠状态结束以后，会议也就结束了，到那时再从长计议吧。"

武建新很为气功的效果担忧："那个气功大师不会骗人吧？要是骗人咱们可就砸锅了。"

唐炳业说："我已经交代秘书长，不见兔子不撒鹰，还没付款呢，等开完会再付。"

气功大师也不得不服"猛犸研究协会"治会有方，竖起大拇指说："百闻不如一见，厉害！厉害！果然厉害！"

大师一见如此，没敢来假招子，实打实地让那些忠诚于猛犸事业的老同志，好好地睡了一睡。

终于熬到了闭幕式，终于熬到了会议最后的、也是最重要的一项，即按照会章对下一届理事候选人，以及下一届"猛犸研究协会"各级领导干部的候选人履行投票手续。

秘书长宣布说:"同志们,按照协会领导的指示,选举也要实行改革,也要实现现代化。同时,为了准确无误,为了防止弄虚作假,为了对猛犸研究事业负责,这次选举,我们采用了世界上最先进的电脑技术来统计我们的选票。现在我们就要开机了,请同志们安静!安静!"

会场上果然安静下来,是历来开会少有的情况,可能是因为协会从来没有这样认真地对待过历届理事以及协会领导人的选举吧。

秘书长用一种大路货的谦虚蒙住他的得意,瞟了瞟坐在主席台上莅临大会的大大小小的上级领导,觉得自己终于等来了这个史无前例的、让他露一手的时刻。

虽然秘书长的表侄把"后电脑"预演过多次,"后电脑"也准确无误地满足了他们各种各样、甚至是很古怪的要求,可是到了刺刀见红的节骨眼上,唐炳业心里还是免不了打鼓。他又是哀求、又是威胁地瞪着秘书长和秘书长的表侄。

大庭广众之下,秘书长已不便多说什么,只好远远地向唐炳业努力表现出誓死捍卫和英勇炸碉堡之前的神圣表情。

而秘书长的表侄却像洋鬼子一样,在如此紧要的关头,嘴里还在不停地嚼着口香糖,唐炳业心里恨恨地想,这些假洋鬼子往往比真洋鬼子还洋鬼子。

他也不明白,那些洋鬼子就这么嚼着、嚼着,怎么就嚼出来了各式各样的先进技术,而他却是这样殚精竭虑地劳苦着,就是这样劳苦,也没有在"猛犸研究协会"劳苦出个什么,还弄得协会里出了很多耗子爱好者,几乎将猛犸研究事业断送在他们的手中。

秘书长庄严地挥了一下手,让武建新想起了发射洲际导弹的场面。

武建新不像唐炳业那么紧张，不论怎么选，他反正只能是个没劲儿的会长。

没劲儿！

在"猛犸研究协会"，武建新常有怀才不遇、蹉跎岁月之感。他没得可等了，等唐炳业离了休，他也该离休了。

所以说，这个会长虽然没劲儿，但是总比什么长都不是强。

环绕着礼堂每一个角度、方向的巨型荧光屏上，先是赤橙黄绿青蓝紫地乱乎了一阵，然后就现出各个候选人的名字，名字后面开始跳出一个个数字，每跳出一个数字，唐炳业的心脏就像要裂开似的一扯。他受不了这样地一扯又一扯，很想逃出礼堂，到什么地方去躲一会儿，所谓的眼不见为净。等有了结果再回来，可是他的屁股就像粘在了椅子上，怎么挪也挪不动。

那一个个数字在荧光屏上跳着、跳着，就突然出现了一个跳动着的白球，以后，又出现了许多个跳动着的白球，直到荧光屏上全是白球为止。最后，"后电脑"终于停止了文字方面的工作。

只听见会场上响起一阵鬼哭狼嚎、由高到低的"嗷——嗷——"。

秘书长的表侄不但停了机，而且大发脾气："什么先进、科学的东西到了你们这里全得出问题，全得变成落后的、不科学的东西才算了事。这下你们高兴了吧？称心了吧？我知道你们的阴谋。你们肯定在我的'后电脑'里下了电脑病毒。现在只好暂时停机，等我检查一下再说。"

会场上更乱了，有人喊："不是说电脑吗？怎么又成了'后电脑'？这不是愚弄群众又是干什么？我们把你们捧上了台，你们不好好按照我们的旨意行事，给我们搞两面三刀、瞒天过海呀！不行，你们得好好地给我们说道说道，你们要不好好给我们说道说道，我们怎么让你们上台，也会怎么让你们下台。"

武建新注意看了看，这样喊的反倒不是那些耗子爱好者，而是他们自己的中坚分子。他就想，幸亏有一部分中坚分子的一部分意识进入了冬眠状态，否则现在的局面真是不可收拾。说实在的，这些中坚分子闹起来才真叫闹，耗子爱好者们不过都是瞎咋呼，他们大多扯不下脸皮、更不知道怎么扯下脸皮来闹。

秘书长不敢看唐炳业和武建新。他急得转圈、搓手、出汗。他出了很多的汗，汗水顺着他的大腿冲刷下来，在他的脚下汇成一个小潭，他的体重顿时减了二十多公斤。

唐炳业突然松了一口气，在礼堂的一片哗然里，他倒安静下来，虽然他没有指使人给秘书长表侄的"后电脑"下电脑病毒，但是他觉得传染上了电脑病毒也好。像刚才那样的等待，需要太多的勇气。

秘书长的表侄一会儿功夫就宣布制服了电脑病毒，请大家继续收看选票的统计实况。唐炳业想可惜秘书长的表侄是个博士后，而不是"后博士"。

"后电脑"果然又是赤橙黄绿青蓝紫地热闹一番，然后就开始出现画面。可是这次出现的不是候选人的名字，而是一只耗子。那耗子戴着一副 playboy 牌子的眼镜，跷着二郎腿，坐在意大利造的真皮沙发上，由于跷着二郎腿，人们就能看到鞋底上的价格标签，$10000 元。

那耗子和它的眼镜、它的意大利真皮沙发、它的 $10000 元很协调地微笑着。

它潇洒地弹了弹手里的一摞纸，便侃侃而谈："我们知道你们当中有些人恨我们、妒忌我们、容不得我们，可是我们并不因为你们的仇恨、妒忌、容不得就不活了，相反，我们活得更好，越来越好。

"世界是你们的，也是我们的，但归根结底是我们的。我们的队伍越来越壮大，我们的前景不是越来越疲软，越来越滑坡，而是越来越看好，就像你们常说的那样，'我们的队伍向太阳'。

"只要你们稍微注意一下就可以发现，除了你们的'猛犸研究协会'以外，到处是我们的天下，现在我们和你们之间的力量对比，已呈广大农村包围城市的局面。

"就说你们的'猛犸研究协会'，也不是铁板一块。最近，我们已经和美国迪士尼乐园里的米老鼠集团建立了横向联系，我们将定期轮流在中方或美方召开耗子年会，你们当中一些声称要和我们坚决斗争到底的中流砥柱，早已向我们递出了申请，"它摇了摇手里那一摞纸，"希望我们的医生给他做一个变种手术，使他们也变成一只只耗子，以便和我们一同去美国参加耗子年会。"它翻了翻手里的那一摞纸，"其中表现最积极的就是你们的秘书长，他前前后后向我们打了八十一次报告，我们决定最近就给他做这个手术，因为赴美国参加耗子年会的代表团下个月就要动身了。"

唐炳业无比痛恨地想，这个秘书长果然不是好货。他对他的怀疑没有错。想不到被他骗了这许多时光。唐炳业觉得秘书长骗的不仅仅是他本人，还骗了他那光辉灿烂的历史。所以他此时的愤恨还负载着深远的历史的回声。

只听见秘书长声声复声声惨痛地哀号："造谣者可耻，信谣者可悲。"

他撕开自己的西服上衣，又撕开了西服背心和背心里的白衬衣。从裤袋里掏出一把水果刀对准自己肥胖的胸膛，向着主席台上林林总总、大大小小的首长、领导说："看吧，我这就让你们看看我的心，到底像那耗子说的是黑心,还是红心。"

可是奇迹就在此刻发生,水果刀虽然没有刺进秘书长肥胖的胸膛,一股黏稠的液体却从秘书长肥胖的胸膛里流了出来。这液体既不是黑色的,也不是红色的,而是蓝色的。

唐炳业本想立即站起来,对秘书长履行严正声明、划清界限、声讨、批判、撤销一切职务、处分、直至开除等一系列手续,可是一见从秘书长肥胖的胸膛里流出的那股蓝水,唐炳业的心里就直发毛。他联想起很多、很多的事情,而那股蓝水对件件桩桩的事情都似乎是一种不祥的征兆。所以他就没能站起来,而是呆呆地坐在那里,渺茫地想着十分渺茫的事情。

面对这突如其来的逆转,武建新倒有一种解恨的心情。其实他每时每刻都在暗暗地希望着"猛犸研究协会"出问题,甚至垮台。冥冥中他感到,只要出问题,甚至垮台,对他总有好处,至少可以另立一个"猛犸研究协会",而又不必承担另立"中央"的罪名。到那时,唐炳业无论如何也霸不住他在"猛犸研究协会"的这个职务了。

这个老笨蛋、老滑头、老色鬼凭什么老压他武建新一头。远的不说,前年他率团出国访问,有关部门委任武建新在唐炳业出国期间代理他的职务,唐炳业刚一回国,屁股还没落座,就把武建新弄到高级干部政治学习班去了。一去就是一年,这一年里,唐炳业调兵遣将,把所有和武建新有点关系的人,都弄出了"猛犸研究协会"。协会成了清一色的唐家天下。武建新纵有天大的本事,在协会里也是一筹莫展了。所以他冷眼观看着会场上的戏剧,勉励自己,为了将来要牢记它的每一个细节。记它干什么。武建新现在也说不清楚。但是他知道,早晚会有用的。

这样地一想,武建新就不像在"猛犸研究协会"历次危机中那样地力挽狂澜，那样地披荆斩棘，而是虚张声势地喊了几声："怎么搞的？这是怎么搞的？来人呐，来人呐！"

只说来人，又没有具体的载体。特别是唐炳业趁武建新在高级干部政治学习班学习期间，彻底扫清了武建新在"猛犸研究协会"的势力；加上武建新有气无力、虚张声势的指挥；唐炳业又没有发话，秘书长平时又只知围着唐炳业的屁股转，那种一人之下万人之上的嚣张劲儿；人们这会儿看笑话还来不及，谁愿意出头露面管这样的事。

秘书长又声嘶力竭地大喊："停机！停机！"

可是他的表侄按遍"后电脑"上的全部按钮也无法使"后电脑"停止工作。

耗子嘻嘻地笑着，它鞠了一个躬，就在荧光屏上消失了。

但是另一个母耗子又在荧光屏上出现了。它穿着一袭传教士的长袍，自我介绍说："我是预言家丹尼。"听起来像个外国名字。

它不像刚才那个公耗子那么爱笑，并且有一张神父般的悲天悯人的脸。

它的声音，有一种催人入睡的单调，和回声似的渺远低沉。这声音立刻使窄小拥挤的礼堂显得空旷、高深。

它说："你们就要面临劫难。我受你们死去的父亲的委托，将上帝耶和华在西奈山上显灵时对摩西说过的话对你们重说，以便将你们领出劫难，就像摩西将以色列人带出埃及。但我不是摩西，全世界只有一个摩西，所以我也许不能领你们走出劫难，如果那样我将无颜再见你们死去的父。但你们死去的父说，请对他们晓以利害，何去何从，文责自负，咎由自取，于是我就将耶和华的话对你们重说。

"耶和华对摩西说，把我的话告诉他们：

"一、除我以外，你不可有别的神；

"二、不可为自己雕刻偶像，也不可作为什么形象，仿佛上天、下地和地底下、水中的百物，不可跪拜那些像，也不可侍奉他，因为我耶和华你的上帝是忌邪的。恨我的我必追讨他的债，自父及子，直到三四代，爱我守我诫命的，我必向他们发慈爱，直到千代；

"三、不可妄称耶和华你上帝的名，因为妄称耶和华名的，耶和华必不以它为无罪；

"……"

武建新大不敬地笑了笑。他觉得这个叫作丹尼的母耗子对中国的国情一窍不通。这一套还用得着别人的指点吗？这一套中国人可能比任何一个基督徒都熟。

刚听两句，他就知道，母耗子所说的关于耶和华显灵时对摩西说的话，其实就是基督教的十戒。

武建新的小姨子就信基督教，他对这一套不说是很熟，至少也不能说是一窍不通。就他所知，雕刻偶像的事还是有的，不但有，而且到处都有。世界上凡是有人的地方就有雕刻偶像的事。当然只限于耶和华和他的直系亲属。如耶和华本人，他的老婆玛利亚，还有他的儿子耶稣，虽然耶和华亲自制定了十戒，最后还是没能顶住。可见吹喇叭、抬轿子的事，不但古已有之，在上帝造人的时候就有了。

这种事防不胜防。只好睁一只眼、闭一只眼算了。

再一说了，"不可有别的神"，其实就是一神教。连耶和华都知道不能搞多党制，是不是？

至于不可妄称上帝的名的事，除了摩西和极少数的人，谁也没见过上帝。就连传达上帝旨意的摩西又有几个人见过，谁知道哪些话上帝说了，哪些话上帝没说。所以说，妄称上帝的名或是不妄称上帝的名，是无法考证的，只有信而由之。

这样一想，武建新就有点瞌睡，他的眼皮就开始打架。好在礼堂里的灯全关着，谁也看不见他在打瞌睡。

母耗子接着往下说：

"四、当纪念安息日守为圣日，六日要劳碌，做你一切的工，但第七日是向耶和华你上帝当守的安息日……

"五、当孝敬父母……

"六、不可杀人；

"七、不可奸淫；

"八、不可偷盗；

"九、不可做假见证陷害人；

"十、不可贪恋人的房屋，也不可贪恋人的妻子、仆人、牛驴，并他一切所有。

"……"

唐炳业和武建新的反应不同。他觉得前三戒过于抽象并不怎么在意，只是在想那一股黏稠的蓝色液体，到底预示着什么。但是听到第七戒以后，他越来越注意了。他一面听，一面给自己打气，这都是迷信，是无稽之谈，他是无神论者，他是不会受这种迷信的蛊惑的。

完了吧，就这十戒如何能概括做人的品质呢？既没有上升到理论、理想的高度，也不够全面。算是历史的局限性吧，武建新想。

可是母耗子说："我看见了你们心里的所想，为了忠实于你们死去的父，我将替他鞭挞你们的灵魂，看吧——"它挥了挥手，忙得焦头烂额也无法让"后电脑"停止工作的、研究"后电脑"的博士，也就是秘书长的表侄立刻睡倒在"后电脑"的旁边。

电脑屏幕上立刻就是闪电、雷鸣、号声、冒烟、震动，就和上帝显灵、以色列人听见上帝和摩西说话时的情景一模一样。

唐炳业这时真的祈祷上帝，让这"后电脑"再染上电脑病毒才好。

等到闪电、雷鸣、号声、冒烟、震动渐渐地平息下来，屏幕上出现了彩色的麻点，这些彩色的麻点又慢慢地聚成了一个女人的身影，这身影不甚清楚，很像一张点彩派油画。

只听那女人说："这儿本来就是妓院。"

停了一会儿又说："婆婆？你先说说我的公公在哪，我没公公哪来的婆婆？"

这时，画面上又出现了一个男人和一个女人，虽然还是不甚清楚，还是满身彩色的麻点，但显然是两个裸体的人。

礼堂里立刻群情振奋。

可是有人说："这是黄色录像呀，快报公安局。再不报，咱们全得进号子里去。"

唐炳业吓得不敢喘气，这不是玉枝说过的话吗？再定睛细瞧，那女人果然像是玉枝，可又不是玉枝。

这时画面上又出现了背景音乐。是他很熟悉的，咕哧、咕哧、真空男宝器在运作的声音。咕哧着，咕哧着，就是一声"噗——啪"真空男宝器从手里飞出去的声音。

裸体的男人就说："他妈的，生产这种没用的东西的工厂都该枪毙。"

这明明就是他的声音。唐炳业想完了，完了，这一下谁都听出来了。

奇怪的是会场上所有的人都像不认识这个声音，而且会场上的气氛也从群情振奋，变为严肃认真。人们发出一声声难以置信的、痛苦的惊叹，而不是那种鬼哭狼嚎、由高到低的"嗷、嗷"。

这一会儿，唐炳业碎裂了，毁灭了。他的魂魄出了窍，只见一股蓝烟从唐炳业的脑壳上冒了出来，在礼堂的上空找不到逃路地游来荡去。

只有秘书长，心怀叵测地大喊："停机！停机！"

秘书长的喊声喊回了唐炳业已经出窍的魂魄，他的魂魄又渐渐钻回了他的躯壳。就像上帝在指引他，他及时地做出了十分英明的决定："谁在喊停机。这样腐败的事情应该让大家知道。我们的协会，一向是以透明度高而著称的协会。"

唐炳业这一嚷，反倒把他的信心嚷回来了，会场上那些没头没脑的代表，此时就像有了头羊的群羊，情绪很快地恢复了正常。

唐炳业知道，在这种时刻，必须有一个大智大勇的人站出来才能镇住场面，要是没有大智大勇的人，有个大不要脸的人站出来也行。所谓的人民其实就是群氓，他们需要的是吆喝，而不是礼让。

"后电脑"接着往下演，武建新发现场景已经挪到他的家里，他知道一切挣扎都是白费，反倒定下心来往下看去。

在门窗紧闭窗帘合拢的卧室里，武建新和费萍再不是"模范夫妻"、"五好家庭"表彰大会上的武建新和费萍。武建新的持重、睿智、大度、礼让，甚至gently，像说明对立统一规律的绝对性，一对一地把它的对立面显示出来。

武建新说："没有，没有，你什么钱也没有交给我。"完全是一副地痞流氓加无赖的嘴脸。

费萍也一样，什么思想政治工作领导者的形象全都无影无踪了。

费萍说："把钱拿出来。"

"我没拿你的钱。"

"难道你还要我把送礼的人请来，让他证明，因为当时有人敲门，我去开门的时候，把钱塞在你怀里的吗？"

费萍绝不会去请送礼的人来做什么证明,她不会放弃她为自己、为这个家(当然还是为她自己)、经营了一生的形象。但是她把当时的细节说得这么清楚,这笔钱就不大好赖了。不过武建新觉得还没有到最后关头,所以还是赖着不认账。

费萍见状,知道他脑子里想的是什么,"你少拿对付政治运动那套办法对付我。"别说五千块钱,一分钱她也不能让给他,这是她和武建新结婚几十年积累下来的经验,也是结婚几十年积累下来的仇恨,他刮哧她刮哧得太狠也太多了。她决定孤注一掷地闹下去,"你要敢匿我那五千块钱,我就要揭发你出卖中央文件。"

"文件不是我卖的,是你儿子卖的。"

"那也是你交给他的。他哪里有看那种文件的级别。"

"我也可以揭发你受贿,利用职务之便做假证,把被杀人说成是杀人犯,而杀人犯是合法自卫。"

他们像一条母狼和一条公狼那样龇着牙低声地嗥着,你绕着我、我绕着你互相兜着圈儿。在这较量中,武建新进行了快速的盘算和判断,他决定把钱还给费萍,要知道,母狼发起疯来比公狼狠多了,它们是什么事情都做得出来的。他收起自己的凶相,一下子就变回往常的样子,"是你的钱,是你的钱,我不过是和你开个玩笑,你又何必当真呢?"

费萍注意看了看他,也就像他一样迅速地恢复了往常的和蔼可亲,和思想政治工作者的微笑,她拉起武建新的手,就像"小河的水清悠悠"那首歌里唱的,一个什么大妈拉住了进村来帮助闹秋收的解放军的手那样:"谁说不是开玩笑呢,咱们还是'模范夫妻''五好家庭'呢,对不对?"

虽然武建新觉得费萍那双手心儿里,嗖嗖地往外冒凉气,他还是挺住、挺住，若无其事地让她握着，直到费萍觉得表演完了她和他的柔情蜜意，他才抽出手去，接着就掀开地下管道上的水磨石板，把藏在里面的五千块钱拿了出来……

这时，荧光屏上的母耗子突然捂着脑袋狼狈逃窜，睡倒在"后电脑"旁边的秘书长的表侄，也清清醒醒地站了起来。第一次亮相的公耗子又跑上屏幕说："对不起，这里恐怕有个误会，根据我们得到的情报，刚才那位女士根本不是耗子，而是你们当中的一个巫师，本来我们不想参与你们之间这些我们不但不懂，也完全不内行的事，可是它竟然冒充我们耗子，说了那么多不利于团结的话，我们的政策法规司司长不得不指令我出来辟谣，声明它不是我们耗子，它的所作所为也有损于我们耗子的尊严。我们即使有不同的意见，也不会采取这种做法。我们的思潮研究所所长认为，这是一种危险的思潮，应该引起大家的警惕……"

公耗子刚说到这里，荧光屏上又是一阵光点乱舞，还夹杂着噼里啪啦的巨大响声，好像发生了战争一样。公耗子说："不好了，快快隐蔽！快快隐蔽！"说完，吱溜一下它就不见了。

那些调皮捣蛋分子，以及鼓吹另立"耗子研究协会"分子，呼啦一下也全溜了。

紧接着，从天花板、地板和礼堂的四面墙上，传来了只有在十分紧急的情况下，召开十分紧急的会议上才有的乱哄哄的实况录音。

有人声严色厉地说："……稳住！稳住！不然我们就要掉脑袋了。现在只有这个办法，绝对不能让人们知道猛犸其实是没有的、是想象出来的一种东西……"

这话立刻遭到了很多人的反对："这是投降主义！也不能因为形势不利就说猛犸其实是没有存在过的、是想象出来的东西。越是风云变幻，越是要保持清醒的头脑，防止修正主义和平演变的思潮。"

也有人说："怎么拿我们的情况和Y国的情况相比？Y国的'猛犸研究协会'不但作恶多端，还用妖术蛊惑人心，凌驾于军队之上，干预该国政局，谋划颠覆该国政权，自然要引起该国人民的反对。"

有个听上去很权威的人忧心忡忡地说："不要在这些枝节问题上争论不休了。也不要把问题看得那么简单。我认为现在的局势非常严重，我们绝不可掉以轻心，现在我们要团结一致，万众一心，共同渡过难关。所谓猛犸是没有的、想象出来的东西，只是沿用一般人的说法，并不代表我们的基本原则、理论、策略、方针大计，继续往下说吧。"

那声严色厉的人继续说下去："也不能让人们知道，Y国的猛犸研究协会已被推翻，协会书记的脑袋也被炸得稀巴烂，要封闭电台、电视台、报纸、杂志，甚至邮政部门，总之一切大众传播媒介，我们是可以做到这一点的。另外，也要做最坏的准备，组织一个精卫团，挑选忠诚于猛犸事业的神枪手，以保护猛犸事业骨干力量……"

刚听到这里，只听见一片刺耳的警报声响彻天上地下，接着，许多全副武装的人铺天盖地地涌进了"猛犸研究协会"的礼堂，一个领头的武装，对着剩下的、乱成一团的"猛犸研究协会"理事会代表，以及主席台上大大小小莅临指导的上级领导喊话："不许动！不许动！谁再动我就毙了他。"

乱哄哄的会场立场鸦雀无声。

唐炳业踢了踢武建新的脚，悄悄地对武建新说："糟了，是不是Y国的造反派搞革命输出，推翻我们的'猛犸研究协会'来了。"他想起Y国"猛犸研究协会"书记被炸成稀巴烂的脑袋，心里充满了恐惧和大势已去的悲凉。

领头的武装继续说下去："你们这里一定有特务，居然窃听机密会议的实况……"

武建新一听，心里立刻清朗了，"同志们，误会，误会，这全是误会，我们正是'猛犸研究协会'的组织成员，我们都是忠诚于猛犸事业的中坚分子。刚才的事，不是我们的责任，"武建新把手一挥，就挥向了秘书长，秘书长好像躲枪子儿似的把头往回一缩，"是这个人搞来一个'后电脑'惹出来的麻烦，请同志们明察……我们都是……"

领头的武装没等武建新说完，就给了武建新一电棒，武建新就像一垛趴了的麦秸捆，噗的一声倒了下去。领头的武装又向全场的人说："我们是奉命执行任务，我们不负责清查工作。你们全得跟我们走一趟。"说完就用电棒，轰羊似的轰着会场上的人，一串一串地向外走。

唐炳业一抬头，看见穿\$10000元的耗子，趴在礼堂的大吊灯上对着他窃笑，接着，"后电脑"又亮了，亮了之后，又是紧急会议的实况。

领头的武装一回手就给了"后电脑"一枪，"后电脑"这才停止了工作。秘书长的表侄高兴地大喊："OK！ OK！"还对领头的武装说："先生，我愿意推荐你到我国'后电脑'研究中心去当交流学者，年薪十万美元。"

领头的武装当场就解下了武装带，交给了副领头的武装："从现在起，我就转业不干这一行，而干'后电脑'了。"

副领头的武装说："那怎么行。"

领头的武装说："那怎么不行，'人往高处走，水往低处流'。我要是还干这一行，一辈子挣的钱还不到两万美元，现在人家一年就给我十万美元。"

副领头的武装说："可是你上哪去找这份职业的荣誉感、优越感、豪迈感、走到哪儿人家都怕你的三分感？"

领头的武装说:"你觉着好你就接着干,现在你就领着这伙人走吧。"

十多年以后,也有人说三五年以后,有人发现还关着这么一批人,谁关的?为什么关的?什么是"猛犸研究协会"案?唐炳业是何许人?武建新是何许人?秘书长又是何许人?谁也搞不清楚。

有人就说:"让他们回家去,老待在这里算怎么回事。"

可是唐炳业和武建新,还有秘书长,以及"猛犸研究协会"的中坚分子,莅临那次"猛犸研究协会"理事会的上级领导们,都要求对他们的这段历史做个结论。

人们听了以后哈哈大笑。

"什么结论?你们想要什么结论?"

有个人看了看唐炳业的烂嘴角,想了想说:"好,做个结论就做个结论,就说'上火'吧。"

她吸的是带薄荷味儿的烟

把信投入信箱以后,他同时下了决心,如果这次再得不到回音他只好另寻出路。

他有点悲愤地想,人人都说现在是发迹的时机,为什么他偏偏碰不上。

他和失落的一代不同,他不能说出到底是谁耽误了他。不过就是生不逢时,未能幸免地遭遇了古今中外所有生不逢时者的千古遗恨。

也曾做过各方面的努力,可是都被"可是"所否定。

别人一做就成的事,不知道为什么一到他这里就此路不通。

如他这个年纪的人一样,难免不做几场出国的梦,可是托福考来考去也考不过别人,白交了那几十块美金的报名费。祖父就悔不该当初地说:"唉,当初要是和她一起走了,现在还用发这个愁……"一旦因为一种"当初"的错误,也就无法验证另一种"当初"的正确,似乎另一种可能的"当初"应允过祖父所向往的一切。

干过写小说的勾当；可是错过了时机，该玩的花样早就让那些作家玩完了。如今连他们自己都觉得难以为继，他还能玩出什么名堂。

也曾练过小摊；可是因为资本太小只能做那让人听起来觉得颇为寒酸的烟酒买卖。

虽然报纸上说大学教授都去卖馅饼了，听说其中还有一些学术权威，不论在国内或在国际上都有一定的影响。

让这样的人去卖馅饼合算吗？

不能这样问！

因为，有人强迫他们去卖馅饼吗？当然没有。说来说去这都是你自己愿意。丢人现眼也好，大发横财也好，一肚子学问从此置诸脑后、付诸东流也好，都是咎由自取，怨不得别人。

你没时间备课，一本讲义用了好几年也好；你白天黑夜净想着挣钱，上课时甚至站在讲台上睡着了、一脚踏空从讲台上掉下来也好；谁也不会找你算账……人们都忙着改革开放去了。

究竟卖馅饼好还是做学问好，他算不过来这个账，难道大学教授乃至社会舆论也算不过来这个账吗？也许人们都在装傻。装傻可能是所有办法中最好的办法。兵来将挡、水来土掩算得了什么，你不还得将挡、土掩，满世界点将、运土去么？

不行，他可不能这样糟蹋自己。他还有极为远大的抱负。

也许还因为总是赔钱……

也不能说和摆小摊卖烟酒过于寒酸无关。要是开大饭店，可能就是另一回事了。虽然开大饭店从实质上说，和烟酒买卖没有什么区别。谁能说形式不重要呢？有多少人明知形式不过就是形式，但是一生却为形式所累。又有多少"金玉其外，败絮其中"的人，正是靠着形式扶摇直上？

不过，像他如此胸怀大略的人，怎能干这等蝇营狗苟的勾当？
…………

父亲倒没的可说，他反正懦弱一生，对谁都说不出什么。确如那句名言所说，你打他的左脸，他会连他的右脸也伸给你。母亲更是伟大母爱的化身，就是他行窃打劫、引祸杀身，她也只会不明不白地眨巴眼。至今还嫁不出去的姐姐，本就觉得自己是个不合法的存在……凡是生活在底层社会里的人所具备的心理特征，他们一样不缺。

他却恨不得父亲揍他个两耳光；母亲又哭又闹、又抓又挠；姐姐给他来两句难听的……也许他像个没头苍蝇般地乱飞乱撞，并不完全是为了自己出人头地，而不过是为了让全家人从这种心态里爬出去。

只有祖父用一种不出声的坏笑奚落着他。

也许这只是他的猜疑。

他不喜欢祖父，也许还有一点恨他。这是为什么？他也说不清楚。随着四九年汹涌而来的政治运动，并没有将祖父吞没。他从未上过黑五类的名榜，把多少人打进地狱的历史回声在他们家没有引起太大的震荡。

所以说这恨就恨得没有什么正当的缘由。
…………

当一切尝试都宣告失败以后，他把希望寄托在了这个据说是很色情，又很有钱的老女人身上。

这是他寄出的第四封信了。

第一封信可以说写得气势磅礴，前三封信基本都保持了这个声势。他本以为会马到成功，可是没有一点回音。

也许那老女人现在另有所欢？她什么都不缺，当然更不缺男人。

417

到了她这个份上还不是要什么有什么，这个世界从来是成功者的世界。

他不由得想，难道是他前几封信写的不合适？

不会，他相信那几封信就是尼姑看了也得春心大动，更不要说是这样老而滥的货色。

老实话，他曾担心与她相比，他这方面的差距太远。写那些信的时候，他甚至盗出祖父那本未曾删节的《金瓶梅》和《肉蒲团》作为临战前的思想准备。

祖父有许多这样的书。

一个解放前专写花边新闻的小报记者，什么世面没有见过。那真是一个老鬼。

祖父显然知道他的花经，不过他采取不闻不问的态度。他的不闻不问和爹妈姐姐的不同，这就是祖父的高明。试问，眼下谁还能管住他们的后生？

至今想起他写的那些信，他还感到热血沸腾，心潮激荡。

"……我知道自己是在玩火，但我豁出去了。我相信，只要我敢作敢为，幸运就一定属于我。

"向你表达爱慕是很容易的一件事，而要得到你的青睐就相当困难。

"然而我现在做的却是一件更困难的，在别人看来几乎是不可想象、也绝不可能做到的事，那就是我在引诱你这个当今世界闻名的舞蹈家。如果没有超人的智慧和胆略，绝不可能获得你的爱恋，更不要说和你有床笫之欢。

"虽然你已将近六十，但由于生活优越、驻颜有术，仍然光彩照人。

"你当然不愧是当今舞坛上的高贵女皇，而我则是未来文坛的皇帝。舞坛女皇和文坛皇帝的罗曼史一定会给子孙后代留下无尽的话题。

"我料定你是一个沉湎于性的女人,一个做爱的专家。任何男人只要跟你春风一度都会终生难忘,永远拜倒在你的石榴裙下。即便到了现在,你仍然是一件不可多得的宝物。

"我不知你是否有过婚嫁,但这并不重要,我只是想说,任何男人都不会像我这样给你以性的极大欢乐和极大满足。

"我现年二十七岁、大学毕业、体魄健壮,身高一米八二。无任何不良习惯和嗜好,各方条件都会使你满意。虽然尚未成婚直到现在还保持着童身,但三天之后你一定会发现我在做爱方面的超级天才,绝对的一流水平。

"我既需要你的爱情,也需要你的帮助。

"我的才智之高也出乎你的想象。目前我正在酝酿撰写一部《世界大变革》的专著,字数约一百万左右。但是写出来又有什么用呢?以我现在的身份来说,它将永无见天之日。

"除了一支生花妙笔我就别无所有,所以必须寻求他人的帮助。你当然是一个最理想的人选,除你之外,尚需求助于高层人士,以期得到未来中国核心人物的鼎力支持,否则这本书就会使我频遭横祸,而我的全部努力都会化为灰烬……

"既然我准备来采撷你的鲜花,那就不妨直言相告,我要为人类构造一个全新的思想体系。我所研究的范围极其广泛,气功宗教、算命看相、兵书战策、文学艺术等等。比如,对你性生活的推测,就运用了算命的办法。

"总的一句话,你值得我爱,我也值得你爱。

"顺便说一句,我在大剧院的一次对外活动中,远远地看见过你,便立刻有了异样的感觉,但我一直没有走近你,我怕我会克制不住自己,当场做出什么举动……"

是这么回事吗？他冷笑了一下。

如果说他还有痛苦这种情绪的话，那么他现在相当地痛苦。

有这样自己吆喝着卖自己的吗？立起来他也是一个堂堂的男子汉，而不是个随便就能卖的妞儿。他要是个妞儿，这样做没人会觉着奇怪，甚至会觉得顺理成章。他自己也不会这样藏着、掖着、偷偷摸摸地见不得人。从这方面来说，女人比男人容易得多。越是改革开放，越是容易。

有个女作家还他妈的说做一个女人真难，让她来做个男人试试！

她还搭架子吗？她还害臊吗？她还顾及影响吗？她还怕受骗上当吗……

等她琢磨过来可就晚了。报纸上说她在此交流访问，逗留的时间不过两个月，然后就要回到那金元帝国。

现在是机不可失，时不再来。他非得抓紧时机，在这两个月里见到成效。

所以很快又写了第二封信。

"……想死了你的召唤，想死了你。

"首先想搞你，我一定要搞得你受不了，搞得你精疲力尽、骨瘦如柴，搞得你死心塌地跟定我，搞得你离开我就茶饭不思，饮食无味。其次想用你，用你完成我的宏图大业。

"我相信我的直觉，你是一匹良种的母马，只有我才能驾驭你日行千里、夜驰八百，来吧，我的女人，到我的怀里来自由自在的纵情驰骋吧。"

这样的语言，就是把《金瓶梅》拿过来相比，怕也是小巫见大巫了。

希望这样的语言正合她的口味。一般说来老而有钱、却已无人问津的女人，尤其喜欢这种下流的语言。可怜的老女人们，她们也只好靠这个来过瘾了。

她免不了成为国内新闻的热点。朋友的朋友的朋友，那个持有绿卡可以随便出入这边、那边国境的狗崽子说，这女人他很了解，在海外的华人圈子里很臭。每天一个男人也不够她消受。当着十个八个男人，可以不穿衣服地走来走去。

"嗨，跳舞的还不是那么回事，特别是跳现代舞的。世界现代舞的鼻祖邓肯，在舞台上都能一丝不挂，你还有什么可说？"

这让他很有点吃惊，不是对她穿衣服不穿衣服的惊诧，而是对炎黄子孙那不论流落何方，也保持民风不变的韧性。

又说到她的家族历史，自然是昔日贵胄。四九年后流亡西方，你说是白华也好。祖上留给她的，据说很够她的挥霍。在西方，只有那些富家子弟才搞艺术、学艺术。那种职业很难维持生计，除非你是毕加索、帕瓦罗蒂，否则就得有万贯家财做后盾。

这女人什么也不干地跳了一辈子的舞，她的家财可想而知。谁要是运气好，得到她的青睐，虽说赶不上世界船王，一辈子什么不干也受用不了。

就在那个晚上，那个拿绿卡的王八蛋的这番谈话让他动了这份心。

像他这样的旷世之才，教研组组长的职务本来就够委屈他，想不到竟还落到他人头上。

所谓慧眼识英雄，像校长那样的斗鸡眼，也只能看见自己大眼角上那点眼屎罢了。

落在他人头上也无不可，偏偏落在与他决一雌雄那小子的头上。

421

高一三班那位"回头一笑百媚生"的女学生本来就在他们二人之间犹豫不决,这一下就会使她当机立断。

有道是自古美人爱英雄。而女人心中的英雄本来就不难诠释。

他绝不是那利禄之徒,只是为了那个"回头一笑百媚生"的女学生,才计较那屁大的差事。他认为,为女人出的差错,算不得差错。可以说与名士放浪形骸之举一样,也是一种风雅。

善走钢丝的校长虽然立刻派他去参加教师代表大会,但那东西务虚不务实。对以后的晋升,或评职、评薪、分房、住房毫无实质性的贡献。

他本不在乎房多房少,就是房少,他也不想在这个题目上大做文章。住房条件不好造成的社会问题、心理问题、精神问题……作家们早就写到小说里去了,他又何必再炒冷饭。哪怕你说一千道一万,房子绝不会因为你的叨叨就多了起来。

不知是不是因为长久挤在一起的缘故,反正他们家的人,男男女女都显出压抑的征兆。到没到病的程度,他说不好。但长此以往肯定会出毛病。遍数家里的人头,改变山河的重任责无旁贷地落在了他的肩上。

每到微醺之时,祖父就要回忆往日的辉煌。而他无日不微醺,无日不发江河日下、今不如昔的感慨。

"那时候过的是什么日子……"

据他说,年轻时也是风流倜傥的一表人才,上海报界的知名报人。又深得某一富家千金的倾慕……

"谁敢不买账……"说到这里,祖父总是不满地瞥他一眼。对他平时的不敬,和对他不便说出的教训,尽在这一瞥的不言之中。

真是风光一时,不说享尽人生、至少也是享尽大上海的荣华富贵……

什么百乐门舞厅;什么西洋大菜;什么回力球场;什么赛狗;什么跑马厅;什么四马路;什么姨太太;还有蜜丝佛佗 U.S.A……"现在你们觉得大开眼界的东西,老早就有过了,老早就见过了……"

唾液从祖父漏风的牙齿里激动地喷射出来,为他证明着过去的岁月。这时他很像了,像一个货真价实的没落贵族。

"要不是四九年大家劳燕分飞……"说到这里,祖父总是摇摇头,感慨万千地打住。

祖父的故事里,最吸引他的其实是机会遍地。和过去听到的水深火热到底孰是孰非?

可就在这种时候,他也不会忘记让祖父小小地难它一受。"按照过去的说法,您这就是教唆。"

祖父立时傻了眼,吭哧了半天说:"原来你还是个狼崽子。咱们家里怎么会出这样的人……"他瞪着布满红丝的老眼,大惑不解地、久久地看着他。

这并不能影响他的什么,他照样会面不改色地把桌子上那点不多的好菜,胡撸到自己肚子里去。

餐桌是他和祖父的另一个战场。爹妈和姐姐都不是他们的对手。从这一点来说,新旧社会打了个平手。

这是怎么了?他无法揣度。毕竟她那个世界离他过于遥远了。

他有点后悔,在前两封信里,他把自己弄得那样穷凶极恶。反倒显出他的稚嫩,也许还有点丧失男人的尊严。

他不由自主地想要挽回这一点。

于是他又鬼使神差地给她写了第三封信。也或许这又是他想起的

423

一个让她上钩的新招。到底是什么，他也说不清楚了。

"……我非常希望你了解我的价值……我之所以粗野放肆，实在是迫不得已。因为你对我整个的人生实在太重要了。命运迫使我必须不择手段地猎获你，除此我别无选择。我被埋没得太久了，再不能遗世孤立，而应该出来做一番事业。虽然我身怀经天纬地之才，胸藏济国安邦之志，文章辞采华美，气势雄阔，沉郁悲怆，慷慨激昂，然而在这荒蛮之地，是绝对不允许一个有才能的人成就一番事业的。只有在一个文明的社会，才能一展雄图。

"然而，谁能把我推向人生的顶峰呢？只有你这个高贵而可爱的女人。没有你的帮助，我将很难实现我的抱负。我一方面需要你的爱情，一方面需要你的帮助……请让我栖息在你美丽的港湾中去……"

连他自己也没发觉，在这封信里，他的气势已渐呈消减的趋势。

今天他又寄出了第四封信。这封信是怎么写出来的，他更说不清。反正，他的心有些纷乱。

"……我为前几次对你的冒犯感到不安，那些放肆粗野的语言让我羞愧万分。一想到我竟要用这种极不光彩的手段去达到自己的目的，心中充满了说不出的痛苦。只觉得自己像个街头拉客的男妓，必须用自己的青春侍奉年老色衰的贵妇来作为自身命运的敲门砖。

"这怎能是人类未来的灵魂、为未来世界创造全新思想体系的人的作为？这不是全人类的奇耻大辱吗？同样，我用那么下流的方式向你求爱，也绝不是大思想家的作为，这不仅是污辱自己，也是对你莫大的羞辱。

"你怎能明白我此时的心态？古今中外的英雄豪杰尽管历尽困苦，但有几个像我这样出卖自己的青春？就是韩信忍受的胯下之辱也没有我受到的羞辱这样深。而我还要这样厚颜无耻、费尽心机地想要抓住你。

"以前我是何等地孤傲、何等地清高。有多少年轻貌美的姑娘，无时无刻不在期待着我这颗高傲而孤独的心。

"我比李太白更浪漫奔放，比屈原更为瑰丽哀怨。为了施展自己的才华，却必须下贱卑劣、毫无羞耻之心，忍受别人无法承受的痛苦做你裙下之臣。向你，也许还有其他的贵妇贡献我的青春。必须依赖你们才能一步步地走向成功。

"我的心在流血，我的灵魂在哭泣。

"这怎能不让人感到悲哀？

"如果我是个一无所能的花花公子，则也无可报怨。而我却偏偏身怀绝世之才。

"如果为了金钱和私欲，完全可以靠写最下流的黄色小说达到目的。我的文笔极为精彩，再写出一部《金瓶梅》不成问题。

"但是为了国家、民族，甚至整个人类的利益，我不得不让自己的人格蒙受污辱。如果我能通过其他渠道获得成功，我绝不愿像个男妓那样出卖自己的青春。然而，这是怎样地一个社会呢？才高遭人妒啊。更何况我还是一个大天才。

"我虽有翻江倒海的才华，改天换地的志气，治国安邦、济世救民的奇谋妙略，但却无法向当局传达，更不要说受到采纳和重用。我还必须吹捧那些昏庸的官僚、腐败的政客，做他们的走狗。非但得不到赞赏，还得受他们的凌辱，天才简直连走狗都不如啊。狗还能得到主人的宠爱，而人呢……这怎么能让人忍受呢？一个身怀经天纬地之才、胸中百万雄兵的人，怎么能这样活着呢？怎么能这样不要脸呢？但我却不得不如此。无比的悲哀啊！

"而我仍然不能获得你的芳心，我果真下贱到如此程度，连午夜牛郎都不如吗？天呐，我的命运为何如此地悲惨，我这绝世之才，我这凌云壮志，居然比午夜牛郎的一夜欢歌更不值钱。唉，真不知该怎样说才好。

"唉，不再说罢，不再说罢，像你这样的女人又怎能理解英雄末路的悲怆，又怎么能知道人间的沧桑呢……

"爱你……说不清，道不明……

"我挖空心思，绞尽脑汁，六神不安，魂飞魄散……你怎么就没有半点反应？"

把这封信丢进信筒以后，简直像把自己也丢进去了一样。茫然无绪，心如灌铅。

回到办公室后，恰值学校分鸡蛋。原来是新任教研组长那小子，通过关系搞来的便宜货。一时间办公室像农贸市场那样秤杆子乱摇。他本来就烦的心也就更烦了。

而他的办公桌上更是堆着两摊秤好的鸡蛋。他眉头紧锁地说道："谁的鸡蛋，拿走、拿走。"

新任的教研组长姿态很高、与他故作亲密地说："正是阁下的。"又毫无必要地贴进他的耳朵说："我那份不要了，给你了。"好像他们之间不但没有任何冲突，反倒是同一战壕里的亲密战友。他冷静地思量一下，便也认可。一般说来，亲密战友不正是如此吗？

何况经过你死我活的角逐，刚刚踩上那个梦寐以求的台阶的人，都会做贼心虚地做如此之高的姿态。很可理解。

他既没表示感谢，也没表示推辞。让他们先高兴一会儿也好。既然生活无时不在捉弄他，他为什么不能捉弄一下别人。也许那小子应该反过来感谢他。难道不正是他作为那一堆鸡蛋的载体、成全了那小子的高大形象吗?

他环顾四周的鸡蛋,注意到他那份鸡蛋显然比各位男女名下的小了许多。其实大小都是吃,何况还有秤管着。可是一旦面对哪怕一分小利,便禁不住显出各自的本性。在秤杆子的横横竖竖中,还不忘尽善尽美地修补自己的形象。七嘴八舌地说:"从筐里往外挨着拿,轮上什么是什么。"

卑琐的人类啊!

他实在不愿意和这等人多费口舌,也不愿意用摇晃秤杆子的办法来证明自己精神可嘉,道德高尚,从而为下一次调级、涨工资、分房子、混个什么代表准备条件。这一套紧箍咒现在只能约束可怜的教书匠和机关里的小公务员,除此还能辖住谁?所以他非得逃出这种让人窒息的地方不可。

他超脱地在办公桌前坐下,掏出笔来准备判作业。他把另一份鸡蛋往一边推了一推说:"是谁的谁拿走。"这时一个鸡蛋没有站稳,滚下了桌子,啪的一声摊在地上。除了新任的教研组长,人们的面上就有些不是颜色。好像他识破了众人想要掩盖的什么,偏偏一点不肯通融地示给众人看。这时谁也不会想一想他是否别有所怨,同时又都想到那个狐狸吃不到葡萄、急酸了脸的老故事。便心有灵犀地交换了一下眼风。这一眼像历来这种时候的那一眼一样,是很较劲儿的一眼。常常使人欲罢不能。

反正他也好不了了。

所以他又假装无意地晃动了一下桌子,便又有几个鸡蛋滚下了桌子。

几个女人赶忙过来拦截那些滚动的鸡蛋。地上的散蛋弄脏了她们的鞋子。

眼见人们为几个鸡蛋或爱、或怨、或恨成那种样子,他觉得很是解气，心里也渐渐地不那么憋闷了。

回家的时候，经过本市的一家合资饭店。免不了在饭店的落地窗上打量自己的形象。下巴、胡子、眼睛什么的。他不喜欢男人显出忧郁，只有那些浑身透着酸味，男不男、女不女心理有问题的人才会喜欢忧郁，或是没有男人爱的女人才嚷嚷自己忧郁。

他觉得自己看上去还行，便一扫分鸡蛋时的晦暗，重新鼓起征服的勇气。

透过饭店咖啡座的落地窗，看得见里面的景象，四月桃花色的蜡烛插在银光闪闪的枝形烛台里，一朵艳红的玫瑰在硬挺的、白得发青的桌布上十分抢眼。将喝咖啡的环境营造得很是温馨。他每每经过这里都会想，世界上怎么会有那么多什么事也不必干，只管坐在这里喝咖啡的人？而他却与这一切无关。

他的喉结不由得上上下下滑动了一番。逢到见了没有他那一份机会的景观，他的喉结都会如此上下地操作一番。

挨窗的一张桌子上坐着一对男女。

女人的脸在上面笑得十分纯情，可是她的大腿在透明的丝袜里却说着另一番朦胧而清楚的话。

如今纯情的女人上哪儿找去？就是碰见一个半个，也大都是伪劣产品。他倒不大计较女人是否纯情，他就是见不得假货。

坐在她对面的那个男人，却显出时下有钱男人的肆无忌惮。虽然身上包装着那套西服，可能是号称绅士们穿着的、标价可观的皮尔·卡丹。

那个有绿卡的兔崽子说，皮尔·卡丹在西方早已过气，到了中国反倒开始了第二春。

可是他连过气的皮尔·卡丹也没有。

其实他很期待着和那兔崽子的会面。每当他怀着一腔仇恨，挤上垃圾箱似的公共汽车，巴巴地跑过全城赶到什么地点会见这个因为吃得太饱、赚得太多，便需要不时排遣一下春风得意的兔崽子的时候，他从未经验过的那些生活，不能不让他感到心醉神迷，大有灵魂再造之感。

好比现在他就可以幸灾乐祸地对那些皮尔·卡丹说，你那钱白花了，这消息绝对可靠。引自刚从美国来的某某某。对那些没有美国绿卡的皮尔·卡丹，和对没有皮尔·卡丹的他来说，这无疑大长了他的志气，大灭了皮尔·卡丹们的威风。

一进家门，就有一种忙乱而激动的气氛。母亲恨不能再长出四双手也觉得不够用地拿着一块抹布，枉费心机地想要擦干净他们那个永远也擦不干净的家。母亲不明白，擦不干净的其实是他们家的那种气氛。灰暗、憋屈、霉晦、压抑……

母亲蹬上凳子去擦那锈死了尘垢的窗子。他不经意地从她衣襟的下摆望上去，便看见她的肋骨，清晰地排列在她胸腔的两侧。她身上的皮肤，像七八十岁的老妪那样松垂着。将他和姐姐喂养大的双乳，干瘪地只剩下两个乳头，扣子一样地贴紧在胸前。

他赶紧垂下了头。

母亲不过六十岁的样子，和他费尽心机想要搞到手的那个女人差不多的年纪，命运却如此地悬殊。

她擦着、擦着窗子，又突然从凳子上跳了下来。满脸惭愧地说："哎呀，忘了，应该先把那些被套收起来，还堆在沙发上呢。"

几床被套,小山似的堆在沙发上。他想帮帮母亲的忙,却不知如何下手。

母亲忙感恩戴德地抢过他抱着的被套:"我来,我来,你不知道放哪儿。"

但母亲似乎也不知道放哪儿。抱着被套在房间里转来转去,像无家可归的流浪汉。后来像是来了灵感地恍然大悟,掀起床边如舞台幕布的床围子。于是床底下那个更真实的生活就呈现在他的眼前。每一个物件都为他们这个家立过汗马功劳,记载着他们永志不忘的英勇日子。

那把断了柄的镢头,据说在大饥荒的年代,开垦过祖上传下来的、如今早已不知哪里去了的、四合院里未被开垦的处女地。所以姐姐长得又瘦又小,还有她的罗圈腿,据说是因为缺钙、缺蛋白、缺维他命……其实是缺一切。他不知道是不是姐姐如今解决对象问题的障碍。

几个木板钉的箱子,里面装着父亲的研究手稿,有点像当年陈景润研究哥德巴赫猜想,尚未被人发现时的状况。他那闻名全球的研究数据,据说也是装在麻袋里的。现在人们会惊诧地问,为什么不用电脑?

虽然后来这些研究手稿非常幸运地变成了铅字,并使父亲变成了教授,但父亲还是不肯忘情于这些发黄的纸。那是他的一种证明。

长长短短、粗细不等的木料,在一九七八年的地震中发挥过顶梁柱的作用。他说过多少次应该把它们扔了,可是遭到上两代人的猛烈的反对。说是再来地震还用得着。他说到那时联合国肯定会支援你一个露营的帐篷,或是一栋可以移动的海滨休闲小木屋。上两代人说,你说了算,还是政府说了算?这一来他当然没话可讲。

腌制泡菜、酸菜、咸菜……各种大小、规格的坛子四周,挂着灰白色的盐渍，看上去像是出土文物，很有些历史的沧桑感。

罩着塑料布的大包小包里，是他小时穿用过的旧衣物。轮到他穿旧的衣物，可想而知已经旧到什么地步。但母亲说，也许还有用着的时候。难道她还想留给他或姐姐的孩子么？他觉得不可思议。仿佛看出了他的鄙夷，母亲说，什么事都可能发生。

…………

这些脆弱的东西却像链条一样，把他们和过去连在一起。简直让他们和过去无法决裂。

幸亏母亲英明地在床铺四周围起了床围子。但是，每逢客人来到，或是在一个也使用床围子的家庭里做客，他就会让那床围子弄得心神不定，老是担心那床围子披得不紧，一家伙掉下来，将隐蔽在内的世界暴露无遗，那将是如何地尴尬。

将棉被套隐蔽好之后，母亲又心慌意乱地去打扫厨房。心智上一副捉襟见肘的局面。

姐姐更是一脸惶恐，像是让人戳穿了西洋景。和他刚一照面，就立刻躲进她和母亲的房间里去了。好像怕他问她什么，或是和她说些什么。

他注意到她新烫了头发。

他一下就想到，恐怕又是谈对象。

他有点怜悯也有点蔑视地望着她匆匆而去的身影。难道嫁不出去是那样地惨痛吗？

只有祖父乱中有静，就着五香花生米在自斟自酌地喝小酒。房间里就弥漫着劣等白酒的烈味。在这一点上他和祖父倒有共识。如其花冤钱喝假茅台、假五粮液，不如喝这价钱上没有多少弹性的烈酒。再说葡萄酒，那是男人喝的酒吗！

"来点？"祖父说。

他摇摇头。看看家里，是喝酒的气氛吗？他和祖父没法比。祖父在什么条件下都能创造逍遥、自在，当然不是自由。这是他阅尽春秋，积一生之经验提炼出来的精华。

母亲忽然慌里慌张地从厨房里走出来，夯着两只粘着油泥的手，说："看我忙的，什么都忘了。那里有你一封信。"她指示性地朝电视机上扬了扬下巴。一个长长的、在他们这间屋子里显得白得耀眼的信封，正供在他们家最显贵的家当上。这种信从未在他们家里出现过，所以有一种凤落鸡窝的不协调感，不要说母亲提到它时会显出那样的激动，就连他也弄得眼睛不由得猛然一亮。

他有点猜到那封信的来历，可又怕被这也许是过分的期望愚弄，先就带着可能是误会的设防，有点迟疑地向电视机走过去。及至看到信封上的烫金标志，立刻肯定，这是回音来了。那一瞬间，他有一种苦尽甘来的激动。呼吸便有点急促，鼻子里也有些酸楚楚的黏液渗出。

拿起那封信的时候，竟也被一种不自觉的恭敬拘谨得有些惴惴。

他右手的拇指和食指已在信封侧口弯曲成钳状，在他就要撕开那封信的时候，看见母亲很有道理又很没道理的等在一边，好像这封信也是写给她的，并显出先睹为快地急迫。

祖父却是岿然不动地在喝他的小酒。但他觉得，不但他的一举一动，连他心里所想、连没开封的信他都了如指掌。

这时他痛感有个家的不幸。转身就进了他们家的男人宿舍。将母亲狠心地丢在门外。

信的内容很简单，如果方便的话，请他在当晚八时到她下榻的饭店会面。他从床上一跃而起，觉得自己应该做些准备。准备什么？他想了又想，感到茫无头绪。便在床沿上坐呆了。

这时他听见有人敲门，忙收起脸上的激动，放出一脸的无谓。"进来。"

姐姐很不情愿地站在门外，只探进一个脑袋，说："有什么事吗？"显然受了母亲的委托，急于了解这封信将带来什么好运。可怜天下父母心。

世事已经大变。变化之快甚至让人生出换了人间的感慨。十几年前谁要是收到这么一封信，可能就会那样想，这封信将给自己带来什么厄运。

他拒人千里地说："没什么。"

人和人之间有时需要亲密无间，有时却需要距离。不然彼此都会感到不便。就是亲密如母，这样的事又如何启齿呢？

姐姐就像得到大赦，立刻缩回了她的脑袋。他也可怜姐姐。世界上需要可怜的人怎么那么多？也许每个人都有让人可怜的地方，或每个人其实都很可怜。

姐姐关上房门以后，他开始想，今天晚上穿什么衣服。

对着他们祖孙三代男人共有的，只在刮胡子的时候才用的小镜子，他只好分部、分段地重新演示、审视穿上西服的效果。

平时觉得很讲究的这套西服，穿上去怎么看怎么别扭。发现了很多平时没有发现的毛病。如颜色太飘，袖山内侧什么时候拉出了两道斜褶儿（买的时候怎么没有发现），塑料扣子太亮，等等。好像一眨巴眼他就变成了服装设计大赛的评委。

他不堪地摇摇头。换上了一件风格看上去颇为豪放的粗线套头衫。可是，这种天气，是穿这么厚的毛衣的时候吗？

他又否定了这个方案。

他发现自己没有衣服可穿。

更让他不快的是,他发现自己沦落到和姐姐一样的境地。也许他根本就和姐姐站在同一条地平线上,乃至和祖父、和父母站在同一条地平线上。他不过自以为和姐姐、和祖父、和父母有什么不同而已。

最后他自暴自弃地决定,就穿那套牛仔服。也许反倒显出一种随意的名士风度,也会使他的男性气概得到充分的发挥。可他这时偏偏又想起了《午夜牛郎》那部电影。

晚饭桌上是一片嚼咽的声响,家里人都克制地沉默着,连刚进家门的父亲也显出什么都不知道,实际上什么都门儿清的样子。他们不沉默怎么办,无论姐姐还是他,都是他们的老大难。

他们家的这个晚上,可不就像激战前夜?不论从烫金标志的信,或是从明天姐姐的对象就要光临来说。

他心绪不宁地塞了两嘴,就放下了碗筷。母亲本想再让他添点饭,可是一看他那脸色,便又闭上了嘴。

他怕途中碰见什么意想不到的插曲,提前离开了家。

出门的时候,母亲说:"你能不能带把塑料花回来?"

父亲问:"买塑料花做什么?"也许是觉得多余,也许是觉得不该在这种时候给他交代任务。

母亲欲言又止地顿了顿,说:"美化美化咱们的家。"她连谎也撒不到家。

他明白,这是为了让姐姐的对象对这个家有一个好印象。

妈,白扯。他在心里说。要是您家财万贯,您就是满地鸡屎人们也会说香极了,香极了。

他对他们这个永远在努力讨好别人的家突然生出一份温柔。他想,哪一天他会买一束鲜花回来,为他们这个家。而不是塑料花。

在楼梯口，他碰见了邻居家的小萍。跟着一个浑身冒着加州牛肉面味儿的男人，叽叽嘎嘎地笑着走出门道，钻进了等在外面的出租车。想来前几日的兰州牛肉拉面已经让位给了加州牛肉面，现在加州牛肉面比兰州的牛肉拉面值钱。所谓人往高处走，水往低处流。所以小萍的包装也就更上一层楼。

在他们这个阶层，小萍能有什么更高的指望？他对小萍一向宽容，不像这片楼群里的人，总是在小萍背后指指点点。中国人大多对贞节牌坊有一种化不开的情结，连老人家都表示过对既要当婊子又要立牌坊者的强烈愤慨。可是不当婊子光立牌坊这样的好人才，现而今是越来越少了。

他看了看表，时间还早，便没有乘车，信步向前走去。

街上正是车如流水马如龙的时节，众人似乎目标都很明确地奔向某个地方，和他有些悲怆而悬浮的心情很不搭调。

他一面散漫地走着，一面在心里模拟着和她的各种对话，以及可能发生的各种情况，不论从哪方面来说，一律所向披靡。

可是他的手心为什么一个劲儿地发潮？

在饭店的前后街上，他打发了在路上无法精确计算而多余出来的时光。最后终于进入了饭店的玻璃旋转门。

虽然没有进过如此豪华的饭店，但现时的电影、电视都不乏这样的镜头。他喜欢看这样的电影、电视，他觉得有些人无穷无尽地讨论电影、电视，以及演艺人员演技的优劣是不是有毛病。别管那些电影、电视是不是扯淡，以及演艺人员是否优劣，花花女人、花花世界看上去却很过瘾。能让人过瘾不就行了，你还能指望电影、电视干别的什么？政府都没办法的事，为什么要让电影、电视来充当社会的教员。

要不是那些花花电影、电视,他连饭店的旋转门都不知道怎么进、电梯怎么乘,非出洋相不可。也许还能教给目前没有机会吃正宗西餐的人(也包括他),怎么正宗地吃西餐。谁能担保自己以后不是天天吃西餐呢?

他觉得这就是电影、电视的社会效果。

他没有像个土老冒儿那样地畏首畏尾,缩头缩脑。他几乎是趾高气扬地穿过饭店的大厅,打问那些阔少爷似的服务员1204号房间怎么走。

门开了。她就站在了眼前。穿一条牛仔裤,一件黑色的棉织高领衫。头发不算很多,像那些舞蹈演员一样,紧紧地盘在头顶。抹着脂粉,但两条细眉像是钳过的一样,高耸在眉骨上,使她看上去有一种老在惊讶的表情。两条胳膊交叉地放在胸前,手里夹着一枝烟。"请进。"她说,侧身给他让了让路。她的声音低哑,符合他想象中的那种女人的声音。

房间里有一股淡雅的香水和薄荷的清凉味。在这股相当女性化的气味里,他更感到自己雄性的昂扬。

"坐吧。"她说。是一派不必多言,和一切小节忽略不计的大手笔。

他也就豪爽地坐下,从容地环顾房间里的一切。确实是人在旅途的气氛。环境是当然的豪华,但却生硬。箱子在地板上大大地敞开着,如大敞着这女人的内部世界。让他想入非非。但同时不也说明她没有为他的到来做丝毫的准备?

她却没有在他身边的沙发上坐下,而是走到写字台前,背靠写字台站着。

"你写的几封信我都看过了。"她在香烟后面喷云吐雾。每当她要吐出鼻腔里的废烟气时,都要扬起她那不过略显松垂的下巴。果然驻颜有术。

他会意地点点头。一切也都尽在不言之中了。

她有一时没有讲话，就那么一口接一口地抽烟。好像是把他忘了。他也不急，到了这个时候，还有什么可急的。

还有，如何切进主题，一时倒也拿不准主意。还要看准一个合适的时机。除此，他也不得不承认，面对本人似乎不如面对信纸那样让他信心百倍。这让他感到一点意外。

"这么说，你在床上的功夫很不错了？"她单刀直入地踢出了第一脚。他隐隐觉出了这女人的厉害。

他潇洒而自得地说："可以这么说。"可是明明掺和着营造的成分。

她走到他的面前，用夹着香烟的两个手指，对着他的身子上上下下地比画了一下。"要是看看货，你不反对吧？"两只眼睛顶正经不过地盯着他的眼睛，弄得他想躲开她的盯视也无法躲。

她想怎么看？

他看不出她真正的意图，可他感到了尴尬。这是他事前没有想到的局面。他本以为这种情况下必有的挑逗、调笑、放荡、欢情……一律没有。简直就和一般的买卖没有什么两样。真到卖的时候，他又觉得并非如此。反倒让他一时想不出如何应对才好。

她果然把这看作了买卖？他觉察不出自己从哪儿生出一份失望。难道他还期待过别的什么？

她却弓下身子，越来越近地俯视着他。一点不肯放松地等他的回答。

薄荷的清凉就更浓了，蒙了他一个满身满脸。原来这股薄荷味儿是来自她吸的那种烟。

见他一副无从招架、甚至乱了阵脚的样子，她直起了身子。差不多是冷酷地说:"你不知道这个规矩吗?好吧,看来还得我指点你一下。那就请你脱了吧。"说罢,她就退到落地灯后的一个圈椅上坐下。

他试想过和她多种情况的苟合,大多是他怎么调弄这个女人,现在反过来却是她调弄他。这一来他不真就和阔太太玩耍的娼妓一样了吗?虽然他早在给她的信上说过,为了实现他的理想,他宁肯像街上拉客的男妓那样出卖自己的青春。可是,临到较真儿的时候,感情上实在难以接受。不论怎么说,站起来他也是个一米八二的大男人呐。

可他不是早就计算过这种交换吗?既然他不安于命运对他的安排,对生活妄存非分之想,就得任生活随意地宰割。

但卖和卖也有所不同。他设想的那个卖,到底和街上拉客的男妓不同。应该说是文卖。是为求功名而卖,是以身养前程。

有多少女人从容地做着这样的交换,说到底,谁给男人规定了必须做买方的角色?这时,他生出了做一个男人真难,做一个女人多好的感叹。

而他一生的成败也许就在此一举?就是此路不通,他又能想出什么办法来改变他的境遇?他又怎能放弃这个唯一可以一试的机会?

他壮起勇气,向洗脸间走去。

"就在这里脱吧。"她发号施令着。

他没得可说,现在她是他的买主,是他的上帝。

他慢吞吞地一件件脱起。外衣、外裤、衬衣、背心,只剩下内裤的时候,他放慢了速度。以为也许可以幸免这最后的一关,可是她一声不出地在落地灯的暗影后面耐心地等待着。

他只好在她没有通融余地的沉默里,没有退路地脱下去。

当最后那点遮羞布终于褪下以后,他不由得夹紧了自己的裆。但一想到他此时的角色,只好挺直了身躯。

他不幸地发现,正是他要卖的那个物件,无法坚挺起来。他适时地做出一个色情的挑逗,以转移她对那一局部的注意。也或许他以为此时此刻,正是开始行动的时刻,便伸出双臂准备向她走去。

她却说:"就站在那儿别动。"

然后她走了过来,围着赤身裸体的他,缓缓地绕了一圈又一圈。然后站在他的面前,指着他的那个物件,用一种探讨的口气说:"似乎不大理想?你太紧张了吧?也许我们应该等一会儿。"

她又退到落地灯的暗影里去了,他看不清她脸上的神情。

他十分的沮丧,怎么会这样?他从来都是说来就来,绝无误点的纪录。而他越是着急,就越是不行。除了着急,他还有些心慌。要是他连这个本事都没有了,他还有什么呢?等待他的,可真就是穷途末路了。既然他已经走到这个地步,就得继续走下去。中途而返,就是前功尽弃。他能白撕一回面皮吗?白撕一回面皮而又一无所得,那不是更亏了吗?

虽然屋子里只有他们两个人,他觉得他像是站在了供万人展示的大厅中央。连每一个汗毛孔都无遮无拦地放大在众人眼下,任人劈头盖脸地评说。

现在,他觉得身后那个轻巧的沙发,简直就像一个堡垒。恨不得一头扎进去才好。

她好像读出了深藏在他心里的念头。"就站在那儿吧。从你的信来看,你好像是个很有勇气的人。"她跷着腿,轻吸慢吐地吸着带薄荷味儿的烟,用鞋跟轻敲着圈椅的腿,一副与他的窘迫很无关联的闲情样子。"你让我想起了一个老故事……"她闲散地望着深感难堪的他。

他试着想要放松自己,可是不知从何而来的轻颤,在他全身上下游走。

"……我大姐年轻的时候,是当时上海有名的美人,男朋友不少,也很风流。屁股后面常跟着浪漫的故事。我们这个家,你可能已经听说过……在当时那个社会里,不论在政治、经济上的地位,很让一些人羡慕不已。解放前夕,也许是四十年代初期,碰到过这样一件事……"她的确是个会讲故事的人,也许是她的语调,也许是她那让人摸不着脉络的神情,他不再感到那么紧张,在全身恣意游走的颤抖也似乎有所缓解。

她又深埋下头,不慌不忙地吸着烟,似乎沉浸在她要讲的故事里。他注意到,从他一进这个房间的门,她就没有停止过吸烟。

"……有一个年轻的男人,闯到我们家来。据说这个男人的仪表的确不凡,按照当时的说法,这是个能吃女人饭的小白脸了……"

他渐渐地觉得她的故事里藏着什么可怕的东西。

"他在铁栏门外大喊大叫,说是和我大姐有什么关系。也许他听到了当时社会上关于我大姐的一些传说,觉得可以用这个办法来改变他的境遇。他当然不晓得,我们那个家,一般人是进不来的。不但进不来,还会给他惹出不少麻烦……"

她又停下了她的讲述,走出落地灯的暗影,走到他的身边。接着又像方才那样,在他身边绕了几圈,甚至伸出一个手指,戳了戳他那疲软的物件。行家里手地说:"还是没有什么希望嘛!"

他感到她指尖上阴冷的尖利,浑身为之猛烈地一颤。

她抬头看看已经准备狼狈逃窜的他,嘴角上让人觉察不出地抖出一个稍纵即逝的讪笑,或者说是鄙夷。然后像宣布大赦地说:"好吧,穿上衣服吧。"

他立刻手忙脚乱地穿衣服,当然首先是穿内裤。内裤穿反了,不过反正现在都不重要，重要的是赶快把他那要紧的东西挡上。背心也是前后颠倒，到了穿外衣、外裤的时候，扣错扣子的情况也屡有发生。他的手掌用力地摩挲着牛仔服的粗糙面料，安慰着自己：最难堪的局面已经过去了。

她一直站在一旁，等着他把这一套忙乱应付过去。很耐心地，这反倒使他更为手忙脚乱。他开始恨这个女人，恨她的耐心、从容、难以窥测、不动声色、不为所动、有谋有划、趾高气扬……总之一切有钱有势的人用钱势熏出来的气势。于是他转而恨她的钱，恨一切有钱有势的人……

等他终于把自己马马虎虎地包好，她竟有一丝温暖地说："坐下吧。"也许是他听错了？

他惊魂未定、哆哆嗦嗦地坐下了。

她又回到落地灯的暗影后坐下。潦潦草草地结束着她的故事。"……可以想见他挨了一顿好揍。要不是我大姐的干涉，我想那个人一定没命了。不过还是打断了他的一条腿……"

说老实话，她的故事听到这里，已经没有什么可听的了。真的是一个老掉牙的故事。可是他越来越想知道这故事的结果。

她有点歉疚地耸了耸肩，这几乎是她第一次有所声色。"那个社会，我们又是那么一个家庭……据说后来下面那些好事的人查到，他是上海一个三流的小报记者，好像是姓……杜？不，姓钱？"她眯着眼睛想了一下，摇摇头说，"想不起来了……"接着，她摁灭了手上的烟。

不，不用想了，他知道那个三流小报的记者姓什么。他想起祖父那条微瘸的腿，想起祖父对他说过的、那个富家小姐带给他的、那些享尽荣华富贵的日子……他不禁哭了出来。为他自己，也为他的祖父。

而且不能抑制地越哭越厉害。这痛哭似乎给了他无尽的安慰,倾尽着他几生几世的委屈,最后简直发展到不可遏制的号啕大哭。

这时,她倒走过来安慰起他。"我本来可以把你的信交给公安部门;或你所在单位的行政领导;甚至向司法部门对你进行起诉……可是,在这个国情下,那就可能害了你……你在信里多次表示希望得到我的帮助,我想,这就是我对你最好的帮助。相信你会一辈子记住这次的经验……"她伸出手来,抚摸着他的头顶,却被他狠狠地扒拉下来。

她颇为理解地哂笑一声,放下自己的手,重又回到落地台灯的阴影下去。又点起一支烟,面无表情地听着他大放悲声。

不知过了多少时辰,他才止住了自己的倾泻,什么也不说地站起身来。

"是的,你可以走了。"她说。

每一个窗口的灯盏都已熄灭。只剩下街上的路灯还冷清地亮着。这很好,他现在很需要这份难得的孤寂。

发生过什么事吗?

确实发生过非常重要的事,可到底是什么事,他怎么想也想不起来了。

他只记得一个女人,吸一种带薄荷味儿的烟。